W9-CGT-303

UCZEŃ I ŚMIERĆ

NORA ROBERTS

J.D.

pisząca jako

ROBB

UCZEŃ I ŚMIERĆ

Przełożyła
Bogumiła Nawrot

Prószyński i S-ka

Tytuł oryginału
APPRENTICE IN DEATH

Copyright © 2016 by Nora Roberts
All rights reserved

Projekt okładki
Elżbieta Chojna

Zdjęcia na okładce
© Oleg Troino/Shutterstock.com;
Latkun Oleksandr/Shutterstock.com

Redaktor prowadzący
Joanna Maciuk

Redakcja
Ewa Witan

Korekta
Grażyna Nawrocka

Łamanie
Alicja Rudnik

ISBN 978-83-8123-100-8

Warszawa 2018

Wydawca
Prószyński Media Sp. z o.o.
02-697 Warszawa, ul. Rzymowskiego 28
www.proszynski.pl

Druk i oprawa
Drukarnia POZKAL Spółka z o.o.
88-100 Inowrocław, ul. Cegielna 10-12

R0b0b0 5b152

Z wiosennych lasów jeden bodziec
Pozwoli o człowieku,
O złu i dobru więcej dociec,
Niż wszyscy mędrcy wieku.

> William Wordsworth, przeł. Stanisław Kryński

Czy zatem Bóg i Przyroda pozostają w walce,
Że Natura daje takie złe sny?

> Alfred Tennyson, przeł. Witold Ostrowski

Prolog

To miało być ich pierwsze zabójstwo.

Uczeń rozumiał, że zanim nadeszła ta chwila, potrzebne były lata nauki, całe godziny poświęcone strzelaniu do celu, trening, dyscyplina, pilność.

W to zimne, słoneczne popołudnie w styczniu dwa tysiące sześćdziesiątego pierwszego roku w końcu wszystko się zacznie naprawdę.

Jasny umysł i zimna krew.

Uczeń wiedział, że te dwa elementy są równie istotne, jak umiejętności, kierunek wiatru, temperatura i wilgotność powietrza czy prędkość. Ale pod jego opanowaniem kryła się żądza zabijania, teraz bezwzględnie stłumiona.

Mistrz wszystko zorganizował. Sprawnie i zwracając uwagę na każdy szczegół, co również było istotne. Okna pokoju w schludnym hotelu średniej klasy w pobliżu Drugiej Alei wychodziły na zachód, były otwierane i miały żaluzje. Hotel skromnie przycupnął przy cichej i spokojnej Sutton Place, niespełna dwa kilometry od Central Park.

Mistrz dobrze wszystko przewidział, rezerwując pokój na piętrze, sporo ponad wierzchołkami drzew. Gdy się patrzyło nieuzbrojonym okiem, lodowisko przypominało białą plamkę, błyszczącą w ostrym słońcu. A ci, którzy byli na ślizgawce, wyglądali jak kolorowe, poruszające się punkciki.

Uczeń i jego mistrz ślizgali się tam niejeden raz, obserwując swoją przyszłą ofiarę, jak beztrosko sunęła po lodzie, wykonując obroty.

Przeprowadzili szczegółowe rozpoznanie miejsca pracy i zamieszkania upatrzonej osoby, poznali jej zwyczaje, ulubione sklepy i restauracje. A potem wspólnie doszli do wniosku, że lodowisko w rozległym parku zapewniało wszystko, na czym im zależało.

Dobrze im się współpracowało. Rozumieli się bez słów. Kiedy mistrz ustawił dwójnóg pod oknem, wychodzącym na zachód, uczeń umieścił na nim laserowy karabin snajperski i starannie go zamocował.

Kiedy lekko uchylili okno, do środka wpadło mroźne zimowe powietrze. Oddychając miarowo, uczeń spojrzał przez celownik optyczny, wyostrzył obraz.

Lodowisko na tyle się przybliżyło, że widział teraz rysy, żłobione przez łyżwy w lodowej tafli.

Był tam tłum ludzi w kolorowych czapkach, rękawiczkach i szalikach. Jakaś para, trzymająca się za ręce, wybuchnęła śmiechem, kiedy razem się wywróciła. Dziewczyna o złotoblond włosach, w obcisłym, czerwonym kombinezonie i kamizelce, kręciła piruety, aż jej sylwetka się rozmyła. Jakaś inna para trzymała za rączki małego chłopca, który przyglądał się wszystkiemu z zachwytem.

Starzy, młodzi i w średnim wieku. Nowicjusze i szpanerzy, śmigający jak błyskawica i sunący statecznie.

I nikt, absolutnie nikt z nich nie wiedział, że znaleźli się na celowniku i sekundy dzielą ich od śmierci. Sekundy, nim zadecyduje, komu pozwoli żyć, a kogo zabije.

To poczucie siły było przemożne.

– Widzisz nasz cel?

Uczeń potrzebował chwili, by go wypatrzyć w tym morzu twarzy, postaci.

Po jakimś czasie skinął głową. Jest tam, dostrzegł jego twarz, sylwetkę. Ich cel. Ile razy widział tę twarz, tę sylwetkę w celowniku optycznym? Mnóstwo. Ale dziś będzie ten ostatni raz.

– Masz jeszcze dwoje?

Znów skinął głową, równie opanowany, jak poprzednio.

– Kolejność dowolna. Daję ci zielone światło.

Uczeń sprawdził prędkość wiatru, wprowadził minimalne poprawki. I z jasnym umysłem, z zimną krwią przystąpił do działania.

Dziewczyna w czerwonym, obcisłym kombinezonie wirowała w celowniku, szykując się do axla. Jadąc do przodu, przeniosła ciężar ciała z lewej nogi na prawą, uniosła ręce w górę.

Dostała w sam środek pleców, jej własna siła rozpędu pchnęła ją do przodu. Wpadła na parę z małym chłopczykiem. I jak pocisk przewróciła całą trójkę na lód.

Rozległy się krzyki.

Powstało zamieszanie. Mężczyzna, ślizgający się w drugim końcu lodowiska, zwolnił, spojrzał za siebie.

Został trafiony w brzuch. Kiedy upadł, dwójka łyżwiarzy jadących tuż za nim ominęła go, nie zatrzymując się.

Para, trzymająca się za ręce, niezgrabnie potykając się, dojechała do bandy. Mężczyzna wskazał kłębowisko ciał.

– Ej, zdaje się, że…

Dostał między oczy.

W hotelowym pokoju, pogrążonym w ciszy, uczeń obserwował lodowisko przez celownik optyczny, próbując sobie wyobrazić odgłosy, krzyki. Z łatwością mógłby zabić czwartą, piątą osobę. Cały ich tuzin.

Było to takie łatwe, sprawiało taką satysfakcję. Dawało poczucie siły.

Ale mistrz opuścił lornetkę.

– Trzy celne trafienia. Cel osiągnięty. – Z aprobatą położył dłoń na ramieniu swego podopiecznego, dając znak, że na dziś wystarczy.

– Dobra robota.

Tamten szybko, sprawnie rozłożył karabin, schował go do futerału, a nauczyciel zabrał dwójnóg.

Chociaż nie padły żadne słowa, na twarzy ucznia malowała się radość, duma z tego, czego dokonał, z otrzymanej pochwały. Zauważywszy to, mistrz uśmiechnął się lekko.

– Najpierw zabezpieczymy sprzęt, a potem to uczcimy. Należy ci się nagroda. Później wszystko omówimy. A jutro będziemy kontynuowali nasze dzieło.

Kiedy opuścili hotelowy pokój – wytarty do czysta przed robotą i po niej – uczeń pomyślał, że gotów jest kontynuować choćby zaraz.

Rozdział 1

Porucznik Eve Dallas weszła zamaszystym krokiem do sali ogólnej wydziału zabójstw po denerwującym zeznaniu w sądzie. Marzyła o kawie. Ale detektyw Jenkinson najwyraźniej na nią czekał. Zerwał się od swojego biurka i ruszył w jej stronę, jak zwykle kłując w oczy ohydnym krawatem, wybranym na ten dzień.

– Czy to żaby? – spytała Eve. – Czemu nosisz krawat w żaby w kolorze szczyn, skaczące po… Chryste! Liściach lilii wodnych w kolorze rzygowin?

– Żaby przynoszą szczęście. Zgodnie z feng shui czy inną bzdurną filozofią. Mniejsza z tym. Świeżak, którą ściągnęła pani do naszego wydziału, oberwała w oko od jakiegoś ćpuna na Avenue B. Razem z mundurowym Carmichaelem przywieźli i jego, i dilera. Siedzą teraz na dołku. Nasza nowicjuszka jest w pokoju śniadaniowym z zimnym okładem na oku. Pomyślałem sobie, że chciałaby pani o tym wiedzieć.

Świeżakiem była nowo przeniesiona do wydziału funkcjonariuszka Shelby.

– Jak sobie poradziła?

– Jak glina. Jest w porządku, pani porucznik.

– Dobrze wiedzieć.

Naprawdę marzyła o kawie, nie o tej obrzydliwej lurze z pokoju śniadaniowego, lecz o prawdziwej kawie, którą miała w autokucharzu w swoim gabinecie. Jednak przyjęła funkcjonariuszkę Shelby do swojego zespołu, a ona już pierwszego dnia zarobiła śliwę.

Tak więc Eve, wysoka i szczupła, w czarnym, skórzanym płaszczu, weszła do pokoju śniadaniowego.

Shelby siedziała, pijąc lurowatą kawę i patrząc na monitor swojego palmtopa. Na prawym oku miała zimny kompres. Zaczęła wstawać, ale Eve powstrzymała ją ruchem ręki.

– Jak twoje oko, Shelby?

– Moja młodsza siostra ma mocniejszy cios, pani porucznik.

Eve kiwnęła palcem i Shelby zdjęła zimny okład z oka.

Eve skinęła głową, widząc nabiegłe krwią białko, czarnofioletowy siniec wokół oka.

– Niczego sobie śliwa. Przykładaj zimny okład jeszcze przez jakiś czas.

– Tak jest, pani porucznik.

– Dobra robota.

– Dziękuję, pani porucznik.

W drodze do swojego gabinetu zatrzymała się koło biurka mundurowego Carmichaela.

– Zdajcie mi raport.

– Dyspozytor zlecił detektywom Carmichaelowi i Santiago stawić się na Avenue B. Pojechaliśmy z nimi jako wsparcie, żeby zapanować nad tłumem gapiów. Zauważyliśmy, że półtora metra dalej akurat odbywa się handel narkotykami. Nie mogliśmy tego zignorować, a ponieważ asystowaliśmy przy ładowaniu trupa, postanowiliśmy ich zwinąć. Diler od razu podniósł ręce do góry, nie stawiał oporu. Ćpun był na głodzie i przyładował Shelby. Znienacka, pani porucznik. Powaliła go na ziemię i muszę przyznać, że zrobiła to raz-dwa. Może nieco brawurowo, ale pierwsza oberwała od niego w oko. Obu ich przywieźliśmy na komendę, ćpunowi postawiono dodatkowo zarzut napaści na funkcjonariusza policji. Potrafi przyjąć cios – dodał mundurowy Carmichael. – Trzeba to uczciwie przyznać.

– Miejcie na nią oko przez kilka dni. Przekonamy się, jak sobie radzi.

Nim jeszcze ktoś zdążył zgłosić się do niej z jakąś sprawą, Eve ruszyła prosto do swojego gabinetu. Jeszcze przed zdjęciem płaszcza zaprogramowała czarną kawę.

Stała przed malutkim oknem, pijąc kawę, obserwując swoimi oczami koloru whisky ruch uliczny w dole i powietrzny nad głową.

Miała papierkową robotę – zawsze jest jakaś papierkowa robota – z którą musiała się uporać. Ale właśnie zamknęła ohydną sprawę i spędziła ranek, zeznając w innej ohydnej sprawie. Uważała, że wszystkie są ohydne, ale jedne były gorsze od innych.

Chciała więc przez chwilę podelektować się kawą, spoglądając na miasto, które przysięgała chronić i któremu przysięgała służyć.

Może, jeśli dopisze jej szczęście, czeka ją spokojny wieczór. Tylko ona i Roarke, pomyślała. Napiją się wina, zjedzą kolację, może obejrzą film, a potem pójdą razem do łóżka. Odkąd glina od zabójstw poślubiła wiecznie zajętego biznesmena-miliardera, spokojne wieczory w domu były największą, najbardziej upragnioną nagrodą.

Dzięki Bogu Roarke też delektował się takimi spokojnymi wieczorami.

Czasami bywali na przyjęciach – to stanowiło część umowy, należało do małżeńskich obowiązków, które starała się wykonywać. Ale częściej mąż pomagał jej w pracy, jedząc pizzę w jej gabinecie. Były przestępca o umyśle gliny? Bezcenny skarb.

Więc może dziś czeka ich oboje spokojny wieczór.

Postawiła kawę na biurku, zdjęła płaszcz i rzuciła go na fotel dla gości, celowo niewygodny. Praca papierkowa, przypomniała sobie, i zamierzała przesunąć dłońmi po włosach. Poczuła pod palcami czapkę z płatkiem śniegu. Starała się nie odczuwać skrępowania, kiedy w niej paradowała. Rzuciła czapkę na płaszcz, przeczesała palcami krótkie, lekko potargane brązowe włosy i usiadła.

– Komputer... – zaczęła, kiedy zadzwonił jej telefon stacjonarny.

– Dallas.

– Dyspozytor do porucznik Eve Dallas.

Zanim usłyszała dalszy ciąg, wiedziała, że wymarzona nagroda będzie musiała jeszcze przez jakiś czas pozostać w pudełku.

*

Razem ze swoją partnerką Eve ruszyła pieszo od Szóstej Alei, gdzie zaparkowała na drugiego swój wóz.

W szaliku w fioletowo-zielone zygzaki, omotanym wokół szyi, Peabody człapała ulicą, rzucając ponure spojrzenia na śnieg, który wszystko przykrywał.

– Założyłam, że cały dzień spędzimy w sądzie, a ponieważ jest w okolicach pięciu stopni, to mogę włożyć kowbojki. Gdybym wiedziała, że będziemy brnąć w śniegu...

– Mamy styczeń. I jaka policjantka ubiera się na różowo na proces w sprawie o zabójstwo?

– Reo miała czerwone buty – zwróciła jej uwagę Peabody, mając na myśli zastępczynię prokuratora. – Kiedy się zastanowić, czerwony to bardzo ciemny róż.

Eve zdziwiła się, czemu, u diabła, rozmawiają o butach, kiedy czekają na nie trzy trupy.

– Weź się w garść.

Mignęła odznaką pierwszemu policjantowi i szła, nie zatrzymując się, nie zwracając uwagi na reporterów, tłoczących się za policyjną taśmą i wykrzykujących pytania.

Ktoś okazał się łebski, doszła do wniosku, nie dopuszczając przedstawicieli mediów na lodowisko. Nie potrwa to długo, ale przynajmniej na razie nieco ułatwi śledztwo, które z pewnością nie będzie proste.

Dostrzegła kilkunastu mundurowych, kręcących się tu i tam, a także przynajmniej pięćdziesięcioro zwykłych obywateli. Uniesione głosy, kilka bliskich histerii, wyraźnie rozbrzmiewały w powietrzu.

– Myślałam, że będzie więcej zwykłych obywateli, więcej świadków.

Eve się rozejrzała.

– Kiedy padają trupy, ludzie uciekają. Prawdopodobnie połowa zbiegła, nim na miejsce przybyli pierwsi funkcjonariusze policji. – Pokręciła głową. – Reporterzy mogą pozostać z daleka od miejsca wydarzenia, i tak otrzymają filmiki nagrane przez naocznych świadków.

Ponieważ nic nie można było na to poradzić, przestała sobie zaprzątać tym głowę i minęła kolejną zaporę policyjną.

Dostrzegła jakiegoś mundurowego, który zwrócił się w jej stronę, ciężko stawiając kroki. Rozpoznała trzydziestokilkuletniego weterana i domyśliła się, że relatywny porządek, jaki panował, jest zasługą jego doświadczenia i bezkompromisowości.

– Cześć, Fericke.

Skinął jej głową. Miał ciemną twarz, podobną do pyska buldoga, posturą też go przypominał. I oczy koloru gorzkiej czekolady, które widziały wszystko i spodziewały się w każdej chwili, że zobaczą coś jeszcze gorszego.

– Niezły pasztet.

– Zdajcie raport.

– Otrzymałem wiadomość koło piętnastej dwadzieścia. Akurat byłem z nowicjuszem, robiliśmy pieszy obchód na Szóstej Alei, więc przybiegliśmy tutaj. Kazałem mu rozciągnąć taśmy policyjne, nie dopuszczać tu gapiów. Ale, na Boga, nie można zamknąć całego przeklętego parku.

– Przybyliście tutaj pierwsi.

– Tak. Ludzie zaczęli dzwonić pod dziewięćset jedenaście, więc pojawiali się kolejni gliniarze, ale kiedy tu dotarłem, świadkowie już uciekali z miejsca wydarzenia. Musiałem prosić o pomoc ochronę parku, żeby zatrzymać tylu, ilu się da. Kilka osób odniosło obrażenia. Ratownicy medyczni opatrują lżej poszkodowanych, ale mieliśmy dzieciaka, sześciolatka, ze złamaną nogą. Z tego, co udało nam się wydusić

15

od świadka, wynika, że pierwsza ofiara zderzyła się z nim i rodzicami chłopca. Mały, upadając, złamał nogę. Mam ich dane kontaktowe i adres szpitala.

– Peabody.

– Proszę mi przekazać te dane.

Wyrecytował je, nie zaglądając do notesu.

– Technicy kryminalistyki nie będą zadowoleni z tego, co tu zastaną. Ludziska kręcili się wszędzie, ofiary przenoszono z miejsca na miejsce. Na lodowisku był akurat lekarz i weterynarz. Zajęli się rannymi.

– Pierwsza ofiara została trafiona w plecy. To ta kobieta tam, ubrana na czerwono. – Odwrócił się, wskazał ją brodą. – Z zeznań świadków trudno wywnioskować, kto był następny, ale mamy dwóch mężczyzn, jeden dostał w brzuch, drugi między oczy. Według mnie to strzały z broni laserowej, pani porucznik, ale nie chcę wam odbierać chleba. Usłyszycie też od niektórych świadków o nożach i podejrzanych typkach, wszystkie te bzdury, co zawsze.

Nie zostaje się porucznikiem bez ciężkiej pracy i umiejętności odsiewania ziarna od plew.

– No dobrze. Gdzie lekarze?

– W szatni. Razem z dwójką świadków, którzy twierdzą, że pierwsi dotarli do jednego z postrzelonych mężczyzn. I żoną jednej z ofiar. Jest przekonana, że jej mąż zginął ostatni. Też się ku temu skłaniam.

– Peabody, idź do nich, a ja obejrzę zwłoki. I chcę natychmiast otrzymać zapisy z kamer monitoringu.

– Już są dla pani przygotowane – powiedział jej Fericke. – Proszę się zgłosić do Spichera. Odpowiada za bezpieczeństwo lodowiska i nie jest skończonym idiotą.

– Zaraz do niego pójdę. – Peabody odeszła, starając się omijać leżący wszędzie śnieg.

– Będą pani potrzebne nakładki antypoślizgowe na buty – poinformował ją Fericke. – Jest ich tam cała sterta. Ważny

16

gliniarz, zajmujący się zabójstwami, nie wzbudzi zaufania, jak wywali się jak długi.

– Nie dopuszczajcie tu nikogo, Fericke.

– Niczym innym się nie zajmuję.

Skierowała się do wejścia na lodowisko, wsunęła nakładki antypoślizgowe, a następnie otworzyła swój zestaw podręczny i zabezpieczyła dłonie oraz buty.

– Ej! Ej! Czy pani tu dowodzi? Kto, do cholery, tym wszystkim kieruje?

Odwróciła się i zobaczyła jakiegoś czterdziestolatka o czerwonej twarzy. Był w grubym, białym swetrze i czarnych obcisłych spodniach.

– Tak, ja tu dowodzę.

– Nie macie prawa mnie przetrzymywać! Mam umówione spotkanie.

– Panie…

– Granger. Wayne Granger. Znam swoje prawa!

– Panie Granger, czy widzi pan zwłoki trzech osób na lodowisku?

– Jasne, że tak.

– Ich prawa są ważniejsze od pańskich.

Coś za nią krzyknął, kiedy szła przez lodowisko w stronę zwłok kobiety. Coś na temat państw policyjnych i wytoczenia procesu. Patrząc na dziewczynę w czerwonym kombinezonie – nie mogła mieć więcej niż dwadzieścia lat – Eve przestała sobie nim zaprzątać głowę.

Dziewczyna leżała na boku w kałuży krwi. Eve wyraźnie widziała ślady krwi na lodowej tafli, pozostawione przez innych łyżwiarzy i ratowników medycznych.

Oczy zabitej, jasnobłękitne jak letnie niebo, już stały się szkliste. Jedna ręka, wyciągnięta dłonią do góry, także znalazła się w kałuży krwi.

Nie, Eve przestała sobie zaprzątać głowę Grangerem i jego umówionym spotkaniem.

Przykucnęła, otworzyła swój zestaw i przystąpiła do pracy.

Nie wyprostowała się ani nie odwróciła, kiedy podeszła do niej Peabody.

– Ofiara to Ellissa Wyman, lat dziewiętnaście. Mieszka z rodzicami i młodszą siostrą w Upper West. Poniosła śmierć o piętnastej piętnaście. Lekarz sądowy ustali przyczynę zgonu, ale zgadzam się, wygląda to na strzał z broni laserowej.

– Obaj lekarze też są tego zdania. Weterynarz był sanitariuszem w wojsku, więc widział rany postrzałowe od broni laserowej. Tylko rzucili na nią okiem, bo nie ulegało wątpliwości, że zginęła na miejscu. Jeden z nich próbował ratować mężczyznę postrzelonego w brzuch, drugi zbadał tego, który dostał w głowę, ale obaj nie żyli. Więc skupili się na rannych.

Eve się wyprostowała i skinęła głową.

– Nagrania z kamer monitoringu.

– Mam je tutaj.

Podłączyła jeden dysk do palmtopa, przewinęła nagranie do godziny piętnastej czternaście i najpierw skupiła uwagę na dziewczynie w czerwonym kombinezonie.

– Jest dobra – stwierdziła Peabody. – Mam na myśli jej formę. Rozpędza się i…

Urwała, kiedy dziewczyna znalazła się w powietrzu i wpadła na rodziców z małym chłopcem.

Eve cofnęła nagranie o dwie minuty, jednak tym razem przyglądała się innym łyżwiarzom i gapiom.

– Robią dla niej miejsce – mruknęła. – Niektórzy jej się przyglądają. Nie widzę broni.

Oglądała dalej, jak druga ofiara została odrzucona w tył, jak oczy mężczyzny zrobiły się wielkie i ugięły się pod nim kolana.

Cofnęła nagranie, zapisała czas. Przewinęła zapis do przodu.

– Niespełna sześć sekund między strzałami.

Łyżwiarze skierowali się w stronę pierwszej ofiary i rodziny z małym dzieckiem. Pojawili się ochroniarze. A para w pobliżu bandy, kiepsko radząca sobie na lodowisku, zwolniła. Mężczyzna spojrzał za siebie. I właśnie wtedy został trafiony.

– I minimalnie więcej niż sześć sekund między drugim i trzecim strzałem. Trzy strzały w ciągu dwunastu sekund i trzy trupy – jeden trafiony w plecy, drugi w brzuch, ostatni w czoło. To nie łut szczęścia. I żaden z tych strzałów nie został oddany z lodowiska ani z żadnego miejsca w pobliżu. Powiedz Ferickemu, że jak spisze nazwiska i namiary wszystkich świadków i wysłucha ich oświadczeń, może ich puścić do domu. Z wyjątkiem lekarzy i żony trzeciej ofiary. Uzyskaj od tej trójki pełne zeznania, skontaktuj się z osobą, z którą chce się skontaktować żona trzeciej ofiary. Zwłoki kobiety można już zawieźć do kostnicy. Będą nam potrzebne zapisy kamer monitoringu, rozmieszczonych w parku.

– W której jego części?

– We wszystkich.

Peabody aż otworzyła usta ze zdumienia. Eve zostawiła ją i przeszła po tafli lodu do drugiej ofiary.

Dokonała oględzin zwłok obu mężczyzn, a potem skierowała się do szatni.

Lekarz i weterynarz siedzieli na ławce i pili kawę z kubków termicznych.

Eve skinieniem głowy odprawiła umundurowaną funkcjonariuszkę, usiadła na ławce naprzeciwko mężczyzn.

– Jestem porucznik Dallas. Złożyliście wyjaśnienia mojej partnerce, detektyw Peabody.

Obaj skinęli głowami. Ten z lewej strony – krótko ostrzyżony, gładko ogolony, po trzydziestce – przemówił pierwszy.

– Nie mogliśmy nic pomóc trójce postrzelonych. Nim do nich dotarliśmy, już nie żyli.

– Doktorze…

– Przepraszam. Doktor Lansing. Byłem przekonany, że dziewczyna… Dziewczyna w czerwonym kombinezonie… Upadła podczas skoku. Mały chłopiec krzyczał. Byłem tuż

19

za nimi, kiedy to się stało, więc w pierwszej kolejności próbowałem dotrzeć do niego. Zacząłem odciągać dziewczynę, żeby dostać się do chłopczyka, i dopiero wtedy zdałem sobie sprawę z tego, że nie straciła przytomności ani się nie uderzyła. Słyszałem, jak Matt wołał, żeby wszyscy zeszli z lodowiska.

– Matt?

– To ja. Matt Brolin. Widziałem zderzenie… Widziałem, jak dziewczyna robi obrót, szykując się do skoku, widziałem, jak wpada na rodziców z małym chłopcem. Zamierzałem pospieszyć im na pomoc, kiedy ujrzałem, jak pada jakiś facet. Ale wtedy jeszcze nie połączyłem tych faktów. Lecz kiedy zobaczyłem, jak ktoś strzela do trzeciej ofiary, wszystko zrozumiałem. Byłem sanitariuszem. Wprawdzie dwadzieścia sześć lat temu, jednak tego się nie zapomina. Ktoś do nas strzelał, chciałem, żeby ludzie się ukryli.

– Czy panowie się znają?

– Teraz tak – powiedział Brolin. – Wiedziałem, że trzecia ofiara poniosła śmierć na miejscu – to musiał być doskonały snajper – ale próbowałem ratować drugą. Ten mężczyzna jeszcze żył, pani porucznik. Patrzył na mnie. Nigdy nie zapomnę jego wzroku… I będzie to bardzo niemiłe wspomnienie. Wiedziałem, że nie przeżyje, ale robiłem to, co należało zrobić.

– Osłonił faceta własnym ciałem – wtrącił Lansing. – Ludzie wpadli w panikę. Gotów jestem przysiąc, że niektórzy przejechaliby po ofierze, ale Matt osłonił postrzelonego mężczyznę.

– Jack miał ręce pełne roboty przy tym chłopcu. Rodzice też doznali obrażeń, prawda?

– Nie mieli szans, by uniknąć upadku – wyjaśnił Lansing. – Ojciec doznał lekkiego wstrząśnienia mózgu, matka skręciła rękę w nadgarstku. Nic im nie będzie. Chłopcu też, chociaż najbardziej ucierpiał. Ochroniarze mają apteczkę pierwszej pomocy. Dałem poszkodowanym coś przeciwbólowego. Ratownicy medyczni dotarli w ciągu dwóch minut.

Należy im się uznanie. Poszedłem tam, gdzie był Matt, żeby mu pomóc. Próbowaliśmy ratować ostatnią ofiarę, ale, jak powiedział Matt, ten człowiek poniósł śmierć na miejscu. Nie żył już, gdy upadł.

– Nie było nic więcej do roboty poza udzielaniem pierwszej pomocy tym, którzy się przewrócili albo mieli rany cięte od łyżew – dodał Matt. Przesunął dłonią po zaniedbanej siwej brodzie. – Dopiero kiedy nas tu umieścili, zacząłem sobie wszystko odtwarzać w pamięci. Podczas pracy trzeba to odsunąć na bok.

– Co trzeba odsunąć na bok?

– Strach. Strach, że w każdej chwili możemy zostać postrzeleni w tył głowy. Ten, kto mierzył do tych ludzi, miał wprawę. Strzały padły ze wschodu.

– Skąd pan to wie?

– Byłem świadkiem trzeciego strzału. Widziałem kąt, widziałem, w którą stronę był odwrócony mężczyzna. Strzały padły ze wschodu. – Zmrużył oczy, patrząc na Eve. – Już pani to wie.

– Obejrzałam zapisy kamer monitoringu. Przeprowadzimy rekonstrukcję wydarzeń, ale w tej chwili zgadzam się z panem.

– Jego żona jest w biurze z pani partnerką. Jej rodzice właśnie tu dotarli. – Brolin westchnął ciężko. – Dlatego po wojsku poszedłem do szkoły weterynaryjnej. Łatwiej zajmować się psami i kotami niż ludźmi.

– Doskonale sobie obaj panowie poradzili z ludźmi. Chciałabym wam podziękować za to, co tu dziś zrobiliście. Mamy namiary do was, gdybyśmy chcieli ponownie się z wami skontaktować. A mnie można szukać w komendzie głównej policji, gdybyście chcieli ze mną porozmawiać. Porucznik Dallas.

– Możemy już iść? – spytał Lansing.

– Tak.

– No to jak z tym piwem?

Brolin uśmiechnął się blado.

– Co powiesz na dwa piwa?

– Pierwszą kolejkę ja stawiam. – Lansing wstał. – Ludzie przychodzą tutaj, żeby nacieszyć się parkiem, żeby pokazać dzieciom coś ciekawego. Albo, jak tamta dziewczyna, dla przyjemności. Miło było na nią patrzeć. A teraz... – Urwał i pokręcił głową. – Tak, ja stawiam pierwszą kolejkę.

Kiedy się oddalili, do środka weszli mężczyzna i kobieta z plakietkami „Ochrona" na smyczach na szyi.

– Porucznik Dallas, nazywam się Carly Deen, zajmuję się ochroną lodowiska. A to jest Paul Spicher. Czy możemy jeszcze jakoś pomóc?

– Kto jest szefem ochrony?

– Ja. – Carly, mierząca nie więcej niż metr sześćdziesiąt i ważąca ze czterdzieści pięć kilo, wyprostowała się. – Ludzie zakładają, że jest nim Paul. A on jest mięśniakiem. – Powiedziała to żartobliwie, siląc się na uśmiech.

– Rozumiem. Będziemy musieli zamknąć lodowisko na jakiś czas.

– Już się tym zajęliśmy. Dziennikarze ciągle dzwonią, więc nagraliśmy komunikat: „Lodowisko nieczynne do odwołania". Jednemu z nich udało się zdobyć mój prywatny numer, ale zablokowałam telefon.

– Dalej tak trzymać. Proszę dopilnować, żeby nikt z pracowników nie wchodził na lodowisko, dopóki nie obejrzą go technicy kryminalistyki. Będą tutaj niebawem. Czy znaliście ofiary?

– Tak, Ellissę. Ellissę Wyman. W sezonie przychodzi tu niemal codziennie. Zamierzała się dostać do rewii na lodzie. – Carly uniosła ręce, a po chwili je opuściła. – Była bardzo miła. Sympatyczna. Czasami przyprowadzała też młodszą siostrę.

– Znałem trochę pana Michaelsona – dodał Paul.

Drugą ofiarę, pomyślała Eve. Brent Michaelson, lekarz, sześćdziesiąt trzy lata, rozwiedziony, jedno dziecko.

– Stąd?

22

– Lubił jeździć na lodzie, przychodził tu co drugi wtorek po południu. Nie jeździł tak dobrze, jak Ellissa, ale to stały bywalec. Od czasu do czasu przyprowadzał swoje wnuki – wieczorem albo w soboty. Po południu lubił przychodzić sam. Drugiego mężczyzny wcześniej tu nigdy nie widziałem.

Paul spojrzał w stronę biura.

– Tego, którego żona jest w moim gabinecie – dodała Carly. – Jest z nią pani partnerka. Dobrze sobie radzi. Czy możemy jeszcze jakoś pomóc, pani porucznik?

– Proszę nam pozwolić przez jakiś czas korzystać z pani gabinetu.

– Jest do państwa dyspozycji tak długo, jak będzie potrzebny.

– Jestem pewna, że moja partnerka już o to pytała, ale ja też zapytam. Czy zauważyli państwo kogoś, kto się tu kręcił, jeździł na łyżwach albo przyglądał się łyżwiarzom i okazywał szczególne zainteresowanie Ellissą albo Brentem Michaelsonem?

– Nie. Dużo osób zostaje dłużej, kiedy jeździ Ellissa. I paru chłopaków zalecało się do niej. Ale się nie narzucali. Mamy oczy otwarte – ciągnęła Carly. – To spokojne miejsce. Czasem dochodzi do jakichś przepychanek, lecz na ogół ludzie jedynie wpadają na siebie na lodzie.

– Bardziej niespokojnie jest wieczorami, chociaż nawet wtedy… – Paul wzruszył ramionami. – Wszędzie trafi się jakiś dupek, który wszczyna bójkę. Proszę mi wybaczyć tego dupka – dodał.

– Rzadko bywa mi przykro z powodu dupków – stwierdziła Eve. – Będziemy w kontakcie. Radzę waszemu szefostwu, żeby skonsultowało z rzecznikiem prasowym policji oświadczenie dla mediów. Chodzi o treść oświadczenia.

– Szefostwo boi się procesów w sądzie.

– To dla nich typowe – powiedziała Eve, kierując się w stronę gabinetu.

23

W środku jakaś kobieta tuż po trzydziestce siedziała na składanym krześle, a po obu jej stronach stali jakaś kobieta i mężczyzna. Obejmowali ją, a Peabody przykucnęła przed nią i coś cicho mówiła.

Kiedy weszła Eve, Peabody ujęła dłoń siedzącej.

– Jenny, to porucznik Dallas.

Jenny spojrzała na nią zdruzgotanym wzrokiem.

– Widzieliśmy film. Alanowi bardzo się podobał. Wygląda pani zupełnie jak na filmie. Znaczy się jak aktorka, która panią grała. Nie wiem, co robić.

– Przykro mi z powodu poniesionej przez panią straty, pani Markum. Wiem, że detektyw Peabody już z panią rozmawiała. Gdyby mogła mi pani poświęcić jeszcze kilka minut.

– Jeździliśmy na łyżwach. Fatalnie jeździmy oboje. Wygłupialiśmy się. Wspólnie spędziliśmy cały dzień, zamierzaliśmy też razem spędzić wieczór. To nasza rocznica. Dziś minęło pięć lat.

Wtuliła twarz w ramię mężczyzny.

– Tutaj umówili się po raz pierwszy. – Odchrząknął. Mówił z lekkim irlandzkim akcentem, co przywiodło Eve na myśl Roarke'a. – Nazywam się Liam O'Dell, jestem ojcem Jenny. A to Katie Hollis, jej matka.

– To był mój pomysł, żeby tu przyjść. Chciałam, żebyśmy zrobili to samo, co podczas naszej pierwszej randki. To był mój pomysł, żeby pojeździć na łyżwach, tak jak wtedy. Oboje wzięliśmy wolny dzień w pracy. Po ślizgawce mieliśmy się wybrać na pizzę, tak jak na naszej pierwszej randce. I w pizzerii zamierzałam mu powiedzieć, dlaczego nie piję wina, chociaż wtedy piłam. Chciałam mu powiedzieć, że jestem w ciąży.

– Och. Och, skarbie. – Matka przyciągnęła ją do siebie. Gdy się tuliły, wstrząsały nimi dreszcze. – Och, mój skarbie.

– Zamierzałam mu powiedzieć, a potem mieliśmy powiedzieć tobie i tacie. I rodzicom Alana. Ale dziś chcieliśmy cały dzień spędzić razem.

Eve ukucnęła, tak jak Peabody, żeby móc spojrzeć kobiecie prosto w oczy.

– Jenny, kto jeszcze wiedział, że będziecie tu dzisiaj?

– Sherry, moja przyjaciółka. I chyba jej facet, Charlie. Są naszymi przyjaciółmi. Powiedziałam też mamie. Właściwie podjęliśmy decyzję dwa dni temu. Nalegałam, żeby tu przyjść, kiedy zrobiłam próbę ciążową i okazało się, że wynik jest dodatni.

– Czy Alan miał jakichś wrogów, czy miał z kimś jakieś zatargi?

– Nie. Nie. Detektyw Peabody już o to pytała. Wszyscy lubili Alana. Jest nauczycielem. Oboje jesteśmy nauczycielami. Pomagał trenerowi piłki nożnej i pracował jako wolontariusz w schronisku dla bezdomnych. Wszyscy go lubili. Dlaczego ktoś miałby go skrzywdzić? Dlaczego?

– Zrobimy wszystko, co w naszej mocy, żeby to ustalić. Może pani o każdej porze kontaktować się ze mną albo z detektyw Peabody.

– Nie wiem, co robić.

– Powinnaś pojechać do swojej mamy. – Liam nachylił się i pocałował ją w głowę. – Jedź z mamą do jej domu.

– Tato…

– Ja też tam przyjadę. Będę z wami. – Spojrzał nad jej głową na Kate, która skinęła mu, zapłakana. – Jedź z mamą, kochanie, ja do was dołączę.

– Peabody.

– Proszę ze mną. Radiowóz odwiezie panie do domu.

Kiedy Peabody wyprowadzała obie kobiety, Liam nie ruszył się z miejsca.

– Widzi pani, jesteśmy rozwiedzeni, Kate ponownie wyszła za mąż. Osiem lat temu. A może dziewięć? – Pokręcił głową. – Ale takie rzeczy nie mają teraz najmniejszego znaczenia, prawda? – Wstał i znów odchrząknął. – Dobry był z niego chłopak, z tego naszego Alana. Dobry, odpowiedzialny chłopak. Całym sercem kochał moją córkę.

Znajdzie pani tego, kto go jej zabrał, kto odebrał go Jenny i dziecku, które nosi?

– Zrobimy wszystko, co w naszej mocy.

– Ja też widziałem film i czytałem książkę o sprawie Icove'ów. Wiem, że odkryje pani, kto odebrał życie temu dobremu, młodemu człowiekowi.

Z oczami pełnymi łez wybiegł z pokoju.

Eve siedziała przez chwilę, żeby odsunąć od siebie niemal namacalną rozpacz, obecną w pomieszczeniu. Potem wyjęła telefon.

– Lowenbaum. – Był dowódcą jednostki specjalnej policji, najlepszym, jakiego znała. – Chciałabym z tobą coś przekonsultować.

– Dotarły do mnie pogłoski o tym, co się wydarzyło w Central Parku.

– Potwierdzam je. Potrzebna mi opinia eksperta.

– I pomyśleć, że zamierzałem iść do domu. Mogę być na lodowisku za...

– Nie, nie na lodowisku, przynajmniej jeszcze nie teraz. Mam zapisy z kamer monitoringu, chcę je obejrzeć na dobrym sprzęcie. Mieszkam niedaleko stąd. Możesz do mnie wpaść?

– Do pałacu Dallas?

– Ugryź mnie, Lowenbaum.

Roześmiał się smutno.

– Tak, mogę do ciebie wpaść. – Spoważniał. – Mam różne dane, jeśli chodzi o liczbę ofiar.

– Trzy. I według mnie mogłoby być ich znacznie więcej.

– Jeśli może ich być więcej, to zwykle będzie.

– Dlatego chcę to z tobą przekonsultować. Uważam, że może być więcej ofiar. Muszę poinformować rodziny zabitych. Czy możemy się umówić u mnie za godzinę?

– Jasne.

– Z góry dziękuję.

Rozłączyła się akurat wtedy, kiedy weszła Peabody.

– Chcę, żebyś pojechała do szpitala albo zadzwoniła i sprawdziła, czy chłopczyk ze złamaną nogą i jego rodzice wciąż tam są. Jedź na oddział, gdzie teraz przebywają. Ustal, co widzieli, sporządź raport. Ja zajmę się informowaniem krewnych ofiar.

– Wciąż ściągam zapisy z kamer monitoringu. To duży park.

– Każ przesłać filmy na mój komputer w komendzie i w domu. Zaczniemy od sektorów na wschód od lodowiska. Każ też przesłać całość na swój komputer w domu i w pracy. Chcę, żebyś popatrzyła na zapisy... Poproś McNaba, żeby także je obejrzał. Zaznacz wszystko, co wyda ci się szczególne. Jeśli zabójca działał na terenie parku, będzie miał jakąś torbę albo futerał.

– Jeśli?

Eve wyszła z gabinetu, rozejrzała się po pustej szatni.

– Bo założę się, że strzały padły spoza parku. Poszukamy budynków z oknami wychodzącymi na zachód, poczynając od Szóstej Alei, i będziemy się posuwać na wschód, póki Lowenbaum nie powie „stop”.

– Lowenbaum?

– Wpadnie do mnie, żeby to przekonsultować. Chcę obejrzeć zapisy z kamer na lodowisku w domu, korzystając ze sprzętu, który nie stawia mi oporu.

– Lowenbaum. Jest taki słodki. – Widząc surowe spojrzenie Eve, Peabody się zgarbiła. – Jestem z McNabem, ale to nie znaczy, że jestem ślepa i nie widzę, gdy ktoś jest słodki. Musisz przyznać, że jest bardzo słodki.

– Słodkie mogą być pieski albo małe dzieci, jeśli ktoś czuje słabość do piesków i małych dzieci. Ale przyznaję, że jest niczego sobie.

– Absolutnie. Postaram się o te zapisy kamer i spróbuję wyciągnąć coś nowego od dzieciaka i jego rodziców. – Mówiąc to, Peabody zaczęła się owijać szalikiem. – Będziemy musiały przebrnąć przez całe morze oświadczeń świadków.

– Zapoznaj się z pierwszą dziesiątką, ja przeczytam pozostałe. Przekonajmy się, czy te trzy osoby wiąże ze sobą coś

27

poza tym, że akurat dziś wybrały się na ślizgawkę. Miejmy nadzieję, że coś znajdziemy. Jeśli to zupełnie przypadkowe ofiary, nie wróży to dobrze na przyszłość.

Wyszedłszy z gabinetu, Eve spojrzała na wschód, nad głowami techników kryminalistyki, zajętych zabezpieczaniem śladów.

I znów pomyślała: nie wróży to nic dobrego na przyszłość.

Rozdział 2

Trudno powiedzieć, pomyślała Eve, kiedy w końcu ruszyła do domu, co gorsze: informowanie najbliższego krewnego o śmierci bliskiej osoby przez telefon czy bezpośrednio. Tak czy inaczej, rodzice Ellissy Wyman, których powiadomiła osobiście, byli zdruzgotani, podobnie jak przebywająca służbowo w Filadelfii córka Brenta Michaelsona, do której zadzwoniła.

Ich życie już nigdy nie będzie takie jak dotąd. Dallas wiedziała, że śmierć zmienia wszystko, a szczególnie śmierć w wyniku zabójstwa.

Musi się otrząsnąć, bo rozpacz zaciera obraz.

Żadnych wrogów, żadnych gróźb, żadnych kłopotów. Żadnych rozgoryczonych byłych, żadnych stosów pieniędzy, których by zazdroszczono zabitym. W tej chwili wszystko wskazywało na to, że trzy ofiary były zwykłymi, praworządnymi obywatelami.

Po prostu znaleźli się w niewłaściwym miejscu o niewłaściwej porze.

Ale dlaczego akurat ta trójka, w tym dwoje stałych bywalców lodowiska? Z dziesiątków, którzy tam byli, dlaczego akurat tych troje?

Zawsze znajdzie się jakiś powód, przypomniała samej sobie. Nawet jeśli powód jest zupełnie zwariowany.

Analizowała różne powody, gdy przejechała przez bramę i patrzyła na kręty podjazd do domu.

Jej rozważania przerwała uwaga Lowenbauma, którą sobie przypomniała.

„Pałac Dallas"? Serio? Czy tak postrzegali jej dom inni gliniarze?

Może z wyglądu trochę przypominał zamek (czy to to samo co pałac?) tymi swoimi okazałymi, kamiennymi murami, w których teraz zaczynały się odbijać jasne, zimowe gwiazdy. Miał wieże i wieżyczki, a pośród białego śniegu, otoczony drzewami o gołych, oszronionych gałęziach, może istotnie wyglądał jak budowla z innych czasów.

Z innego świata.

Ale to było dzieło Roarke'a. On zbudował tę prywatną fortecę w sercu miasta. I może początkowo rezydencja robiła na niej wrażenie i ją onieśmielała – i jeszcze przez jakiś czas później. Ale teraz?

To był jej dom.

Gdzie płonął ogień w kominkach, a ukochany mężczyzna spoglądał na nią tak, że w jednej chwili rozumiała, że mu na niej zależy. Gdzie na powitanie kot ocierał się o jej nogi.

Gdzie, pomyślała, parkując przed wejściem, za chwilę Summerset wyłoni się w holu niczym duch.

Jakby się spodziewał, że Eve zostawi plamy krwi i błota na nieskazitelnie czystych podłogach. Zgoda, może nieraz to robiła. Ale nie dziś.

Na wszelki wypadek, kiedy wysiadła z samochodu, obejrzała podeszwy butów.

Dziś nie miała czasu na żadne bzdury.

Weszła i ujrzała go – kościstego, obranego na czarno, z kamienną twarzą. U jego stóp siedział tłusty kocur.

– Oszczędź sobie – powiedziała, nim zdołał ją powitać jakąś zniewagą, wymyśloną specjalnie na ten dzień. – Spodziewam się gliniarza. Lowenbauma. Zaprowadź go od razu na górę.

– Czy pani gość zostanie na kolacji?

Uznała, że przesłodzony ton głosu miał zastąpić zniewagę, ale samo pytanie ją zaskoczyło.

– Nie…

Która to godzina, do cholery? Musiała się siłą powstrzymać przed spojrzeniem na zegarek, żeby nie dać Summersetowi tej satysfakcji.

– To nie gość, tylko gliniarz. Przychodzi służbowo.

Żeby odzyskać pozycję, ominęła kota, który ocierał się o jej nogi, zdjęła płaszcz i rzuciła go na słupek balustrady.

– Ależ naturalnie.

Nie zwracając uwagi na majordomusa, zaczęła wchodzić po schodach, a kot pobiegł za nią.

Skierowała się prosto do swojego gabinetu i przystanęła na widok Roarke'a, opierającego się o jej biurko.

Ten facet potrafił sprawić, że serce zamierało jej w piersiach, a potem zaczynało walić jak szalone. Są małżeństwem od ponad dwóch lat, pomyślała. Czy nie powinno się to zmienić? Co na to regulamin małżeński?

Ale mężczyzna, który wygląda jak Roarke, nie stosuje się do żadnych reguł.

Ta nieprawdopodobnie urodziwa twarz, te szalenie niebieskie oczy jakiegoś irlandzkiego boga, a do tego idealnie wykrojone usta poety. Czarne, jedwabiste włosy miał związane z tyłu, jak to robił podczas pracy. Wysoki, szczupły, ubrany na czarno, bez krawata i marynarki, z rękawami koszuli podwiniętymi do łokci.

Czyli że już od jakiegoś czasu jest w domu i pracuje.

Tak, jego wygląd łamał wszelkie zasady, sprawiał, że serce jej zamierało. A w momencie, kiedy ich spojrzenia się spotykały, zaczynało bić jak oszalałe.

Widziała w jego oczach miłość. Po prostu, tak zwyczajnie.

– Jesteś w samą porę – powiedział z tym swoim lekkim irlandzkim akcentem.

– Na co?

Tylko wyciągnął rękę.

Eve podeszła do niego, a wtedy przyciągnął ją bliżej, przesunął dłońmi po jej plecach, musnął wargami jej usta.

Dom, znów pomyślała i zapomniała o ostatnich kilku godzinach. Objęła go, przytuliła się. Wiedząc, że tutaj może to zrobić i nadal pozostać taką, jaką jest.

– Masz nową sprawę – stwierdził. – Chodzi o tę strzelaninę na lodowisku Wollmann, prawda? Pomyślałem o tobie, jak tylko usłyszałem wiadomości.

– Tak. Właśnie wracam od rodziców i czternastoletniej siostry pierwszej ofiary. Są zupełnie zdruzgotani.

– Najbardziej brutalna część brutalnej pracy. Przykro mi z tego powodu.

– Mnie też.

Przechylił do tyłu głowę Eve, musnął ustami jej czoło.

– Wszystko mi opowiesz. Myślę, że najpierw kieliszek wina, a potem morze kawy. Ale na początek chwila, żeby ochłonąć.

– Właściwie nie mam na to czasu. Lowenbaum jest już w drodze tutaj. Chcę, żeby obejrzał zapisy kamer monitoringu. Muszę posłuchać jego opinii. Jest z oddziału specjalnego policji… – zaczęła.

– Tak, całkiem dobrze go pamiętam z zeszłorocznego śledztwa w sprawie Czerwonego Konia. Dlaczego właśnie on?

– Każda ofiara została trafiona z broni laserowej, wszystkie strzały były śmiertelne. I uważam, że strzelano spoza Central Parku.

– Spoza? Rozumiem.

Ponieważ rozumiał, oszczędziło jej to długich wyjaśnień.

– Może zabójca obrał sobie za cel tylko jedną ofiarę, dwie pozostałe stanowiły przykrywkę. Może znajdę jakieś powiązanie między tą trójką. Ale… – Pokręciła głową. – Muszę rozstawić tablicę, założyć książkę sprawy.

– Mogę ci pomóc.

– Dzięki. Może gdybyś… – Odwróciła się i znów serce jej zamarło. Ale teraz nie w pozytywnym znaczeniu tego słowa.

32

Na ekranie ściennym ujrzała różowo-fioletowy koszmar.

Ściany pokoju były różowe w fioletowe zygzaki. Pośrodku znajdowało się coś w rodzaju siedziska w kształcie litery S, fioletowe w różowe zygzaki, a na nim leżały różnobarwne poduszki z falbankami, we wzorki, które wywoływały oczopląs.

Obok był fotel – też różowy, w duże, zielone kropki i... Czy to pióra? Tak, za oparciem sterczały różnobarwne pióra, układające się w tęczę.

Pod oknem – także ozdobionym piórami – stał jaskrawozielony, błyszczący stolik i dwa różowe krzesła w fioletowe kropki. Na stole znajdował się wielki, fioletowy wazon pełen jakichś osobliwych kwiatów.

Serce znów zaczęło jej walić na widok stacji roboczej w kształcie litery U, cukierkoworóżowej z fioletową obwódką.

– To nie może być prawda.

– Charmaine uznała to za dobry żart. – Roarke zmienił pozycję, by móc ująć twarz Eve w obie dłonie. – Oboje nas bardziej by on rozbawił, gdyby twoich myśli nie zaprzątało śledztwo.

– Żart.

– Zaprojektowanie przeciwieństwa tego, czego byś sobie życzyła, urządzając ten pokój od nowa.

– Przeciwieństwo.

– Absolutne przeciwieństwo. Dodam, że kiedy przysłała ten projekt razem z trzema innymi, powiedziała, że według niej szok, jaki wywoła, pomoże ci docenić pozostałe propozycje. – Z uśmiechem przesunął palcem po płytkim dołeczku w jej brodzie. – Rzućmy okiem na pozostałe projekty i przekonajmy się, czy miała rację. Tylko rzućmy okiem. Żebyś przestała się denerwować, że namówiłem cię na coś, co jest sprzeczne z twoim poczuciem estetyki.

– Nie namówiłbyś mnie na coś takiego, nawet gdybyś mi przytknął paralizator, nastawiony na pełną moc. Ale nie wiem, czy...

– Komputer, wyświetl projekt numer jeden. Jak zapewniałem, kiedy rozmawialiśmy o unowocześnieniu twojego gabinetu, nie będzie w nim nic, co nie przypadnie ci do gustu.

Już chciała się sprzeciwić, kiedy zobaczyła obraz. Spokojne kolory, proste linie i to, co ją przekonało do tego przedsięwzięcia – wielkie, odlotowe centrum dowodzenia.

– Ani śladu różu, ani jednego pióra czy falbanki – dodał Roarke. – Komputer, wyświetl projekt numer dwa.

Mocniejsze kolory, ale nie tyle jaskrawe, ile głębokie. Może kilka obłych linii, może trochę wygodniejszy fotel, jednak wszystko w granicach rozsądku.

– I projekt numer trzy.

Pomyślała, że ten jest czymś pośrednim między dwoma poprzednimi. Zgaszone kolory, meble o bardziej opływowych kształtach.

– Lepiej?

– Wszystko byłoby lepsze od tego różu.

– Obejrzysz je sobie dokładnie później, kiedy będziesz miała więcej czasu.

– Tak. Wyłącz to teraz, dobrze? Słyszę, jak ktoś idzie. To z pewnością Lowenbaum.

Roarke wiedział, że jego policjantka byłaby zażenowana, gdyby inny gliniarz przyłapał ją na oglądaniu projektów wystroju wnętrza. Polecił usunięcie obrazów, a Eve podeszła do drzwi, żeby powitać swojego gościa.

– Porucznik Lowenbaum – zaanonsował Summerset i się wycofał.

Wszedł uśmiechnięty. Nadal uważała go za super-hiper, posługując się skalą ocen Peabody.

– Muszę przyznać, że to niezwykły dom. – Rozejrzał się wkoło, a jego szarym oczom nie umknął najdrobniejszy szczegół. – Nigdy nie zabłądziłaś tutaj?

– Przyznaję, że zdarzyło mi się to kilka razy.

– Nie dziwię się. Cześć, Roarke.

– Jak się masz, Lowenbaum.

– Dopiero co wróciłam do domu – powiedziała Eve.
– Jeszcze nic nie przygotowałam.

– Nie ma pośpiechu. Kto to taki? – Ukucnął i podrapał leciutko kota, który zjawił się, by go obwąchać.

– Galahad.

– Och, racja, racja. Słyszałem tę historię. Kot podstawił nogę złoczyńcy, ratując wam życie. Zabiliście złoczyńcę.

– Znasz tę historię?

– Jeśli się aresztuje urzędującego senatora Stanów Zjednoczonych, Dallas, można mieć pewność, że takie fakty wyjdą na jaw. Każde oko innego koloru. Super.

– To bardzo poczciwe kocisko – powiedziała Eve, kiedy Galahad się wyciągnął, głaskany przez Lowenbauma.

– Osobiście wolę psy, ale rzeczywiście, poczciwe z niego kocisko. – Wyprostował się. – A więc...

– Napijesz się piwa czy wolisz kieliszek wina?

Eve, słysząc to, zmarszczyła czoło.

– Będziemy pracować.

– Czy piwo przeszkodzi ci w pracy, Lowenbaum?

Tamten uśmiechnął się, a na jego twarzy pojawiły się dołeczki.

– Nie, chętnie napiję się piwa.

– Tak się akurat składa, że przyszedł transport czegoś wyjątkowego. To piwo warzone przez rodzinę Bannera. Przysłał zgodnie z obietnicą.

– To gliniarz z Arkansas – wyjaśniła Eve. – Pomógł nam zatrzymać te dwa gołąbki o zbrodniczych skłonnościach.

– Też o tym słyszałem. A więc napijmy się specjalnego piwa i popatrzmy, co my tu mamy.

– Daj mi chwilkę. – Eve podeszła do swojego biurka, a Roarke wyszedł do kuchni, sąsiadującej z gabinetem.
– Zapisy kamer monitoringu z lodowiska. Peabody przegląda zapisy z kamer zainstalowanych w innych częściach parku, ale na tym nagraniu widać śmierć wszystkich trzech ofiar.

Wsunęła dysk do czytnika, wskazała ekran na ścianie.

– Odtworzyć dysk od zaznaczonego miejsca, wyświetlić obraz. Widzisz tę dziewczynę w czerwonym kombinezonie?

– Trudno nie zwrócić na nią uwagi. Jest ładna i wie, co robi.

– Wiedziała.

Lowenbaum skinął głową, obserwując, jak Ellissa robi ostatni skok. Potem obojętnym wzrokiem przyjrzał się drugiemu strzałowi. I trzeciemu.

– Odtwórz jeszcze raz w zwolnionym tempie.

Wrócił Roarke, trzymając w jednym ręku dwa piwa, a w drugim trzecie. Zatrzymał się, patrząc na ekran.

– No dobrze, powiększ obraz, jeszcze zwolnij film i pokaż ostatni strzał.

Eve poleciła powiększyć obraz, zwolniła tempo. Zmrużyła oczy, bo miała wrażenie, że dostrzega słaby błysk.

– Strzelec znajduje się na wschód od lodowiska. Taka celność świadczy o doskonałym przeszkoleniu. To nie łut szczęścia. Strzał padł od strony wschodniej i z góry.

– Z góry?

– Lekarz sądowy powinien to potwierdzić. Chyba że nic nie jestem wart. Dzięki – dodał, biorąc piwo od Roarke'a. – Zdziwiłbym się, gdyby na zapisach kamer w parku coś było. Nawet w Nowym Jorku ktoś zwróciłby uwagę na osobnika z bronią, wspinającego się na drzewo. Chociaż według mnie strzelano z większej wysokości. Cofnij, obejrzyjmy jeszcze raz.

– Wydawało mi się, że zobaczyłam błysk, czerwone... Migotanie.

– Promień. Przepraszam – dodał Roarke.

– Masz rację. – Lowenbaum z aprobatą skinął głową, nie odrywając wzroku od ekranu. – Podczas strzału z broni laserowej pojawia się promień. Trudno go dostrzec, bo trwa to tylko chwilę. Jak zaniesiesz to do laboratorium do oczyszczenia, będzie lepiej widać. Ale spójrz tutaj.

Eve zatrzymała obraz.

– Tak, widzę. I chyba potrafię określić kąt, pod jakim oddano strzał. Ze wschodu i z góry.

– Według mnie nawet jeśli ten skurczybyk wspiął się na najwyższe drzewo w parku, posłużył się taktycznym karabinem laserowym.

– Jaki mają zasięg?

– To zależy od modelu. No i bardzo istotny jest strzelec. Ale jeśli jest wystarczająco dobry i ma dobre wyposażenie? Ze dwa i pół kilometra.

– Taka broń jest używana przez policję albo wojsko. Nie można jej kupić w zwykłym sklepie z bronią. Może na czarnym rynku, może u handlarza bronią, ale porządny model nieźle kosztuje.

– Lekko dwadzieścia kawałków – potwierdził Lowenbaum.

– Nawet licencjonowanemu kolekcjonerowi trudno byłoby zdobyć coś takiego drogą oficjalną.

– To trudne – powiedział Roarke – ale wykonalne.

Eve zwróciła się do niego.

– Masz coś takiego.

– Prawdę mówiąc, nawet trzy sztuki. LZR Stealth...

– Masz LZR? – Lowenbaumowi aż zaświeciły się oczy.

– Pierwszy przenośny pulsacyjny karabin laserowy. Produkowany w latach dwa tysiące dwadzieścia jeden – dwadzieścia trzy. Ciężki, niezgrabny, lecz wyszkolony strzelec był w stanie trafić w kredyt dziesięciocentowy z odległości półtora kilometra.

– Od tamtej pory ich jakość znacznie wzrosła. Mam tactical-XT, używane przez wasze jednostki, i peregrine-XLR.

– Nie mów – zwrócił się Lowenbaum do Roarke'a. – Masz peregrine?

– Tak.

– Trafiają do celu z odległości ośmiu kilometrów, a w rękach dobrego strzelca nawet z większej. W zeszłym roku dopuszczono je do użytku w armii. Jakim cudem... – Lowenbaum urwał i pociągnął łyk piwa. – Lepiej nie pytać?

– Mam go jak najbardziej legalnie – oświadczył Roarke.

– Musiałem nieźle się nagimnastykować, ale zdobyłem wszystkie wymagane dokumenty.

– Kurde, chciałbym zobaczyć to cacko.

– Nie ma sprawy.

– Serio?

– Jakie jest prawdopodobieństwo, że zabójca dysponował czymś takim? – zapytała Eve.

– Jeśli ma coś takiego, mógłby strzelać z Queens. Naprawdę bardzo chciałbym rzucić na to okiem.

– Po prostu lubisz się bawić takimi zabawkami, ale w porządku.

– Pojedziemy windą. – Roarke wskazał gościowi drogę.

– Ty też powinnaś się temu przyjrzeć – powiedział Lowenbaum do Eve. – Żeby mieć orientację.

– Widziałam twoją broń, Lowenbaum. Raz czy dwa strzelałam z broni laserowej.

– Bardziej prawdopodobne, że twój strzelec posługuje się bronią taktyczną lub czymś w tym rodzaju. – Lowenbaum wsiadł razem z nimi do windy. – Trzy takie strzały w tak krótkim czasie? Masz do czynienia z kimś, kto posiada karabin laserowy o dużym zasięgu i jest dobrze wyszkolony. Policjant, żołnierz służby czynnej albo były policjant czy żołnierz. Uwzględniłbym też kolekcjonerów broni.

Eve wsunęła ręce do kieszeni. Drzwi windy otworzyły się przed potężnym wejściem do arsenału Roarke'a.

Roarke położył dłoń na czytniku.

Kiedy drzwi się otworzyły, Lowenbaum wydał okrzyk podobny do tego, jaki wyrywa się mężczyźnie na widok nagiej kobiety.

Chyba nie powinna się dziwić. Kolekcja Roarke'a mogła służyć do przedstawienia dziejów broni. Pałasze, paralizatory, cienkie srebrne florety, muszkiety, rewolwery, maczugi, klastery, karabiny maszynowe, noże bojowe.

W przeszklonych gablotach prezentowano śmiercionośną broń, stosowaną na przestrzeni wieków.

Dała Lowenbaumowi chwilę, by mógł gapić się z podziwem na eksponaty.

– Razem z Roarkiem możecie później pobawić się wszystkimi tymi zabawkami do strzelania, dźgania, obezwładniania i rozrywania. A teraz…

Wskazała gablotę z bronią laserową.

Roarke posłusznie odbezpieczył zamki, otworzył witrynę i wyjął peregrine.

Nigdy nie widziała czegoś takiego. Przyznała w duchu, że chętnie by wypróbowała tę broń. Ale nic nie powiedziała, kiedy Roarke wyjął karabin i podał go Lowenbaumowi.

– Jest aktywny?

– Nie, skądże znowu. Byłoby to… niezgodne z przepisami. – Roarke się uśmiechnął.

Lowenbaum też zaśmiał się krótko i uniósł broń – czarną jak śmierć, smukłą jak wąż – na wysokość ramienia.

– Lekki. Nasze taktyczne ważą prawie dwa i pół kilograma. A celownik optyczny dodatkowe ćwierć kilograma. Zapasowe baterie ze sto gramów. A ten ile? Niecałe półtora kilo?

– Kilo czterdzieści. Można go zsynchronizować z palmtopem albo wykorzystywać jego podczerwień. – Roarke otworzył drzwiczki i wyjął czytnik wielkości dłoni. – To ma zasięg do dwudziestu pięciu kilometrów. Bateria wytrzyma trzy doby, ale uprzedzono mnie, że po czterdziestu ośmiu godzinach nieprzerwanej pracy zacznie się nagrzewać. Ładuje się w niespełna dwie minuty.

Lowenbaum opuścił broń i obrócił ją w dłoniach.

– Strzelałeś z niego?

– Tak. Ma potężny odrzut, ale powiedziano mi, że pracują nad tym.

– Trafiłeś w coś?

– Tylko na symulatorze. Trafiłem z odległości dwóch kilometrów.

Z wyraźnym żalem Lowenbaum oddał broń Roarke'owi.

– Prawdziwe cacko. Ale jest bardziej prawdopodobne, że posłużono się czymś takim. – Wskazał mniej poręczny eksponat w gablocie. – Broń taktyczna, używana przez policję i wojsko. W ciągu ostatnich pięciu, sześciu lat niewiele się zmieniła. Śmiem twierdzić, że nasz strzelec dysponuje czymś takim. Nie zabiera się jej do domu po służbie, jak zwykłą broń. Trzeba ją codziennie zdawać. Uwzględniając fakt, że zabójca oddał trzy strzały w tak krótkim czasie, najprawdopodobniej posłużył się dwójnogiem albo trójnogiem. Cele były ruchome. Pierwsza ofiara poruszała się dość szybko. Przy oddawaniu strzału z odległości załóżmy półtora kilometra potrzeba dwóch i pół sekundy, żeby wycelować. Należy uwzględnić prędkość wiatru, ale mniej więcej tyle to trwa.

– Trzeba wszystko uwzględnić – odległość, prędkość wiatru, kąt, szybkość, z jaką porusza się nasz cel. – Eve skinęła głową.

To świadczyło, że strzelec przez jakiś czas obserwował swoje ofiary, ocenił ich względną szybkość na lodowisku.

– Nigdy nie korzystałam z dwójnogu, przynajmniej od ukończenia ćwiczeń ze strzelania. Ile coś takiego waży, jakie ma wymiary?

– Z kilogram. Po rozłożeniu mierzy nie więcej niż trzydzieści centymetrów.

– Można go rozłożyć?

– Jasne. – Spojrzał na Roarke'a. – Zaraz ci to zaprezentuję.

Roarke wyjął broń i podał ją Lowenbaumowi.

Ten sprawdził miernik mocy, upewnił się, że jest ustawiony na zero, ale i tak zablokował broń.

– Bezpieczeństwo na pierwszym miejscu – powiedział.

Potem przesunął małą dźwignię, odłączył magazynek, ładowarkę, celownik. W ciągu niespełna dziesięciu sekund rozłożył broń na cztery części.

– Po rozłożeniu wszystko zmieści się w zwykłej teczce – zauważyła Eve.

– Tak, ale jeśli ktoś szanuje swoją broń, chowa ją do specjalnego futerału z przegródkami na poszczególne elementy.

– Nie można z nią wejść do żadnego budynku rządowego, muzeum i tym podobnych budynków użyteczności publicznej.

– Wykluczone – potwierdził Lowenbaum.

– No dobrze, czyli najprawdopodobniej dom mieszkalny, jakiś hotel albo pomieszczenie na wynajem.

W zamyśleniu zaczęła krążyć po gabinecie, a Lowenbaum z wprawą ponownie złożył broń.

– Kto jest najlepszy w laboratorium w rekonstrukcji tego rodzaju wydarzeń? – spytała.

– Chyba Barani Łeb – odrzekł Lowenbaum.

– Daj spokój, nie ma nikogo poza nim? – Nie bez powodu szef laboratorium miał takie przezwisko.

– Nie ma. Przyciśnij go, pomogę mu, jak będę mógł.

– Trzymam cię za słowo. I dzięki.

– Nie musisz mi dziękować, bo o ile się nie mylę, Dallas, masz do czynienia z SZZZO.

– SZZZO? – Eve odwróciła się do Lowenbauma.

– Seryjnym zabójcą, zabijającym z oddali.

– Gliny – mruknął Roarke. – Któż inny z miejsca wymyśliłby taki skrót?

– Nie byłby potrzebny, gdyby ludzie nie byli tacy pokręceni. Czy znasz kogoś, kto mógłby oddać takie trzy strzały?

Lowenbaum wypuścił powietrze ustami.

– Mógłbym. Ze dwóch ludzi z mojego zespołu. I rozumiem, że musisz ich sprawdzić, ale mogę za nich ręczyć. Znam jeszcze kilku, sporządzę listę. Chciałem powiedzieć, że znam kilka osób, które potrafiłyby oddać takie strzały. Ale nie znam nikogo, kto mógłby to zrobić.

– Nazwiska tak czy owak się przydadzą.

– I może to być zawodowiec, Dallas. Ty sama, równie łatwo jak ja, możesz przygotować ich listę.

– I zrobię to. Ale kto wynająłby zawodowca, żeby zabić studentkę, dorabiającą sobie w barze? Albo ginekologa-położnika? Czy też nauczyciela historii w szkole średniej?

– Ludzie są pokręceni – przypomniał jej Lowenbaum.

– Tak, to prawda.

– Ty zajmujesz się śledztwami dotyczącymi zabójstw. Rób, co do ciebie należy. Ja zrobię, co się da, jeśli chodzi o taktykę.

Takie trzy strzały? – Pokręcił głową w sposób, który zdradzał zarówno podziw, jak i obawę. – Ten strzelec czuje się teraz doskonale.

– I będzie chciał znów tak się poczuć.

*

Po wyjściu Lowenbauma Eve rozmieściła informacje na tablicy, a potem usiadła, żeby zebrać myśli.

– Zjedz coś – powiedział zdecydowanie Roarke.

– Dobrze. Może być cokolwiek.

– Jest potrawka, którą lubisz. – Rozwiązał kwestię, ściągając Eve z fotela za biurkiem. – Możesz jeść i myśleć, powiedzieć mi, co wiesz albo co o tym sądzisz.

Pomogło jej to – a potrawka naprawdę smakowicie pachniała.

– Wiesz co, zanim dostałam tę sprawę, siedziałam w gabinecie i myślałam sobie, że czeka mnie spokojny wieczór w domu. Kieliszek wina, kolacją, może film albo małe bara-bara.

Ponieważ wiedział, ile kawy wypije jego żona w ciągu kilku najbliższych godzin, podsunął jej szklankę z wodą.

– Postaramy się część tego zrealizować, prawda?

– Ta dziewczyna, Ellissa Wyman. Od samego początku miałam takie odczucie, a jak obejrzałam zapisy kamer monitoringu, pozbyłam się wszelkich wątpliwości. Chodzi mi o to, jak upadła. Musiało ją mocno odrzucić, a nikt na lodowisku ani w jego pobliżu niczego nie zauważył. Nie można oddać trzech strzałów tak, żeby nikt niczego nie zauważył. Z całą pewnością nie oddaje się ich, jeśli się nie wie, że nawet gdy glina dokładnie, klatka po klatce, obejrzy nagrania kamer, to i tak niczego nie zobaczy. Jakie mam szanse ustalenia, skąd oddano te strzały? Nie postawiłabym na siebie nawet jednego dolara.

Roarke położył rękę na dłoni Eve.

– A ja tak.

– Ty jesteś bogaty i czujesz do mnie słabość. Mam nadzieję, że Lowenbaumowi uda się zawęzić obszar, ale nawet wtedy…

Pokręciła głową i zjadła trochę potrawki, która smakowała równie dobrze, jak pachniała.

– Dziewczyna skończyła dziewiętnaście lat, mieszkała z rodzicami. Rodzina należy do klasy średniej, aktualnie nie miała chłopaka. Były chłopak studiuje na Florydzie. Nie są do siebie wrogo nastawieni. Prawdę mówiąc, przez prawie rok próbowali utrzymać swój związek na odległość, zanim ich drogi się rozeszły. Pozostali jednak na przyjaznej stopie. Spotykała się z chłopakami, ale żadnego nie traktowała poważnie. Jazda na łyżwach sprawiała jej przyjemność, miała nadzieję, że kiedyś dostanie się do rewii na lodzie. Zaczęła jeździć na łyżwach, kiedy miała osiem lat, i zupełnie straciła głowę do tej dyscypliny. Bardzo często przychodziła na lodowisko, muszę więc ją traktować jak upatrzony cel.

– Wyróżniała się – dodał Roarke. – Gracją ruchów, wyglądem.

– To prawda. Czego nie można powiedzieć o pierwszym zabitym mężczyźnie. Brent Michaelson wyglądał zupełnie zwyczajnie, nie zwracał na siebie uwagi. On też jest stałym bywalcem na tym lodowisku. Nie jeździ tak często, jak dziewczyna, ale regularnie. Od wielu lat rozwiedziony, utrzymuje poprawne stosunki z byłą żoną, bliskie z córką. Na tyle bliskie, że wszyscy jeżdżą do domu byłej żony na urodziny i święta. Od czasu do czasu lubił zabierać na ślizgawkę wnuki. Jeździ na łyżwach od lat, lecz niczym się nie wyróżnia. Mówił, że jazda na łyżwach pomaga mu zachować formę, walczyć ze stresem.

– A ostatni zabity? – spytał Roarke. – Ten, który zginął, trzymając za rękę swoją żonę?

– No właśnie. Uważnie słuchałeś. Dziś ich rocznica, poznali się pięć lat temu. Postanowili odtworzyć swoją pierwszą randkę. Niektórzy ze znajomych wiedzieli, że wybierają się na lodowisko, ale z tego, co udało mi się ustalić, to nieliczna grupka. Zresztą sami nie wiedzieli, o której godzinie tam pójdą.

– Uważasz go za przypadkową ofiarę. Wszyscy mogą być przypadkowymi ofiarami, ale masz większą pewność, jeśli chodzi o niego. Jeśli jedno z nich było wcześniej upatrzonym celem, pozostała dwójka posłużyła tylko jako przykrywka. Wtedy wszystkie ofiary wydają się przypadkowe.

– Według mnie wszystkie ofiary są przypadkowe. Albo dwie z tej trójki. Muszę mieć nadzieję, że tylko dwie z tej trójki, bo wtedy sprawa załatwiona. Najprawdopodobniej. Gdyż, jak powiedział Lowenbaum, strzelec jest teraz w doskonałym humorze. Co więcej, jeśli jedna ofiara została wcześniej wybrana, z pewnością ustalę, kto nią był i dlaczego. Ale jeśli wszystkie trzy są przypadkowe…

– Gdyby wszystkie były przypadkowe, dlaczego wybrano akurat lodowisko?

Rozumował jak gliniarz, ale ponieważ bardzo jej pomagał, nie chciała go obrazić, mówiąc mu to.

– Miejsce publiczne, duży rozgłos. Wszystkie media o tym trąbią. To mógłby być ważny motyw dla SZZZO. Może sama ślizgawka też odgrywa jakąś rolę. Może żona, dziewczyna, przyjaciel, czy kto tam jeszcze, rozstali się ze sprawcą na lodowisku. Może kiedyś jeździł na łyżwach, ale doznał kontuzji, więc teraz jest wkurzony na wszystkich łyżwiarzy.

Eve zamyśliła się – tak wiele było tych „może".

– Żona trzeciej ofiary jest w ciąży. Właśnie się dowiedziała, nawet nie zdążyła nikomu o tym powiedzieć. Miała zamiar to zrobić podczas obiadu.

Roarke westchnął.

– Fale rozchodzą się coraz dalej, prawda? Nigdy nie chodzi tylko o ofiarę, tylko o zabitego, ale i o tych, którzy nadal żyją.

– Ojciec tej kobiety jest Irlandczykiem. Mówi z trochę silniejszym akcentem niż ty. Wydaje się, że on i była żona też utrzymują poprawne stosunki, ale wątpię, by wspólnie jedli świąteczne posiłki. Jednak w obecności córki tworzą wspólny front. Ojciec został ze mną chwilę dłużej, mówił o swoim zięciu. Widać było, że go kochał. To ma znaczenie – dodała, sięgając po wodę. – Bo według mnie ten mężczyzna okaże się zupełnie przypadkową ofiarą. Jeśli jedno z pozostałej dwójki stanowiło upatrzony cel, on padł ofiarą zupełnie przypadkowo. Na dokładkę.

– Ale dla ciebie jest równie ważny, jak pozostała dwójka, Eve.

– Dziewczyna w czerwonym kombinezonie to pierwsza ofiara. Nie można jej było nie zauważyć, jak powiedział Lowenbaum. Czy w pierwszej kolejności nie załatwiłbyś upatrzonego celu, by mieć pewność, że wykonałeś zadanie? Trochę się ku temu skłaniam. Ale z drugiej strony myślę tak: niezły z ciebie zarozumialec, ty łobuzie. Bo wydaje mi się, że ktoś, kogo stać na zrobienie czegoś takiego, kto robi coś takiego, jest wyjątkowym zarozumialcem.

– Czyli zabija przypadkowe ofiary przed i po.

– Kolejne „być może".

– Jak mogę ci pomóc?

Spojrzała na niego.

– Pracowałeś, kiedy wróciłam do domu.

– Nie. Prawdę mówiąc, skończyłem to, czym byłem zajęty, gdy przyszły te projekty. Przeglądałem je po raz drugi, kiedy wróciłaś do domu. Nie mam nic pilnego do roboty. – Znów ujął jej dłoń. – Żal mi tej żony w ciąży, rodziców i wszystkich innych, którzy ucierpieli. A ta dziewczyna w czerwonym kombinezonie przez jakiś czas nie będzie mi dawała spokoju. Na jej twarzy malowała się taka radość, w jej ruchach widać było taką swobodę. Zabójca to wszystko przerwał. Chciałbym ci pomóc ustalić, kto to przerwał.

Dom, znów pomyślała. I Roarke, na którym mogła się oprzeć, by nadal pozostać sobą: bezwzględną policjantką.

– Sprawdź kolekcjonerów broni taktycznej, bo Lowenbaum uważa, że najprawdopodobniej taką bronią się posłużono.

Ale również innej broni, z której można by oddać takie strzały, znajdując się poza terenem parku.

– To dość proste. Daj mi coś bardziej ambitnego.

– No dobrze. Budynki na wschód od parku, powiedzmy między ulicą Pięćdziesiątą Siódmą a Sześćdziesiątą Pierwszą. Do samej rzeki. Wykreślimy wszystkie, gdzie zainstalowano solidne wykrywacze metalu. I bez tego lista będzie dość długa. Lowenbaum powiedział, że strzelano z góry, czyli chodzi o budynki wyższe niż trzypiętrowe. Możemy to zmienić, jeśli uda się dokładniej ustalić kąt oddania strzałów.

Zjadła jeszcze trochę potrawki.

– Według ciebie ile z nich należy do ciebie? – spytała, przechylając głowę.

Roarke wziął swoje wino i uśmiechnął się do niej.

– To bardzo frapujące pytanie.

*

Wiedząc, że Roarke siedzi w sąsiednim gabinecie, Eve przystąpiła do rutynowych czynności, które właściwie nigdy nie były rutynowe: do zbierania danych o ofiarach i świadkach, o personelu, sprawdzania prawdopodobieństw. Sporządziła zwięzły raport, przeczytała go, uzupełniła kilkoma uwagami.

Potem rozsiadła się wygodnie ze świeżą kawą w kubku, położyła nogi na biurku i uważnie przyjrzała się informacjom na tablicy.

Dlaczego tylko trzy ofiary? Nie dawało jej to spokoju. Tempo oddawania strzałów i ich celność świadczyły, że sprawca mógł w ciągu kilku minut zabić kilkanaście, a nawet więcej osób. Jeśli celem jego działań było, jak zwykle w przypadku SZZZO, wywołanie paniki i popłochu, dlaczego tylko trzy ofiary?

I czemu wybrał akurat te osoby?

Dziewczyna w czerwonym kombinezonie wyróżniała się w tłumie. Barwą ubioru, młodością, umiejętnościami, szybkością i gracją ruchów. Może stanowiła upatrzony cel, ale powyższe warunki skłaniały Eve do wniosku, że była to przypadkowa ofiara.

Trzeci zabity, któremu towarzyszyła żona, nie przychodził regularnie na lodowisko. Tylko grono najbliższych znajomych wiedziało, że tego dnia zamierzali się wybrać na ślizgawkę.

Czyli znów przypadkowa ofiara.

Ale drugi zabity, położnik, był tu stałym bywalcem właśnie o tej porze i w tym dniu tygodnia.

Jeśli w ogóle była jakaś zamierzona ofiara, według Eve właśnie Brent Michaelson doskonale na nią pasował.

Ale było jedno duże „jeśli".

Wszyscy byli przypadkowymi ofiarami?

Wstała z kawą w ręku, podeszła do tablicy, popatrzyła, gdzie znajdowały się zwłoki zabitych.

I znów pojawiło się pytanie: dlaczego tylko tych troje?

– Komputer, pokaż zapis kamer monitoringu z miejsca zbrodni, zaczynając od minuty przed zaznaczonym miejscem.

Potwierdzam...

Opierając się o biurko, przyglądała się łyżwiarzom, zwracając szczególną uwagę na trójkę, która wkrótce padnie ofiarą zabójcy. Pierwszy strzał, drugi, trzeci...

Część osób nadal się ślizgała jeszcze przez kilka sekund, stanowiąc doskonały cel. Inni wpadli w panikę, zaczęli kierować się do wyjścia, niektórzy nawet przeskakiwali przez bandę. Wciąż stanowili doskonały cel. Pojawiła się dwójka dobrych samarytan, kolejne cele, według Eve łatwiejsze od tamtych ofiar.

A przecież zginęła tylko trójka, tylko właśnie ta trójka.

Oczywiście dziennikarze będą mieli używanie. W mediach zrobi się głośno, przez kilka dni wszyscy będą o tym trąbić. Ale gdyby zginęło lub odniosło obrażenia kilkanaście osób, ten temat byłby we wszystkich mediach przez kilka tygodni.

I to na całym świecie.

Trzy trupy sprawią, że sporo osób zacznie unikać tego miejsca, czyli może motywem była sama ślizgawka. Gdyby to ona, Eve, trzymała tę laserową broń i miała poważne pretensje do lodowiska, zabiłaby dziewczynę w czerwonym kombinezonie, potem jeszcze jakiegoś łyżwiarza, ale później wzięłaby sobie na cel jednego z ochroniarzy i przynajmniej jednego z lekarzy.

– Zabito trzy osoby – mruknęła, wciąż wpatrując się w ekran. – W sposób zorganizowany, z wprawą, wszystko musiało być z góry zaplanowane. Czyli chodziło właśnie o trzy ofiary, ani mniej, ani więcej.

Zatrzymała film i wróciła do biurka, żeby jeszcze raz przeczytać informacje o ofiarach.

Kiedy Roarke przesłał jej spis kolekcjonerów z Nowego Jorku oraz z New Jersey, mających zarejestrowaną broń, którą mógł się posłużyć zabójca, przystąpiła do zbierania danych o wszystkich dwudziestu ośmiu, szukając powiązań z trójką ofiar albo z lodowiskiem.

Dolała sobie kawy i była w połowie listy, kiedy wszedł Roarke.

– Pozwolenie na broń laserową, bez względu na markę, model czy rok produkcji, kosztuje dwadzieścia pięć kawałków.

– Zdaję sobie z tego sprawę.

– Większość licencji, które sprawdziłem, wykupiły osoby majętne. W dwóch przypadkach broń odziedziczono. Kontrola jest dość ostra, co nie wyklucza, że twój zabójca jakoś się prześlizgnął. Ale to dotyczy również innych dziedzin życia. – Roarke przeszedł obok dzbanka z kawą i nalał sobie whisky. – Mam też wykaz budynków.

– Tak szybko?

– Najwięcej czasu zajęło napisanie programu uwzględniającego założone kryteria. Potem? – Wzruszył ramionami.

– Sam napisałeś program? – Pomyślała, że jej w połowie przypadków ledwo udaje się skorzystać z już gotowego oprogramowania.

– Tak. Ciekawy eksperyment.

– Maniacy komputerowi są bardzo przydatni. Masz listę budynków?

– Zgadzam się z tobą. Tak, mam listę. Ale pomyślałem sobie, że wolałabyś je zobaczyć na planie. Kiedy na nowo urządzimy twój gabinet, będziesz mogła wszystko zobaczyć w trzech wymiarach, ale na razie... – Odstawił whisky i dał znak Eve, żeby wstała, a potem zajął jej miejsce, nacisnął kilka klawiszy.

Na ekranie ukazał się fragment Manhattanu.

– To granice, jakie wyznaczyłaś: od lodowiska do rzeki, między podanymi ulicami na północy i na południu. A tutaj... – Znów nacisnął kilka klawiszy i niektóre budynki zaczęły znikać.

– Jasne, rozumiem. Wyeliminowałeś budynki szczególnie starannie chronione. Świetnie.

– I liczące mniej niż trzy piętra.

– Dobrze. Czyli pozostałe są potencjalnymi miejscami, skąd mógł strzelać zabójca. Muszę...

– To nie wszystko. – Ponieważ miała uwagę skupioną na ekranie, a Roarke był szybki, udało mu się ją zaskoczyć, tak że znalazła się na jego kolanach, nim zdołała zaprotestować.

– Pracuję, asie.

– Ja też. To, co widzisz, to budynki, z których dość dobrze widać cele. Ale... – Obejmując ją jedną ręką w pasie, drugą nacisnął kilka klawiszy. I znów zniknęło kilka budynków. – Wyeliminowałem te z zabezpieczeniami średniego i wysokiego stopnia. Może później będziesz musiała je uwzględnić, bo zawsze istnieją sposoby na obejście nawet najlepszych systemów bezpieczeństwa, ale na razie zostawiłem te bez zabezpieczeń albo z kiepskimi zabezpieczeniami. Mieszkania, hotele średniej klasy, mieszkania komunalne, noclegownie, sale do nauki tańca albo rękodzieła, pomieszczenia biurowe.

– Jeśli tyle budynków jest słabo chronionych, czemu dodatkowo ryzykować? Ale racja, lepiej je mieć pod ręką, jeśli inne odpadną. Gdybym mogła...

– To jeszcze nie wszystko.

Znów nacisnął jakiś klawisz, a na ekranie pojawiły się cienkie niebieskie i czerwone linie.

– Niebieskie to możliwe lokalizacje – okna albo dachy tych budynków. Czerwone to lokalizacje o wyższym współczynniku prawdopodobieństwa, uwzględniające twoje ustalenia z Lowenbaumem: budynki od strony wschodniej, słabo zabezpieczone.

Eve uniosła się lekko, żeby lepiej widzieć, ale pociągnął ją, by znów usiadła. I uwzględniając okoliczności, nie zaprotestowała.

– Program zawiera algorytm, wykorzystuje nagrania z miejsca przestępstwa, uwzględnia prędkość wiatru, temperaturę, przypuszczalną prędkość i kąt oraz... Więcej w tym matematyki i obliczeń, niż chciałabyś wysłuchać.

– Stworzyłeś program uwzględniający zmienne, fakty, a także pokazujący prawdopodobieństwa.

– Mniej więcej.

– Nie tylko mam z tobą wygodę. Jesteś geniuszem.

– Skromność nie przeszkadza mi zgodzić się z tobą. Prawdę mówiąc, było to bardzo ciekawe doświadczenie.

Dużo budynków, cholernie dużo, stwierdziła. Ale znacznie mniej, niż musiałaby uwzględnić dwie godziny temu.

Objęła go za szyję i odsunęła się na tyle, by móc mu spojrzeć w oczy.

– Domyślam się, że nie zrobiłeś tego za darmo.

– Najdroższa, twoja wdzięczność mi wystarczy.

– Plus seks.

– Według mnie zawiera się on w tym pierwszym. – Roarke uśmiechnął się i ją pocałował.

– Czyli chodzi ci o seks z wdzięczności. – Teraz znów się odwróciła do ekranu komputera. – Jeszcze jedno. Czy wśród tych lokalizacji o wysokim współczynniku prawdopodobieństwa są budynki standardowo wyposażone w żaluzje?

– Ach, bystra z ciebie dziewczyna. Z pewnością twój zabójca nie chciał, żeby jakiś przechodzień albo turysta z apa-
ratem fotograficznym wypatrzył go w oknie z bronią gotową
do strzału.

– I z otwieranymi oknami. Czemu strzelać przez szybę?
Albo być zmuszonym do wycięcia otworu w szybie… Chyba że
SZZZO skorzystał z okna we własnym biurze albo mieszka-
niu. Ale wtedy zostawiłby trop, którym łatwo można podążyć.

– Daj mi chwilkę. Nie, nie musisz wstawać – powiedział,
kiedy znów zaczęła się podnosić. – Chociaż gdybyś miała swoje
nowe centrum dowodzenia, znacznie uprościłoby to sprawę.

Ręcznie zaprogramował nowe parametry, bardzo szybko, co już zupełnie było dla niej niepojęte, a potem polecił,
żeby wyświetlono na ekranie nowe wyniki.

– Mamy pięć, może sześć budynków mniej. Ile…

– Zaczekaj. Komputer, wyświetl adresy pokazanych budynków.

Potwierdzam. Wykonuję…

– Czyli będę mogła to zrobić holograficznie?

– Tak, albo ja będę ci pomagał, póki tego nie opanujesz.

– Znam się na hologramach. – Mniej więcej, dodała w myślach. – Poradzę sobie nawet na tym sprzęcie.

– Jest prostszy, ale bardziej zaawansowany od tego, którym dysponujesz w tej chwili tutaj czy w komendzie. Proszę
bardzo.

Zobaczyła adresy i rodzaje budynków, a w każdym z nich
piętra spełniające kryteria. Ogółem były dwadzieścia trzy
budynki.

– Dwadzieścia trzy to nie tak dużo. I jeśli zaprowadzi
mnie to do miejsca, skąd strzelano, możesz liczyć na wyjątkowo dobry seks w ramach wdzięczności.

– Czy przewidujesz przebieranki i rekwizyty?

Eve wzniosła oczy do góry.

– Na razie jeszcze nic nie mam.

– Może mała zaliczka. – Lekko ugryzł ją w kark.

– Przestań myśleć o seksie.

– To ponad moje siły. Ale zanim zainkasuję zapłatę, będziesz chciała sprawdzić, czy coś łączy właścicieli licencji na broń i ofiary z tymi dwudziestoma trzema budynkami.

– Masz stuprocentową rację. Lecz zanim się tym zajmę, pozwól, że o coś cię zapytam. Załóżmy, że jesteś SZZZO – zorganizowanym, wyszkolonym, opanowanym.

– Zakładasz, że jest opanowany?

– Tylko trzy ofiary. A były tam dziesiątki osób, które mógł zabić lub ranić, wywołując większą sensację, zapewniając sobie większy dreszczyk emocji. Jeśli wzbudzenie sensacji i zapewnienie sobie dreszczyku emocji to jego motyw. Dlatego zakładam, że jest opanowany. Pomijając kwestię, czy wszystkie trzy ofiary stanowiły upatrzony cel, czy tylko któraś z nich, zadam ci pytanie: Wybrałbyś sobie własne mieszkanie albo biuro na miejsce, z którego będziesz strzelać?

– Ciekawa kwestia. – Znów wziął szklaneczkę z whisky, zastanawiając się nad tym. – Plusem byłby brak ograniczeń czasowych. Miałbym tyle czasu, ile bym chciał, mógłbym spokojnie obserwować lodowisko ze swojego gniazdka. Nikt by mi nie przeszkadzał, miałbym możliwość oddania tylu próbnych strzałów, ile uznałbym za wskazane.

– Hm. O tym drugim jeszcze nie pomyślałam, ale masz rację. Możliwość wprawiania się z miejsca, z którego odda się strzały. To istotne. A minusy?

– Inteligentni gliniarze, jak moja policjantka, skrupulatnie prowadzący śledztwo. Ryzyko, że ta inteligentna policjantka znajdzie jakieś powiązania. A biuro? O ile to rzeczywiście biuro, pracuje tam więcej ludzi, a przynajmniej sekretarka, przychodzą ekipy sprzątające budynek i tym podobne osoby. Mieszkanie? Czy zabójca mieszka sam, czy jego współlokator, ktokolwiek to jest, podziela jego żądzę zabijania? Bardziej byłbym skłonny wynająć coś pod fałszywym nazwiskiem.

Wymaga to trochę wysiłku – dodał – ale gra jest warta świeczki. Jakieś biuro, małe mieszkanie, pokój w hotelu. Po akcji wystarczy się wynieść.

– Ja też bym tak zrobiła. – Eve skinęła głową, bo rozumowała tak samo jak on. – Nie można wykluczyć tamtej ewentualności, ale ja też bym tak zrobiła. Zrezygnowałabym z wygody, jaką daje działanie na własnym terenie, na rzecz mniejszego ryzyka, kiedy się korzysta z czasowo wynajętego pomieszczenia. Trzeba sprawdzić hotele, biura albo mieszkania, wynajęte w ciągu ostatnich sześciu miesięcy. Panuje nad sytuacją, ale nie przypuszczam, by wynajął coś na dłużej. No dobrze.

Roarke jeszcze przez chwilę nie pozwolił jej wstać, zanim ją puścił.

– Może zajmij się szukaniem powiązań, a ja sprawdzę, kto co wynajął.

Odwróciła się w jego stronę.

– Kiedy od nowa urządzisz mój gabinet, będziesz mógł mi pomagać, pracując tutaj, jeśli będziesz miał ochotę. U siebie w gabinecie nie będziesz się zajmował tym, co robią gliny.

– Nie przeszkadza mi, że w swoim gabinecie zajmuję się tym, co robią gliny.

– Wiem. Uwzględnimy to w seksie w ramach wdzięczności. Kiedy skończę to śledztwo, przyjrzę się projektom i wybiorę któryś.

– O ile któryś ci się spodoba.

– Tak, o ile.

Usiadła za swoim biurkiem, tym razem sama, i przystąpiła do szukania powiązań. Kiedy komputer pracował, udało jej się wykombinować, jak przesłać Peabody ten nowy złożony program, który w niespełna dwie godziny stworzył i zastosował Roarke.

Wyobraziła sobie, jak drugi maniak komputerowy, McNab, wykonuje radosny taniec.

Uaktualniwszy dane, przeszła do kuchni, żeby zaprogramować więcej kawy. Uświadomiła sobie, że tu też zajdą zmiany.

Nie ma sensu kurczowo trzymać się starego, powiedziała sobie. Bo, prawdę mówiąc, stare też się zmieniło, odkąd Mavis i Leonardo wprowadzili się do jej dawnego lokum. W najmniejszym stopniu nie przypominało teraz spartańsko urządzonego mieszkania gliniarza, tak było w nim teraz kolorowo, tyle tam było sprzętów. No i jeszcze małe dziecko.

Dziecko.

Myśląc o Belli, przypomniała sobie o jej urodzinach. Będzie musiała iść na urodziny Belli, na których z pewnością będą też inne dzieci. Raczkujące albo dreptające niepewnie, jakby były pijane, a w dodatku wydające dziwne odgłosy.

Gapiące się jak lalki.

Dlaczego to robią?

Odsunęła to pytanie na bok, wzięła kawę i wróciła do swojej pracy.

Rozległ się sygnał, że dostała wiadomość od Roarke'a, na chwilę przed tym, nim wszedł do jej gabinetu.

– Oznakowałem hotele, uwzględniając też takie, które wynajmują pokoje na dłuższy czas, a także kilka mieszkań i biur wynajętych w ciągu ostatnich sześciu miesięcy. Na samym końcu są mieszkania wynajęte przez rodziny z dziećmi i pomieszczenia biurowe, gdzie pracują więcej niż trzy osoby.

– Sprawdziłeś najemców?

– To nowe zadanie, prawda?

– Tak. Znalazłam parę powiązań, jednak nie mam do nich przekonania. Jeden z kolekcjonerów ma ciotkę, która mieszka w jednym z budynków, ale na niższym piętrze, niż to nas interesuje. Poza tym facet nie przeszedł żadnego przeszkolenia wojskowego ani policyjnego. Zdaje się, że w ogóle nie umie posługiwać się bronią. Porozmawiamy z nim, ale to nie nasz sprawca.

Rozsiadła się w swoim fotelu, wzięła kawę i położyła nogi na biurku, jak to miała w zwyczaju, kiedy się nad czymś zastanawiała.

– Drugi ma dużą rezydencję przy Park, zajmuje się polowaniem na markowe produkty. Też mi nie pasuje. Z tego, co ustaliłam, niezbyt dobrze posługuje się bronią, chociaż może ukrywa swoje umiejętności. Ale mieszka tam z trzecią żoną, w dodatku jest z nimi opiekunka do dziecka z trzecią żoną, a nastoletni syn z żoną numer dwa też u nich nocuje. Zatrudniają gospodynię domową na pełny etat – nie droida. Jednak przypuszczalnie ma w swoim domu pomieszczenie, gdzie nikt mu nie przeszkadza, więc go sprawdzimy.

Zdjęła nogi z biurka, usiadła prosto.

– Obaj właściwie nigdy nie mieli zatargów z prawem. I nie znalazłam żadnych powiązań między nimi a ofiarami czy lodowiskiem.

Wstała i podeszła do tablicy.

– Jeśli to nie było zabójstwo na zlecenie, znów kogoś zastrzeli, i to już wkrótce. Tym razem nie na lodowisku – to już sprawa zamknięta. Chyba że chodzi o lodowisko.

– Uważasz, i zgadzam się z tobą, że gdyby chodziło o lodowisko, na twojej tablicy byłyby informacje o większej liczbie ofiar, nie tylko o tej trójce.

– Tak, właśnie tak uważam. Jakieś inne miejsce publiczne, znów kilka ofiar. Jeśli taki ułożył sobie plan, już wybrał miejsce ataku i budynek, z którego odda strzały. Może to nastąpić wszędzie, w każdej chwili. Teraz on trzyma wszystkie karty.

– Ty też masz sporo kart.

– Ale dziś wieczorem już nic więcej nie ustalę. Nie, jeśli dysponuję tym, czym dysponuję. Może jutro coś znajdę, kiedy dostanę informacje od Morrisa, od Berenskiego. Peabody i McNab też nie próżnują. Poproszę Mirę o portret psychologiczny, może nam coś podpowie. Nie mamy do czynienia z płatnym mordercą.

Zmrużyła oczy i znów spojrzała na swoją tablicę.

– Płatny morderca nie zabija trzech niepowiązanych ze sobą osób. Bo nie są ze sobą powiązane. Jedna poprawka:

nie robi tak płatny zabójca, wykonujący zlecenie. Może mamy do czynienia z zawodowcem, któremu odbiło, ale to nie było zabójstwo na zlecenie. Przynajmniej jest to bardzo mało prawdopodobne. Chociaż ktoś mógł zapłacić za zabicie trzech osób, w tym dwóch przypadkowych. Nie można tego wykluczyć.

– Pani porucznik, kręci się pani w kółko.

– Tak, tak. – Ostatni raz spojrzała na dziewczynę w czerwonym kombinezonie. Jak powiedział Roarke, nie pozostawiała nikogo obojętnym. – No dobrze. Przyjrzyjmy się jeszcze raz projektom przebudowy gabinetu.

– Nie musisz tego robić dziś wieczorem.

– Będzie mnie to gryzło, póki tego nie zrobię. Co za problem wybrać jeden projekt?

– Jesteś niezwykłą kobietą, moja droga, bo nie tylko w to wierzysz, ale tak robisz.

Kazał wyświetlić na ekranie pierwszą propozycję.

– Niezbyt mi się podoba. Kolory są dziewczyńskie, a sprzęty... Sama nie wiem, kanciaste i... Gładkie. Tak proste, że aż wymyślne. Nie wiem, jak to określić jednym słowem, ale takie odnoszę wrażenie. Sam projekt jest w porządku, rozmieszczenie wszystkiego... Ale będę się czuła, jakbym się znalazła na miejscu kogoś innego.

– W takim razie przejdziemy do projektu numer dwa.

Przyglądając się, przestąpiła z nogi na nogę. Zrobiło jej się głupio i uznała, że jest niewdzięczna.

– Sprzęty są w porządku. Nie ma się wrażenia, że epatują nowością, nowoczesnością i tym, jakie są ważne. Mogłabym tutaj pracować, nie bojąc się, że ktoś taki jak Summerset rzuci mi lodowate spojrzenie, kiedy zrobię bałagan albo coś rozleję.

– Ale?

– Cóż, kolory są za ostre. Przypuszczam, że mocne kolory to dobra rzecz, ale za bardzo się rzucają w oczy. Chyba przeszkadzają się skupić.

– A co powiesz o tym? – Wyświetlił trzeci projekt.

Nie wiedziała, jak wymyślne nazwy kolorów obowiązują w świecie dekoratorów wnętrz. Zwariowane nazwy, jak Zadowolony Płowy, Kryjówka Zen czy Czekoladowa Mżawka.

Według niej użyto tu brązów, zieleni i bieli, które nie były jaskrawe ani nie kłuły w oczy.

– Tak. Widzisz, kolory są dobre, spokojne, ale nie dziewczyńskie. Nie krzyczą: ej, spójrz na mnie. Raczej sprawiają wrażenie, że od dawna są w tym pomieszczeniu. A centrum dowodzenia wygląda... majestatycznie. Ale większość pozostałych sprzętów nie wygląda tak, jakby ktokolwiek z nich korzystał w życiu.

– A co powiesz na to. – Podszedł do jej komputera, wstukał jakiś kod. Pojawił się drugi projekt, ale z kolorami z trzeciego projektu.

– Hm. Można po prostu... No dobrze, tak, to jest...

– Jeśli nie jesteś pewna, nie jesteś zadowolona, zaczekamy. Przekażę jej twoje uwagi, uwzględni to, co ci się podoba, i wyrzuci to, co ci nie odpowiada.

– Chodzi o to, że... Podoba mi się. Naprawdę mi się podoba, a nie spodziewałam się tego. Sprzęty nie wyglądają... Sama nie wiem... Wymyślnie przy tych kolorach, jak przy tamtych bijących po oczach. Wszystko wygląda bardziej... Chyba zwyczajnie. Sądzę, że mogłabym to zaakceptować. Bo naprawdę mi się podoba. Nie jest udziwniony ani wymyślny, a praktyczny. – Szczerze zmieszana, odwróciła się w jego stronę. – Podoba mi się. Jezu, seks w ramach wdzięczności nie będzie miał końca.

– To moje najskrytsze marzenie. – Stojąc obok Eve, ocenił jej wybór i stwierdził, ku swojemu wielkiemu zadowoleniu, że też bardzo mu się podoba. Ale...

– Chcesz poczekać kilka dni, zastanowić się nad tym, wprowadzić jakieś zmiany, które ci wpadną do głowy?

– Nie. Naprawdę nie. To doprowadzi mnie do szaleństwa. Zdecydujmy się na ten. Ale nie mogę pozwolić, żeby kręcili się tu ludzie i przeprowadzali remont generalny, kiedy prowadzę śledztwo.

– Zostaw to mnie. – Odwrócił się ku niej, ujął ją za ramiona i pocałował w czoło. – Tak będzie dobrze dla nas obojga.

– Wiem. Nie będzie mi brakowało tego wystroju. Pamiętam, co poczułam, kiedy przyprowadziłeś mnie tu po raz pierwszy, kiedy zobaczyłam, co dla mnie zrobiłeś. To się nie zmieni.

– Powód, dla którego zrobiłem to dla ciebie, też się nie zmienił. – Objął ją ręką w pasie i wyprowadził z pokoju. – Mam nadzieję, że pamiętasz, jak się czułaś, kiedy pierwszy raz zaprowadziłem cię do sypialni.

– To zostało odciśnięte w moim mózgu.

– To dobrze, bo za dzień–dwa dostaniemy projekty sypialni.

– Czyli nie żartowałeś, że chcesz ją zmienić?

– Nic a nic.

– Lecz sypialnia…

– Jest nasza, ale została zaprojektowana dla mnie. Teraz będzie odzwierciedlała potrzeby nas obojga, nasze upodobania i pragnienia.

– Nie mamy takiego samego gustu. Nawet nie wiem, czy w ogóle mam jakiś gust.

– Wiesz, co ci się podoba, a co nie. I czyż nie będzie ciekawe zobaczyć, jak się to wszystko łączy? Tak jak w przypadku gabinetu, musi ci odpowiadać. Musi też odpowiadać mnie, więc może będzie to wymagało trochę więcej czasu niż te dwie minuty, jakie ci zajął wybór projektu gabinetu.

Z pewnością potrwa to dłużej, skoro Roarke będzie miał do wtrącenia swoje trzy grosze.

– Czy będziemy się kłócić na przykład o tkaniny?

– Szczerze wątpię, ale jeśli tak, jestem pewien, że się pogodzimy bez względu na to, jakie łóżko wybierzemy.

Weszła do sypialni, spojrzała na olbrzymie łoże na podwyższeniu pod świetlikiem w suficie. I nie potrafiła sobie wyobrazić, żeby coś innego kiedykolwiek bardziej jej się spodobało.

– Podoba mi się to łóżko.

– Może skończy się na tym, że je zostawimy i zmienimy całą resztę. Ale jeśli nie, powinniśmy je pożegnać, podobnie jak pożegnaliśmy twoje biurko, czekając na zmianę.

– Znając ciebie, będziemy się na nim kochać jeszcze kilkadziesiąt razy, nim się go pozbędziemy.

– Potraktuj to jak próbę bez kostiumów – powiedział i wziął ją na ręce.

Ponieważ trudno jest jednocześnie śmiać się i protestować, Eve zrezygnowała z protestów. Kiedy znalazła się na łóżku, oplotła go nogami, nie zdjąwszy nawet butów.

– Ciągle jesteśmy ubrani.

– Załatwię to. Za chwilkę – dodał i zaczął ją całować w usta.

To była nagroda za długi i ciężki dzień. Czuła na sobie ciężar jego ciała, czuła bijące od niego ciepło, a pocałunek wywołał w niej dreszcz. Żadnych mrocznych myśli, przypominających zakrwawione palce, które napierają na szybę, żeby się dostać do środka. Tutaj mogła brać, dawać, kochać.

Usłyszała kliknięcie, kiedy odpiął jej broń. Uniosła się, żeby mógł ją odłożyć.

– Jest pani bezbronna, pani porucznik.

– To niejedyna moja broń.

– Wiem o tym. Ale ja też dysponuję bronią.

Kiedy delikatnie przesunął zębami po jej szyi, pomyślała: tak, to prawda. W odpowiedzi przywarła do niego całym ciałem.

– Twoja broń, jak zwykle, jest już odbezpieczona.

Roarke uśmiechnął się, nie przestając jej pieścić.

– Widzę, że ktoś jest w nastroju do kalamburów.

– Rozważam rezygnację z nich na rzecz golizny.

Udało jej się bez pomocy rąk zsunąć buty, a ruchy biodrami, jakie przy tym wykonywała, sprawiły przyjemność im obojgu. Zamiast ściągnąć jej sweter, wsunął pod niego dłonie, dotknął nimi koszulki, którą nosiła pod spodem. Kiedy poczuł, że sutki Eve stwardniały, znów zaczął pieścić jej piersi.

Potem odpiął guzik u spodni i wolno, wolniutko rozsunął zamek błyskawiczny.

Mógłby całymi latami tylko pieścić ją dłońmi. Jędrne piersi, szczupły tułów w cienkiej, zwykłej koszulce, płaski brzuch, wąskie biodra.

Zsunął jej spodnie i wsunął palec pod gumkę majtek – równie zwyczajnych, co koszulka. Jego policjantka nie lubiła falbanek ani koronek. Ale ta prosta, zwyczajna bielizna zawsze go podniecała.

Wiedział, co się pod nią kryje.

Tak samo jak wiedział, że Eve jest odprężona, że teraz odsunęła na bok krew i trupy – dla tego. Dla niego. Więc da jej wszystko, co ma, kiedy nie zajmuje się tym, co zimne i mroczne.

Zdjął jej przez głowę sweter razem z koszulką. Kiedy przykrył dłońmi jej piersi, Eve przysunęła ku sobie jego twarz. Uśmiechnęła się.

– Jak miło.

– Miło, prawda?

– Tak. – Zaczęła rozpinać mu koszulę. – Bardzo miło.

– Mogę się postarać, żeby było więcej niż miło.

– Wiem o tym – mruknęła, czym go rozśmieszyła.

Musnął wargami jej usta.

Ona też mogła się postarać, żeby było więcej niż miło, ale odpowiadało jej takie wolne tempo. Na razie. Jego silne, muskularne ciało należało do niej. Mogła je gładzić, pieścić, rozkoszować się ciepłą skórą, mocnymi muskułami.

Może z nim robić wszystko, co chce, znów pomyślała, kiedy zaczął ją całować bardziej namiętnie. Poczuła ogień pod skórą. Objęła go nogami i zrobiła przewrót, tak że znalazła się na nim. Nachyliła się, zaczęła lekko gryźć jego usta, język. Poruszała się rytmicznie, aż oboje przeszedł dreszcz.

Kiedy rozpięła mu pasek, Roarke przewrócił ją na wznak. Ściągając jej spodnie, przesunął dłonią po paralizatorze, umocowanym nad kostką, co dodatkowo go podniecił. Zostawił więc paralizator i zaczął ją pieścić ustami, dłońmi.

Krzyknęła i uniosła biodra, kiedy przesunął językiem po jej brzuchu, a potem w niej. Zacisnęła palce na pościeli, a później na jego plecach, kiedy nie przestawał jej pieścić.

Bez tchu, nic nie widząc, przyciągnęła go do siebie, obracając się razem z nim w niebieskiej pościeli, gdy próbowała uwolnić go od ubrania.

Kiedy wniknął w nią, ziemia się zatrzęsła.

Jego usta – Boże, jak kochała jego usta – znów całowały ją namiętnie. Zaczęli poruszać się rytmicznie, trzymając się za ręce. Aż zalała ich fala rozkoszy.

Kiedy ochłonęła, pierwsze, co zobaczyła, to niesamowicie niebieskie oczy Roarke'a.

Przez dłuższą chwilę oboje leżeli bezwładnie jak rozbitkowie, którzy uratowali się z tonącego statku, wreszcie Roarke odwrócił głowę na tyle, by musnąć ustami szyję Eve.

– Było miło, prawda?

– Prawda. Okazałam swoją wdzięczność?

– W pełni.

– Hm. I obyło się bez przebieranek i rekwizytów.

– Wciąż jesteś uzbrojona w swój paralizator.

Szeroko otworzyła oczy.

– Co?

– To mi wystarczyło. – Z jękiem zsunął się z niej i usiadł. Pozwoliła, żeby jej się przyglądał, kiedy leżała naga, nie licząc wielkiego brylantu na szyi oraz paralizatora nad kostką.

– I wystarczy w przyszłości.

– Faceci są pokręceni.

Tylko się uśmiechnął, a potem wstał i przyniósł butelkę wody. Napił się i podał butelkę Eve.

– Nawodnij organizm.

Podparła się na łokciu i wypiła kilka łyków. Ale kiedy sięgnęła po paralizator, Roarke odsunął jej rękę.

– Jeszcze nie.

– Nie będę z nim spała.

– Kto mówi o spaniu? – Podniósł z podłogi jej broń. Kiedy zaczął ją jej przypinać, Eve pchnęła go.

– Co, do diabła?

– Pozwól mi zaspokoić ciekawość. – Szybko i sprawnie zapiął jej pas z kaburą, a potem wstał z łóżka, żeby się przyjrzeć Eve.

Wsparta na łokciach, z cudownie skonsternowaną miną, z oczami wciąż zamglonymi po seksie, poruszyła jego serce.

A gdy tak leżała wsparta na łokciach, z bronią na kostce i pod pachą, jego szczupła, naga wojowniczka poruszyła jeszcze zupełnie inną część ciała.

– Tak, właśnie tak to sobie wyobrażałem.

– Wyobrażałeś sobie mnie z bronią bez koszuli? I bez majtek?

– Widzę teraz, że nawet moja wyjątkowo bujna wyobraźnia mnie zawiodła. Więc, pani porucznik...

Jej konsternację zastąpił szok, kiedy Roarke na niej usiadł.

– Chyba sobie żartujesz.

– Nic a nic. – Znów złapał ją za ręce tak, że nie mogła się ruszyć.

– Chyba nie zamierzasz... – Spojrzała w dół i przekonała się, że on już jak najbardziej może. – Jak to zrobiłeś?

– To chyba ma związek z tym, że jestem pokręcony.

Kiedy w nią wszedł, krzyknęła i natychmiast poczuła orgazm.

– O mój Boże.

– Chcę ci się przyglądać, moja dobrze uzbrojona policjantko. – Znów w nią wniknął i jeszcze raz. – Przyglądać ci się, kiedy cię biorę, i brać cię, póki obydwoje nie opadniemy z sił.

Brał ją, dając jej rozkosz. Sprawił, że czuła się bezbronna, ale przestała się przejmować tym, że nie może się bronić. Była jak omdlała, ale jej ciało pragnęło więcej.

Wsuwał się w nią, aż zupełnie opadła z sił. Aż wypełnił ją swoją spermą.

Rozdział 3

Eve budziła się z trudem, jak po zażyciu narkotyków. Kiedy jej mózg stał się na tyle sprawny, by kontrolować oczy, podniosła powieki. Była już na tyle przytomna, by poczuć zapach kawy.

Roarke pił kawę, siedząc na kanapie, przed sobą miał tablet, a na ekranie ściennym przesuwały się poranne notowania giełdowe.

Już włożył ubiór władcy świata interesów. Dziś zdecydował się na ciemnoszary garnitur i kilka odcieni jaśniejszą koszulę oraz perfekcyjnie zawiązany krawat w cienkie, szare prążki na granatowym tle.

Ponieważ miał sztyblety w identycznym kolorze co garnitur, przypuszczała, że były zrobione na zamówienie. Pomyślała, że skarpetki też z pewnością pasują do reszty stroju.

I chociaż jeszcze nie wybiła szósta, Eve gotowa była się założyć, że zdążył już rozkręcić interesy, podjął decyzje i wydał polecenia ludziom w wielu miejscach na Ziemi i poza nią.

Ona natomiast musiała sobie nakazać, by usiąść i nie jęcząc, wstać z łóżka.

– Dzień dobry, kochanie.

Mruknęła coś pod nosem, bo tylko na to potrafiła się zdobyć, a potem doczłapała do autokucharza, żeby nalać sobie kawy, przywracającej życie. Pijąc ją, powlokła się do łazienki, żeby wziąć prysznic.

– Dysze na pełną moc, trzydzieści osiem stopni. – Napiła się jeszcze kawy, by cudowna kofeina i gorące strumienie wody ostatecznie ją rozbudziły.

Gdyby od tego zależały losy świata, może wróciłaby do namiastki kawy i pryszniców, w których woda ledwo ciurkała, którymi zadowalała się przez wiele lat.

Może.

A może to cholernie dobrze, że nie zależą od niej losy świata, a jedynie zajmuje się zabójstwami w Nowym Jorku.

I uznała, że skoro potrafi to objąć rozumem, z całą pewnością jest już w pełni rozbudzona.

Dziesięć minut później, znów czując się jak człowiek, wyszła z łazienki owinięta szlafrokiem i zobaczyła, że Roarke zadbał już, by na stole znalazły się dwa talerze z pokrywkami i dzbanek kawy. Ten facet działał szybko, co udowodnił niezliczoną ilość razy na niezliczone sposoby.

Zamknął tablet w taki sposób, że wszystkie jej policyjne zmysły natychmiast się wyostrzyły.

– Co tam masz? – spytała, kierując się w jego stronę.

– W moim tablecie? Wiele rzeczy.

Zrobiła kółko palcem i nalała sobie kawy.

– Przekonajmy się, kolego.

– Może mam w nim wyuzdane zdjęcie mojej kochanki Angelique.

– Taa, taa. Oprawimy je w ramki razem ze zdjęciami moich kochanków-bliźniaków, Julia i Raoula. Ale teraz...

Żeby zyskać na czasie, uniósł pokrywki z talerzy, czym na chwilę odwrócił uwagę Eve.

Owsianka. Powinna była się domyślić. Przynajmniej oprócz niej był bekon, trochę jajecznicy, chyba z serem, no i jeszcze owoce, a także brązowy cukier – prawdziwy.

Jednak...

– To dobre na początek dnia dla nas obojga.

– Ty rozpocząłeś swój dzień parę godzin temu. Co najmniej.

– Godziny bez ciebie się nie liczą.

– Akurat. – Zaczęła od bekonu, zobaczyła, jak Galahad poruszył wąsami i zaczął iść – jakby traktował to jak poranną gimnastykę – w stronę stołu. – Tablet.

Roarke rzucił kotu takie spojrzenie, że ten usiadł i zaczął się energicznie myć.

– Wczoraj późnym wieczorem, kiedy byliśmy zajęci czymś innym, Charmaine przysłała mi szkic projektu sypialni. Pragnęła wiedzieć, czy zmierza w dobrym kierunku. Nie sądzę, żebyś chciała oglądać takie wstępne przymiarki ani zaprzątać sobie tym głowę.

Eve tylko zrobiła palcem kółko w powietrzu, dodając do owsianki sporo brązowego cukru i owoców.

– Wyświetlę to na ekranie ściennym. – Roarke przesunął palcem po tablecie i notowania giełdowe zniknęły, a na ich miejscu pojawił się projekt.

Eve zmarszczyła czoło.

– Po pierwsze, te zasłony są zbyt fikuśne. I, sama nie wiem, zbyt królewskie.

– Zgadzam się.

– Chyba bardziej podoba mi się to, jak zaprojektowała ten fragment. Kanapa jest większa, ale…

– Zbyt ozdobna. Prawdę mówiąc, widziałem w katalogu Sotheby coś, co mi się spodobało. Wyślę zdjęcie wam obu i zobaczymy. A samo łóżko?

Określenie „zbyt ozdobne" też tu pasowało. I „masywne" – cztery duże, grube słupki, wysokie wezgłowia zakończone ramami z wyrzeźbionymi na nich celtyckimi symbolami. A wszystko to z ciemnego, błyszczącego drewna, które wyglądało na stare i… dostojne.

Jednak…

– Jest…

– Jeśli ci się nie podoba…

– Chodzi o to, że mi się podoba. Nie wiem dlaczego. Nie jest proste, a sądziłam, że namówię cię na coś prostego. Ale…

Zwykle nie przejmuję się takimi rzeczami, ale, człowieku, to niesamowite łóżko. Gdzie je wynalazła?

– Ja je wyszperałem wiele miesięcy temu. Jest w przechowalni. Kupiłem je pod wpływem impulsu, a potem sobie pomyślałem, że wolałabyś coś prostszego. – Kiedy Eve przyglądała się łóżku, wziął swoją kawę. – Jest z nim związana pewna historia, gdyby cię interesowała.

– Chętnie posłucham.

– No więc pewien bogaty Irlandczyk o dość wysokiej pozycji społecznej kazał je zrobić jako swoje łoże małżeńskie, chociaż jeszcze nie znalazł sobie żony.

– Optymista.

– Można tak powiedzieć. Kiedy dostarczono do jego dworu gotowy mebel, wciąż był kawalerem, kazał więc zamknąć na głucho pokój z łóżkiem. Mijały lata, nie był już młodzieniaszkiem, przestał wierzyć, że znajdzie kobietę, z którą mógłby dzielić łoże i życie, z którą założyłby rodzinę.

– Wygląda mi to na pechowe łóżko.

– Zaczekaj na dalszy ciąg. Pewnego dnia, kiedy szedł przez swój las, jak często robił, ujrzał kobietę siedzącą na brzegu strumienia. Nie była młoda ani piękna, jak sobie kiedyś wyobrażał, że będzie wyglądała jego oblubienica, ale okazała się na tyle intrygująca, że nie potrafił przestać o niej myśleć. Okazało się, że kobieta mieszka w ładnej chatce niedaleko jego dworu.

Eve w zamyśleniu nabrała łyżkę słodkiej owsianki z owocami.

– Powinien był wcześniej ją spotkać. No bo chyba w pobliżu nie mieszkało zbyt wiele innych ludzi, więc...

– No ale wcześniej jej nie spotkał i już.

– Może gdyby więcej chodził po swojej posiadłości, wcześniej znalazłby sobie żonę.

Roarke pokręcił głową i spróbował jajecznicy.

– Może miał ją spotkać właśnie tam i wtedy. Tak czy owak – ciągnął, nie dając sobie znów przerwać – spotkali

67

się i zaczęli rozmawiać. A potem zaczęli razem spacerować. Minęła wiosna, nadeszło lato. Dowiedział się, że kobieta owdowiała zaledwie miesiąc po tym, jak poślubiła swojego młodego ukochanego, i nigdy ponownie nie wyszła za mąż. Rozmawiali o jej ogrodzie i jego interesach, dzielili się ploteczkami i omawiali bieżące wydarzenia.

– W końcu zakochali się w sobie i żyli długo i szczęśliwie. Roarke rzucił jej spojrzenie, jakie często rzucał kotu.

– Zaprzyjaźnili się, gdyż wtedy mężczyzna wcale nie myślał o miłości, bo uznał, że już na to za późno. Ale cenił tę kobietę, jej umysł, sposób bycia, jej poczucie humoru. Więc zapytał ją, czy zechciałaby zostać jego żoną, żeby wspólnie spędzili resztę życia. Kiedy się zgodziła, był bardzo zadowolony, jednak nawet mu nie przeszło przez myśl, żeby otworzyć pokój z łóżkiem, które kiedyś zamówił, ani spać na nim ze swoją żoną.

Lecz ona właśnie do tego pokoju zaprowadziła go w noc poślubną. Łóżko lśniło w świetle księżyca, za oknem była kolejna wiosna. Pościel była świeża i biała, w wazonach stały kwiaty z ogrodu kobiety, płonęły świece. I ujrzał w niej oblubienicę, jaką sobie kiedyś wymarzył. Nie młodą piękność, tylko mądrą, lojalną i dobrą towarzyszkę życia. I w tym małżeńskim łożu silna i prawdziwa przyjaźń przemieniła się w silną i prawdziwą miłość. A podobno wszystkich, którzy śpią w tym łóżku, spotyka to samo.

Ładna historia. Prawdopodobnie zmyślona, ale ładna. Więc Eve skinęła głową.

– Zdecydowanie zatrzymamy to łóżko. – I uświadomiła sobie, że zjadła głupią owsiankę, w ogóle o niej nie myśląc.

– Jaki kolor ma narzuta?

– Brązowy, lekko miedziany.

Znów skinęła głową, kończąc jeść boczek.

– Wygląda jak materiał, z którego była uszyta moja sukienka ślubna.

– Bo to ta sama tkanina.

– Głuptas.

– Ale przypominam ci, że pokręcony głuptas.

– Podoba mi się kolor narzuty i łóżko, czyli to dobry początek.

– Mnie też, więc powiem Charmaine, żeby od tego zaczęła.

– W porządku. – Wstała i podeszła do garderoby.

– Dziś ma być chłodniej – ostrzegł ją. – I przed południem spadnie deszcz ze śniegiem.

– Cudnie. Najpierw wstąpię do kostnicy, a potem do laboratorium – muszę poprosić o pomoc Dickiego. Zdaje się, że jest królem laserów. – Złapała ciemnozielony sweter, a do niego ciepłe brązowe spodnie. Sięgając po marynarkę, pomyślała, że jeśli wybierze złą, Roarke wstanie i znajdzie dla niej inną. Więc zastanowiła się, którą wziąć. Minęła minuta, druga.

Dlaczego ma tak dużo ubrań? Dlaczego odnosiła wrażenie, że jest ich więcej za każdym razem, kiedy zaglądała do szafy?

Nikt nie był bardziej zaskoczony od niej samej, kiedy wybrała marynarkę kilka odcieni ciemniejszą od spodni, delikatnie przetykaną ciemnozieloną nitką.

Złapała buty, pasek i uznała, że ma wszystko.

– Przez większą część dnia będę w Midtown – powiedział, kiedy wyszła z garderoby, żeby się ubrać. – A po południu mam wizytację w An Didean.

Przypomniała sobie schronisko młodzieżowe, które budował.

– Jak postępują prace?

– Przekonamy się podczas oględzin, ale wszystko idzie bardzo dobrze. W kwietniu powinniśmy przyjąć pierwszych podopiecznych.

– To dobrze. – Przypięła broń, włożyła marynarkę, usiadła, żeby wciągnąć buty. Dostrzegła jego spojrzenie. – Co? Co jest nie tak z tym strojem?

– Absolutnie nic. Wyglądasz idealnie i jak stuprocentowy gliniarz.

– Bo jestem stuprocentowym gliniarzem.

– No właśnie. I jesteś moją policjantką, więc uważaj na siebie.

Usiadł, by dopić kawę, a kot rozwalił się obok niego. Roarke uśmiechnął się do niej na ten swój sposób. Podeszła do niego, objęła dłońmi jego twarz, pocałowała go.

– Do zobaczenia wieczorem.

– Łap złoczyńców, pani porucznik, ale nie narażaj się na niebezpieczeństwo.

– Mam taki zamiar.

Na słupku balustrady znalazła swój płaszcz, a także czapkę z płatkiem śniegu, do której dziwnie się przywiązała, szalik, wydziergany przez Peabody, i nowe rękawiczki.

Przed domem już czekał jej wóz, ogrzewanie było włączone.

Spojrzała w lusterku wstecznym na dom, taki ciepły i bezpieczny, a potem ruszyła do kostnicy, gdzie czekali na nią denaci.

Deszcz ze śniegiem nie czekał do popołudnia, zaczął padać wraz z ostrymi, małymi igiełkami lodu, nim Eve dotarła do centrum.

Mimo deszczu ze śniegiem tablice świetlne informowały o kolekcji odzieży na rejs statkiem, zimowej wyprzedaży, czyszczeniu magazynów. A fatalna pogoda sprawiła, że maksibusy, zwykle jeżdżące niemrawo, dziś ledwo się wlokły. Ponieważ sama myśl o zimowych opadach sprawiała, że większość kierowców do reszty traciła swoje umiejętności prowadzenia aut, Eve prawie przez całą drogę omijała inne pojazdy i przeklinała wszystkich taksówkarzy oraz nowojorczyków dojeżdżających do pracy.

Długi, biały tunel, prowadzący do prosektorium, przyjęła z prawdziwą ulgą, nawet kiedy, mijając otwarte drzwi, usłyszała czyjś rechoczący śmiech.

Według Eve nikt nie miał prawa rechotać tam, gdzie są trupy. Cichy chichot od czasu do czasu – czemu nie. Ale rechot wywoływał ciarki na skórze.

Pchnęła drzwi do prosektorium i owionęło ją chłodne powietrze, wypełnione cichymi dźwiękami muzyki klasycznej.

Trzy ofiary leżały na stołach niemal jedna obok drugiej. Morris miał na sobie ochronny kitel, a pod nim stalowoszary garnitur. I szafirową koszulę, w takim samym kolorze jak cieniutkie prążki marynarki. W ciemne, misternie zaplecione włosy wplótł sznureczek w tym samym kolorze.

Mikrogogle sprawiły, że jego oczy wydawały się wielkie, kiedy uniósł wzrok znad ciała Ellissy Wyman.

– Dzień zaczął się od zimnego, ponurego poranka.

– Przypuszczalnie potem będzie jeszcze gorzej.

– Aż nadto często tak jest. Ale nasi goście najgorsze mają już za sobą. Na jej widok pomyślałem o Mozarcie. – Polecił ściszyć muzykę, zdjął gogle. – Taka młoda.

Już ją otworzył; wskazał ekran zabezpieczoną dłonią, wymazaną krwią.

– Była zdrowa, miała wyjątkowo rozwinięte mięśnie. Nie znalazłem nic, co by świadczyło, że zażywała narkotyki albo piła alkohol. Na godzinę przed śmiercią wypiła gorącą czekoladę – mleko sojowe, substytut czekolady – i zjadła obwarzanek.

Lekki posiłek przed jazdą na łyżwach. Na wózkach przed parkiem sprzedają coś takiego. Jeździła na łyżwach koło dwudziestu pięciu minut, nim zginęła.

Strzał z broni laserowej w plecy, który niemal przeciął kręgosłup między szóstym i siódmym kręgiem. To odcinek piersiowy kręgosłupa.

– Tak, widzę. Przeciął?

– Prawie, czyli strzał był bardzo silny. Gdyby przeżyła, bez długiego, kosztownego i fachowego leczenia groziłby jej paraliż poprzeczny. Poniosła śmierć w ciągu kilku sekund.

– Klasyczne „nawet nie wiedziała, co się stało".

– No właśnie. I bardzo dobrze, bo chociaż dopiero zacząłem oględziny narządów wewnętrznych, już widzę znaczne uszkodzenia.

Eve niezbyt lubiła oglądać narządy wewnętrzne, ale już od dawna nie ogarniały jej mdłości na ich widok. Wzięła więc gogle, które podał jej Morris, żeby się bliżej przyjrzeć.

– Czy to rozległy krwotok wewnętrzny?

– Tak. I rozerwana śledziona oraz wątroba. – Wskazał szalkę wagi, na której leżał ten narząd.

– Czy takie wewnętrzne obrażenia są typowe u zabitych z broni laserowej?

– Spotkałem się z tym już wcześniej. Ale częściej występują u ofiar walk, kiedy wróg chce w jak najkrótszym czasie uśmiercić jak najwięcej żołnierzy przeciwnika.

– Promień pulsuje i wibruje, kiedy trafi w cel, prawda? – Eve się wyprostowała i zdjęła gogle. – Słyszałam o czymś takim. Jest to zabronione w broni używanej przez policję, nie wolno też kolekcjonować takiej broni.

– Wydaje mi się, że tak. Ale specjalistą w tej dziedzinie jest Berenski.

– Tak, słyszałam. Wybieram się do niego.

Eve odłożyła gogle, przyjrzała się uważnie zwłokom Wyman, a następnie odwróciła się w stronę dwóch denatów, czekających na swoją kolej.

– Czyli ktoś zdobył broń wojskową albo przerobił broń, którą dysponował. I chciał mieć pewność, że tych troje zginie.

– Trudno zrozumieć, czemu komuś mogłoby zależeć na śmierci tej młodej kobiety. Chociaż oczywiście mogła być wyjątkową jędzą, mającą wielu wrogów.

– Nic na to nie wskazuje. Pochodziła z przyzwoitej rodziny, nadal mieszkała z rodzicami, łącząc studia z pracą. Łyżwiarstwo było jej wielką pasją.

Mówiąc to, Eve okrążyła zwłoki młodej, szczupłej dziewczyny, która nigdy się nie dowie, od czego zginęła.

– Nadal przyjaźniła się z byłym chłopakiem. Wczoraj, kiedy powiadomiłam rodziców ofiary, co się stało, obejrzałam jej pokój. Trochę dziewczyński, ale bez przesady. Żadnych ukrytych skarbów, nic szczególnego, jeśli chodzi o komputer. Chociaż wydział przestępczości elektronicznej dokładniej zbada jej sprzęt.

– Zwyczajna, młoda dziewczyna, która jeszcze nie wiedziała, co będzie robiła w życiu, i uważała, że ma mnóstwo czasu, żeby podjąć decyzję.

– Tak to widzę – zgodziła się z nim Eve. – Przynajmniej teraz. Jej rodzice skontaktują się z tobą.

– Rozmawiałem z nimi wczoraj wieczorem. Przyjdą tu dziś przed południem. Zajmę się nimi.

– Wiem.

Eve odwróciła się i przyjrzała uważnie pozostałym ofiarom.

– Jeśli któreś z nich stanowiło upatrzony cel, skłaniam się ku temu, że był nim drugi zabity.

– Michaelson.

– Tak. Ale to tylko teoria, przeczucie. Nie mam nic na poparcie tego.

– Ale przeczucie na ogół cię nie myli. Będę o tym pamiętał, przeprowadzając sekcję jego zwłok.

– Wiedział, że ktoś do niego strzelił. Według słów świadka, który próbował go ratować, żył, był przytomny, jeszcze przynajmniej przez minutę, dwie.

– Minutę, dwie ogromnego cierpienia – dodał Morris, kiwając głową. – Może częściowo tłumaczy to twoje przeczucia.

– Częściowo.

– Przeczytałem w twoim raporcie, że konsultowałaś się z Lowenbaumem. Przekażę mu wyniki sekcji zwłok.

– Świetnie. W ilu śledztwach w sprawie SZZZO brałeś udział?

– To będzie trzecie, a pierwsze, odkąd zostałem głównym lekarzem sądowym. – Zdjął gogle i spojrzał na nią przyjaźnie swoimi ciemnymi oczami. – Pracuję ile? Dziesięć lat dłużej od ciebie.

– Nie wiedziałam. Naprawdę?

Uśmiechnął się do niej, wiedząc, że Eve bardzo się stara nie mieszać w prywatne sprawy kolegów z pracy.

– Mniej więcej dziesięć, czyli obydwoje jesteśmy za młodzi, żeby pamiętać wojny miejskie, kiedy takie sytuacje były aż nadto powszednie. Postęp techniczny, dzięki któremu stworzono broń, z której zabito tę trójkę, zwiększa to, co się nazywa wiedzą o zabijaniu. Ograniczenia na tego typu broń utrudniają dostęp do niej i wykorzystywanie jej w celu zabijania.

– Ale wcześniej czy później...

– Tak, wcześniej czy później... Niezbyt wiele wiem o tego typu broni, lecz się dowiem. – Znów spojrzał na Ellissę. – Żebyśmy mogli wszystko zrobić dla niej i dla pozostałych.

– Przekonam się, czy Barani Łeb wie tak dużo o broni laserowej, jak twierdzi Lowenbaum.

– Powodzenia. Ach, Garnet mi wspomniała, że wybieracie się razem na drinka.

– Co? Kto?

– DeWinter.

– Och, DeWinter!

Doktor DeWinter, antropolog kryminalny, była inteligentna i trochę irytująca.

– Jesteśmy przyjaciółmi, Dallas. Nic poza tym.

Eve, wyraźnie skrępowana, wsunęła ręce do kieszeni.

– To nie moja sprawa.

– Pomogłaś mi w najtrudniejszym okresie życia, po stracie Amaryllis. Więc chociaż to nie twoja sprawa, rozumiem twoją troskę. Lubimy swoje towarzystwo, szczególnie że nie towarzyszy temu napięcie wywołane pytaniem: „Czy skończymy w łóżku?". Prawdę mówiąc, wczoraj wieczorem zjadłem kolację z nią i z Chalem.

– Ksiądz, lekarz od umarlaków i specjalistka od kości.

Roześmiał się, a Eve trochę się odprężyła.

– Niezłe trio, kiedy tak na to spojrzeć. Tak czy owak wspomniała, że namówiła cię na wspólnego drinka.

– Może. Kiedyś. – Widząc jego uniesione brwi, syknęła: – No dobrze, mam wobec niej dług za walkę z biurokracją. Czy namówiła cię, żebyś mi o tym przypomniał?

Tylko się uśmiechnął.

– Spotkasz się z nią na urodzinach Belli.

– Będzie... Jak się wkręciła na urodziny córeczki Mavis?

– Jeśli chodzi o przypominanie o różnych sprawach, Mavis jest uroczą mistrzynią pod tym względem. Co kilka tygodni dzwoni do mnie, żeby się upewnić, że się nie rozczulam nad sobą. Parę tygodni temu wybraliśmy się we czwórkę do Niebieskiej Wiewiórki.

– Poszedłeś do Niebieskiej Wiewiórki celowo?

– To wyjątkowe przeżycie. Tak czy owak, Mavis i Leonardo zaprosili Garnet i jej córkę na urodziny Belli. Zapowiada się niezwykła impreza.

– Mówisz tak, jakbyś uważał, że to dobrze. Martwię się o ciebie, Morris – powiedziała bardzo poważnie.

Pożegnała się z nim, żeby mógł się zająć swoimi denatami, i prawie w wejściu zderzyła się z Peabody, zaróżowioną od zimna, w różowych, zimowych botkach, obszytych futerkiem.

– Nie spóźniłam się, to ty przyszłaś wcześniej.

– Chciałam już mieć to z głowy.

Eve ruszyła do auta, a Peabody odwróciła się i pobiegła za nią.

– Czy Morris już coś ustalił?

– Wciąż przeprowadza sekcję zwłok pierwszej ofiary. Musimy uzyskać potwierdzenie Berenskiego, ale zdaje się, że strzelano z broni wojskowej.

– McNab zaczął zbierać informacje wczoraj wieczorem. – Peabody przytruchtała do samochodu i głośno westchnęła „Aaach", kiedy się wygodnie usadowiła. – Bez reszty go to pochłonęło. Co jest takiego z facetami, że tak się interesują bronią?

– Nie jestem facetem, a interesuję się bronią.

– Racja. Mniejsza z tym. Zaczął zbierać informacje o broni, którą mógł się posłużyć zabójca, i wykonał pewne obliczenia. A potem przysłałaś mu ten program, napisany przez Roarke'a.

Cieszył się, jakby jednocześnie było Boże Narodzenie, gorący seks i pudding czekoladowy. Jakby trafił mu się gorący seks i pudding czekoladowy w samo Boże Narodzenie. Hm.

– Daruj sobie.

– Zostawię to na później. No więc zajął się tym, a ja wzięłam się do listy świadków. Jak napisałam w swoim raporcie, biedny chłopczyk ze złamaną nogą i jego rodzice nic nie widzieli, póki nie upadli na lód. Potem jedyne, co widzieli wyraźnie, to ich synek i dziewczyna. Wszystko potoczyło się tak szybko. Kiedy to się stało, akurat jechali do wyjścia z lodowiska, patrzyli w drugą stronę. A tu nagle – bęc!

– Przepytamy wszystkich z listy, ale nie sądzę, by to coś dało. Strzelano ze zbyt dużej odległości. Nie stwierdziłam, żeby cokolwiek łączyło ofiary, i według mnie nic takiego nie znajdziemy.

– Jeśli ofiary były zupełnie przypadkowe... – Peabody spojrzała na ludzi na ulicy, na budynki, na okna wysoko w górze.

– Nie powiedziałam, że jestem przekonana, że to przypadkowe ofiary. Czekam na pełny raport Morrisa, a potem sprawdzimy budynki, których listę sporządził Roarke. Pierwsza ofiara trafiona w sam środek pleców, ładunek wysokiej mocy z echem.

– Wiem, co to znaczy, MacNab wyjaśnił mi wczoraj wieczorem. Echo, czyli że kiedy ładunek trafi w cel, rozchodzi się.

– Miała minimalne szanse przeżycia. Strzał niemal przeciął jej kręgosłup. To świadczy, że zabójcy zależało na śmierci ofiary. I może dlatego poprzestał na trzech. Wybuchła panika, ludzie zaczęli się kryć, zbijać w grupki, kulić. Można było kogoś trafić, lecz niewystarczająco celnie, żeby zabić. A tak ma trzy trupy na trzy strzały.

– Wolał nie ryzykować. – Peabody odetchnęła głęboko, kiedy Eve skierowała się w stronę laboratorium. – Ile budynków jest na naszej liście?

– Wystarczająco dużo, żeby włączyć do pomocy wszystkich, którzy akurat są wolni.

W laboratorium, przypominającym labirynt, Eve poszła prosto do Dickiego.

Chociaż większość pracowników miała na sobie białe kitle, dzięki ciemnym, przylizanym włosom na jajowatej głowie łatwo można było wypatrzyć Berenskiego, pochylonego nad długim blatem roboczym.

Wyobraziła sobie, jak chudymi palcami stuka w klawiaturę albo przesuwa nimi po ekranie. Facet był okropnie upierdliwy, ale miał dużą wiedzę. A Eve potrzebowała właśnie kogoś o rozległej wiedzy.

Uniósł wzrok, kiedy zbliżała się do niego, i mało brakowało, a by się potknęła. Nędzna namiastka brody i wąsów, które starał się zapuścić, przypominała teraz anemiczną gąsienicę nad ustami i poszarpaną pajęczynę na brodzie.

Jeśli postanowił zmienić wygląd, żeby przyciągnąć do siebie kobiety – co było jego największym marzeniem – Eve przewidywała, że czeka go gorzkie rozczarowanie.

– SZZZO – powiedział z satysfakcją.

– Zgadza się.

– Niecodziennie się z tym stykamy. Karabin laserowy dalekiego zasięgu. Przypuszczam, że Lowenbaum nie myli się w kwestii modelu.

– I chodzi o broń wojskową. Morris powiedział, że pierwsza ofiara, sądząc na podstawie wyników badań, które zdążył przeprowadzić dziś rano, doznała uszkodzeń narządów wewnętrznych.

– Tak, tak, echo. Domyśliłem się tego. – Przesunął się na taborecie wzdłuż blatu roboczego, stuknął w ekran.

– Widzisz tu? To komputerowo wygenerowana symulacja strzału, oddanego z karabinu wojskowego tactical-XT. Promień laserowy czerwony, zasięg dziewięćset metrów. Od naciśnięcia spustu do trafienia ofiary mija sekunda i trzy dziesiąte. Widać, jak promień się rozszczepia po trafieniu w cel. To właśnie echo. Uderza, a potem się rozchodzi.

– Uniósł dłonie wewnętrzną stroną do góry, a potem je rozłożył. – Nie ma ucieczki przed czymś takim.

– W kostnicy są zwłoki trzech osób, którym nie udało się uciec przed czymś takim.

– Ty zajmujesz się ofiarami, ja – bronią. Lekarz sądowy mówi: broń wojskowa, echo. To mi pasuje, bo właśnie to widać na zapisach z kamer monitoringu. Rozmawiałem z Lowenbaumem, jesteśmy pod tym względem zgodni.

– Nie twierdzę, że było inaczej.

Tylko machnął ręką.

– Musisz wiedzieć, że zasięg wojskowej wersji modelu Tact-XT wynosi prawie sześć kilometrów.

– Wiem, Berenski, muszę…

– Jeśli ta broń znalazła się w rękach odpowiednio przeszkolonego strzelca, te strzały mogły zostać oddane z barki na środku East River. Musisz to zrozumieć. Ale chciałbym poznać sukinsyna, który potrafi oddać taki strzał w Nowym Jorku, jeśli uwzględnić widoczność, zmienną prędkość wiatru, temperaturę, nie wspominając już o tym, że ofiary się poruszały.

– Kiedy dopadnę tego sukinsyna, przedstawię ci go.

– Trzymam cię za słowo. Lecz nie przypuszczam, żeby strzały oddano z maksymalnej odległości. Pracuję nad programem, który to uściśli, uwzględniając kąty, prędkość i tak dalej.

– Już to zrobiłam. Też mam taki program.

– Ten, z którego korzystamy, nie…

– Mam własny program.

Przestał lekceważąco machać rękami i spojrzał na nią spode łba.

– Co to za program?

– Peabody.

– Mam go na palmtopie. A teraz – powiedziała Delia, wydawszy kilka poleceń – jest też na twoim komputerze.

Uruchomił go, pochylił się nad ekranem. Ponownie dotknął klawiatury.

– Skąd go masz? Z NSA?

– Od Roarke'a.

– Hm. Jak długo pracowali nad tym jego ludzie?

– Napisał ten program sam wczoraj wieczorem.

Berenski obrócił się na taborecie.

– Kpisz sobie ze mnie?

– Dlaczego miałabym to robić? Na litość boską, mam trzy trupy.

– To genialny program. – Jeszcze raz go włączył i potarł kark. – Ale widzę, że można go trochę ulepszyć.

– Nic przy nim nie majstruj.

– Nie mam takiego zamiaru. Chciałem tylko powiedzieć, że jeśli sam go dopracuje albo zleci to swoim ludziom, może go sprzedać za... Chyba nie musi go sprzedawać.

– To nie kwestia tego, musi czy nie musi – mruknęła Eve.

– Pokazałaś to Lowenbaumowi?

– Posłałam mu, ale było już późno. Może go jeszcze nie widział.

– Kiedy go zobaczy, powie to samo, co ja. Jest tak precyzyjny, jak to tylko możliwe. Zobacz, uwzględnił zmienną prędkość wiatru w chwili strzelania, temperaturę, wilgotność, kąt strzałów, ile czasu upłynęło między nimi, wysokość, widoczność. Wszystko. Wiele tygodni zajmie ci sprawdzanie budynków, ale wiesz, które to mogą być.

– Pomiń budynki posiadające średnio dobre i bardzo dobre zabezpieczenia. – Eve znów spojrzała na Peabody.

– Mogę? – Nie czekając na pozwolenie, jej partnerka pochyliła się nad biurkiem, stuknęła w kilka klawiszy.

– Jasne. No tak, trudno przejść z taką bronią przez bramkę do wykrywania metalu.

– Na razie pomiń biura zatrudniające kilka osób, a także mieszkania rodzin z dziećmi.

Skinął głową. Kolejne budynki zniknęły z ekranu.

– No dobrze. Jeśli nie posłużył się tłumikiem, znajdziesz kogoś, kto słyszał trzy wysokie dźwięki. Słyszałaś już kiedyś, jaki odgłos towarzyszy strzałowi z broni laserowej?

– Sama z niej strzelałam.

– W takim razie wiesz. Jeśli posłużył się tłumikiem, wpłynęło to nieco na zasięg, ale wtedy nikt nic nie usłyszał. Wszystko zależy od tego, jak chciał to rozegrać. Z całą pewnością masz do czynienia z kimś, kto wiedział, co robi. Facet zna się na rzeczy. I to doskonale, Dallas. Ten ostatni strzał świadczy nie tylko o wysokich umiejętnościach, ale o pewności siebie.

Chociaż trochę ją bolało, że musi przyznać mu rację, Eve myślała tak samo.

– Pewność siebie prowadzi do nonszalancji.

– Być może.

– Posłuż się tym programem. Jeśli uda ci się wyeliminować jakiś obszar, chcę o tym wiedzieć.

Ponieważ Dickie już ponownie uruchomił program, nie przeszkadzała mu dłużej.

– Nie musiałaś mu grozić ani go przekupywać.

– Dałam mu coś w rodzaju świerszczyka dla maniaków komputerowych, więc będzie miał masę frajdy. – Eve musiała przyznać w duchu, że trochę jej brakowało tego targowania się z Berenskim.

Rozdział 4

Pojechała prosto do komendy. Musiała rozmieścić informacje na tablicy, a także zlecić sprawdzanie budynków, komu tylko się da. Miała też nadzieję, że zdoła uzyskać opinię Miry.

Oznaczało to ciężką przeprawę z zasadniczą sekretarką przyjaciółki, ale opinia czołowej profilerki policji nowojorskiej i psychologa była bezcenna.

Gdy tylko weszła do sali ogólnej wydziału, rozejrzała się dookoła. Baxtera i Truehearta nie było, z czego wynikało, że są w terenie. Sposób, w jaki Carmichael przysiadła na skraju biurka Santiago, świadczył, że raczej rozmawiają o sprawach służbowych, a nie plotkują.

Jenkinson patrzył gniewnie w komputer, na którym pracował, a Reineke wyszedł z pokoju śniadaniowego z kubkiem kiepskiej, policyjnej kawy.

– Nie macie nic pilnego? – zapytała Jenkinsona.

– Praca papierkowa. Rzucaliśmy monetą i przegrałem.

– W moim gabinecie za pięć minut. Peabody, wprowadź ich w sprawę.

W swoim gabinecie uruchomiła program Roarke'a, a potem umieściła informacje na tablicy. Pośrodku przyczepiła dane trzech ofiar. Żeby obejść groźną sekretarkę Miry, wysłała krótki mejl bezpośrednio do przyjaciółki. SMS mógł trafić najpierw do sekretarki.

Stała z kubkiem prawdziwej kawy w ręku i przyglądała się ekranowi, kiedy weszli Jenkinson i Reineke.

Gotowa była przysiąc, że od oślepiającego blasku krawata Jenkinsona zmieniło się światło. Przypuszczała, że według niego złoto-zielone kropki na jaskrawoczerwonym tle to klasyczny, spokojny wzór.

– Zaczniecie od tego sektora, będziecie się przesuwali na wschód od Madison. Peabody poda wam adresy budynków, wyselekcjonowane w oparciu o ten program. Szukamy zabójcy, który strzelał gdzieś stąd.

– Snajpera działającego na własną rękę – powiedział Reineke.

– Najprawdopodobniej. Postaram się o opinię doktor Miry, ale z wyliczonych współczynników prawdopodobieństwa wynika, że mamy do czynienia z mężczyzną, który odbył szkolenie wojskowe albo policyjne. Samotnik. Żeby oddać takie strzały, trzeba być przeszkolonym i mieć praktykę. W hotelach i noclegowniach szukajcie kogoś, kto się pojawił bez żadnego bagażu. Na broń potrzebna jest torba, ale nie wydaje mi się, by miał ze sobą coś więcej. Potrzebuje pomieszczenia z otwieranym oknem, chyba że zbił szybę, żeby móc strzelać. No i żaluzje. Bez tłumika taka broń podczas strzału wydaje świst – trzy strzały, trzy świsty jeden po drugim.

– Szanse, że ktoś to usłyszał…

– Bliskie zeru – dokończyła Eve, kiwając głową i patrząc na Jenkinsona. – Chyba że strzelano w pokoju w noclegowni albo tanim mieszkaniu na wynajem, bez izolacji akustycznej.

– Podobnie jak znalezienie kogoś, kto zechce rozmawiać z gliną – dodał.

– Racja – zgodziła się z nim Eve.

– Mógł wykorzystać własne mieszkanie – zaczął rozważać Reineke. – Z jakiegoś szalonego powodu ogarnęła go obsesja na punkcie lodowiska i postanowił sobie postrzelać do ludzi jak do kaczek.

– Przekonamy się. Ja z Peabody zaczniemy od sektora najdalej na wschód i będziemy się posuwać w waszym kierunku. Prawdopodobnie zaczniemy godzinę później niż wy. Musimy jeszcze pojechać do miejsca pracy drugiej ofiary i...

Urwała, gdyż rozległ się sygnał, że otrzymała nową wiadomość, więc odwróciła się do biurka.

– Świetnie, Mira właśnie przyszła do komendy i zajrzy tutaj. Jeśli powie coś, co może się okazać użyteczne, poinformuję was. Do roboty. Peabody, dopracuj naszą listę i skontaktuj się z miejscem pracy Michaelsona, powiedz, że przyjedziemy, żeby przesłuchać pracowników. – Eve spojrzała na zegarek. – Przed wyjściem chcę jeszcze zamienić słówko z Feeneyem. Wstąpię do niego po drodze.

– Już się biorę do pracy.

Kiedy została sama, podeszła do okna, wyjrzała przez nie. Uważała, że przyzwoicie strzela z broni laserowej. Lepiej, znacznie lepiej radziła sobie z bronią krótką, ale z karabinu też umiała nieźle strzelać.

I doszła do wniosku, że bez trudu mogłaby w ciągu niespełna minuty zabić, okaleczyć lub ranić kilka osób, strzelając przez swoje małe okno.

Jak, do diabła, można w takich warunkach kogokolwiek chronić?

Odwróciła się, kiedy usłyszała kroki Miry. Stukot obcasów świadczył, że tamta włożyła jakieś eleganckie buty.

Okazało się, że to czerwone botki na szpilkach w taki sam wzór jak cienki paseczek od kostiumu w kolorze nie wiedzieć czemu określanym mianem „złamana biel".

Miękkie, czarne włosy Miry, dziś gładko przyczesane, odsłaniały uszy z małymi kolczykami: malutkimi perełkami zwisającymi z jakiegoś czerwonego kamienia.

Jak można rano mieć na tyle jasny umysł, żeby tak idealnie dobrać kolory ubioru, nie wyglądając przy tym jak droid-niewolnik mody, lecz jak normalny człowiek?

– Dziękuję, że do mnie wstąpiłaś... – zaczęła Eve.

– Nie dziękuj, tylko nalej mi tej swojej kawy. Zamierzałam poprosić o herbatę, ale potem poczułam zapach kawy.

Mira odłożyła płaszcz i torebkę – białą z jaskrawoczerwonym paskiem przez środek – a potem podeszła do tablicy Eve.

– Widziałam doniesienia mediów, czytałam twój raport. Nadal żadnych powiązań między ofiarami z wyjątkiem tego, że wszyscy byli na lodowisku?

– Nie. I tylko kilka osób wiedziało, że trzecia ofiara dziś tam będzie, ale o jakiej porze dokładnie – nikt.

– Tego typu zabójcy często wybierają sobie ofiary na chybił trafił. Nie ma dla nich znaczenia, kogo zabiją. Chodzi o samo zabijanie, o panikę będącą tego następstwem. Miejsce publiczne, z odległości... Dziękuję – dodała Mira, kiedy Eve podała jej kawę. – Troje zupełnie różnych ludzi. Dwóch mężczyzn, jedna dziewczyna. Pierwszy z mężczyzn mógł być dziadkiem drugiego. Jeden samotny, drugi żonaty. Wszystko zdaje się świadczyć, że to przypadkowe ofiary.

– Pierwsza i trzecia osoba poniosły śmierć niemal natychmiast. Pierwsza została trafiona w kręgosłup, który niemal uległ przerwaniu. Trzecia w głowę. Ale druga ofiara, trafiona w klatkę piersiową, była przytomna przez minutę, dwie, gdy się wykrwawiała. Pierwsza i trzecia nawet nie wiedziały, co się stało. Druga owszem.

– Rozumiem. To skłania cię ku przypuszczeniu, że druga ofiara była upatrzona.

– Tak. Oraz to, że zabójca musiał wcześniej się przygotować, a obecność trzeciej ofiary była nie do przewidzenia. Pierwsza ofiara... Trudno uwierzyć, żeby ktoś wziął sobie na cel Ellissę Wyman. To raczej czysty przypadek. Czerwony ubiór, wyjątkowo dobra technika jazdy.

– No dobrze. – Mira oparła się biodrem o biurko Eve. – Już wiesz, że jest zorganizowany, wyszkolony, umie planować, co oznacza, że kontroluje sytuację. Poza tym zabójca, który zabija na oślep, zwykle żywi urazę do społeczeństwa albo ma jakiś cel polityczny, odczuwa złość do jakiegoś miejsca

– bazy militarnej, szkoły, kościoła. Pragnie zabić albo ranić maksymalnie wiele osób, spowodować panikę, wywołać poruszenie, często chce zginąć jako męczennik za sprawę, która skłoniła go do takiego czynu.

– Możliwie jak najwięcej ofiar. Te strzały świadczą o dużych umiejętnościach, więc dlaczego zabił tylko trzy osoby? Wciąż do tego wracam – powiedziała Eve. – Dlatego nie sądzę, by sprawca odczuwał złość lub żywił urazę do tego miejsca, skoro zadowolił się trzema ofiarami. A zajęło mu to dwanaście sekund. I masz rację, tacy ludzie zwykle ponoszą śmierć z ręki gliniarza albo popełniają samobójstwo po tym, jak zrobią swoje. Ale to nie dotyczy naszego zabójcy. Przynajmniej jeszcze nie teraz.

– Może jeszcze nie osiągnął swojego celu albo nadal żywi urazę.

– Tak. – Eve odetchnęła głęboko. – Tak, do tego też wciąż wracam.

– Zgadzam się z tobą, iż z uwagi na małą liczbę ofiar należy uznać, że obrał sobie na cel konkretną osobę czy osoby. – Przyglądając się razem z Eve zdjęciom ofiar, Mira popijała kawę. – A ponieważ druga ofiara nie zginęła na miejscu, jak dwie pozostałe, może chodziło mu o to, żeby ta osoba cierpiała przed śmiercią.

– Może to spowodowała odległość czy też ruch, ale według mnie ten strzał się różni od dwóch pozostałych.

– Jeśli chodziło o konkretną osobę, zabójca wybrał sobie miejsce publiczne, zabił innych jako przykrywkę, utrudnił sobie zadanie. Obie wiemy, że są prostsze sposoby pozbawienia kogoś życia, ale metoda stanowi część powodu i patologii. Nie tylko posiadł umiejętność, ale według niego ta umiejętność świadczy, ile jest wart, stanowi część jego ego.

– No właśnie – mruknęła Eve, dodając to do obrazu, który zaczęła sobie tworzyć w myślach.

– Powiedziałabym, że spowodowanie paniki, wywołanie poruszenia w mediach z całą pewnością stanowi część motywu.

Również odległość – nie chodzi tylko o umiejętności, ale właśnie o dystans zwiększający beznamiętność. To cel, a nie istota ludzka. Tak rozumuje snajper albo zawodowy zabójca.

– Nie wykluczam, że chodzi o zawodowca, chociaż uważam to za mało prawdopodobne. A jeśli to zawodowy zabójca, kto go wynajął i dlaczego? I wracamy do pytania: dlaczego właśnie tych troje? I jak mi mówi przeczucie: dlaczego Michaelson?

– Był lekarzem?

– Tak, od spraw kobiecych. No wiesz, badał ciężarne, przyjmował porody i tym podobne.

– No dobrze. Możesz sprawdzić przypadki śmierci. Pacjentka, która zmarła mimo leczenia, kobieta, która zmarła podczas porodu, albo dziecko, które zmarło tuż po przyjściu na świat. To się zdarza wyjątkowo rzadko, ale się zdarza w szczególnych sytuacjach. Albo jeśli pacjentka nie stosuje się do zaleceń lekarza.

– Należałoby sprawdzić kogoś, kto był z nią związany – małżonek, kochanek, brat, ojciec. – Eve skinęła głową. – Albo, co rzadkie, ale czego nie można wykluczyć, mamy do czynienia z kobietą-snajperem. No bo niby czemu nie? Dlaczego zabić tylko troje? Chyba że...

– Wszystko tak dobrze przebiegło, prawda?

Eve spojrzała na swoją tablicę.

– Tak, wyjątkowo dobry dzień. Wybieramy się teraz do miejsca pracy Michaelsona. Może na coś natrafimy. W przeciwnym razie...

– Spodziewasz się, że zabójca znów kogoś zabije.

– Jeśli taki ma plan, już wybrał kolejne miejsce i przygotował sobie stanowisko, skąd będzie strzelał. Jeżeli chce wywołać panikę, szum w mediach, najlepiej znów zaatakować, i to szybko. Żeby zainteresowanie nie osłabło.

– Muszę się z tobą zgodzić.

– Jeśli ograniczy się do trzech ofiar, świadczy to według mnie, że „trzy" ma dla niego jakieś znaczenie. W przeciwnym razie przy następnej okazji zabije więcej osób. Chodzi o jego ego, prawda?

– Tak, ego odgrywa tu znaczącą rolę.

– Kiedy zaczyna grać zbyt dużą rolę, prowadzi to do błędów. Może już jeden błąd popełnił. Trzeba go jedynie znaleźć. Powinnam się wziąć do pracy. Dziękuję za poświęcony mi czas.

– A ja za kawę. – Konsultantka oddała Eve pusty kubeczek i uśmiechnęła się. – Bardzo mi się podoba ta marynarka.

– Ta? – Ponieważ już zapomniała, co ma na sobie, Eve spojrzała na siebie.

– Podobają mi się kolory ziemi. Mnie w nich niedobrze, ale tobie – świetnie. Nie chcę cię zatrzymywać – powiedziała Mira, biorąc swoje rzeczy. – Kiedy tylko będę ci potrzebna, jestem do twojej dyspozycji. I zmieniając temat, już nie możemy się doczekać urodzin Belli. Dennisowi bardzo dobrze zrobi taka kolorowa, radosna impreza.

Eve zdążyła zapomnieć o urodzinach małej.

– Jak sobie radzi?

– Opłakuje kuzyna, którego kochał, chociaż ten przestał dla niego istnieć na długo przed swoją śmiercią. Ale dobrze się trzyma. Zamierzałam namówić go na jakiś wyjazd, żebyśmy mogli pobyć gdzieś razem z dala od domu. Ale zrozumiałam, że w tej chwili właśnie potrzebuje domu i zwykłych zajęć. To przyjęcie urodzinowe jest w samą porę. No bo cóż może być bardziej radosnego niż pierwsze urodziny?

– Mogłabym zrobić listę takich rzeczy.

Mira tylko się roześmiała i pokręciła głową.

– Życzę ci miłego dnia.

Eve razem z Peabody pojechała w kierunku Midtown i prywatnego gabinetu Michaelsona tuż przy Piątej Alei i Wschodniej Sześćdziesiątej Czwartej.

Służący zdrowiu wypad na lodowisko, pomyślała, blisko domu, odległego zaledwie o dwie przecznice, przy Sześćdziesiątej Pierwszej.

Podjęła wyzwanie znalezienia miejsca parkingowego i wzniosła się pionowo w górę, gdy wypatrzyła kawałek wolnej przestrzeni. Peabody wstrzymała oddech, póki auto się nie zatrzymało.

Potem odchrząknęła.

– Kierowniczką gabinetu jest Marta Beck. Poza nią zatrudniał recepcjonistkę, fakturzystkę, asystentkę, położną, dwie pielęgniarki i parę asystentek pielęgniarek na niepełny etat.

– Sporo personelu pomocniczego jak na jednego lekarza.

– Jego gabinet działa tutaj od dwudziestu dwóch lat, poza tym Michaelson dwa razy w miesiącu przyjmował pacjentki bezpłatnie w pobliskiej przychodni.

Zeszły na ulicę, stukając butami w metalowe stopnie. Deszcz ze śniegiem sprawił, że zrobiła się niezła ślizgawica.

– Po zapoznaniu się z podstawowymi informacjami o nim mogę stwierdzić, że cieszył się dobrą opinią jako lekarz, a jego życie osobiste pozbawione było jakichkolwiek ekstrawagancji.

Na drzwiach zadbanej kamienicy znajdowała się prosta tabliczka, informująca: DR BRENT MICHAELSON, a pod nią druga, o treści: FAITH O'RILEY.

– O'Riley to położna – wyjaśniła Peabody, zanim Eve weszła do cichej poczekalni, w której panowała zaskakująco domowa atmosfera.

W pomieszczeniu siedziały trzy ciężarne kobiety; jedna trzymała na kolanach małego brzdąca, druga, chuda dwudziestokilkulatka, sprawiająca wrażenie znudzonej, robiła coś na swoim palmtopie. Była też para, która trzymała się za ręce.

Eve skierowała się prosto do biurka recepcjonistki i uwzględniając poziom hormonów w pomieszczeniu, odezwała się cichym głosem:

– Porucznik Dallas i funkcjonariuszka Peabody do Marty Beck.

Recepcjonistka, ładna kobieta o cerze koloru roztopionego złota, zagryzła usta. Do oczu napłynęły jej łzy.

– Proszę wejść drzwiami po prawej stronie. – Obróciła się na krześle i powiedziała do mężczyzny w niebieskim kitlu: – Georgie, bądź łaskaw poinformować Martę, że ma... umówionych gości.

Mężczyzna miał oczy koloru swojego kitla. Nie zagryzł ust, kiedy oczy zaszły mu łzami, tylko zacisnął wargi i wyszedł bezszelestnie.

Drzwi prowadziły do korytarza z gabinetami, na których widok Eve zawsze napinała mięśnie brzucha. Recepcjonistka wyszła za nimi na korytarz.

– Zaprowadzę panie. My... My wszyscy... To ciężki dzień.

– Nie zamknęliście przychodni.

– Nie, doktor Spicker przyjmuje pacjentki doktora Michaelsona, a pani O'Riley swoje. Staramy się przyjąć wszystkie zapisane osoby. Doktor Michaelson zamierzał zatrudnić doktora Spickera, więc Marta uznała...

Minęły boczny korytarz z dwoma krzesłami, kontuarami z podkładkami do pisania, puszkami i kubeczkami, oraz z wagą, na której ktoś w kitlu w kwiatki ważył jakąś ciężarną kobietę.

– Jak długo doktor Michaelson zna doktora Spickera?

– Och, od dziecka. Ich rodziny się przyjaźnią, doktor Spicker właśnie skończył staż. Marta... Gabinet pani Beck jest...

Urwała, kiedy wysoka kobieta o szerokich ramionach, ubrana w czarny kostium, pojawiła się na progu.

– Dziękuję, Holly. – Wyciągnęła rękę. – Marta Beck.

– Porucznik Dallas. – Krótko uścisnęły sobie dłonie. – Detektyw Peabody.

– Proszę wejść. Czy napiją się panie herbaty? Nie mogę zaproponować kawy. Nie mamy kawy w przychodni.

– Nie, dziękujemy.

Marta cicho zamknęła drzwi.

– Proszę usiąść.

Eve zajęła miejsce na jednym z krzeseł o prostym oparciu w idealnie zorganizowanym pomieszczeniu. Nawet jest tu sympatycznie, przyznała. W gabinecie stały dwie bardzo zadbane rośliny, na półce cały rządek wymyślnych filiżanek, była nawet mała kanapa z wymyślnymi poduszkami.

Ale można było wyczuć, że załatwia się tu interesy.

Marta usiadła za biurkiem i splotła ręce.

– Czy panie już kogoś podejrzewają?

– Śledztwo trwa. Czy doktor Michaelson miał jakieś problemy z kimś z personelu, z pacjentkami, z kimś, kogo pani zna?

– Brent był powszechnie lubiany. Był dobrym, troskliwym lekarzem, pacjentki go kochały. Mamy kilka, które się przeprowadziły do Brooklynu, New Jersey, na Long Island, ale nadal do nas przychodzą, bo czują się związane z doktorem. Pacjentka jest najważniejsza, pani porucznik. Na ścianie w naszym pomieszczeniu socjalnym są zdjęcia dzieci, którym Brent pomógł przyjść na ten świat. I kiedy dorosły. Pracuję z nim od dwudziestu lat. Był dobrym lekarzem i człowiekiem.

Wzięła głęboki oddech.

– Z tego, co donosiły media, wynika, że był przypadkową ofiarą. Zabił go jakiś szaleniec.

– Sprawdzamy wszystkie tropy.

– Nie przychodzi mi na myśl nikt, dosłownie nikt, kto życzyłby śmierci Brentowi. Powiedziałabym pani, gdyby było inaczej. Był nie tylko moim pracodawcą, ale również przyjacielem. Dobrym przyjacielem.

– Co się teraz stanie z jego praktyką lekarską?

Westchnęła.

– Przejmie ją Andy... Doktor Spicker. O ile zechce. Brent omawiał to ze mną, kiedy Andy był jeszcze stażystą. Rodzice Andy'ego są... byli najlepszymi przyjaciółmi Brenta. Jest ojcem chrzestnym Andy'ego i jego mistrzem. Byli bardzo blisko ze sobą związani. Brent uważał, że mógłby ograniczyć liczbę przyjmowanych przez siebie pacjentek, gdyby Andy zgodził się u nas pracować. Był przekonany, że kiedy postanowi przejść na emeryturę albo zwyczajnie więcej podróżować, zostawi swoją praktykę w dobrych rękach, jeśli przekaże ją Andy'emu. I Faith, naszej położnej.

– Każdy doktor, nawet najlepszy, który prowadzi praktykę przez dwadzieścia lat, ma na swoim koncie śmierć jakichś pacjentek.

– Naturalnie.

– A to może skłonić tych, którzy kochali zmarłe, do nieracjonalnych zachowań.

– Naturalnie – powtórzyła. – Kilka lat temu Brent miał pacjentkę, która straciła dziecko. Poroniła w siódmym miesiącu ciąży po tym, jak partner ciężko ją pobił i zostawił nieprzytomną na podłodze. Kiedy odzyskała przytomność, zadzwoniła pod dziewięćset jedenaście. Ale było za późno. Mężczyzna, który przyczynił się do poronienia, groził Brentowi, kiedy ten zeznawał podczas procesu. Ale tamtego człowieka zabito w więzieniu dwa lata temu. Przypuszczam, że chodzi pani o tego typu przypadki.

– Tak. A co z kobietą, która poroniła?

– Zgłosiła się do Brenta dwa lata później, kiedy znów zaszła w ciążę z bardzo miłym, młodym człowiekiem, za którego wkrótce wyszła za mąż. Mają śliczną córeczkę. Jej zdjęcie wisi w pokoju socjalnym, matka dziewczynki pozostaje naszą pacjentką. Zdarzyło się jeszcze kilka takich przypadków. Doktor Michaelson, jak każdy lekarz, kilka razy był oskarżany o błędy w sztuce. Ale jeśli chodzi o groźby, to jedyna, o której wiem.

– Czy ostatnio ktoś z pracowników został zwolniony, były jakieś kłopoty z personelem?

– Nie. Może nie jest tu łatwo pracować, bo Brent zwykle poświęca pacjentkom więcej czasu, niż to przewidują normy. Wiele lat temu nauczyłam się, żeby to uwzględniać przy zapisywaniu pacjentek. Osiem lat temu została zatrudniona asystentka i czas oczekiwania na wizytę się skrócił. A zatrudnienie Andy'ego jeszcze bardziej by nam pomogło. Ale teraz to bezprzedmiotowe, prawda? – Na chwilę odwróciła wzrok.

– Muszę dawać przykład. Nie można się rozklejać. Nigdy wcześniej nie przeżyłam czegoś takiego. Śmierć – owszem, każdy kogoś stracił, jednak nie w taki sposób. Nie mogę przestać o tym myśleć. Wiem, że potrzebne pani odpowiedzi, ale ja ich nie znam. Nie przychodzi mi na myśl nikt, dosłownie nikt, kto chciałby zrobić Brentowi coś takiego.

Po rozmowie z kierowniczką przychodni Eve przesłuchała wszystkich pracowników. Kiedy uznała, że niczego więcej już się tu nie dowie, wyszła na deszcz ze śniegiem.

– Może się mylę – powiedziała do Peabody. – Może się mylę i Michaelson był przypadkową ofiarą, podobnie jak dwie pozostałe. Znalazł się w niewłaściwym miejscu o niewłaściwej porze.

– Rozumiem, czemu podążasz tym tropem.

– Ale? – spytała Eve, kiedy szły na górę, gdzie zostawiły samochód.

– Cóż, trzecia ofiara niemal z pewnością jest przypadkowa. Jednak gdybym miała wybierać między dwiema pozostałymi, wskazałabym pierwszą ofiarę.

– Dlaczego?

– Zazdrość. Młoda, ładna, utalentowana. I na swój sposób lubiąca się popisywać. Może znalazł się jakiś dupek, któremu nie poświęcała wystarczająco dużo uwagi albo z którym zerwała. No i zginęła pierwsza. Na miejscu zabójcy chciałabym mieć pewność, że osoba, której postanowiłam odebrać życie, rzeczywiście poniosła śmierć.

– Całkiem rozsądne rozumowanie. Zajmij się nią.

– Zająć się nią?

– Przenicuj ją – powiedziała Eve. – Praca, rodzina, szkoła, przyjaciele. Rozkład dnia. Gdzie zwykle jadała, robiła zakupy, jak się przemieszczała. Metrem? Autobusem? Pieszo? Jeszcze raz porozmawiaj z jej rodzicami, siostrą, przyjaciółmi z pracy, uczelni, ludźmi z sąsiedztwa. Zajmij się nią, a ja się zajmę Michaelsonem. I obie sprawdzimy budynki. Podrzucę cię na uczelnię, możesz tam zacząć, a ja odwiedzę mieszkanie Michaelsona. Potem ty sprawdzisz budynki przy York i Pierwszej Alei, a ja – przy Drugiej i Trzeciej. Reineke i Jenkinson zaczęli od Madison, mogą zbadać domy przy Madison, Park i Lex. Zacznij od samej rzeki.

– Zgoda.

– Jeśli skończymy w pobliżu, podjadę po ciebie. Jeśli nie, po skończonej robocie wróć do komendy. Spotkamy się z Jenkinsonem i Reinekem. Jeśli któreś z nas znajdzie coś interesującego, skupimy się na tym.

– Dobrze. – Jej partnerka lekko westchnęła, spoglądając na szare niebo. – Pojadę stąd metrem. Będę na miejscu szybciej, niż gdybyś mnie podrzuciła.

– W porządku.

Peabody zeszła na chodnik, a Eve wsiadła do samochodu, pionowo zniżyła się do poziomu jezdni i skierowała się w stronę ulicy Sześćdziesiątej Pierwszej.

*

Doktor Brent Michaelson wygodnie sobie mieszkał, pomyślała Dallas, kiedy posłużywszy się kluczem uniwersalnym, weszła do dostojnego budynku z białej cegły. Porządne systemy zabezpieczające, dyskretnie zainstalowane kamery, nieskazitelnie czysta klatka schodowa, bo Eve wolała wejść na drugie piętro po schodach, niż skorzystać z windy.

Już wcześniej poleciła, żeby sprzęt komputerowy przewieziono do zbadania przez pracowników wydziału przestępstw elektronicznych. Ale chciała zobaczyć, jak denat mieszkał.

Cichy korytarz – na tej kondygnacji znajdowały się tylko dwa lokale. Dobre zabezpieczenie mieszkania, do którego drzwi otworzyła swoim kluczem uniwersalnym.

Przestronne pomieszczenie dzienne łączyło się z małą, schludną kuchnią i kącikiem jadalnym. Na stole stały dwa masywne świeczniki ze świecami, których nigdy nie zapalono.

Meble były w męskim stylu, proste, wygodne, bez żadnych udziwnień. Jeden długi stół zastawiono zdjęciami: córki

93

w różnym wieku, rodziny córki. Fotografie Andy'ego Spickera i, jak przypuszczała Eve, jego rodziców. A także pracowników przychodni oraz dużo fotek małych dzieci.

Wszystkie zdjęcia były pogodne, radosne.

W kuchni zajrzała do autokucharza, lodówki, szafek. Według niej nie było nic lepszego od jedzenia, by się dowiedzieć, jak żyła dana osoba.

Michaelson miał słabość do lodów – prawdziwych lodów, nie jakichś erzaców. Preferował czerwone wino, odżywiał się zdrowo.

Domowy gabinet był urządzony równie prosto i w sposób przemyślany, jak pokój dzienny. Tak jak w gabinecie w przychodni, tutaj też jedną ścianę wypełniały zdjęcia. Wyobrażała sobie, jak Michaelson siedzi za biurkiem, robiąc to, co zwykle robią lekarze, siedząc za biurkiem, i patrzy na tę ścianę życia. Według niej wiele dzieci – niektóre były całkiem niedawno urodzone – przyprawiało o gęsią skórkę. Wyglądały albo jak ryby, albo rozzłoszczone formy życia pozaziemskiego. Ale przypuszczała, że Michaelson był bardzo dumny, wiedząc, że przyczynił się do ich pojawienia na świecie.

Miał tu małego autokucharza i minilodówkę. W lodówce trzymał wodę gazowaną, soki i herbaty ziołowe, w autokucharzu – owoce i przekąski warzywne.

Ani jednego batonika, czegokolwiek z kofeiną bądź torebki chipsów.

Jak ten człowiek żył?

– Teraz to nieistotne – mruknęła, przechodząc do sypialni.

Wysoki, wyścielany zagłówek, prosta, biała kołdra i stos poduszek w granatowych powłoczkach.

I książki, zauważyła. Papierowe. Powieści, lekko licząc, setka na wbudowanych półkach i na nocnej szafce.

Żadnych zabawek dla dorosłych, przynajmniej w nocnej szafce, a w szafie nic, co by świadczyło, że jakaś kobieta zostawała u niego na noc i dla wygody trzymała tu szlafrok albo jakieś ubrania. Ani żaden mężczyzna, bo szybki przegląd ubrań skłonił ją do wniosku, że wszystkie należały do Michaelsona.

Garnitury, ubrania lekarskie, odzież sportowa, stroje gimnastyczne. I łyżwy. Miał jeszcze dwie pary poza tymi, na których jeździł ostatniego dnia swojego życia.

W łazience znalazła prezerwatywy i pigułki na potencję – czyli jednak uprawiał seks albo przynajmniej był na to przygotowany. Żadnych narkotyków, nic podejrzanego.

Na koniec zostawiła sobie porządnie urządzony pokój gościnny i lśniącą czystością toaletę.

Po wyjściu z jego mieszkania miała w głowie obraz Michaelsona jako solidnego, oddanego lekarza, który szczerze kochał małe i większe dzieci oraz kobiety jako takie. Który dbał o siebie, wiódł spokojne życie, lubił jeździć na łyżwach, czytać i cenił swój krąg przyjaciół.

Nigdzie w tym wizerunku nie dostrzegała motywu zabójstwa.

Eve wróciła do samochodu i jadąc na wschód, zastanowiła się nad argumentami Peabody.

Ellissa Wyman. Młoda, bardzo atrakcyjna, pełna wdzięku, najwyraźniej szczęśliwa, zrównoważona. Nieszczególnie interesowała się mężczyznami czy stałymi związkami – przynajmniej na pierwszy rzut oka. Ale racja, że ktoś mógł się zainteresować nią. Został odtrącony czy też zwyczajnie nawet go nie zauważyła.

Albo, jeśli głębiej pokopią, okaże się, że miała kogoś albo robiła coś, o czym jej rodzice ani przyjaciele nie wiedzieli.

Należało to sprawdzić, podobnie jak należało sprawdzić Michaelsona.

Należało też dopuścić najgorszy wariant. Że wszystkie trzy ofiary są przypadkowe. Nieistotne, kto zginął. I nie będzie istotne, kto zginie następnym razem.

Może nie był to najlepszy dzień na chodzenie po ulicach, ale Eve zostawiła wóz na horrendalnie drogim parkingu i skierowała się do pierwszego budynku na swojej liście.

Na parterze francuska restauracja, butik dla mężczyzn i sklep z osobliwymi bibelotami. Wyżej trzy kondygnacje mieszkań, a nad nimi szkoła tańca i studio jogi. Na dach mieli dostęp mieszkańcy, a także użytkownicy szkoły tańca i studia jogi.

Program Roarke'a wyliczył największe prawdopodobieństwo dla dachu, a tuż za nim umieścił studio jogi. Dlatego Eve zaczęła od góry.

Zawiewał wiatr, igiełki lodu kłuły. Ale kiedy wyjęła z kieszeni lornetkę i nastawiła ostrość, okazało się, że ma doskonały widok na lodowisko. Cholernie daleko, lecz jeśli się dysponuje silnym celownikiem optycznym? Tak, potrafiła sobie wyobrazić, że strzelano stąd.

Poprzedniego dnia nie było deszczu ze śniegiem ani lodu, przypomniała sobie. I nie wiał taki silny wiatr. Może między innymi dlatego zabójca wybrał sobie właśnie ten dzień.

Stojąc tam, spróbowała myśleć jak zabójca. Może musiał trochę poczekać. Jakiś lekki, składany taboret. Broń mógł oprzeć o występ w murze.

Ukucnęła, udała, że siedzi na taborecie, w rękach trzyma broń, spogląda przez celownik optyczny. Rozejrzała się po sąsiednich budynkach.

Żadnej osłony, pomyślała, zbyt dużo okien, zbyt wielkie ryzyko, że ktoś może akurat przez nie wyjrzeć. Szaleniec czy nie, czemu miałby aż tak ryzykować?

Ale i tak wyjęła mikrogogle i uważnie przyjrzała się murowi, betonowi, szukając jakichś śladów. Ponieważ nic nie znalazła, wróciła do środka i poszła do studia jogi.

Akurat jakaś grupa, głównie kobiet, w barwnych, obcisłych strojach ćwiczyła dziwaczne pozy na kolorowych matach. Ani na chwilę nie spuszczały wzroku ze szczupłej, olśniewającej instruktorki o idealnej figurze i niesamowitej formie. Za nią ciągnęła się ściana luster.

Eve podziwiała ćwiczące za samo przyjście tutaj.

W sali słychać było cichą, brzdąkającą muzykę i cichy, dźwięczny głos instruktorki. Eve doszła do wniosku, że prawdopodobnie przed końcem pierwszej sesji miałaby ochotę owinąć nogi kobiety wokół jej szyi i związać je w kostkach.

Ale to było jej osobiste zdanie.

Wycofała się, a potem zajrzała do przyległej szkoły tańca.

Znów ściana luster i cicha muzyka, ale tym razem rytmiczna, a jedyna kobieta w pomieszczeniu tańczyła, wymachując nogami, poruszając biodrami.

Wykonała trzy piruety, zrobiła przerzut na jednej ręce. I skończyła równo z muzyką, unosząc ręce do góry i odrzucając głowę do tyłu.

– Kurde! – powiedziała z werwą, dysząc z wysiłku.

– Mnie się podobało.

Kobieta, której czarna skóra błyszczała od potu, złapała ręcznik i wytarła się, patrząc uważnie na Eve.

– Dwa razy zgubiłam rytm, zapomniałam o cholernym obrocie głową. Przepraszam, czy jest pani zainteresowana lekcjami?

– Nie. – Eve wyjęła swoją odznakę.

Tym razem kobieta powiedziała:

– A-ha.

– Mam parę pytań. Zacznijmy od tego, kim pani jest?

– Donnie Shaddery. To moja szkoła tańca. Znaczy się, wynajmuję to pomieszczenie.

– Czy wczoraj miała pani lekcje?

– Mam codziennie lekcje, siedem dni w tygodniu.

– Z tego, co wiem, wczoraj między trzecią a piątą po południu nie było lekcji.

– Zgadza się. Poranne zajęcia od siódmej do ósmej i od ósmej trzydzieści do dziewiątej trzydzieści. Potem od dziesiątej do jedenastej i od jedenastej do dwunastej. Przerwa od dwunastej do pierwszej. Od pierwszej do wpół do drugiej coś w rodzaju stylu wolnego, a potem popołudniowe lekcje od wpół do drugiej do wpół do trzeciej. Potem, z wyjątkiem piątków, mam przerwę do piątej.

– Pani jest instruktorką?

97

– Jest nas dwoje. Wczoraj miałam zajęcia rano i po południu, a mój wspólnik prowadził je wieczorem. A dlaczego pani pyta?

To nieodpowiednie miejsce, pomyślała Eve, przy tak napiętym planie zajęć. Ale…

– Muszę wiedzieć, czy ktoś był tutaj albo w sąsiedniej sali między trzecią a piątą po południu.

– Ja tu byłam. Dziś mam się zgłosić do nowego musicalu. W każdej wolnej chwili ćwiczę ten cholerny układ. Byłam tutaj wczoraj mniej więcej od wpół do siódmej rano do piątej.

– A w studiu jogi?

– Wiem, że Sensa przyszła przed siódmą. I oddawała się popołudniowym medytacjom koło trzeciej. Przynajmniej zawsze tak robi, nie zaglądałam i nie sprawdzałam. Zatrudnia jeszcze dwie instruktorki, jedna z nich, Paula, przyszła koło trzeciej, po popołudniowych zajęciach, bo jest też tancerką, i zajrzała tutaj, przez jakiś czas patrzyła, jak ćwiczę.

– Czyli praktycznie rzecz biorąc, przez całe popołudnie ktoś tu był.

– Tak.

– Czy w tym czasie pojawił się tu jeszcze ktoś?

– Nikogo nie widziałam ani nie słyszałam. Czy mamy jakiś powód do niepokoju?

– Nie sądzę. – Eve podeszła do okien. – Siedem dni w tygodniu – powtórzyła. – I na ogół po południu ktoś jest na tym piętrze.

– Zgadza się. Jeśli wychodzimy, zamykamy pomieszczenia na klucz. Ja i Sensa dzielimy się czynszem za całe piętro, mamy namiastkę gabinetu, w którym trzymamy różne rzeczy – dodatkowe maty, jakieś kostiumy. Dwa razy w tygodniu wspólnie uczymy tańca brzucha w tej sali. Nie ma tu specjalnie co ukraść, ale zamykamy wszystkie drzwi na klucz. Czy było włamanie?

Eve znów się rozejrzała. Nie pasowało jej to miejsce i już.

– Nie, nie sądzę. Jeszcze jedno pytanie. Skąd się wzięło „złam nogę"? Jak można tańczyć, jeśli się złamie nogę?

– Przepraszam, nie... Och, chodzi o to powiedzenie. Artyści są przesądni, życzenie powodzenia przynosi pecha. Dlatego mówimy „złam nogę", kiedy życzymy powodzenia.

– To bez sensu.

– Zgadza się. – Donnie napiła się wody z butelki. – Ale tacy już są ludzie show-biznesu.

Rozdział 5

Eve sprawdziła biurowiec i budynek mieszkalny. Uznała, że warto jeszcze raz odwiedzić jedno mieszkanie i dokładnie sprawdzić jego lokatora – samotnego, trzydziestokilkuletniego mężczyznę, który przez pięć lat służył w wojsku.

Zebrała o nim informacje, idąc do kolejnego budynku. Okazało się, że był zaopatrzeniowcem i przeszedł tylko podstawowe szkolenie w zakresie posługiwania się bronią, ale zapisała sobie, żeby go przesłuchać albo w pracy, albo w miejscu zamieszkania.

Nieprzyjemny deszcz ze śniegiem jakby nieco osłabł, kiedy zmierzała na wschód, od Trzeciej do Drugiej Alei.

Po drodze obejrzała noclegownię, pracownię artystyczną z trudem utrzymującą się na powierzchni i kilka biur.

Według niej nie miały związku z obecnym śledztwem.

Hotel przy Drugiej Alei, kolejna pozycja na liście, był stary, ale zadbany. Można go było uznać za hotel średniej klasy. „Idealny dla rodzin", jeśli wierzyć reklamie, oferował gościom kilka pokoi z aneksami kuchennymi.

W holu, małym i cichym, mieściła się malutka kawiarnia i mikroskopijny sklep z pamiątkami. Recepcjonista uśmiechnął się do niej szeroko.

– Dzień dobry. Okropny dzień na spacery po mieście. Czym mogę pani służyć?

Miał taką sympatyczną, okrągłą twarz, był taki miły, że Eve niemal zrobiło się przykro, że musi mu pokazać odznakę. Spojrzał na nią, mrugając powiekami.

– O rety, czy coś jest nie tak, pani władzo... Och, przepraszam, widzę, że jest pani porucznikiem. Pani porucznik! – powtórzył, nim zdołała się odezwać. – Ależ naturalnie, porucznik Dallas! Bardzo mi się podobała *Sprawa Icove'ów*. Zarówno książka, jak i film. Mam nadzieję, że jakoś będę mógł pomóc jednej z najbardziej ofiarnych funkcjonariuszek policji w naszym mieście.

– Ja też. Szukam kogoś, kto wynajmował pokój wczoraj, najprawdopodobniej na ósmym albo dziewiątym piętrze, z oknami na zachód.

– Osoby, które wczoraj zatrzymały się w naszym hotelu. Zaraz...

– To niekoniecznie musiało być wczoraj. Mogli zameldować się wcześniej, ale wczoraj nadal zajmowali pokój. Zaczniemy od gości, ale może szukam pracownika mającego dostęp do pustych pokoi.

– Rozumiem, rozumiem. Nie, nic nie rozumiem, ale zaraz sprawdzę.

– To najprawdopodobniej mężczyzna, podróżujący samotnie. Ale nie wykluczam, że to kobieta, której ktoś towarzyszył.

– Ósme piętro, okna na zachód... Mamy pana Ernesta Hubble'a z żoną. Zatrzymali się na cztery dni, wyjeżdżają jutro.

– Zna pan miejsce ich stałego zamieszkania?

– Tak. Des Moines. Są u nas już trzeci raz. Przyjeżdżają na wyprzedaż zapasów i na spektakle.

– A kto wymeldował się dziś rano albo wczoraj wieczorem?

– Już się robi. To dość ciekawe. – Jego sympatyczna twarz trochę pokraśniała. – No więc pan Reed Bennett z Boulder w Kolorado. Zdaje się, że jest handlowcem, przyjechał na spotkania z klientami. Wprowadził się dwa dni temu, wymeldował dziś rano. Prawdę mówiąc, jakieś pół godziny temu.

– Proszę odwołać sprzątanie tego pokoju. Chciałabym go obejrzeć. Kogo jeszcze pan ma?

– Pani Emily Utts i pani Fry. Panie w pewnym wieku, z Pittsburgha. Przyjechały na zjazd uczelniany. Rocznik dwa tysiące dziewiętnasty.

– Raczej nie. Jeszcze ktoś?

– Mam jeszcze jedną osobę. Pan Philip Carson ze Wschodniego Waszyngtonu, któremu towarzyszył nastoletni syn albo córka. Nie jestem pewien, czasem trudno określić płeć młodzieży w tym wieku, prawda? Szczególnie jeśli ktoś ma kaptur na głowie i chodzi cały okutany ciepłymi ubraniami. Widzę, że prosili właśnie o ten konkretny pokój.

Eve usłyszała w głowie dzwonek.

– Konkretny pokój. Czy zatrzymywali się tutaj już wcześniej?

– Nie widzę ich nazwiska w naszej bazie danych, ale wydawało mi się, że skądś znam pana Carsona.

– Pamięta pan, jaki mieli ze sobą bagaż?

Recepcjonista zamknął oczy, zacisnął powieki, a po chwili je otworzył.

– Tak! Tak, bo chciałem zadzwonić na Gino, żeby im pomógł, ale pan Carson oświadczył, że niepotrzebny im bagażowy. Oboje mieli walizki na kółkach, a dziecko nosiło też plecak. Pan Carson miał jeszcze teczkę, dużą, metalową aktówkę.

– Kiedy się wyprowadzili?

– Wczoraj, chociaż zarezerwowali pokój do dziś. Zameldowali się przedwczoraj koło piątej, zapamiętałem, bo właśnie kończyła mi się zmiana. Nie jestem pewien, czy ich wczoraj widziałem, nim opuścili nasz hotel koło wpół do czwartej. Pan Carson powiedział, że wyniknęła jakaś pilna sprawa rodzinna.

– Muszę zobaczyć ich pokój.

– O rany. Proszę bardzo, ale obawiam się, że już został posprzątany.

– Muszę zobaczyć ten pokój.

– Poproszę Gina, żeby mnie zastąpił, a sam zabiorę panią na górę. Jedną chwileczkę.

Zaczął się uwijać, przynajmniej właśnie to słowo przyszło na myśl Eve. Poruszał się szybko, kiedy z bocznego pokoju wyszedł mężczyzna w granatowym uniformie bagażowego.

– Nie dosłyszałam pańskiego nazwiska.

– Och, jestem Henry. Henry Whipple.

Właściwie wyglądał jak Henry Whipple, doszła do wniosku Eve, kiedy razem wsiedli do windy. Tak starej, że Henry musiał nacisnąć guzik, żeby ruszyła z miejsca i pojechała na górę.

– Niektórzy goście lubią takie staroświeckie urządzenia – wyjaśnił.

Staroświeckie, pomyślała.

– Czy w pokojach są otwierane okna?

– Tak, chociaż nie na całą szerokość. Zainstalowaliśmy rolety, bo goście tego oczekują, ale niektórzy lubią podczas ładnej pogody trochę uchylić okno. Albo kiedy chcą posłuchać odgłosów Nowego Jorku.

– Czy pokoje są wytłumione?

– Owszem, ale nie tak, jak w nowszych czy droższych hotelach. Nasz od pięciu pokoleń należy do jednej rodziny, która stara się utrzymać przystępne ceny. Szczególnie zależy nam na goszczeniu całych rodzin.

– Rozumiem.

Kiedy wysiedli na dziesiątym piętrze, Eve usłyszała, jak ktoś ogląda telewizję. Dźwięk nie był głośny, ledwo dolatywał przez drzwi pokoju. Ale pokoje miały całkiem przyzwoite zabezpieczenia, a sam korytarz był równie czysty, jak cały budynek.

Sięgnęła po swój klucz uniwersalny, ale zobaczyła, że Whipple też ma klucz, więc pozwoliła, by otworzył drzwi.

– Czy mam tutaj zaczekać?

– Nie, proszę wejść do środka i zamknąć za sobą drzwi.

Światło włączało się przyciskami – kolejne staroświeckie urządzenie. Dwa łóżka, porządnie zasłane, białe kołdry, poduszki w świeżutkich powłoczkach, spora toaletka, łazienka tak wypucowana, że Eve czuła zapach środka czyszczącego o zapachu cytrynowym. I mały aneks kuchenny z przeszkloną szafką, w której stały różne napoje. W drugiej znajdowały się drobne przekąski.

Ale to okna ją zainteresowały. Przeszła przez pokój i otworzyła jedno. Oceniła, że podnosi się o dziesięć, może dwanaście centymetrów.

Tyle w zupełności wystarczało.

Podsunęła do niego jedno z dwóch krzeseł, usiadła, wyjęła lornetkę.

– Bingo. Wiedziałam.

Spojrzała na dywan – był wytarty, ale czysty. Wyjęła mikrogogle, przyjrzała się uważnie parapetowi, pokręciła głową.

– Chciałabym porozmawiać z osobą, która sprzątała ten pokój.

– Czyli z Tashą. Przepraszam, pani porucznik, patrzyła pani przez lornetkę w kierunku Central Parku, prawda? Media informowały... Pani wizyta dotyczy tego, co się wydarzyło wczoraj? Tych biednych ludzi na lodowisku?

– Zachowaj to dla siebie, Henry.

– Tak, tak, oczywiście. Ale chyba muszę usiąść, tylko na chwilę. Moje nogi. – Zbladł i klapnął na drugie krzesło.

– Tylko niech mi pan nie zemdleje. – Eve wyciągnęła palmtop i poszukała informacji o Philipie Carsonie ze Wschodniego Waszyngtonu.

– Nie, nie, zaraz mi przejdzie. Od dwudziestu trzech lat pracuję w hotelach. Dużo widziałem i słyszałem, jak się pani zapewne domyśla. Ale pomyśleć, że... Że mieszkał tu ktoś, kto... Ale przecież był z dzieckiem!

– Możliwe. Czy to on?

Henry, klepiąc się w klatkę piersiową, obejrzał zdjęcie na ekranie.

– Och, nie, był młodszy.

– Może ten?

– Nie, nie aż tak młody. Przykro mi.

– Eliminowanie to dobra rzecz. – Właśnie mogła wykreślić dwóch Philipów Carsonów ze Wschodniego Waszyngtonu, jednego prawie osiemdziesięcioletniego, drugiego po dwudziestce. – Pokojówka, Henry.

Odetchnął głęboko, a potem wyjął telefon, wstukał kod.

– Tasha, potrzebna mi jesteś w pokoju tysiąc cztery. Natychmiast.

– Jeśli wykorzystano ten pokój, naprawdę dopisało mi szczęście. Bo czasami człowiekowi dopisuje szczęście. Chociaż mogę się mylić. Czy ma pan zapis z kamer monitoringu z wczoraj?

– Przykro mi… Nie mamy kamer.

Kolejny dobry powód, żeby wybrać właśnie ten hotel, pomyślała.

– Czy może pan opisać tego mężczyznę i jego dzieciaka?

– Tak, tak. – Trochę wróciły mu kolory. – Jak najbardziej. Z radością to zrobię.

– No dobrze, za chwilę opisze mi ich pan ogólnie, ale proszę, żeby potem spotkał się pan z policyjnym rysownikiem. Czy może pan się stawić w komendzie?

– Muszę… Muszę poprosić, żeby ktoś mnie zastąpił.

– To może przyślę rysownika tutaj?

– Dziękuję. Tak byłoby lepiej.

– Bardzo mi pan pomógł, Henry. Ja otworzę – powiedziała, kiedy rozległo się pukanie do drzwi.

Na progu stała drobniutka blondynka o wielkich, niebieskich oczach.

– Tasha, to jest pani porucznik Dallas. Chciała cię wypytać o gości, którzy zajmowali ten pokój.

– I o sam pokój po tym, jak się wymeldowali.

– Dobrze, ale nie spotkałam tych gości. Włączyli światełko „nie przeszkadzać", więc ich nie widziałam.

– Co może mi pani powiedzieć o pokoju, kiedy się wymeldowali?

– Byli bardzo schludni. Wiem, że korzystali z kuchni, ale pozmywali po sobie. Większość osób tego nie robi. Oczywiście i tak wszystko posprzątałam, panie Henry. I korzystali z barku, więc uzupełniłam to, czego brakowało.

– Czy zauważyła pani coś na dywanie pod oknem?

– Zabawne, że pani o to zapytała. Zorientowałam się, że postawili krzesła pod oknem i na nich siedzieli. Zostały wgłębienia w dywanie. Poza tymi od krzeseł były jeszcze dwa ślady. Może mieli mały teleskop i siedzieli tutaj, oglądając miasto. Ludzie czasami tak robią.

– O rety – mruknął Henry. – O rety.

– Naprawdę porządnie odkurzyłam pokój, panie Henry.

– Wiem, moja droga. Pokój jest nieskazitelny, jak wszystkie, które sprzątasz.

– Co pani zrobiła ze śmieciami? Musiały być jakieś śmieci.

– Och, trafiają prosto do recyklera.

– Pościel, ręczniki?

– Są w pralni.

– Założę się, że równie dokładnie sprzątnęła pani łazienkę.

– O, tak, proszę pani, wszystko dezynfekujemy.

– Pani porucznik – poprawiła ją machinalnie Eve. – Wytarła pani toaletkę, blaty, nocną szafkę?

– Naturalnie. Czysto i wygodnie. Taka jest dewiza hotelu.

– Kontakty?

– Zdezynfekowane.

– Henry, chciałabym, żeby technicy kryminalistyki obejrzeli tu wszystko. Na wszelki wypadek. Dziękuję – zwróciła się Eve do Tashy i otworzyła drzwi, wypuszczając pokojówkę. – No dobrze, Henry. – Postawiła krzesło tak, żeby znaleźć się naprzeciwko recepcjonisty. – Jak wyglądało tych dwoje? Proszę powiedzieć wszystko, co pan zapamiętał. I jak byli ubrani.

*

Zadowolona, że wycisnęła z Henry'ego wszystko, co się dało, Eve pozwoliła mu odejść i wyjęła telefon.

– Czołem. – Zaróżowiona twarz Peabody wypełniła wyświetlacz. – Skończyłam na uczelni. Wszystko spiszę, ale na razie nic nie mam. Jestem w drodze do pierwszego budynku przy Pierwszej Alei. W budynkach przy York nie znalazłam nic podejrzanego.

– Dlatego, że ja to znalazłam w budynku przy Drugiej Alei. Hotel Manhattan East, pokój tysiąc cztery. Poinformuj Jenkinsona i Reinekego.

– Znalazłaś ich gniazdko? Jesteś pewna?

– Czy w przeciwnym razie dzwoniłabym do ciebie? Przyjedź tu do mnie na Drugą Aleję. Oszczędź mi pytań – dodała, nim Peabody zdążyła zadać kolejne.

Rozłączyła się, wezwała techników, skontaktowała się z detektywem Yancym, policyjnym rysownikiem, a potem zadzwoniła do Lowenbauma.

– Masz szczęście, Dallas. Powinnaś grać na wyścigach.

– Z pewnością chciałbyś to zobaczyć, Lowenbaum, a ja chcę usłyszeć twoje potwierdzenie, że nie plotę głupot, twierdząc, że dobry snajper mógł stąd oddać strzały.

– Już tam jadę.

– Weź ze sobą broń laserową i dwójnóg.

– Już sobie to zapisałem.

Schowawszy telefon do kieszeni, Eve przeszła się po pokoju.

Trochę mały, pomyślała, ale idealnie się nadaje.

Przynajmniej raz musiał obejrzeć pokój wcześniej, najprawdopodobniej sam. Nie ze swoim wspólnikiem. Musiał się upewnić, że rzecz jest wykonalna, a miejsce idealnie się nadaje.

Spokojny hotel, żadnych kamer, ale solidnie zabezpieczone drzwi pokoi dla gości. Nikt niespodziewanie nie wejdzie do środka. Zwykły facet z nastoletnim dzieciakiem, przyjechali razem do Nowego Jorku. Kto by zwrócił na nich uwagę?

Henry Whipple, pomyślała. Rzeczywiście miała trochę szczęścia.

Gość zameldował się pod fałszywym nazwiskiem, ale dokument, którym się posłużył, musiał być fachowo podrobiony, bo inaczej hotelowy skaner wykryłby fałszerstwo. Sami wnieśli bagaże, wjechali na górę, zamknęli drzwi na klucz, włączyli światełko „nie przeszkadzać", a potem…

Nie przestając sobie tego wszystkiego wyobrażać, podeszła do drzwi, kiedy ktoś do nich zapukał. Wpuściła do środka lekko zdyszaną Peabody.

– Jak ci się…

– Recepcjonista, który zwraca uwagę na to, co się dzieje. Podejrzany był ze swoim dzieckiem, według Henry'ego, czyli recepcjonisty, nastoletnim, ale Henry nie jest pewien płci. Mężczyzna posłużył się fałszywym nazwiskiem. Bliżej się tym zajmiemy. Zameldował się jako Philip Carson ze Wschodniego Waszyngtonu. Poprosił właśnie o ten pokój.

Eve wyciągnęła lornetkę.

– Spójrz.

Peabody podeszła do okna i przez nie wyjrzała.

– Rety, to naprawdę daleko, ale rzeczywiście doskonale widać stąd lodowisko.

– Pokojówka wszystko zdezynfekowała, jednak zauważyła małe wgłębienia w dywanie pod oknem. Takie, jakie mogło pozostawić krzesło i dwójnóg.

– Jeśli to naprawdę jest to miejsce, musieli tutaj być już wcześniej, musieli wiedzieć, że będą stąd strzelać.

– Według recepcjonisty mężczyzna wyglądał znajomo. I mamy rysopis – Yancy już tu jedzie, żeby popracować z Henrym. Mężczyzna rasy białej, powyżej pięćdziesiątki, metr osiemdziesiąt wzrostu, szczupły, waga jakieś siedemdziesiąt kilogramów, kwadratowa twarz, krótkie, brązowe włosy. Henry nie ma pewności, jeśli chodzi o kolor oczu, ale sądzi, że jasne – niebieskie, zielone, szare. I może był przeziębiony albo niedawno chorował. Wydawał się wymizerowany.

I miał zmęczony wzrok. Nosił czarny skafander, czarną czapkę narciarską, dżinsy. Miał dużą, metalową teczkę i średniej wielkości czarną walizkę na kółkach.

– To dużo informacji. Jeśli Henry dobrze zapamiętał, to dużo.

– To jeszcze nie wszystko. Młodszy podejrzany jest rasy mieszanej, śniady. Według słów Henry'ego miał śliczną cerę. Zielone oczy, czarne włosy, zaplecione w krótkie dredy, około metra sześćdziesięciu pięciu wzrostu, mógł ważyć z pięćdziesiąt pięć kilogramów. Miał na sobie ciemnozielony płaszcz do kolan i czapkę w zielono-czarne paski. Recepcjonista twierdzi, że dzieciak liczył sobie nie więcej niż szesnaście lat, ale może uważa tak ze względu na wzrost i budowę ciała, do tego wychodzi z założenia, że to dziecko dorosłego podejrzanego.

– Jeśli tak jest… – Peabody oddała Eve lornetkę. – Jezu.

– Nie możemy jeszcze niczego potwierdzić. Zarezerwowali ten pokój, zameldowali się wczesnym wieczorem, sami zanieśli na górę swoje bagaże, zamknęli drzwi na klucz, włączyli sygnał „nie przeszkadzać". Wypili część napojów z pokojowego barku, zjedli część przekąsek. Jeden z nich mógł wyjść po coś do jedzenia – w hotelu nie ma kamer – albo mogli przynieść ze sobą to, na co mieli ochotę. Pokojówka mówi, że byli bardzo schludni. Pozmywali po sobie.

– Można się założyć, że wytarli wszystko do czysta.

– Można się założyć – zgodziła się z nią Eve. – Ale sumienna pokojówka i tak wszystko posprzątała. Na wszelki wypadek poprosiłam, żeby przyjechali tu technicy, chociaż nie spodziewam się, by cokolwiek znaleźli. Podejrzani opuścili hotel dziesięć minut po strzelaninie, starszy mówił, że wynikła jakaś pilna sprawa rodzinna, bo zarezerwowali pokój na jeszcze jedną noc.

– Na wypadek gdyby nie zrealizowali swego zamiaru, chcieli zapewnić sobie możliwość zostania w hotelu po południu.

– Zarezerwowali pokój ponad tydzień temu, co oznacza, że trzecia ofiara z całą pewnością była przypadkowa.

Bo posłuchaj: weszli do pokoju, rozlokowali się. Lodowisko było czynne, jednak zaczekali, przespali noc, a potem minęło całe przedpołudnie, nim oddali strzały.

– Jedno mnie zastanawia. Lodowisko jest tłumnie odwiedzane wieczorem, dobrze oświetlone. Ludzie po ciemku szybciej wpadają w panikę, prawda? Jeśli wyłącznym motywem ich działania było wywołanie paniki, powinni zaatakować wieczorem. Ale spędzili w tym pokoju wiele godzin. To raczej wskazuje, że wcześniej upatrzyli sobie jedną z ofiar.

– Coś zjedli, może obejrzeli coś w telewizji. Siedzieli tutaj, patrzyli przez celownik optyczny, rozmyślając o tych wszystkich ludziach, których mogli zabić, usadowieni w swoim gniazdku. Tych, co wracali do domu, wybrali się na kolację, jechali taksówkami. Życie tamtych wszystkich było w ich rękach. To sprawia, że człowiek czuje się potężny.

Eve znów podeszła do okna i wyjrzała, trzymając ręce w kieszeniach.

– Żyją, bo pozwoliłeś im żyć. I wszyscy są tego tak nieświadomi, jak mrówki wędrujące w lesie. Nie wiedzą, że wystarczy, jak na nie nadepniesz. Siedzieli tu do późna w nocy, rozmyślając o tym. Wyobrażając to sobie. Przewidując.

– Który strzelał?

– Młodszy. A jeśli tym razem nie młodszy, to następnym z całą pewnością.

– Dlaczego?

– W przeciwnym razie jaki miałoby to wszystko sens? Recepcjonista jest rzetelny i ma bystry wzrok. Mogę uwierzyć, że drugi podejrzany ma dwadzieścia kilka lat, ale nie więcej. Henry nie omyliłby się aż tak bardzo. I przekonamy się, co nam powie Yancy, kiedy sporządzi portrety pamięciowe. Bo czemu sprawca miałby ciągnąć ze sobą kogoś młodego? Przecież nie dla towarzystwa. Miał w tym jakiś cel. Oto, jak to się robi, mały, następnym razem twoja kolej. Albo: przyszła pora. Strzelaj.

Czy nie tak było, kiedy szkolił ją Feeney? Tak to się robi, mała. A teraz zrób to sama.

– Henry odniósł wrażenie, że to ojciec z dzieckiem. Może dlatego, że chcieli tak wyglądać. Ale często takie relacje panują między nauczycielem a uczniem, szczególnie jeśli istnieje między nimi duża różnica wieku.

– Czyli to mogą być zawodowcy – zastanowiła się Peabody.

– Starszy uczył młodszego, spokrewnionego bądź nie.

– Tak, całkiem możliwe, jeśli pominie się ofiary. Za mało mogliby zyskać. Michaelson był zamożny, ale nie spał na pieniądzach. Jego praktyka lekarska zostanie przejęta przez chrześniaka, który już pracował w przychodni. Do tej pory nie trafiłam na ślad żadnej pacjentki, która życzyłaby mu śmierci. Jego była żona ponownie wyszła za mąż; wydaje się, że panowały między nimi poprawne stosunki. Miał dobre relacje z córką, która skorzysta finansowo na jego śmierci, ale nie ma żadnych zaległych długów ani żadnych problemów pieniężnych. Więc nie chodzi o pieniądze.

– Seks jest zawsze dobrym motywem.

– Nic nie wskazuje na to, żeby był z kimś związany na poważnie. I, o ile wiemy, podobnie przedstawia się sprawa z Wyman. Dlatego nadal będziemy kopać.

– Tak, doszłam do takich samych wniosków. Nikt nic by nie zyskał na śmierci Wyman. Wszyscy ją lubili, nikt nie zna nikogo, kto czułby do niej złość lub miał powód, żeby ją zabić.

– Cóż, jednak ktoś musiał życzyć śmierci jej albo Michaelsonowi.

Usłyszawszy pukanie, Eve znów podeszła do drzwi. Wpuściła do środka Lowenbauma.

Jego czarny płaszcz był mokry od deszczu. Ściągnął z głowy czapkę narciarską.

– Mówiłem serio o tych wyścigach konnych. – Żując gumę, rozejrzał się po pokoju. Przyniósł ze sobą dużą walizkę na kółkach. – Facet w recepcji zbladł jak płótno, kiedy to zobaczył. – Położywszy walizkę na jednym z łóżek, Lowenbaum

111

postukał w nią palcem. – Kiedy pokazałem facetowi odznakę, powiedział mi, że mężczyzna, który zarezerwował ten pokój, miał identyczną.

Rzeczywiście, cholerny fart, uznała w myślach Eve.

– Nie znam się na koniach, ale może postawię dziś na Knicksów.

– Twój mąż kupił Celtics, prawda?

– Tak.

– Fajnie. – Wciąż rozglądając się po pokoju, Lowenbaum otworzył walizkę. – Przyjemny pokój, przyjemny hotel. Mógłby znacznie taniej wynająć jakąś norę i także zrobić swoje. Mniejsze prawdopodobieństwo, że byśmy ją znaleźli.

– Nie był sam.

Lowenbaum podniósł wzrok.

– Naprawdę?

– Towarzyszyła mu młodsza osoba nieznanej płci. Według recepcjonisty nastoletnia, ale w tej chwili nie potrafimy nic więcej powiedzieć na ten temat.

– To wszystko zmienia.

Lowenbaum otworzył walizkę i zaczął szybko, sprawnie składać broń. Eve podeszła bliżej.

– Ile to waży? Razem z walizką?

– Z dodatkowymi bateriami z siedem kilogramów. – Wyjął dwójnóg, coś tam przy nim nacisnął, rozłożył go.

– Pierwsze okno na prawo od łóżka – powiedziała Eve. – Pokojówka widziała na dywanie wgłębienia, pewnie od dwójnogu i krzesła.

– Wkręcasz mnie.

– Nic a nic. Tu, w hotelu Manhattan East, personel jest bardzo spostrzegawczy. Okno się otwiera, ale tylko na tyle, by na dole powstała dziesięciocentymetrowa szpara.

– Wygodne. – Postawiwszy dwójnóg pod oknem, Lowenbaum wyjął karabin i umocował go na właściwym miejscu. – Dziękuję – powiedział, kiedy Peabody przyniosła krzesło.

112

Usiadł, spojrzał przez celownik, trochę go wyregulował, odrobinę cofnął krzesło.

– Strzelał do nich jak do kaczek – mruknął.

– Mógłbyś z tego miejsca trafić upatrzone ofiary?

– Jasne, że tak. W swoim oddziale mam jeszcze dwóch ludzi zdolnych do tego, a trzech przynajmniej by ich postrzeliło.

– Ofiary były w ruchu – przypomniała mu Eve.

– Ja bym je trafił, dwóch ludzi z mojego oddziału też, pozostałym trzem daję pięćdziesiąt procent szans na trafienie ruchomych celów z tej odległości. Sama spójrz. – Wstał z krzesła, Eve zajęła jego miejsce.

Przy celowniku optycznym jej lornetka przypominała zabawkę. Przyjrzała się uważnie pustemu lodowisku, policyjnym taśmom, wyregulowała ustawienie tak, żeby mieć szersze pole widzenia, i spojrzała na gapiów, robiących zdjęcia miejsca zbrodni.

Wycelowała w kobietę w niebieskiej czapce z pomponem i w szaliku.

Co za władza, znów pomyślała.

– Czuję, że mogłabym trafić, ale nie uwzględniam wiatru, temperatury i innych czynników. Czy młodszy z podejrzanych był tutaj, żeby przeprowadzić te obliczenia?

– Jak się ma taką broń i odpowiednie przeszkolenie, niepotrzebna jest niczyja pomoc. To niemal odruchowe. I… można to określić słowem „intymne". Mam na myśli, że jesteś tylko ty i broń. A nie ty i cel.

Eve skinęła głową i wstała.

– Potwierdziłbyś, że stąd oddano strzały?

– Tak, ale czemu nie wykorzystać zabawek, które mamy, żeby to zweryfikować.

Znów usiadł, wyjął palmtop.

– Mogę wprowadzić dane tego miejsca, dokładną pozycję broni, dokładną pozycję ofiar i zlecić obliczenia.

– Możesz?

– Mogę, bo jadąc tutaj, spytałem Roarke'a, jak to zrobić, wykorzystując jego nowy program. Pomyślałem sobie, czemu nie zwrócić się do kogoś, kto napisał lepszy program od tego, z którego sam korzystam? Warto wypróbować tę rewelację.

– Powinnam była o tym pomyśleć.

– Wtedy byłbym ci niepotrzebny. Daj mi chwilkę.

Ktoś zapukał do drzwi. Eve skinęła głową na Peabody.

– Jeśli to technicy, powiedz im, że za chwilę będziemy mogli ich wpuścić. Niech zaczekają.

– Jeszcze trochę – odezwał się Lowenbaum. – To dla mnie dość skomplikowane. Twój geniusz akurat wybierał się na spotkanie – może kupi Metsów. Gdyby nie to, znów bym do niego zadzwonił, spytał, czy mógłby to zrobić zdalnie. Ale chyba mi się uda... Dobra, udało się. Prawdopodobieństwo, że strzelano z tego miejsca, wynosi dziewięćdziesiąt pięć i sześć dziesiątych procent.

Podał swój palmtop Eve, żeby sama zobaczyła wynik.

– To się przyda w sądzie, jak złapiemy tych łobuzów. – Wziął od niej palmtop, odłożył go. – Zrobiłem tu wszystko, co do mnie należało. Chciałbym zobaczyć tych drani. Przekażesz mi zapisy kamer monitoringu?

– W hotelu nie ma kamer.

– No tak, to już byłoby za dużo szczęścia jak na jeden raz.

– Ale mam ich dokładny rysopis, Yancy na tej podstawie sporządzi portrety pamięciowe.

– Czyli jednak szczęście wciąż nam dopisuje. Podaj mi najważniejsze informacje – poprosił, przystąpiwszy do demontażu karabinu z równą wprawą, z jaką go złożył.

– Mężczyzna rasy białej... – zaczęła i kontynuowała, kiedy układał broń i dwójnóg w walizce.

– Jak będziesz miała portrety pamięciowe, popatrzę na nie. Znam kilku facetów zdolnych do oddania takich strzałów. Niektórych z widzenia albo ze słyszenia, kilku osobiście. Może mi się poszczęści. Albo mogę pokazać portrety pamięciowe kilku osobom, o których wiem, że nie są szaleńcami ani dupkami.

– Prześlę ci je, jak tylko dostanę. I dziękuję, Lowenbaum.

– Powiedziałbym „normalka", ale… Nie tym razem. Do zobaczenia, Dallas. Trzymaj się, Peabody.

– Staram się. – Peabody odprowadziła go do drzwi i wpuściła techników.

Eve przekazała im podstawowe informacje, po czym wyszła razem z Peabody.

– Nadal będę szukała informacji o Ellissie Wyman. Bo jeśli ofiary nie były przypadkowe, podejrzani mogą już być daleko stąd.

– Sądzisz, że skończyli dzieło? – spytała Eve.

– Skoro zabili namierzony cel…

– Dlaczego było ich dwóch, Peabody? Do tego jeden młodszy? Wspólnik albo, jeśli różnica wieku między nimi wynosi dwadzieścia lat, może uczeń? I czego się uczy? Musi istnieć jakieś powiązanie między podejrzanymi i którąś z ofiar. Ludzie mają wielu znajomych, może któryś z nich pielęgnuje tego rodzaju urazę?

Eve wsiadła do windy i nacisnęła guzik, żeby zjechać na parter.

– Jeszcze nie skończyli.

Rozdział 6

Prowadząc samochód, spróbowała się skontaktować z Mirą. Odpowiedziała poczta głosowa.

– Podejrzany ma wspólnika, młodszego od siebie, być może nastoletniego, nie znamy płci. Wyślę pełny raport, ale rozważ to.

Rozłączyła się i wybrała numer Feeneya.

– Peabody, połącz się z sekretarką komendanta. Muszę z nim porozmawiać. Wystarczy mi dziesięć... Piętnaście minut – poprawiła się. – To bardzo pilne. Feeney – powiedziała, kiedy na wyświetlaczu pojawiła się jego twarz, przypominająca pysk basseta. – Jadę do komendy, muszę się z tobą spotkać.

– W sprawie SZZZO?

– Wiem, skąd strzelał, mam jego rysopis. Chcę to z tobą obgadać.

– Proszę bardzo. Znajdę dla ciebie chwilkę.

– Z góry dziękuję. Do zobaczenia.

– Komendant ma telekonferencję, ale podkreśliłam, że to pilne. Może cię przyjąć za jakieś czterdzieści minut.

– Może być. Idź do naszego wydziału, powiedz Jenkinsonowi i Reinekemu, co ustaliłyśmy. Może będzie mi potrzebna ich pomoc. Przekażę ci swoje nagrania z przesłuchań w hotelu. Zacznij pisać raport. Jeśli nie wrócę, znajdź więcej informacji o osobie, której nazwiskiem posłużył się

116

podejrzany. Może miał powód, żeby wybrać właśnie tego człowieka. Sprawdź karty kredytowe.

– Rozumiem. Dlaczego chcesz się spotkać z Feeneyem?

– Brał udział w wojnach miejskich, już wcześniej zajmował się SZZZO.

I, dodała w myślach Eve, był moim nauczycielem.

Kiedy zatrzymał ją korek uliczny – ktoś wpadł w poślizg na oblodzonej ulicy i teraz sprzeczał się zawzięcie z taksówkarzem, na którego wozie się zatrzymał – pomyślała: Chrzanię to. Włączyła syreny i ostro ruszyła przed siebie.

– Wezwij policję, żeby zrobiła tu porządek, nim poleje się krew.

– Już to zrobiłam.

Skręcając w stronę komendy, Eve obejrzała się za siebie. To ona uczyła Peabody. Warto o tym pamiętać.

Z piskiem opon zajechała na swoje miejsce parkingowe w garażu pod komendą i szybkim krokiem ruszyła do wind.

– Sądzisz, że czeka nas kolejna strzelanina – stwierdziła Peabody. – Stąd ten pośpiech.

– Zgadza się. A jeśli się mylę, mieli cały dzień, żeby się ulotnić. Musimy nadrobić stracony czas.

Kiedy do windy wsiadło więcej gliniarzy, wyskoczyła z niej, a za nią Peabody. I skorzystała z ruchomych schodów, by dotrzeć do wydziału przestępstw elektronicznych.

Wkroczywszy do osobliwego świata pełnego kolorów i ruchu, dostrzegła McNaba – trudno byłoby go nie zauważyć w błyszczącej czerwono-żółtej koszuli i neonowozielonych spodniach. Stał, poruszając chudymi biodrami. Na ekranie jego komputera migały jakieś dziwne symbole.

Potem ominęła kobietę, która niemal w podskokach przemierzała salę. Miała na sobie włochaty, różowy sweter, ozdobiony wizerunkiem pudla, z wigorem wykonującego fikołki.

Eve skierowała się do gabinetu Feeneya, gdzie panował względny spokój.

Jej dawny mentor stał przed wielkim monitorem doty-kowym. Dzięki Bogu, nie podrygiwał. Miał na sobie jeden ze swoich sraczkowych garniturów, który już był zmięty, do tego ciemniejszy krawat, krzywo zawiązany pod szyją, i beżową koszulę.

Rude włosy, poprzetykane siwizną, sterczały mu wokół twarzy, jakby potraktował je drucianą szczotką. W pokoju unosił się zapach migdałów w cukrze i kawy.

Kiedy chrząknął na jej widok, weszła do środka.

– Czy mogę zamknąć drzwi? Wszystkie te barwy przy-prawiają mnie o zawrót głowy.

Przyzwalająco skinął głową, a kiedy Eve zamknęła drzwi, wskazał kciukiem autokucharza. – Kawa jest pod koktajlem z jarmużu i marchewki.

– Dobry wybór. – Zaprogramowała dwie kawy i pocze-kała, aż Feeney odszedł od ekranu.

– Co masz, dziecino?

– Gniazdko, rysopis. Strzelano z Drugiej Alei, Feeney.

Uniósł brwi, gwizdnął i usiadł za biurkiem.

– Niezły wyczyn.

– Ma wspólnika, tylko że… Drugi podejrzany jest młody, nie znamy jego płci. Może nastolatek. Będę wiedziała wię-cej, kiedy Yancy sporządzi portrety pamięciowe. Dorosły podejrzany ma koło pięćdziesiątki.

– Nie wygląda mi na to, żeby byli wspólnikami.

– No właśnie. Bardziej uczeń i nauczyciel. Może świadek się myli, ale sprawia wrażenie rozsądnego. Skoro twierdzi, że dzieciak ma najwyżej szesnaście lat, skłaniam się ku temu, że tak jest. Ale kto zabiera dzieciaka na coś takiego, o ile nie chce ukształtować rzeczonego dzieciaka?

Rozważając to, Feeney wziął kilka migdałów z krzywej miseczki.

– Czy możliwe, żeby nastolatek był zakładnikiem?

– Nie wydaje mi się. Nasz naoczny świadek zorientowałby się, gdyby tak było. Razem zameldowali się w hotelu, poprosili właśnie o ten konkretny pokój. Spędzili w nim noc i przedpołudnie. To świadczy, że wszystko sobie zaplanowali. I że są cierpliwi. Przyczaili się. Więc zadaję sobie pytanie: czemu akurat ten dzieciak? Dlaczego ty zgodziłeś się mnie szkolić?

Popijając kawę, Feeney pokiwał głową.

– Byłaś bystra.

– Byłam zielona.

– Nigdy nie byłaś żółtodziobem. Dostrzegłem w tobie potencjał, inteligencję, umysł gliniarza. Może odrobinę siebie, kiedy byłem w twoim wieku. I chciałaś pracować w wydziale zabójstw. A ty przyjęłaś na przeszkolenie Peabody – przypomniał jej.

– Też się nad tym zastanawiałam. Nie mogę powiedzieć, żebym dostrzegła w niej coś z siebie, ale zobaczyłam potencjał i umysł gliniarza. Pomyślałam sobie: Dam jej szansę w wydziale zabójstw – bo tego chciała – i zatrudniłam jako swoją asystentkę. Okazało się, że się sprawdziła. Pasujemy do siebie.

– Ma coś z ciebie. Jest pogodniejsza, widać też, że należy do ruchu Wolnego Wieku, ale jest uparta. I liczy się dla niej nie tylko praca, ale również ofiary. Dostrzegłaś to, bo inaczej po prostu przyjęłabyś ją do pracy w wydziale zabójstw, ale nie zdecydowałabyś się jej szkolić.

– Chyba tak. Czyli może dzieciak ma w sobie coś z tego dorosłego. Potencjał, talent do zabijania. Ty wziąłeś mnie pod swoje skrzydła, a ja – Peabody. Ja przydzieliłam Baxterowi Trueheart jako praktykanta. Ale to coś więcej niż potencjał. Wszyscy byliśmy już gliniarzami.

Feeney skinął głową i znów napił się kawy.

– Zastanawiasz się, czy ten dzieciak już jest zabójcą.

– Nie wybiera się nikogo na ucznia ot tak sobie, nie wiadomo dlaczego. Ani dlatego, że akurat jest pod ręką. Gdzie się znaleźli? Dorosły podejrzany musi mieć przeszkolenie policyjne albo wojskowe, niemal na pewno chodził w mundurze. Czy znalazł dzieciaka na ulicy, podczas walk?

– Całkiem możliwe.

– Wiem. Są spokrewnieni. Ojciec i syn, starszy i młodszy brat, dalecy krewni. Kiedy będę miała portret pamięciowy, mogę sprawdzić w wydziale osób zaginionych, czy ktoś szuka nastolatka. Powiedzmy, że są jakoś powiązani. Dlaczego miałby go szkolić na zabójcę? Nie wygląda mi na to, żeby zabijał zawodowiec – żadna z ofiar nie miała nic takiego, by dla jej usunięcia warto było wynająć płatnego mordercę. I jest masa dyskretniejszych sposobów przeprowadzania ćwiczeń praktycznych, jeśli się prowadzi szkołę dla zabójców. To muszą być osobiste porachunki.

– Są łatwiejsze sposoby załatwiania osobistych porachunków.

– Masz rację.

– Chyba że zajmujesz się tym zawodowo. – Kapitan podsunął krzywą miseczkę w stronę Eve. – Nie mam na myśli płatnego mordercy, tylko snajpera, policyjnego lub wojskowego. Tak czy owak tam zdobywa się takie kwalifikacje.

Eve wzięła głębszy oddech i skinęła głową. Pomogło jej, że Feeney skłaniał się ku temu samemu, co ona.

– Tak, masz rację. Bierze się ucznia, żeby się z nim podzielić swoją wiedzą, może przekazać mu coś. Chce się dostrzec w nim coś z siebie. Różnica wieku…

– Mniej więcej taka jak między nami. – Feeney skinął głową. – Nigdy nie miałem do czynienia z SZZZO ze wspólnikiem ani z uczniem, ale śmiem twierdzić, że uczeń musi się wyróżniać… jak to się mówi… skłonnościami do tego rodzaju zadań, pewnymi zdolnościami i zimną krwią. Nie można nikogo nauczyć zimnej krwi, Dallas. Trzeba to mieć.

Znów pomogło jej, gdy usłyszała, jak Feeney mówi na głos to, co kołatało jej się w głowie.

– Jak wybierali i szkolili snajperów podczas wojen miejskich?

– Śmiem twierdzić, że tak samo jak teraz. Trzeba mieć zdolności, być opanowanym. Trzeba umieć dostrzec istotę ludzką w tym, kogo się obrało na cel. Nie strzela się, póki się nie dostanie zielonego światła, a kiedy je się dostaje, nie wolno się wahać.

– Ten, kto strzelał, nie wahał się – odrzekła Eve. – I nie zawaha się, kiedy znów dostanie zielone światło.

*

Przygotowując sobie w myślach ustny raport, Dallas skierowała się do gabinetu komendanta Whitneya. Sekretarka Whitneya skinęła jej głową i uniosła w górę palec, dając znak, by Eve zaczekała. Podniosła słuchawkę telefonu.

– Panie komendancie, przyszła porucznik Dallas. Tak jest. Proszę wejść, pani poruczniku.

Siedział za swoim biurkiem, potężny mężczyzna o szerokich barach, na których spoczywał ciężar dowodzenia. Kiedy patrzył, jak Eve wchodzi, na jego szerokiej, ciemnej twarzy malowała się powaga.

– Oszczędziłem paniom udziału w porannej konferencji prasowej, bo byłyście obie w terenie. Chcę usłyszeć, że coś już macie.

– Mam gniazdo, a także rysopisy dwójki podejrzanych; detektyw Yancy już przygotowuje portrety pamięciowe.

Whitney rozparł się w fotelu.

– To całkiem sporo. Szczegóły.

Na stojąco zdała mu raport, krótki, zwięzły.

– Nastoletni uczeń – mruknął Whitney. – To nie pierwszy taki przypadek. Snajperzy z Waszyngtonu – wyjaśnił jej. – Początek dwudziestego pierwszego wieku. Snajperzy z Orark w latach dwa tysiące trzydzieści – trzydzieści jeden. Byli braćmi, młodszy miał zaledwie trzynaście lat, kiedy zaczęli swoją krwawą działalność.

Eve zapisała sobie w pamięci, żeby zapoznać się z obydwiema sprawami.

– Kiedy dostaniemy portrety pamięciowe, ujawnimy je. Tym razem będziesz musiała wziąć udział w konferencji prasowej, Dallas. Zaczekaj, zadzwonię do Kyunga. Musimy to starannie zaplanować.

Wolałaby pracować, rozmieścić wszystkie nowe informacje na swojej tablicy, zastanowić się, ale zgodnie z poleceniem stała i czekała.

*

Młody uczeń także czekał, podobnie jak ona. Z całkowitym spokojem wyobrażał sobie to, co nastąpi. Tym razem będzie inaczej. Teraz już wiedział, jakie to uczucie, jak wszystko inaczej wygląda, kiedy ma się władzę absolutną, trzymając palec na spuście.

W nędznej norze śmierdziało szczynami i karaluchami. Ale to było nieważne. Nic nie przesłaniało widoku Broadwayu w stronę Times Square. Deszcz ze śniegiem, nawet tramwaj powietrzny, który od czasu do czasu przemykał po niebie, nie rozpraszał uwagi.

– Widzę cel.

Nauczyciel skinął głową. On też dostrzegł cel przez lornetkę.

– Masz zielone światło. Nie spiesz się. Zlikwiduj cel.

– Tym razem chcę zabić więcej niż trzy osoby. Dam radę zabić sześć. Chcę zabić sześć osób.

– Pamiętaj, najważniejsza jest szybkość i precyzja. Wystarczą trzy ofiary.

– To by wskazywało na wzorzec postępowania. Chcę zlikwidować sześć osób.

Po chwili nauczyciel opuścił lornetkę.

– Cztery. I nie kłóć się. Wykonaj zadanie. Jak się nie podporządkujesz, przerywamy akcję.

Zadowolony uczeń obserwował ludzi tłoczących się na Times Square. Chodzili i gapili się dookoła, robili zdjęcia, kręcili filmy, taszczyli torby pełne bezwartościowych pamiątek.

Przystąpił do wykonywania zadania.

Funkcjonariusz Kevin Russo patrolował okolicę ze swoją koleżanką, Sheridon Jacobs. Właśnie mieli przerwę, na ulicznym wózku kupili hot dogi ze wszystkimi dodatkami. Russo już zjadł i czuł w żołądku przyjemne ciepełko.

Lubił swój rewir – zawsze coś się działo, zawsze było na co popatrzeć. Przydzielono mu Times Square zaledwie cztery miesiące temu, ale nie sądził, że szybko mu spowszednieje.

– To Grabby Larry – powiedział do Jacobs, obserwując siwego ulicznego złodzieja obrabiającego turystów. – Lepiej, żebyśmy go stąd przepędzili.

– Widać go na kilometr. – Jacobs pokręciła głową. Powinien być dom emeryta dla starych ulicznych złodziei. Facet musiał mieć ponad sto lat.

– Chyba kilka lat temu skończył setkę. Jezu, nawet nas nie widzi.

Nie spieszyli się. Grabby Larry nie był tak zwinny, jak za swoich najlepszych lat, a tydzień temu wywalił się jak długi, gdyż upatrzona ofiara zdzieliła go torebką – tą samą, którą miał nadzieję jej wyrwać.

Kevin zaczął się uśmiechać na to wspomnienie, kiedy dzisiejsza ofiara – kobieta koło siedemdziesiątki, z jaskrawoczerwoną torebką przewieszoną przez ramię – padła jak podcięta.

– Kurde, Sherry, wezwij ratowników medycznych. – Russo rzucił się przed siebie, a wtedy jakiś dzieciak na desce powietrznej, jeden z grupki szalejącej na deskach, wyleciał w powietrze i przewrócił trójkę pieszych jak kręgle.

Policjant zobaczył, jak na plecach jaskrawoniebieskiej kurtki chłopaka czerwieni się krew.

– Na ziemię! Na ziemię! Kryć się.

Nim rozległ się pierwszy krzyk, kiedy do ludzi wokół dotarło, co się dzieje, Kevin wyciągnął broń. Doskoczył do dzieciaka w nadziei, że osłoni go przed kolejnym strzałem. Ale trzeci strzał trafił policjanta w sam środek czoła, tuż poniżej daszka czapki. Funkcjonariusz Russo zginął, zanim jeszcze zwalił się na ziemię, zanim padła czwarta i piąta ofiara.

Kiedy kilka przecznic dalej powstał chaos, gdy powietrze wypełniły krzyki i pisk opon, uczeń rozsiadł się wygodnie i spojrzał z uśmiechem na swojego nauczyciela.

– Pięć to kompromis.

Nauczyciel opuścił lornetkę, starając się przybrać niezadowoloną minę. Ale z jego twarzy biła duma.

– Zbieramy się. Nic tu po nas.

*

W gabinecie Whitneya komunikator Dallas zadźwięczał niemal jednocześnie z telefonem komendanta, informującym, że przyszła wiadomość.

– Zadzwonię później – powiedział rzecznikowi prasowemu. – Spojrzał na Eve i jednocześnie odebrali.

– Dallas.

– Dyspozytor do porucznik Eve Dallas. Zastrzelono funkcjonariusza policji na rogu Broadwayu i Czterdziestej Czwartej. Wielu poszkodowanych. Potwierdzono cztery ofiary śmiertelne. Liczba rannych nieznana.

– Przyjęłam do wiadomości. Już tam jadę. Panie komendancie...

– Mamy zabitego gliniarza. Jadę z tobą. Chodźmy.

Po drodze Eve zadzwoniła do Peabody.

– Natychmiast zjeżdżaj do garażu. Kolejna strzelanina, tym razem na Times Square. Zginął gliniarz.

Eve odruchowo skierowała się ku ruchomym schodom.

– Tak będzie szybciej, panie komendancie.

Jeśli komuś wydało się osobliwe, że komendant biegł, żeby dotrzymać jej kroku, przeciskając się między osobami jadącymi na dół, ów ktoś okazał się na tyle dyskretny, żeby poprzestać na ukradkowych spojrzeniach. Większość obecnych szybko robiła im przejście.

W połowie drogi Whitney złapał Eve za ramię.

– Do windy. Od tego piętra posłużę się swoją kartą.

Wepchnął się do zatłoczonej windy, a gliniarze wyprężyli się na baczność. I nikt nie oponował – przynajmniej na głos – kiedy komendant wczytał swoją kartę i polecił, by winda zjechała do garażu.

– Który poziom? – zapytał Eve.

– Pierwszy.

Wydał polecenie i spojrzał na nią.

– Ma pani prawo do lepszego miejsca, pani porucznik.

– Lubię poziom pierwszy.

– Tak samo jak lubi pani gabinet wielkości schowka na szczotki.

– Chyba tak. Tak jest. Panie komendancie, będzie wielkie zamieszanie.

Wyciągnął czarny szalik z kieszeni płaszcza, który włożył, nim wybiegł z gabinetu.

– Nie pierwszy raz będę miał do czynienia z zamieszaniem.

Eve postanowiła być dyskretna i nic nie powiedziała.

Wyszli z windy do rozbrzmiewającej echem hali garażowej. Jedno spojrzenie powiedziało Eve, że wyprzedzili Peabody. Dzięki temu Whitney miał czas przyjrzeć się jej pojazdowi.

– Co to za wóz i dlaczego, do cholery, nie masz lepszego, Dallas?

– To mój prywatny samochód i jest lepszy, niż można przypuszczać na podstawie jego wyglądu. – Szybko odblokowała zamki i spojrzała za siebie, usłyszawszy, jak zatrzymuje się winda. – Proszę zająć miejsce z przodu, panie komendancie.

Kiedy wsiadł, posłała Delii ostrzegawcze spojrzenie.

– Usiądź z tyłu. Jedzie z nami komendant. – Zajęła miejsce za kierownicą. – Najważniejsza jest szybkość. Pojedziemy szybko.

Kiedy Eve uruchomiła silnik i cofnęła auto, Peabody wychyliła się do przodu i szepnęła Whitneyowi na ucho:

– Panie komendancie, radzę zapiąć pasy bezpieczeństwa. Proszę mi zaufać.

Włączywszy syreny, Eve wystrzeliła z garażu jak pocisk, niemal nie zwalniając, żeby sprawdzić, czy nic nie nadjeżdża. Przemknęła obok wolno sunących aut, wzbiła się pionowo w górę i skierowała na północ.

– Co to za wóz? – spytał Whitney.

– DLE, panie komendancie – wyjaśniła Peabody, która, choć przypięta pasami, obiema rękami trzymała się fotela.

– Nawet jeszcze nie trafił na rynek.

– Kiedy trafi, chcę mieć taki.

Powiedziawszy to, wyciągnął swój telefon i zadzwonił do Tibble'a.

Eve jechała zygzakiem, przedzierając się przez nieprzerwany sznur samochodów.

Strzelanina na Times Square, w jednym z najbardziej ruchliwych miejsc miasta, które nigdy nie kładło się spać.

I martwy gliniarz.

„Zamieszanie" – to bardzo delikatne określenie.

Trzeba obejrzeć miejsce wydarzenia, zatrzymać wszelkich naocznych świadków i ich przesłuchać. Należy zabezpieczyć ciała zabitych, a rannych, o ile tacy są, umieścić w bezpiecznym miejscu.

Spodziewała się kolejnej strzelaniny, ale nie w niespełna dwadzieścia cztery godziny po pierwszej... Wzorzec postępowania, plan działania. Może to jakaś cholerna misja.

Zabójcy wykonujący misję nie spoczną, póki jej nie ukończą.

– Peabody, zadzwoń do Yancy'ego, każ mu się sprężać. Potrzebne mi te portrety pamięciowe. Wynocha, do jasnej cholery! Nie słyszysz syreny?

Wzniosła się pionowo w górę i przemknęła nad dwiema taksówkami, które mknęły prosto na siebie na Ósmej.

Kiedy przemknąwszy Siódmą, wjechała na Broadway, zgodnie z przypuszczeniami zastała tam kompletny chaos.

Niewielki oddział policjantów starał się zapanować nad setkami osób, spanikowanymi pieszymi, oszalałymi kierowcami, ludźmi z kamerami i telefonami komórkowymi, którzy próbowali się dopchnąć bliżej, żeby mieć lepszy widok, ekspedientkami, kelnerami, a także ulicznymi złodziejami, gdyż ci od razu dostrzegli wyjątkową okazję i zamierzali szybko z niej skorzystać.

Hałas był ogłuszający.

Zatrzymała wóz, włączyła napis „Na służbie", żeby jakiś nadgorliwy policjant nie kazał go odholować, i ruszyła przed siebie.

– Panie komendancie… Przepraszam.

Wmieszała się w tłum, zostawiając Whitneya Peabody, i zabrała megafon jakiemuś nieszczęsnemu funkcjonariuszowi.

– Niech wszyscy się cofną. Natychmiast! – wrzasnęła. – Postawić barierki. Trzech funkcjonariuszy do każdego z denatów. Natychmiast! Wy! – Złapała jakiegoś innego gliniarza za rękaw. – Zamknijcie plac dla wszelkiego ruchu kołowego poza karetkami pogotowia i radiowozami.

– Ale, pani porucznik…

– Żadnych ale. Wykonać polecenie. A wy… – Wzięła parawan i niemal rzuciła nim w innego mundurowego. – Zasłonić zabitych. Dlaczego, do diabła, jeszcze tego nie zrobiono? Powstrzymać ten tłum, robić, co do was należy, do jasnej cholery, i to już. Peabody!

– Tak jest!

– Potrzebuję natychmiast pięćdziesięciu funkcjonariuszy. Niech ktoś zapanuje nad tym bałaganem. Zadzwoń do Morrisa. Chcę, żeby tu przyjechał.

Chwyciła jakiegoś złodzieja za kołnierz zbyt obszernego płaszcza i potrząsnęła nim na tyle mocno, że portfele oraz torebki zaczęły się sypać na ziemię.

– Ty łobuzie! Okaż odrobinę szacunku. Wynocha mi stąd albo osobiście dopilnuję, żebyś przez najbliższe dwadzieścia lat gnił w pace.

Może w wyniku paniki, a może dlatego, że się wkurzył, bo stracił cały dzisiejszy zarobek, kieszonkowiec się zamachnął.

Tak ją zaskoczył – na litość boską, przecież wokoło aż się roiło od gliniarzy – że udało mu się trafić Eve w szczękę.

Bardziej czując furię niż ból, na tyle mocno kopnęła go w krocze, że padł jak długi, a potem – na wszelki wypadek, chociaż prawie nie stawiał oporu – dołożyła mu jeszcze jednego kopniaka.

– Skuć go i na posterunek. Teraz, do jasnej cholery, już! Jesteście gliniarzami czy idiotami? Ściągnąć tu wszystkie posiłki.

Przepchnęła się do miejsca, gdzie leżały zwłoki Kevina Russo, którego otaczał wianuszek funkcjonariuszy.

– Cofnąć się, zrobić mi miejsce. Jak się nazywał?

– Kevin Russo. – Sheridon Jacobs z trudem powstrzymywała łzy. – Byłam razem z nim. To mój partner. Akurat...

– Zostańcie. Pozostali usunąć stąd tych gapiów. Zabezpieczyć miejsce przestępstwa. Już nadciągają posiłki. Jak się nazywacie?

– Jacobs. Sheridon Jacobs. Właśnie skończyliśmy przerwę obiadową. Szliśmy... – Wzięła głęboki oddech, starając się uspokoić. – Szliśmy w kierunku znanego policji złodzieja ulicznego, kiedy jakaś kobieta upadła na ziemię. Kobieta, którą kieszonkowiec obrał sobie za cel. Nagle i niespodziewanie. Pomyślałam, że zemdlała albo ma jakieś problemy z ciśnieniem. A potem... Następny był chłopak na desce powietrznej. Kevin pobiegł w jego stronę, krzycząc, żeby wszyscy się kryli, padli na ziemię. I został trafiony. Widziałam, jak postrzelono go prosto w głowę. Podbiegłam do niego, żeby mu pomóc, ale zaczęło się szaleństwo. Przepraszam, pani porucznik, ale zaczęło się szaleństwo i... Nie mogłam nad tym zapanować. Było nas zbyt mało, żeby zapanować nad ludźmi.

– W którą stronę był zwrócony?

– Słucham?

– Opanujcie się, Jacobs. W którą stronę był zwrócony wasz partner, kiedy go trafiono?

– Na południe. Wydaje mi się, że na południe. To wszystko stało się tak szybko, pani porucznik, bardzo szybko. Ludzie padali, biegli, krzyczeli, przewracali się nawzajem, tratowali. Wezwałam posiłki, ale wybuchła panika.

– Dobrze. Zostańcie tu. – Eve właśnie zamierzała poprosić o swój zestaw podręczny, kiedy Peabody wcisnęła jej do ręki walizkę.

– Dallas, spójrz – powiedziała Delia, wskazując na coś ręką.

Eve uniosła wzrok i zobaczyła, że jest na wszystkich ogromnych ekranach: w płaszczu powiewającym na wietrze, z ponurą miną. Napis pod jej zdjęciem ponadnaturalnej wielkości, z martwym gliniarzem u stóp, na ekranie budynku przy Times Square numer jeden głosił:

PORUCZNIK EVE DALLAS NA MIEJSCU MASAKRY NA TIMES SQUARE

– Na litość boską, wyłączyć to. Natychmiast!

– Zajmę się tym. – Whitney, z telefonem przy uchu, gapił się na ekrany. – Wy róbcie swoje. Ja się tym zajmę.

– Jego partnerka go zidentyfikowała – powiedziała Eve do Peabody. – Przyczyna śmierci aż nadto oczywista. Ustal godzinę zgonu. I postaraj się, żeby postawiono wokół niego parawan.

Trzymając w ręku swój zestaw, ukucnęła koło nastolatka, którego Kevin Russo próbował osłonić.

Wystarczył jeden rzut oka, żeby się zorientować, że dzieciak miał nie więcej niż siedemnaście lat i nigdy nie doczeka osiemnastych urodzin.

– Ofiara to chłopak rasy mieszanej, niejaki Nathaniel Foster Jarvits, lat siedemnaście. Dziś są jego urodziny. Wszystkiego najlepszego z okazji urodzin. Godzina zgonu: trzynasta dwadzieścia jeden. Lekarz sądowy ustali przyczynę śmierci, ale z oględzin na miejscu wypadku wynika, że został trafiony w plecy z broni laserowej. Niemal tak samo jak Ellissa Wyman. – Urwała. – Peabody, zadzwoń do jego rodziców.

– Dallas, funkcjonariusz Russo też zginął o trzynastej dwadzieścia jeden.

Eve uniosła wzrok; ogarnęła ją furia, kiedy zobaczyła, że jej twarz nadal spogląda ze wszystkich ekranów. Mają nie więcej szacunku niż uliczny złodziejaszek, pomyślała. Wyprostowała się i podeszła do kolejnej ofiary.

Już nie patrzyła więcej na ekrany, nie pomstowała, że musi mówić podniesionym głosem, by zarejestrować swoje ustalenia. Krótkie spojrzenia powiedziały jej, że przybyły posiłki, że rozstawiono barierki, że aresztowano tych, którzy odmówili cofnięcia się lub dalej nagrywali to, co się działo.

Pochyliła się do pierwszej ofiary, według słów funkcjonariuszki Jacobs, kiedy Whitney zjawił się obok.

– Już zdjęli cię z ekranów, ale nie mogę zakazać dziennikarzom, żeby pokazywali to w wiadomościach.

– Obojętne mi to.

– Miejsce zbrodni zostało zabezpieczone. Tej ofierze towarzyszyła przyjaciółka. Doznała szoku, ale już udzielono jej pomocy lekarskiej i można ją przesłuchać. Nieletni jeździł na desce z piątką kumpli. Też czekają na przesłuchanie. Jedna ofiara była sama w chwili zamachu. I jedna przeżyła.

Eve gwałtownie uniosła głowę.

– Jedna przeżyła?

– Kobieta. Urzędniczka, ale pracuje w centrum, zwykle nie kręci się w tych okolicach. Dostała w lewy bok. Zabrała ją karetka pogotowia, będzie operowana. Jej szanse przeżycia wynoszą pięćdziesiąt procent. W najlepszym przypadku.

– To lepiej niż w przypadku pozostałej czwórki. Nie spodoba mu się, że nie zabił pięciu osób pięcioma strzałami. To go wkurzy. Panie komendancie, trzeba jej pilnować przez okrągłą dobę…

– Już załatwione, pani porucznik. Jestem gliniarzem, nie kretynem.

– Przepraszam, panie komendancie.

– Nie ma takiej potrzeby. Zaprowadziła tu pani porządek szybciej, niż udałoby się to komukolwiek innemu. – Spojrzał na parawan, za którym leżał martwy policjant. – Nie sądzę, żeby jego partnerka źle zapamiętała. Russo oddał życie, chroniąc i służąc.

– Może stanowił cel. – Eve nie przestała mówić, nawet kiedy wzrok Whitneya stał się twardy. – Albo czwarta ofiara, specjalista od reklamy, podążający na spotkanie służbowe. Dzieciak raczej nie – przynajmniej na razie nic na to nie wskazuje. Pierwsza ofiara to turystka. Ale Russo? To jego rewir, można się było spodziewać, że tu będzie o tej porze. Specjalista od reklamy pracuje niedaleko stąd, więc być może… W przeciwieństwie do pozostałych zabitych, panie komendancie. To wszystko przypadkowe ofiary. Przeczucie mówi mi, że chodziło im o Russo. Policjanta, który jest jakoś powiązany z tą sprawą. Ustalę, dlaczego i jak. Nie pozwolę, żeby zabili gliniarza i uniknęli kary. Nie pozwolę, żeby zastrzelili Bogu ducha winnego dzieciaka w dniu jego urodzin i uniknęli kary. – Wyprostowała się. – Panie komendancie, chcę wiedzieć wszystko o funkcjonariuszu Russo. O jego życiu osobistym i zawodowym. Wszystko. Może mi pan pomóc uzyskać te informacje. Może pan wywrzeć presję, na kogo trzeba.

– Nacisnę, kogo trzeba. – Z kamienną twarzą znów spojrzał na parawan, na mundurowych stojących wokół niego niczym jakaś straż honorowa. – Nie, nie unikną kary. – On też się wyprostował. – Otrzymasz wszystko, co tylko będzie ci potrzebne, Dallas: dodatkowych ludzi, godziny nadliczbowe.

– Na początek: nie mam czasu na żadne konferencje prasowe.

– Zastąpię cię.

– I potrzebna mi Mira.

– Załatwione.

– Mogłabym wykorzystać Nadine Furst do zbierania informacji.

131

Whitney zawahał się, lecz tylko przez chwilę.

– Działaj ostrożnie, ale rób to, co uznasz, że należy robić. Radzę działać w porozumieniu z Kyungiem.

Skinęła głową i pomyślała: Kyung nie jest dupkiem.

– Chcę skorzystać z pomocy Roarke'a. O ile będzie miał czas.

– Bezdyskusyjnie. Komenda z góry jest mu wdzięczna.

– Panie komendancie, jeśli wpadnę na trop i okaże się, że Russo albo jakieś inne ofiary są powiązane z Michaelsonem – bo z całą pewnością ma to jakiś związek z Michaelsonem – to jeszcze nie koniec. Wykluczone, żeby chodziło tylko o dwie osoby. To swego rodzaju misja, okaże się, że są powiązani z następnymi ofiarami. Ktoś zna tych, którzy strzelają. Ktoś ich rozpozna. Chcę, żeby portrety pamięciowe Yancy'ego były wszędzie. Może pan to sprawić.

– Wierz mi, jak tylko będziemy mieli ich portrety pamięciowe… – Znów spojrzał na olbrzymie ekrany, w tej chwili puste, co było czymś niespotykanym. – Pokażemy je wszędzie.

– Kiedy tak się stanie, mogą się ukryć. Ale nie znajdą wystarczająco dobrej kryjówki. – Spojrzała na cztery ciała, osłonięte przed spojrzeniami gapiów. – Przysięgam, że znajdę ich wszędzie. Przepraszam, panie komendancie, jest tu Morris. Muszę z nim porozmawiać.

Kiedy odeszła, Whitney podszedł do zabitego policjanta, wyjął z klapy znaczek komendy głównej policji nowojorskiej i z szacunkiem położył go na osłoniętych przed spojrzeniami gapiów zwłokach.

Rozdział 7

Płaszcz Morrisa, stojącego nad zwłokami pierwszej ofiary, łopotał na wietrze. Patolog wyjął ze swojego zestawu podręcznego puszkę substancji zabezpieczającej i pokrył nią dłonie, patrząc na Eve.

– Obejrzę je w takiej kolejności, w jakiej poniosły śmierć. Czy może wiesz, że właśnie tutaj upadła i w taki sposób?

– Miejsca zbrodni nie udało się zachować w stanie nienaruszonym. – Urwała i pokręciła głową. – Mało powiedziane. Jest spieprzone ponad wszelkie pojęcie. Poprosiłam o zapisy ze wszystkich kamer monitoringu, by można było zrekonstruować przebieg wydarzeń. Spanikowany tłum tratował wszystko, w tym zwłoki niektórych ofiar.

– Strzelanina w takim miejscu? – Wyjął ze swojego zestawu gogle. – Mamy szczęście, że nie jest gorzej.

W tej chwili Eve nie chciała nawet dopuścić do siebie myśli, że mogło być gorzej.

– To niejaka Fern Addison, lat osiemdziesiąt sześć. Została trafiona pierwsza, a potem chłopak – Nathaniel Jarvits, lat siedemnaście. Następny był funkcjonariusz policji Russo, a po nim Dawid Chang, lat trzydzieści dziewięć. Ostatnia ofiara, do której strzelano, została trafiona, ale żyje – na razie. Właśnie jest operowana.

– Czyli czworo na pięcioro – mruknął Morris, klękając obok zwłok. – Dokonałaś oględzin?

– Tak. I ustaliliśmy godzinę zgonu wszystkich ofiar. Możesz to sprawdzić.

– W tym wypadku zrobię tak. Lepiej być dokładnym.

– Wziął mierniki, włączył nagrywarkę i przystąpił do pracy.

– Śmiertelny strzał w tułów. Godzina zgonu – trzynasta dwadzieścia jeden. Powiem ci więcej, kiedy trafi do prosektorium. Na podstawie pobieżnych oględzin mogę stwierdzić, że nie żyła, nim padła na ziemię.

Dał znak swojej ekipie.

– Po kolei umieszczajcie zwłoki w workach, opisujcie je i wieźcie do kostnicy.

Wyprostował się i podszedł do następnej ofiary.

– Powiedziałaś: siedemnaście lat.

– Tak. Dziś jego siedemnaste urodziny.

– O Chryste. Życie potrafi być okrutne. Ma rodziców?

– Tak. I rodzeństwo. Jeździł na desce powietrznej z kumplami, został trafiony w plecy i – podobnie jak w przypadku Ellissy Wyman – siła strzału i to, że był rozpędzony, sprawiły, że wpadł na grupę przechodniów. Doznali drobnych obrażeń, udzielono im na miejscu pierwszej pomocy.

– Prosto w plecy, natychmiastowy zgon jak w przypadku Ellissy Wyman.

Ale i tak sprawdził godzinę zgonu.

– Zgodnie ze słowami jego partnerki funkcjonariusz Russo próbował osłonić chłopaka i krzyczał do ludzi, żeby się skryli. Został trafiony kilka sekund później. Przynajmniej z moich pomiarów wynika, że zginął kilka sekund po Jarvitsie.

Morris znów uniósł wzrok, rozejrzał się wokół.

– Szybko ogrodzono teren.

– Niewystarczająco szybko. – Eve przykucnęła obok niego i doszła do wniosku, że ma w nosie to, że wszystko jest nagrywane. – Na tych przeklętych wielgachnych tablicach reklamowych pokazali zdjęcie moje i ofiar. Matka czy ojciec tego chłopaka mogli wszystko zobaczyć w telewizji, zanim zdążyliśmy ich powiadomić o śmierci syna. Muszę to zlecić Peabody.

Rozumiejąc Eve, szybko dotknął jej dłoni, a potem wyprostował się, żeby podejść do zabitego policjanta.

– Też jest młody.

– Dwadzieścia trzy lata.

– Trafiony w głowę, w sam środek czoła. Podejrzewasz, że zabójca chciał zaszpanować, tak jak w przypadku trzeciej ofiary na lodowisku?

– Przypuszczam, iż zabójca wiedział, że policjant będzie miał kamizelkę kuloodporną, gdyż tego wymagają przepisy. Gdyby celował w tułów, mógłby ranić Russo, ale by go nie zabił. A chodziło o zabicie go. Sam zobaczysz, że czwarta ofiara też została trafiona w tułów. Mam też informacje, że kobieta, która przeżyła, została trafiona w lewy bok. Gdyby dostała kilka centymetrów bardziej na prawo, leżałaby tutaj z pozostałą czwórką. Chociaż wciąż niewykluczone, że trafi do ciebie.

– W prosektorium wszystkie ofiary traktuję tak samo, ale... – Morris sprawdził godzinę zgonu.

– Kiedy ofiarą jest policjant, wszystko się zmienia – dokończyła Eve. – Ten, kto strzelał, musi o tym wiedzieć. Rozmyślnie wybrał właśnie jego. Wziął sobie na cel gliniarza i być może chodziło mu właśnie o tego konkretnego funkcjonariusza.

– Ale nie poprzestał na tym, zabił jeszcze jedną osobę, a piąta ofiara trafiła do szpitala.

– Uważam, że... – Urwała, bo usłyszała jakieś krzyki, odgłosy histerii. Zobaczyła kobietę, szarpiącą się z dwójką policjantów koło barierki. Płakała, wykrzykując w kółko jedno imię.

Nate. Nathaniel Jarvits, druga ofiara.

– Jego matka – powiedział Morris. – Czy chciałabyś, żebym...

– Nie, zajmę się tym. Ty dokończ tutaj i przypilnuj, żeby zwłoki jak najszybciej przewieziono do kostnicy.

Wyprostowała się i ruszyła szybkim krokiem.

Kobieta nawet nie miała na sobie płaszcza, zauważyła Eve. Matka Nathaniela wybiegła na ulicę tak, jak stała.

– Pani Jarvits. Pani Jarvits! Proszę na mnie spojrzeć. Jestem porucznik Dallas.

– Nate. Nate. Gdzie jest mój synek?

– Pani Jarvits, proszę pójść ze mną. – Gdzie, do diabła, ma ją zaprowadzić w tym zamęcie? Zastanawiając się nad najlepszym rozwiązaniem, Eve zaczęła zdejmować płaszcz, ale Whitney okazał się od niej szybszy.

– Pani Jarvits. – Owinął ją własnym płaszczem. – Nazywam się Whitney, jestem komendantem policji. Proszę pójść ze mną do kawiarni. – Wskazał lokal. – Już została sprawdzona. Zaprowadzę tam panią Jarvits.

– Proszę powiedzieć, gdzie jest mój syn? Czy coś mu się stało? Muszę zobaczyć syna. Nazywa się Nathaniel Foster Jarvits. Nate.

Whitney otoczył ją ramieniem i poprowadził w kierunku kawiarni, kiedy pojawiła się Peabody.

– Nie udało mi się z nią skontaktować. Musiała widzieć wiadomości. Dodzwoniłam się do ojca, ale jej nie udało mi się złapać. Pracuje kilka przecznic stąd.

– Przybiegła tutaj – domyśliła się Eve. – Zobaczyła te przeklęte zdjęcia i przybiegła tutaj. No dobrze. – Wzięła głęboki oddech, żeby się uspokoić. – Zaprowadzimy świadków do kawiarni. Rozdzielimy ich między siebie. Jenkinson, Reineke?

– Już tu jadą. Okropne korki, może uda im się dotrzeć za dziesięć minut.

– Coś wiadomo o kobiecie, która przeżyła?

– Nic nowego.

– W takim razie bierzmy się do roboty. – Obejrzała się, kiedy worek ze zwłokami Russo położono na noszach. Przynajmniej kilkunastu policjantów zatrzymało się, wyprostowało, zasalutowało.

Eve zrobiła to samo.

– Whitney nacisnął, kogo trzeba. Będziemy mieli wszystkie informacje o Russo, i to szybko. On jest najważniejszy. I nie tylko dlatego, że to jeden z nas.

Przyjrzała się twarzom gliniarzy, a potem zmrużyła oczy, kiedy zobaczyła Roarke'a idącego w jej stronę. Udało mu się pokonać policyjne zapory.

Powinna była się domyślić, że dotrze tutaj szybciej niż jej detektywi.

– Nie musiałeś wszystkiego rzucać, żeby tutaj przyjechać.

– Jestem. Zrobię wszystko, o cokolwiek mnie poprosisz. Przykro mi z powodu poniesionej przez ciebie straty.

Te słowa sprawiły, że ścisnęło jej się gardło. Rozumiał. Nie znała Russo, ale był gliniarzem starającym się chronić i służyć.

Zginął, próbując chronić.

Roarke stanął tak, żeby osłonić Eve przed zimnymi podmuchami wiatru. Nie objął jej, chociaż bardzo tego chciał.

– W doniesieniach mowa o czterech zabitych i jednej osobie rannej.

– Zgadza się. Zamierzał zabić pięć osób, ale jedna przeżyła. Na razie. Są też ranni w wyniku paniki, która wybuchła na placu.

– O cokolwiek mnie poprosisz… – powtórzył.

– Gdybyś mógł… – Deszcz ze śniegiem przemienił się w sam śnieg. Znów urwała na chwilę, żeby się opanować. – Gdybyś mógł posłużyć się tym swoim programem. Skontaktuj się z Feeneyem, McNabem albo z nimi oboma. Pomoże wszystko, co uda ci się ustalić. Dziś rano znalazłam ich pierwsze gniazdo, opierając się na twoich ustaleniach.

– Natychmiast biorę się do pracy.

Ku zaskoczeniu Eve sięgnął do kieszeni jej płaszcza. I wyjął rękawiczki. Zupełnie zapomniała, że je tam wcisnęła.

– Włóż je. Masz zimne dłonie. Kiedy będę miał wszystko, co potrzebne – ciągnął – czy znajdzie się tu jakieś miejsce, gdzie można popracować?

Ponieważ o tym wspomniał, Eve uświadomiła sobie, że rzeczywiście ma zimne dłonie. Wkładając rękawiczki, wypuściła powietrze z płuc, które przemieniło się w obłoczek pary. Natychmiast rozwiał ją wiatr.

– Jeśli uda ci się dotrzeć do mojego gabinetu, możesz tam pracować. A gdybyś potrzebował więcej miejsca, Peabody może ci załatwić salę konferencyjną.

– Wystarczy mi twój gabinet. A jeśli nie, pójdę do laboratorium wydziału przestępstw elektronicznych. Wiem, jak tam trafić.

– To prawda. Zdaje się, że znów jestem twoją dłużniczką.

– Tym razem nie. – Ujął jej dłoń i ją uścisnął. – Jeśli zgubisz te rękawiczki, w schowku w samochodzie masz drugą parę. Dbaj o moją policjantkę.

*

Ponad dwie godziny zajęło im przesłuchanie świadków, spisanie ich danych. Eve zostawiła Jenkinsonowi i Reinekemu uporanie się z resztą. Whitney już odjechał z miejsca wydarzenia, żeby osobiście zawiadomić krewnych zabitego policjanta o jego śmierci.

Eve siedziała przez chwilę za kierownicą swojego wozu, porządkując myśli. Potem, nie mając cierpliwości na zmaganie się z ulicznymi korkami i w ogóle ze wszystkim, włączyła syrenę.

– Pójdziesz prosto do wydziału przestępstw elektronicznych – zwróciła się do Peabody. – Spytasz, czy możesz w jakiś sposób być pomocna. Jak tylko otrzymamy listę budynków, z których mogły paść strzały, z prawdopodobieństwem siedemdziesiąt pięć i więcej procent, chcę, żeby detektywi przystąpili do przepytywania ich mieszkańców. O ile nie zajmują się pilniejszymi śledztwami, wszyscy mają się włączyć w to dochodzenie. Możesz tym pokierować?

– Tak jest.

– Ja przycisnę Yancy'ego. Potrzebne nam te portrety pamięciowe. Muszę porozmawiać z Nadine, poprosić ją o pomoc. Skontaktuję się z Morrisem, ale nie sądzę, żebyśmy się dowiedzieli od niego czegoś więcej, niż wiemy teraz. Podobnie przedstawia się sprawa z tym, co może dodać Mira.

Jechała szybko, nie zadowalając się samymi syrenami, tylko naciskała jeszcze klakson, kiedy inni niewystarczająco szybko ustępowali jej drogi.

– Oto zagadka, Peabody. Co szanowany ginekolog-położnik miał wspólnego z gliniarzem żółtodziobem? Poza tym, że są martwi.

– Dlaczego gliniarz, Dallas?

– Jeśli ktoś zabija dla sportu, bez względu na to, jaki z niego chojrak, na ogół nie strzela do gliniarza. Więc tu nie chodzi o sport. To misja. I tylko on został postrzelony w głowę. Musimy się dowiedzieć, co łączy Michaelsona z Russo, i to szybko.

Wjechała do garażu pod komendą i ostro zahamowała, kiedy znalazła się na swoim miejscu parkingowym.

– Russo właśnie skończył przerwę obiadową. Pięć minut wcześniej, pięć minut później nie byłoby go w tym miejscu. To nie zbieg okoliczności, ponieważ...

– Zbiegi okoliczności to bzdura – dokończyła Peabody. – Zapamiętałam to.

– I bardzo dobrze. Zgodnie z wyjaśnieniami jego partnerki zwykle robili sobie przerwę o tej samej godzinie, o tej samej godzinie ją kończyli. Mieli określone nawyki, podobnie jak Michaelson. Żadna z pozostałych ofiar nie znalazła się w tym miejscu dlatego, że zwykle tam bywała. Tylko dwoje z ośmiu zabitych postępowało zgodnie ze swoimi zwyczajami, można było liczyć, że akurat tam będą o tej porze.

– Wyman... – odezwała się Peabody.

– Regularnie przychodziła na lodowisko, ale nie miała jakichś stałych dni, stałych godzin, tak jak Michaelson. Nie miała tak ściśle ustalonego rozkładu dnia.

Eve ruszyła w stronę windy.

– Starają się, żeby to wyglądało tak, jakby wszystkie ofiary były przypadkowe, ale nie uda im się to. Bo tak nie jest. Znajdziemy to, co ich łączy, znajdziemy, do cholery, i dopadniemy sprawców.

– Teraz to sprawa osobista. I nie zaprzeczaj – powiedziała Peabody. – Zawsze do pewnego stopnia jest to sprawa osobista, ale tym razem…

Urwała, kiedy rozsunęły się drzwi windy. Wysiadło dwóch mundurowych i para detektywów. Cała czwórka miała na rękawach czarne opaski.

Starszy z mundurowych skinął im głową.

– Pani porucznik, pani detektyw. Zrobimy, co pani nam poleci.

Eve w odpowiedzi też skinęła głową, ale nic nie powiedziała, tylko wsiadła do windy i poleciła się zawieźć na swoje piętro.

Bo jej partnerka miała rację. Teraz była to sprawa osobista.

*

Eve rozdzieliła się z Peabody i poszła prosto do wydziału Yancy'ego. Zobaczyła więcej czarnych opasek na rękawach – nie potrzeba było dużo czasu, żeby wiadomość się rozeszła. Niemal przystanęła, kiedy zobaczyła ładną blondynkę, stojącą z rysownikiem koło jego biurka. Laurel Esty, przypomniała sobie, kluczowy świadek podczas ostatniego śledztwa. Świetnie się spisała, współpracując z Yancym.

Laurel przesunęła dłonią po jego ramieniu i odwróciła się, żeby odejść. Kiedy zobaczyła Eve, uśmiechnęła się, ale po chwili spoważniała.

– Porucznik Dallas, naprawdę bardzo mi przykro z powodu tego, co się stało. Wstąpiłam tu tylko, żeby… Cóż, już mnie nie ma.

– Dobra.

– Cześć, Vince.

– Do zobaczenia później.

Kiedy Laurel wyszła, Yancy spojrzał na Eve. Nie rumienił się tak, jak Trueheart, w przeciwnym razie jego urodziwa twarz byłaby czerwona po same cebulki włosów.

– Właśnie…

– Wychodziła.

– Zgadza się. Próbowaliśmy się umówić na drinka, ale…

– Na drinka?

– Tak. Można powiedzieć, że się spotykamy.

– Nie moja sprawa.

– Właściwie nie, ale… Mniejsza z tym.

– Bardziej mnie interesują portrety pamięciowe. Jakie zrobiliście postępy?

– Racja. Dlatego powiedziałem, że nie możemy się spotkać. Zajęło mi to więcej czasu, niż chciałem, Henry okazał się doskonałym świadkiem… Częściowo dlatego odwołałem nasze spotkanie. Zapamiętał dużo szczegółów, a przypomniał sobie jeszcze więcej, kiedy poprosiłem Mirę o pomoc. Zajmuje się pamięcią kognitywną, a uznałem go za wyjątkowo dobrego kandydata.

Rozejrzał się, wziął drugie krzesło, stojące obok pustego biurka.

– Chciałbym odczekać godzinkę, wrócić do rysunków i je poprawić, ale w tej chwili mam dla was to.

Eve zaczekała chwilę, kiedy polecił, żeby komputer podzielił ekran i wyświetlił portrety pamięciowe.

Wprost nie mogła uwierzyć własnym oczom.

– Jezu, Yancy, są niemal tak dokładne, jak zdjęcia.

– Zasługa Henry'ego. Poważnie.

Później podziękuje Henry'emu; w tej chwili przyglądała się uważnie wykonanemu z użyciem komputera portretowi pamięciowemu białego mężczyzny powyżej pięćdziesiątki, o kwadratowej twarzy i twardym spojrzeniu. Nie wyglądał mizernie, ale miał szczupłą twarz, która według Eve świadczyła, że jest chory albo stracił apetyt.

Włosy, brązowe, krótko obcięte, ale nie na rekruta, były zaczesane do tyłu.

Gładko ogolony, usta wąskie, górna warga pełniejsza. Gęste, niemal proste brwi.

Spojrzała na drugi portret pamięciowy.

Nie więcej niż szesnaście lat, bardziej zaokrąglona twarz, pełniejsze policzki. Włosy, kolor oczu i jasnobrązowa cera świadczyły, że jest mieszanej rasy. Spod czapki narciarskiej sterczały czarne dredy.

Ale ten kształt brwi i szczęki, nieco pełniejsza górna warga...

– Skłaniam się ku temu, że to dziewczyna – powiedział Yancy. – Jednak to tylko przypuszczenie. Może być chłopak... Pod koniec naszej sesji Henry raczej uważał, że to chłopak. Chłopcy w tym wieku też mają delikatne rysy. Jeśli to chłopak, ma góra czternaście lat. Jeśli dziewczyna, może nawet szesnaście.

– Są spokrewnieni.

– Zgadzam się z tobą. Może ojciec i dzieciak albo wuj, ale widać podobieństwo rodzinne. Kształt podbródka, brwi, usta. Mam więcej... Rysunki ich całych sylwetek.

– Czy już posłużyłeś się programem do identyfikacji na podstawie wyglądu?

– Jeszcze nie, chciałem nieco się z tym wstrzymać.

– To nie wstrzymuj się dłużej. Poszukiwania mężczyzny można zawęzić do osób, które mają przeszkolenie wojskowe albo policyjne. Zobaczymy, co otrzymamy.

– Zaczekaj. – Yancy odwrócił się do innego ekranu, uruchomił program, wprowadził ograniczenia. – Powinnaś zobaczyć rysunki całych postaci, lepiej zobaczysz budowę ich obu.

Wyświetlił kolejne rysunki, na których był dorosły mężczyzna o szerokich barach, długich nogach. Eve znów odniosła wrażenie, że schudł, nie jest już tak muskularny. Nie był chuderlakiem, pomyślała, schudł w wyniku choroby lub stresu. I miał trochę zapadnięte oczy.

Nieletni podejrzany był zdecydowanie delikatniejszej budowy, ale raczej krępy niż tyczkowaty. Mocny i...

– Dzieciak jest sprawny fizycznie. Wygląda na sprężystego.

– Na sprężystego – powtórzył Yancy. – Tak, tak, to trafne określenie. Wydaje mi się... Ho, ho, już coś mamy. Nie sądziłem, że tak szybko nam się...

Urwał, kiedy na ekranie pojawiło się zdjęcie. A potem wziął głęboki oddech i powiedział:

– Jasna cholera, Dallas.

Eve utkwiła wzrok w zdjęciu. Mocno ścisnęła Yancy'ego za ramię.

– Zapisz to – poleciła.

– To gliniarz – powiedział cicho rysownik. – To gliniarz...

– Były gliniarz – poprawiła go Eve.

Reginald Mackie, lat pięćdziesiąt pięć, odszedł na emeryturę po dwudziestu latach służby w policji nowojorskiej, z tego ostatnie jedenaście lat spędził w wydziale taktycznym. Przed wstąpieniem do policji służył w armii amerykańskiej jako ekspert od broni.

Pracował z Lowenbaumem.

– Natychmiast prześlij wszystko na mój komputer. I z nikim o tym nie rozmawiaj. Z nikim, Yancy, póki nie wyjaśnię tej sprawy.

Nie pobiegła, chociaż miała ochotę. Gliniarze są bystrzy, widok kierującej śledztwem, która gna korytarzami komendy, wielu z nich doprowadziłby do słusznego wniosku. Że porucznik Dallas jest na tropie.

Idąc szybko, wyjęła z kieszeni telefon.

– Lowenbaum, do mnie. Jak najszybciej.

– Mam...

– Zostaw to. Cokolwiek robisz, rzuć to i przyjdź do mnie.

Rozłączyła się, nie czekając na jego odpowiedź, i zadzwoniła do Whitneya.

– Panie komendancie, potrzebna mi sala konferencyjna i obecność pana oraz Miry możliwie jak najszybciej.

– Właśnie wracam do komendy po wizycie u krewnych zabitego policjanta. – Uważnie przyjrzał się jej twarzy, a Eve zauważyła w jego oczach, że odgadł powód tego pośpiechu. – Będę za dwadzieścia minut. Zajmę się salą i przyprowadzę Mirę.

Zaryzykowała i pobiegła w górę po ruchomych schodach – nie pierwszy raz tak się przepychała – i skontaktowała się z Feeneyem.

– Jesteście mi potrzebni – ty, Roarke i McNab, jeśli mogę o niego prosić.

Feeneyowi nic nie musiała wyjaśniać. W odpowiedzi tylko skinął głową.

– Daj nam dziesięć minut.

– W sali ogólnej mojego wydziału, jeśli będziecie wcześniej niż za dziesięć minut. Sala konferencyjna – będziecie musieli sprawdzić która – jeśli pojawicie się później.

Rozłączyła się i weszła do sali ogólnej swojego wydziału.

– Czymkolwiek się zajmujecie, zostawcie to. Chcę, żeby wszyscy poza tymi, którzy właśnie zamykają śledztwo dziesięciolecia, przygotowali się do odprawy oraz nowych zadań.

– Yancy zidentyfikował sprawcę. – Peabody wstała. – Na ile to pewne?

– Na sto procent. Lowenbaum już tu idzie, komendant załatwia salę konferencyjną. Przeniesiemy się tam, jak tylko będzie dostępna. A na razie porozmawiamy tutaj.

– Kurde. – Baxter z ponurą miną zacisnął dłonie w pięści. – To gliniarz.

– Niebawem będę miała więcej informacji. Zakończ to, czym się zajmujesz, a jeśli ci się nie uda, przerwij, wyjaśniwszy dlaczego, i za pięć minut bądź w moim gabinecie. Peabody, ze mną.

Zdejmując płaszcz, skierowała się do swojego gabinetu.

– Komputer, pełne dane na ekranie o specjaliście do spraw taktyki Reginaldzie Mackiem.

Potwierdzam. Przystępuję do pracy...

– Zamknij drzwi – rozkazała swojej partnerce, a potem zaczęła czytać.

– W dwa tysiące dwudziestym dziewiątym roku zaciągnął się do armii amerykańskiej, którą opuścił dziesięć lat później w stopniu sierżanta. Wyszkolony snajper, instruktor. Sześć miesięcy później rozpoczął pracę w policji, w czterdziestym dziewiątym roku przeniósł się do wydziału taktycznego. Wiosną zeszłego roku odszedł na emeryturę. Jego ostatnim dowódcą był Lowenbaum.

Czytając, chodziła tam i z powrotem. Nie pytając Peabody, zaprogramowała kawę, podała partnerce kubek.

– W dwa tysiące czterdziestym piątym roku poślubił Zoe Younger, mają jedną córkę, Willow, piętnaście lat. Komputer, wyświetl zdjęcie i dane Willow Mackie.

Kiedy na ekranie pojawiło się zdjęcie, Eve przyjrzała mu się uważnie, patrząc beznamiętnym wzrokiem. Włosy odrobinę dłuższe niż na portrecie pamięciowym, ale poza tym z całą pewnością wszystko się zgadzało.

– To ona mu towarzyszy – powiedziała Eve. – Bezsprzecznie. W dwa tysiące pięćdziesiątym drugim roku Reginald Mackie się rozwiódł. Peabody, zacznij sprawdzać byłą żonę. Chcę znać jej adres zamieszkania, aktualny stan cywilny. Kto sprawuje opiekę nad córką.

– Już się robi.

– W dwa tysiące pięćdziesiątym dziewiątym roku poślubił Susann Prinz. Owdowiał w tym samym roku, w listopadzie. Pobrali się w marcu, w listopadzie był wdowcem. Komputer, jak umarła Susann Prinz?

Ustalam... Susann Prinz, w chwili śmierci lat trzydzieści dwa, zginęła potrącona przez samochód, kiedy przechodziła na drugą stronę Wschodniej Sześćdziesiątej Czwartej między Piątą Aleją i Madison. Zgodnie z raportem o wypadku i zeznaniami świadków kobieta wybiegła na ulicę między zaparkowanymi samochodami i została potrącona przez nadjeżdżający pojazd, który nie zdołał zahamować.

Nie wniesiono oskarżenia przeciwko kierowcy, Brianowi T. Fine'owi, lat sześćdziesiąt dwa. Czy mam przedstawić pełen raport o wypadku?

– Tak, zapisz to, a teraz podaj nazwisko funkcjonariusza albo funkcjonariuszy, którzy pierwsi pojawili się na miejscu wypadku.

Pierwszy na miejscu wypadku był Kevin Russo, numer służbowy…

– Dziękuję, wystarczy. Czy Prinz była w ciąży?

W chwili śmierci Prinz była w szesnastym tygodniu ciąży.

– Kto się nią opiekował? Kto był jej… jak to się nazywa… położnikiem?

Chwileczkę… Ściągam informacje… Jej położnikiem był doktor Brent Michaelson.

– Przerwij na chwilę – powiedziała, kiedy rozległo się pukanie do drzwi. Poszła je otworzyć.

– Lowenbaum, potrzebne mi wszystko, co wiesz o Reginaldzie Mackiem.

– Co takiego? – Na jego twarzy pojawił się szok, niedowierzanie. – Nie. Daj spokój, Dallas.

Zamknęła za nim drzwi.

– Wiedziałeś, że coś z nim nie tak… Zauważyłbyś to. Przypomnij sobie.

– Chryste. – Milczał przez chwilę; przesunął dłońmi po twarzy. – Słuchaj, Mac nie był zupełnie normalny, ale nie on jeden w wydziale taktycznym. Był dobrym policjantem, na którym można polegać. Pracowałem z nim przez wiele lat. Jego żona zginęła w wypadku. Byli małżeństwem niespełna rok, była w ciąży, a on…

Eve zaczekała, aż Lowenbaum szybko coś rozważył.

– Ach, kurde. Kurde. Chodzi o Susann. To musi doty-
czyć Susann. On ma jeszcze jedno dziecko, córkę, w wieku
czternastu, piętnastu lat.

– Willow, lat piętnaście. Zidentyfikowana jako drugi
podejrzany. Powiem ci wszystko, co ustaliłam, a ty powiesz
nam wszystko, co wiesz. Wybierz swoich najlepszych ludzi
– takich, którzy potrafią trzymać język za zębami – i przygotuj się do ujęcia sprawców.

– Wielu moich najlepszych ludzi pracowało z Mackiem.
Kuzynka Susann pracuje u nas, przyjaźnimy się. Właśnie
tak się poznali.

Były gliniarz, pomyślała Eve, z dwudziestoletnim stażem,
musi mieć wielu znajomych w policji.

– Dobierz ich starannie. I pamiętaj, że jest odpowiedzialny za śmierć siedmiu osób, wśród nich jednego policjanta. Dwudziestotrzyletniego mundurowego, który
próbował osłonić inną ofiarę. Jak Mackie się dowie, że
go zidentyfikowaliśmy, ucieknie albo postawi wszystko
na jedną kartę.

– Nie ucieknie. – Lowenbaum zbladł; znów przesunął
dłońmi po twarzy, przycisnął mocno palcami powieki. – Daj
mi kilka minut na uporządkowanie myśli. Mogę powiedzieć,
że znam go tak dobrze, jak inni.

– A dzieciaka? Znasz dzieciaka?

– Tak, tak, znam Will, przynajmniej trochę. Świata poza
nią nie widzi. Miała czasami kłopoty w szkole, jej matka powtórnie wyszła za mąż, urodziła drugie dziecko. Wspólnie
sprawują opiekę nad Will. Pozwól, że sobie to ułożę w głowie. Musimy go powstrzymać, ale chciałbym, żeby wyszedł
z tego z życiem. Daj mi się zastanowić.

– Zastanawiaj się tutaj. Peabody, która sala konferencyjna?

– A.

– Weźmy, co mamy, przenieśmy tam. Lowenbaum, masz
się stawić za dziesięć minut, czy zdążysz sobie wszystko uło-
żyć w głowie, czy nie.

– Dziesięć minut mi wystarczy.

W ciągu pięciu minut Eve rozmieściła informacje na tablicy, uporządkowała myśli, przygotowała plan dalszego działania.

Kiedy detektywi i mundurowi zaczęli się pojawiać w sali, odszukała wzrokiem Carmichaela.

– Carmichael, następujące osoby należy umieścić w bezpiecznym miejscu, bo ich życie jest zagrożone. Brian T. Fine, Zoe Younger, Lincoln Stuben, Zach Younger Stuben, lat siedem, Marta Beck. Peabody poda ci ich dane. Jeśli będą stawiali opór, aresztować ich za utrudnianie śledztwa. Weź tylu funkcjonariuszy, ilu trzeba, i jak najszybciej ściągnij te osoby do komendy. Później otrzymasz wszystkie informacje. Peabody, daj mu ich adresy domowe i miejsca pracy. Sprawa jest ściśle poufna, Carmichael, więc żadnych pogaduszek.

– Tak jest, pani porucznik. Będę trzymał język za zębami.

Kiedy wróciła do swojej tablicy, weszli Feeney z Roarkiem i McNabem, a za nimi Lowenbaum, który już przestał być blady.

– Siadajcie. Kto chce, niech sobie weźmie kawę. Zaczynamy, jak tylko przyjdzie komendant i Mira.

Roarke podszedł do niej i spytał cicho:

– To jeden z waszych?

Kiedy skinęła głową, tylko spojrzał w oczy Eve, ale jej nie dotknął, chociaż miał ochotę.

– Przykro mi.

– Mnie też.

Usłyszała stukot obcasów Miry – tup, tup, tup.

– Może sprawdź, czy w autokucharzu jest herbata owocowa, jaką pije Mira. Trochę to potrwa. Mam nadzieję, że nie zamówiłeś góry żarcia?

– Nie.

– To dobrze. I nie rób tego. To sprawa, którą lepiej się zająć na głodniaka.

Miała już zdjęcie Mackiego i portret pamięciowy, sporządzony przez Yancy'ego. Obok umieściła na tablicy podobiznę Willow Mackie. Zgromadzeni w sali gliniarze rozmawiali przyciszonymi głosami.

Po chwili zjawił się komendant Whitney razem z Tibble'em i w pomieszczeniu zapanowała cisza.

– Pani porucznik – powiedział Tibble i podszedł do krzesła. – Oddaję pani głos.

– Tak jest. Proszę zająć miejsca i mnie wysłuchać.

Rozdział 8

Eve odwróciła się ku tablicy.

– Naszymi podejrzanymi są Reginald Mackie, lat pięćdziesiąt pięć, były funkcjonariusz wydziału taktycznego policji nowojorskiej. – Spodziewała się szmeru i pomruków, ale nie zwracając na nie uwagi, mówiła dalej. – I jego córka, Willow Mackie, lat piętnaście. Zidentyfikowaliśmy podejrzanych dzięki naocznemu świadkowi, który dokładnie opisał sprawców detektywowi Yancy'emu. Pomijając identyfikację na podstawie wyglądu zewnętrznego, Mackie pasuje do profilu psychologicznego sprawcy. Był w wojsku specjalistą od broni i instruktorem. Przez kilkanaście lat służył też w wydziale taktycznym policji.

Urwała i skupiła uwagę na zdjęciu atrakcyjnej kobiety.

– Willow Mackie jest jego córką z pierwszego małżeństwa. Kilka lat temu się rozwiedli, sąd zadecydował, że wspólnie będą się opiekować nieletnią córką. Zoe ponownie wyszła za mąż, ma drugie dziecko. Younger, jej mąż, i młodsze dziecko są teraz przewożeni w bezpieczne miejsce. Według mnie powodem strzelaniny jest śmierć drugiej żony Mackiego, Susann Prinz Mackie, którą tu widzimy, i jej nienarodzonego dziecka. Zginęli w wypadku samochodowym w listopadzie dwa tysiące pięćdziesiątego dziewiątego roku. Pełen raport o wypadku jest dostępny, ale mówiąc w skrócie: pani Mackie wybiegła na jezdnię i została śmiertelnie potrącona przez samochód. Na podstawie rekonstrukcji wydarzeń oraz analizy zeznań ośmiu naocznych świadków ustalono, że kierowca, Brian T. Fine, nie był winien spowodowania wypadku. Pan Fine też zostanie umieszczony w bezpiecznym miejscu.

Lekarzem pani Mackie, którego gabinet mieści się mniej więcej przecznicę od miejsca wypadku, był Brent Michaelson, ofiara wczorajszej strzelaniny na lodowisku Wollmann w Central Parku. Funkcjonariuszem, który pierwszy pojawił się na miejscu wypadku Susann Prinz, a potem kierował dochodzeniem, był Kevin Russo. Poniósł śmierć podczas wykonywania swoich obowiązków dziś po południu na Times Square.

Eve urwała i spojrzała na Mirę.

– Pani doktor, czy zgadza się pani, że Reginald Mackie obrał sobie na cel osoby w jakiś sposób powiązane ze śmiercią jego żony?

– Jak najszybciej zapoznam się ze wszystkimi informacjami, ale tak. Dowody wyraźnie świadczą, że podejrzany wybrał sobie konkretne osoby, mające związek z tamtym wydarzeniem. Pozostałe ofiary to swego rodzaju przykrywka. Osiągnął stan, w którym życie tych ludzi przestało mieć dla niego znaczenie. A wciągnięcie do tego nastoletniej córki... Śmiem twierdzić, że traktuje to, co robi, nie tyle jak zemstę, ile wymierzanie sprawiedliwości.

– Demonstruje jej, jak rozumie sprawiedliwość.

– Myślę, że to coś więcej niż pokazanie tego córce, wciągnięcie jej w ten plan. Podczas obu strzelanin jedną z ofiar był też nastolatek. Seryjni mordercy zwykle wybierają sobie określony typ ofiar. Według mnie Ellissa Wyman i Nathaniel Jarvits to typy preferowane przez Willow Mackie. Dla niej to nie tylko przykrywka. Nie wierzę, żeby to Mackie strzelał do dziecka albo do kogoś w wieku zbliżonym do wieku swojej córki.

– Uważa pani, że te strzały oddała nastoletnia dziewczyna? – spytał Whitney.

– Panie komendancie, po rozwodzie Mackie musi opiekować się córką wspólnie z byłą żoną – powiedziała Eve.

– Stracił nienarodzone dziecko. Nie wyobrażam go sobie strzelającego do dzieciaka.

– Może z punktu widzenia psychologii to uzasadnione założenie. – Whitney spojrzał w stronę Miry.

– Tak. To całkiem możliwe.

– Ale zabójca wykazuje się wyjątkowo dużymi umiejętnościami.

– Tak jest, panie komendancie. Poruczniku Lowenbaum, czy wiadomo panu, by Mackie uczył swoją córkę posługiwać się bronią?

– Tak. Prawdę mówiąc, widziałem ją na strzelnicy podczas zawodów.

– Zawodów?

– Zawodów w symulacji walk. Przy użyciu bezpiecznej broni. Mac regularnie przyprowadzał córkę na strzelnicę, zapisywał Willow na zawody. Był dumny z tego, jak dobrze sobie radziła.

– Willow Mackie była szkolona i umie strzelać? – spytała Eve.

– Nie powiedziałbym, że jest wystarczająco dobra, żeby... Od paru lat jej nie widziałem, spotkałem ją na strzelnicy z Makiem tylko kilka razy i podczas tamtych zawodów. Była dobra – przyznał Lowenbaum i wziął głęboki oddech. – A nawet więcej niż dobra, Mac był bardzo dumny z jej umiejętności i zainteresowań.

– Żeby oddać takie strzały, trzeba być więcej niż dobrym.

Parę lat ćwiczeń, pomyślała Eve, wystarczy, żeby udoskonalić umiejętności.

– Co może pan nam opowiedzieć o stosunkach panujących między nimi?

– Zawsze byli dość mocno ze sobą związani. Prawdę mówiąc, parę lat temu nalegała, żeby zamieszkać z ojcem. Rozważał to, szczególnie po ślubie z Susann, ale po wypadku zupełnie nie nadawał się do tego, żeby samodzielnie wychowywać nastoletnią dziewczynę.

– Jaki był stan jego umysłu?

– Pozwolę sobie cofnąć się nieco w czasie. Znam Maca od dawna, przez ostatnie cztery lata byłem jego dowódcą. Nie traci głowy – a przynajmniej nie tracił. Nie lubił męża swojej byłej, lecz na ogół przejawiało się to jako zwyczajna niechęć. Starał się jak najwięcej czasu spędzać z Willow. Czasami nie pozwalały mu na to obowiązki służbowe, ale córka zawsze była najważniejsza. Wiem, że zaczęła mieć kłopoty w szkole i matka chciała się z nią wybrać do jakiegoś terapeuty. Willow stanowczo się sprzeciwiła, a Mac ją poparł.

– Doktor Miro, może pani się dowiedzieć, czy Willow Mackie rzeczywiście chodziła na terapię? Po wypadku dostrzegliście, że Mac się zmienił – zwróciła się do Lowenbauma.

– Tak, niewątpliwie. Śmierć żony mocno nim wstrząsnęła. Poleciłem mu wziąć urlop, bo był kłębkiem nerwów. Kto nie byłby na jego miejscu? Unikał rozmów ze mną, ale słyszałem, że podobno zwrócił się do adwokata, zamierzał wytoczyć proces kierowcy.

– Był na was wkurzony?

– Tak, być może. Trochę. Trzeba porozmawiać z Vince'em Patronim z mojej jednostki. Byli ze sobą najbliżej. Mac zmienił się po powrocie z urlopu. Schudł, często był rozkojarzony. I wyczuwało się w nim złość. Nigdy nie stawił się w pracy pijany, ale wiem, że przez jakiś czas dużo pił. Ale przestał. Nadal jednak był niezrównoważony. A także roztrzęsiony i ciągle zły. Ponieważ służył w policji prawie dwadzieścia lat, zaproponowałem mu, żeby albo przeszedł na emeryturę, albo przeniósł się do innego wydziału.

– Nalegałeś na to?

– Nie musiałem. Powiedział, że już postanowił odejść na emeryturę po przepracowaniu dwudziestu lat. Żeby mieć więcej czasu dla córki, a także może na podróże. Dzwoniłem do niego kilka razy, proponowałem piwo albo wspólny posiłek, ale zawsze mnie spławiał. Więc dałem sobie spokój.

– Ściągnij tu Patroniego.

– Oczywiście.

– Jeśli się przyjaźnili, może czuć się zobowiązany do lojalności wobec kumpla.

– Ściągnę go tu – powiedział Lowenbaum. – I dopilnuję, żeby się nie skontaktował z Makiem.

Eve skinęła głową.

– Jest wielce prawdopodobne, że podejrzani mają jeszcze innych znajomych w policji nowojorskiej. Jest absolutnie konieczne, żeby to, o czym mówimy, nie wydostało się poza ściany tej sali. Jakiekolwiek oznaki, że mamy podejrzanego albo szukamy Mackiego, mogą go skłonić do ukrycia się. Albo do konfrontacji. Zabił policjanta bądź skłonił do tego swoją córkę. Nie zawaha się, by zrobić to ponownie, nawet wiedząc, że może się to zakończyć jego śmiercią.

– Bardzo możliwe, że właśnie taki jest jego ostateczny cel – wtrąciła Mira. – Kiedy zakończy swoją misję lub z niej zrezygnuje, nie będzie miał po co żyć. Jeśli zamierza chronić córkę, najlepszym na to sposobem będzie zginąć samemu. Zabójstwa zostaną przypisane wyłącznie jemu, a dziewczyna, jako nieletnia, może twierdzić, że działała pod przymusem i jest niestabilna emocjonalnie.

– Właśnie dlatego musimy ich ująć szybko i sprawnie. Mackie ma mieszkanie na szóstym piętrze bloku przy Wschodniej Dwudziestej Czwartej. Kapitanie Feeney, niech ludzie z wydziału przestępstw elektronicznych ustalą, czy oboje podejrzani tam są. Gliniarz z takim doświadczeniem wie, jak działa policja, i jak się na to przygotować.

– Spróbujemy go przechytrzyć. Nie jesteś przypadkiem właścicielem tego budynku, co? – zwrócił się Feeney do Roarke'a.

– Nie – odpowiedział ten, sprawdziwszy to na palmtopie.
– Ale jestem właścicielem budynku po drugiej stronie ulicy.
Może okaże się to wam pomocne.

– Lowenbaum, skompletuj oddział. Powtarzam, zabójca
wie, jak działa policja, i umie się na to przygotować.

– A my spróbujemy go przechytrzyć.

– Reineke, Jenkinson, Santiago, Carmichael, unieszkod-
liwicie podejrzanych. Baxter i Trueheart, wy zajmiecie się
zbieraniem informacji i przesłuchaniami. Trueheart zmiękczy
matkę – dodała Eve, nim Baxter zdołał wnieść jakieś sprzeci-
wy. – Będzie nam potrzebna jej pomoc. Baxter, weźmiesz się
za Patroniego. W razie potrzeby masz go dobrze postraszyć.
Niech zapomni o lojalności wobec Reginalda Mackiego, jeśli
ją odczuwa. Chcę, żeby trzech funkcjonariuszy po cywilnemu
udało się do szkoły nieletniej podejrzanej.

– Szkoła jest już zamknięta, pani porucznik – zauważyła
Peabody.

– Ale może pracownicy jeszcze tam będą prowadzili jakieś zajęcia dodatkowe. Może uda się ustalić, czy dziewczyna
ma jakieś swoje ulubione miejsce, gdzie chętnie przesiaduje.
Jeśli uda nam się ją ująć poza mieszkaniem, zrobimy to. Nie
mamy do czynienia ze zwykłymi seryjnymi zabójcami, tylko
z doświadczonym policjantem i jego wyszkoloną nastoletnią
córką. Nie wolno nam popełnić najmniejszego błędu. Potrzebny
nam nakaz na przeszukanie domu matki, pokoju dziewczyny.

– Postaram się o to – powiedział jej Whitney.

– Razem z Peabody przeszukamy mieszkanie przed uję-
ciem podejrzanych albo potem, w zależności od sytuacji.
Dom matki znajduje się przy Pierwszej Alei. Wszyscy natychmiast biorą się do pracy poza osobami wyznaczonymi
do zatrzymania podejrzanych.

– Jeszcze chwileczkę.

Tibble, wysoki i szczupły, wstał. Na zewnątrz wydawał
się opanowany, ale w środku aż się w nim gotowało, zauważyła Eve.

– Chciałbym coś dodać do tego, co powiedziała porucznik Dallas. Reginald Mackie służył miastu i jego mieszkańcom przez dwadzieścia lat. Ale złamał przysięgę, sprzeniewierzył się jej. Odpowiada za śmierć policjanta i sześciu cywilów, w tym jednego nieletniego. Zrobił to dla własnych celów, okrył się hańbą, uczynił ze swojej nieletniej córki w najlepszym wypadku wspólniczkę, w najgorszym – zabójczynię. Ujmijcie go i odstawcie tutaj. Wolałbym, żeby wciąż żył, kiedy ta akcja się zakończy, ale nie chcę, żeby dziś zginął jeszcze jakiś dobry policjant. Chrońcie nie tylko obywateli, lecz również siebie nawzajem. Porucznik Dallas, dobra robota. Panie komendancie, my też mamy coś do zrobienia, by wesprzeć tych, którzy będą narażać swoje życie.

Kiedy Tibble wyszedł razem z Whitneyem, Eve odetchnęła głęboko.

– Jest wkurzony.

– Ja też. – Lowenbaum wstał. – Nie przewidziałem tego. Spytałaś mnie wprost, czy znam kogoś, kto mógłby oddać te strzały. Nawet mi nie przemknęło przez myśl, że mógłby to być Mackie.

– Pozwól, że znów cię zapytam: czy mógł oddać te strzały?

– Prawdopodobnie tak. Nie jest na pierwszym miejscu mojej listy, ale prawdopodobnie tak. Rzecz w tym, że blisko rok temu straciłem go z oczu. Nigdy nie naciskałem zbytnio, by się dowiedzieć, jak sobie radzi. W przeciwnym razie może bym się domyślił, ku czemu zmierza.

– Powiedziałeś, że dzwoniłeś do niego.

– Jednak nie nalegałem na spotkanie.

– Byliście kumplami?

– Właściwie nie. Ale byliśmy towarzyszami broni. Byłem jego przełożonym, kiedy się załamał.

– Zrobiłeś dla niego wszystko, co możliwe. Nie roztrząsaj tego, Lowenbaum. A jeśli już musisz, zostaw to sobie na później. Daj mi do dyspozycji jednostkę specjalną, która wie, jak ująć podejrzanego tego kalibru żywego i utrzymać całą akcję w tajemnicy.

Lowenbaum skinął głową i wyszedł z sali.

– Feeney.

– Chwileczkę, twój mąż pracuje nad czymś.

– Mam coś – poprawił go Roarke. – Co też może się okazać przydatne. Czy mogę skorzystać z tego ekranu? – Nie czekając, wstał, przeszedł przez salę i podłączył swój palmtop do komputera stacjonarnego.

– Budynek waszego podejrzanego – zaczął, kiedy na ekranie pojawił się obraz. – Zgodnie z posiadanymi przeze mnie informacjami Mackie zajmuje lokal numer sześćset dwanaście.

– Rozumiem.

– I mój budynek, naprzeciwko tamtego. Są tam trzy wolne lokale, ten na siódmym piętrze idealnie się nadaje do naszych celów. Można stamtąd sprawdzić interesujące nas miejsce kamerą termowizyjną, a prawdopodobnie również uzyskać przynajmniej podsłuch, jeśli nie podgląd, w zależności od tego, jak dobrze jest zabezpieczone mieszkanie podejrzanego.

– Doskonale – powiedziała Eve.

– A co powiesz na to? – Feeney podrapał się w brodę. – Ludzie się wprowadzają, wyprowadzają. Posłużymy się małą furgonetką do przeprowadzek. Polecimy McNabowi, a może jeszcze komuś, wnieść kilka kartonów albo trochę mebli. W ten sposób dostarczymy tam nasz sprzęt, nie wzbudzając żadnych podejrzeń.

– Jak szybko możesz to zorganizować?

– W ciągu piętnastu, może dwudziestu minut.

– Zgoda. Baxter, Trueheart, zacznijcie zbierać informacje, skontaktujcie się z mundurowym Carmichaelem. Rozpocznijcie przesłuchania lokatorów, jak tylko zaczną wracać do domu. Może uda się wam zdobyć nazwisko prawnika, z którym rozmawiał Mackie. Musimy zapewnić mu ochronę. Też może stanowić cel.

– Ochrona adwokata. – Baxter pokręcił głową. – Świat staje na głowie. Chodź, partnerze, bierzmy się do roboty.

Kiedy w sali zostali tylko ci, którzy mieli zatrzymać podejrzanych, Eve odwróciła się w stronę ekranu.

– No dobrze, a więc tak to widzę.

Nie minęło pół godziny, kiedy to nieprzerwanym strumieniem płynęły informacje, a ludzie Eve już siedzieli w policyjnej furgonetce. Mieli nie tylko kamizelki kuloodporne, ale również hełmy. Co oznaczało, że ona też musiała włożyć jedno i drugie. Kamizelki kuloodpornej nie było widać pod płaszczem, natomiast hełm okropnie ją irytował.

Jednak lepiej nie ryzykować strzału w głowę.

Po drodze oglądała na ekranie materiały, przysłane przez Feeneya. McNab i Callendar, wyglądający jak szczęśliwa para, wprowadzająca się do nowego mieszkania, wnosili kartony do budynku należącego do Roarke'a.

– W mieszkaniu podejrzanego nie wykryto źródła ciepła – powiedział jej Feeney. – Na razie sprawdzamy to z furgonetki. Nie ma ich w domu.

– Kiedy będziecie gotowi, McNab i Callendar mogą to robić z mieszkania naprzeciwko, a ty odjedziesz.

– Twój mąż ma garaż przecznicę dalej. Zaparkujemy tam. Oddział Lowenbauma zajmuje pozycje. Jeden z jego ludzi będzie w mieszkaniu, dwóch na dachu, a kolejnych dwóch w drugim pustym mieszkaniu w budynku Roarke'a. Widzisz okno mieszkania podejrzanego?

– Tak. Żaluzje są opuszczone. Sprawdzę teraz dom matki Willow. Jenkinson, ty tu dowodzisz do mojego powrotu. Peabody, chcę być na bieżąco informowana. Roarke, pójdziesz ze mną. Idziemy najpierw na wschód, a potem na południe. Mogę tu wrócić w ciągu pięciu minut, chcę natychmiast wiedzieć, kiedy zobaczycie któregoś z podejrzanych.

Wysiadła z furgonetki i ruszyła żwawym krokiem. Podejrzani mogli wrócić do domu w każdej chwili – albo za kilka godzin. Wszelkie informacje, jakie uda jej się uzyskać, pomogą ustalić, kto będzie następną ofiarą zabójców. Nawet w tej chwili mogli się przyczaić w jakimś pokoju hotelowym, w innym mieszkaniu czy w jakimś pustym pomieszczeniu biurowym, szykując się do oddania kolejnej serii strzałów.

Przestało padać, brzydki dzień przechodził w zimny wieczór. Paliły się uliczne latarnie, rozpraszając mrok snopem białego światła. Po drodze Eve przyglądała się twarzom mijanych przechodniów. Ludzie spieszyli do domów albo na spotkanie z przyjaciółmi czy też na zakupy. Kilka skulonych osób stało przy budce z jedzeniem, wokół której unosił się zapach sojowych hot dogów i naprawdę okropnej kawy.

Mogli tędy przechodzić, ojciec z córką, pomyślała. Wracali do mieszkania albo chcieli coś kupić do jedzenia. Z pewnością szli tędy z domu dziewczyny do mieszkania ojca.

Czy po drodze coś planowali? Kogo zabić i kiedy?

Półtora kwartału od domu Zoe Younger Roarke podszedł do Eve.

– Pani porucznik.

– Chcę obejrzeć pokój dziewczyny. Whitney uzyskał nakaz na cały dom, ale skupimy się na jej pokoju. Mało prawdopodobne, żeby reszta rodziny była w to zamieszana.

– Rozumiem.

Ujął jej dłoń, a Eve splotła palce z jego palcami. Wprawdzie była na służbie, ale w pobliżu nie było żadnego gliniarza, który mógłby to zobaczyć.

– Cały sprzęt przekażemy do wydziału przestępstw elektronicznych.

– Przypuszczam, że bardziej ci się przydam przy tym, niż przeszukując pokój nastolatki.

Zmarszczyła czoło i spojrzała na niego, kiedy przechodzili przez jezdnię z falą przechodniów.

– Byłeś nastolatkiem. Chłopcy i dziewczyny w tym wieku nie mogą zbytnio się od siebie różnić.

– Och, według mnie to dwa różne światy.

Weszli po pięciu stopniach prowadzących do drzwi frontowych po prawej stronie ładnego bliźniaka. Roarke wyjął swoje narzędzia – tak będzie szybciej, niż gdyby posłużyła się swoim kluczem uniwersalnym, uznała Eve, przyglądając się zabezpieczeniom.

– To ty byłaś nastoletnią dziewczyną.

– Tylko pod pewnym względem.

– Ponieważ ja też byłem nastoletnim chłopcem tylko pod pewnym względem, doskonale do siebie pasujemy. Pierwszorzędne zabezpieczenia – stwierdził, bez trudu je pokonując.

– Najpierw sprawdzimy, czy nic nam nie grozi. – Eve wyciągnęła broń. – Na wszelki wypadek.

Roarke skinął głową i razem weszli do środka.

– Policja nowojorska! – zawołała Eve, sprawdzając lewą stronę pomieszczenia. – Dysponujemy prawomocnym nakazem.

– Nikogo tu nie ma. Czuje się, że dom jest pusty – powiedział Roarke. – Ach, gdzie te czasy, kiedy włamanie do pustego domu było moim ulubionym zajęciem.

– Teraz możesz wchodzić do pustego domu legalnie.

– To nie to samo.

Eve zgodziła się z nim, że w domu nikogo nie ma, i najpierw obeszła parter – pokój dzienny, kuchnię, jadalnię, gabinet oraz coś w rodzaju rodzinnego centrum rozrywki.

W domu unosił się zapach rdzawobrązowych kwiatów, stojących na stole w jadalni. W kuchni na ścianie wisiała tablica z dziecięcymi rysunkami – dziwacznymi patykowatymi postaciami, drzewami z zielonymi kleksami, przedstawiającymi liście. I harmonogram obowiązków – prac domowych, poprawiła się w myślach. Takich jak sprzątanie ze stołu, nakrywanie stołu, słanie łóżek.

Obok ktoś przypiął zdjęcie z Bożego Narodzenia. Zoe Younger, Lincoln Stuben, Zach Stuben i Willow Mackie przed udekorowaną choinką, pod którą piętrzyły się prezenty.

160

Wszyscy radośnie się uśmiechali z wyjątkiem Willow, która spoglądała prosto w obiektyw zielonymi oczami, a jej usta wykrzywiał ironiczny grymas.

– Stoi z założonymi rękami. – Eve postukała w zdjęcie. – To pozycja obronna. Chłopiec? Wygląda na tak szczęśliwego, że przez kilka godzin mógłby robić fikołki. Rodzice też są zadowoleni. A ona? Patrzy tak, jakby chciała powiedzieć: pieprzyć to.

– Rzeczywiście. Przypuszczam też, że Mira dodałaby, że się od nich separuje – te złożone ręce, stoi trochę z boku, pozostali się dotykają. Ile ma lat? Piętnaście? W tym wieku uważa się rodziców za wrogów.

– Trudno nam to stwierdzić. Nasi rodzice rzeczywiście byli naszymi wrogami. Ale przynajmniej na pierwszy rzut oka wydaje się, że tych dwoje stara się zapewnić swoim dzieciom szczęśliwe i spokojne dzieciństwo. Dom jest posprzątany, ale nie panuje w nim sterylna czystość. Na szafce pudełko płatków śniadaniowych dla dzieci, w zlewie trochę brudnych naczyń, pod stołem w pokoju dziennym chłopięce buty, czyjś sweter na oparciu krzesła.

Roarke popatrzył dookoła. Nie zauważył tego.

– Jesteś niesamowita.

– Jestem gliną – poprawiła go. – I ten harmonogram zajęć – każdy ma swoje obowiązki. To chyba dobra rzecz. Dziwaczne rysunki dziecka na tablicy. Zdjęcie całej rodziny na tle choinki.

Jeszcze raz się rozejrzała po kuchni.

– Wydaje się, że to normalny dom. Ale taki nie jest. W rzeczywistości wcale taki nie jest.

Weszli na górę, zajrzeli do sypialni rodziców i sąsiadującego z nią gabinetu, a potem do pokoju chłopca, gdzie panował rozgardiasz: leżały porozrzucane zabawki, gry komputerowe, ubranka. Pokój gościnny był nieskazitelnie czysty, na pewno nikt w nim nie mieszkał. Obok znajdowała się sypialnia dziewczyny.

Było jeszcze jedno piętro z czymś w rodzaju przestrzeni tylko dla domowników, gdzie można oglądać telewizję, i razem przesiadywać, a różne gry świadczyły, że lubili tam spędzać czas, małym aneksem kuchennym i WC.

Eve skierowała się prosto do pokoju Willow.

Łóżko, niestarannie zasłane, bez żadnych wymyślnych poduszek czy pluszaków, które Eve widywała w pokojach innych nastolatek. Pod oknem biurko i komputer, fotel, kilka półek.

Na ścianach wisiały plakaty. Jakiś zespół muzyczny, wszyscy członkowie ubrani na czarno, z wykrzywionymi twarzami i mnóstwem tatuaży. Na pozostałych broń albo osoby z bronią. Noże, zakazane karabiny, paralizatory.

– Nie ma wątpliwości, czym się interesuje – zauważyła Eve, przechodząc do garderoby.

Kilka dziewczęcych sukienek – niektóre jeszcze z metkami. Większość ubrań była czarna albo ciemna, o prostym kroju.

– Widać tu porządek – stwierdziła. – Wie, gdzie odkłada swoje rzeczy, chce, żeby wszystko miało swoje miejsce. A jeśli jej matka albo brat tu szperają, od razu się zorientuje.

Roarke już się zajął komputerem.

– Ma kod dostępu i zabezpieczenia na wypadek uszkodzenia. Bardzo misterne jak na kogoś w jej wieku. – Odsunął krzesło i przystąpił do pracy.

Eve zaczęła od komody. Zwyczajna bielizna, zimowe skarpetki, swetry, bluzy, wszystko poukładane, ale bez przesadnej dbałości.

Celowo, pomyślała. Tak, od razu wiedziała, jeśli matka przełożyła parę skarpetek w szufladzie.

– Z pewnością nie zostawiłaby tutaj nic, co nie powinno wpaść w ręce matki.

– Jesteś tego pewna?

– Zamocowała zasuwkę na drzwiach od wewnątrz. Usunęli ją. – Eve wskazała głową drzwi i ślady po wkrętach, niepozostawiające wątpliwości. – Wszystko tutaj jest zorganizowane

162

bardzo systematycznie. Ja robiłam to samo – czy w rodzinach zastępczych, czy w domach dziecka. Człowiek chce wiedzieć, gdzie ma swoje rzeczy, by w razie potrzeby móc zabrać to, co najważniejsze, i uciec. Albo widzi, kiedy ktoś szperał w pokoju. Założę się, że jej matka regularnie sprawdza, co Willow tutaj trzyma. Matka pogodziła się z plakatami – ciągnęła Eve, nie przestając przeszukiwać pokoju. – Gdyby kazała je usunąć, jeszcze bardziej pogłębiłaby zainteresowania dziewczyny tymi sprawami. Więc pogodziła się z tym. Ale kazała pomalować pokój na jasnoniebiesko, kupuje sukienki, których tamta nigdy nie wkłada, chyba że pod przymusem. Przychodzi tutaj, szukając czegoś, czegokolwiek, co pozwoliłoby jej lepiej poznać córkę. Albo, a raczej dlatego, że się boi, że znajdzie narkotyki albo broń czy też dziennik pełen brzydkich wynurzeń.

– Ty prowadziłaś dziennik?

– Nie, zachowywałam dla siebie swoje brudne myśli, bo zawsze… Pokój brata!

Kiedy Eve wyszła, Roarke uniósł brwi. Uporał się z zabezpieczeniami plików, a potem wstał, żeby się przekonać, do czego zmierza jego policjantka.

Siedziała przed komputerem chłopca pośrodku zabałaganionego pokoju.

– Nie zawsze zachowywałam swoje przemyślenia – niekoniecznie brzydkie – dla siebie. To wyuczone zachowanie, to doświadczenie. Czasami pisze się szkolne wypracowanie, włamują się do twojego komputera i dają karę za to, że się napisało, jak się lubi jeździć na desce powietrznej. Dlatego na ogół pisze się te wypracowania w szkole. Albo nudzisz się i jesteś nieszczęśliwa, piszesz jakąś głupią listę życzeń, a jak ją znajdą, znów wymierzają ci karę.

Roarke w milczeniu pocałował ją w czubek głowy – co było wielce wymowne.

– Nie mówię o sobie, tylko o… Parę razy musiałam coś zapisać, po prostu musiałam i już, więc nauczyłam się, jak to ukryć na cudzym komputerze. Takim, którego nie sprawdzano. Na przykład rodzice zastępczy mieli dziecko, swoje własne, które w ich oczach było ideałem. Można było wykorzystać jego komputer. Rzecz w tym, że jeśli stosowała ten sposób, prawdopodobnie jest w tym o niebo lepsza ode mnie.

– Pozwól mi.

Kiedy wstała, wziął ją za ramiona, spojrzał jej w oczy.

– Co takiego musiałaś zapisywać?

– Prowadziłam kalendarz – niemal zawsze, gdziekolwiek byłam – zaznaczając, ile czasu mi zostało do dnia, kiedy będę mogła się wyrwać na wolność. Na dobre. Ile lat, miesięcy, tygodni, dni, czasami godzin, nim nadejdzie ta chwila. I jak wyjadę do Nowego Jorku. Nowy Jork wydawał się taki duży, pełen życia, więc dość wcześnie wybrałam sobie Nowy Jork. I Akademię Policyjną. Wyobrażałam sobie, jak zostanę gliną, bo gliniarze dbają o siebie i o wszystkich. Przynajmniej dobrzy gliniarze, a zamierzałam zostać dobrą policjantką. I już nikt nigdy nie będzie mi mówił, co i kiedy mam jeść, co włożyć...

– Teraz ja ci to mówię.

Pokręciła głową.

– To nie to samo. To zupełnie co innego. Nikt mnie nie kochał. Może to była moja wina i systemu, ale nikt o mnie nie dbał. Nikt nie mówił: „Zjedz coś, bo cię kocham, bo mi na tobie zależy". Póki nie dostałam odznaki, byłam po prostu jedną z wielu podopiecznych. I miałam tylko pracę, na ogół tylko pracę, póki nie poznałam ciebie.

Wzięła głęboki oddech.

– Mogłabym być tą dziewczyną, Roarke.

– Nie.

– Tak, a przynajmniej kimś do niej podobnym. Gdyby Feeney był innym gliniarzem, innym człowiekiem. Gdyby był taki pokręcony jak Mackie. Dostrzegł mnie, wypatrzył wśród innych i poświęcał mi uwagę, dawał czas, dawał mi siebie. Nikt nigdy nie dał mi tego, co on. Nikt nigdy nie przejmował się mną tak, jak on. Chciałam, żeby był ze mnie dumny,

164

chciałam być takim gliniarzem, żeby mógł być ze mnie dumny. To mnie mobilizowało do działania. A czy nie wygląda na to, że Willow postanowiła być taka, jak chciał jej ojciec? To w bardzo dużym stopniu mobilizuje ją do działania.

– Jeśli tak jest, oznacza to, że odwróciła się plecami do wszystkiego innego, co ma. Matki, brata. Dobrego domu, jak można przypuszczać.

– Być może, chociaż często pozory mylą. Sprawdzimy to. Ale liczy się to, jak postrzegamy rzeczy, prawda? A ona uznała, że nikt jej nie zauważa, nikt się o nią nie troszczy tak, jak jej ojciec. I dla niego zabija. Zabija, bo ją tego nauczył, wpoił jej przekonanie, że ma do tego prawo, a przynajmniej że to dobra recepta na wszystko.

Eve potrząsnęła głową, żeby się pozbyć tych myśli.

– W tej chwili ważne jest jedynie „dlaczego", jeśli to pomoże nam ich ująć, powstrzymać. Więc tak, rzuć okiem. Uwzględniając wiek brata, prawdopodobnie rodzice mieli dostęp do jego komputera, ale mogła w nim ukryć swoje pliki.

– Bez trudu.

– Jeśli tak, znajdziesz je. A ja wrócę do jej pokoju.

Zadzwoniła do Peabody, lecz nie wydarzyło się nic nowego. Potem stanęła pośrodku pokoju Willow Mackie. Był przestronny, trzy razy większy od tego, jaki sama miała w jej wieku. Wygodny, ładnie urządzony. Wszystkie ubrania dobrej jakości.

Żadnych zdjęć – ani dziewczyny, ani nikogo z rodziny, ani przyjaciół. Nie było nawet zdjęcia ojca. Może przechowuje jakieś w komputerze, pomyślała Eve. Trzeba to sprawdzić.

Przeszukała trzy szuflady biurka, znalazła trochę przyborów piśmiennych. Żadnych śmieci. Żadnych śmieci, jakie zbierają nastoletnie dziewczyny… I nastoletni chłopcy.

Żadnych płyt, uświadomiła sobie. Z danymi czy muzyką. Żadnych innych urządzeń elektronicznych. Ani peceta, ani tableta.

Może woziła je ze sobą, skoro spędzała tydzień tutaj, tydzień tam?

Jej wzrok spoczął na plakatach. Broń, przemoc. Czy nastolatka tak bardzo interesująca się bronią potrafiłaby co drugi tydzień żyć bez dostępu do niej?

Znów zajrzała do garderoby. Była niewielka, ale panował w niej ład. W głębi wymyślne ubrania, najwyraźniej kupione przez matkę. A tutaj, jeszcze w kartonach, para szpilek, para botków – nawet Eve się zorientowała, że przeznaczone do noszenia z sukienkami albo eleganckimi spodniami.

Przyjrzawszy się podeszwom, stwierdziła, że Willow nigdy nie miała tego obuwia na nogach.

W czubku znoszonych butów znalazła mały zwitek banknotów. Koło dwustu dolarów. Eve odniosła wrażenie, że nastolatka specjalnie je tu schowała, żeby matka mogła je znaleźć.

W kieszeni bluzy z kapturem znalazła notebook, a kiedy go włączyła, usłyszała dziewczęcy głos – aż ją zaskoczyło, jak młody – narzekający na brata, matkę, ojczyma, jak jej nie rozumieją. I tak dalej.

To też było przeznaczone dla matki, uznała Eve, i umieściła notebook w torbie jako dowód rzeczowy. Wysłuchają wszystkich narzekań, ale przynajmniej ostatnie nagranie wyraźnie zostało pomyślane tak, żeby wzbudzić w matce poczucie winy, o ile znalazła notebook i odsłuchała wynurzenia córki.

Czyli w garderobie nie schowała nic ważnego, doszła do wniosku Eve.

Chociaż nie wierzyła, że znajdzie coś tam, gdzie ludzie zwykle chowają różne rzeczy, i tak sprawdziła te miejsca.

Ostukała podłogę garderoby, ściany, a nawet sufit, zajrzała pod łóżko, między materace, sprawdziła poduszki krzesła i fotela, zajrzała za biurko i pod nie.

Oceniła, że komoda jest zbyt ciężka, by ją przesunąć, nie zostawiając na podłodze rys, ale i tak spróbowała, zajrzała pod nią, wyjęła szuflady, sprawdziła pod nimi.

Kiedy wkładała dolną szufladę na miejsce, jej uwagę przykuł wzór, jaki pod nią zobaczyła. Wzdłuż ścianki biegło coś w rodzaju galonu szerokości pięciu centymetrów. A kiedy wsunęła szufladę do końca, a potem ją wyciągnęła, usłyszała cichutkie kliknięcie.

Nic nadzwyczajnego, ale...

Na powrót wyjęła dolną szufladę. Komoda była solidna, ładna, zgrabna, wykonana z prawdziwego drewna.

Dolna szuflada opierała się właśnie na drewnianej listwie.

Zaintrygowana Eve przesunęła palcami po dekoracji, przyciskając ją tu i tam. Poczuła, że w jednym miejscu listwa minimalnie ustępuje.

Pociągnęła. Nic.

Dalej majstrowała przy listwie, aż wreszcie poczuła, jak ta ustępuje w drugim miejscu, a potem jeszcze dalej.

Nie musiała nic pociągać, bo wąska, ukryta szuflada sama się wysunęła.

Pusta, stwierdziła. Pusta, nie licząc gąbki z wycięciami na dwa noże i dwie sztuki ręcznej broni. Według Eve były to paralizatory. Kolejne wycięcie, prostokątne, z łatwością pomieściłoby kilka dowodów tożsamości, może trochę gotówki, pomyślała Eve.

– Nie wróci tutaj – mruknęła.

– Zgadzam się z tobą – powiedział od progu Roarke. – Z pewnością zechcesz to zobaczyć. Miałaś rację, rzeczywiście wykorzystała komputer młodszego brata. Plik, który znalazłem, był sprytnie ukryty. A mimo to – ciągnął, wracając do pokoju chłopca – zachowała ostrożność. To nie jest impulsywna młoda dziewczyna, działająca spontanicznie.

– Masz rację. – Eve przyjrzała się uważnie pierwszemu dokumentowi na ekranie. – To spis upatrzonych przez nich ofiar. Tylko inicjały, nie imiona i nazwiska, ale jest tu BM, KR – Michaelson, Russo – jest MB – założę się, że to Marta Beck, kierowniczka przychodni Michaelsona, BF, czyli Fine, kierowca, który potrącił jego drugą żonę. Jedne z tych – AE,

JR i MJ – prawdopodobnie należą do adwokata, którego jeszcze nie zidentyfikowaliśmy. I jeszcze dwoje. Dwoje załatwili, zostało pięcioro.

– Ten dokument ma drugą stronę. – Roarke polecił, żeby ją wyświetlono.

– Zach Stuben. To jej brat. Lincoln Stuben, jej ojczym. Chryste, jest tu też jej matka. Rene Hutchins, Thomas Greenburg, Lynda Track – musimy ustalić, co to za jedni. I te inicjały, LOHC.

– Chodzi o jej szkołę. Jestem tego pewien, bo znalazłem też ten dokument. – Roarke wyświetlił plan szkoły średniej imienia Hillary Clinton. – Niektóre pomieszczenia klasowe, niektóre miejsca wyróżnione kolorem, wyjścia zaznaczone.

– Jezu Chryste. Zamierza zaatakować swoją szkołę.

– I już wybrała odpowiednie miejsce. Tym razem bliżej niż w dwóch pierwszych przypadkach, ale i tak dość daleko.

Eve spojrzała na kolejny obraz.

– Dach budynku, w którym mieszka jej ojciec. Ukryła to wszystko tutaj, ponieważ to nie są ofiary wybrane przez jej ojca. Tylko przez nią. Kiedy ukończą jego misję, może przystąpić do realizacji własnej. Trudno było to znaleźć?

– Wymagało trochę zachodu, ale bardziej istotne jest, że prawdopodobnie nie znalazłbym niczego, gdybym specjalnie tego nie szukał. Pliki były ukryte pod całkiem niewinnym szkolnym wypracowaniem o Jerzym Waszyngtonie.

Eve zaczęła chodzić tam i z powrotem.

– No dobrze, wracajmy. Musimy się dostać do mieszkania Mackiego. Prawdopodobnie zainstalował kamery rejestrujące wszystkie osoby, które wchodzą do budynku bądź z niego wychodzą, a z całą pewnością do jego mieszkania.

– Mogę się tym zająć.

– Liczę na to. Musimy się dostać do środka, sprawdzić, kto jest następny na liście. Kiedy i gdzie. Mogli się udać prosto do swojego kolejnego gniazdka, a na tej liście są trzy potencjalne ofiary, których tożsamości nie znamy. I musimy ustalić, kim są te nieznane nam osoby.

– To jeszcze nie wszystko. Sporządziła spis swoich celów. Traktuje tych ludzi jak zwierzęta – dodał szybko. – Jakie zwierzę, miejsce, odległość, broń, data, godzina. Wygląda na to, że ojciec zabierał ją na polowania – bardzo często nielegalne – do Montany, Wyoming, na Alaskę, do obu Dakot, a nawet do Meksyku i Kanady. W ciągu ostatnich siedmiu miesięcy zabiła kilkanaście zwierząt.

– Przekopiuj to na mój komputer. Każę naszym elektronikom zająć się jej sprzętem. I to natychmiast. Ma też komputer w mieszkaniu ojca. Również musimy do niego dotrzeć. U ojca nie musiała być taka ostrożna, więc może poznamy nazwiska.

Przesunęła dłonią po włosach.

– Ciekawa jestem, czy Mackie wie, jakiego potwora stworzył. A jeśli wie, czy się tym przejmuje?

Rozdział 9

Eve zadzwoniła do Peabody, podyktowała jej nazwiska ze spisu sporządzonego przez Willow.

– Ci ludzie są związani z podejrzanymi, najprawdopodobniej to kobiety. Zdobądź ich dane kontaktowe.

Rozłączyła się i odwróciła do Roarke'a.

– Jeśli Mackie zdalnie monitoruje kamery w mieszkaniu, to się zorientuje, kiedy je zablokujemy.

Roarke tylko poklepał ją po ramieniu i zadzwonił do Feeneya. Chociaż rozmawiali slangiem komputerowców, od którego bolała ją głowa, Eve zrozumiała dość, żeby powiedzieć:

– Ty albo Feeney możecie wyłączyć kamerę i w kółko pokazywać jeden obraz.

– Tak. Jeśli Mackie będzie uważnie obserwował przekaz, po jakimś czasie się zorientuje, że coś jest nie tak, więc musimy wszystko dobrze zaplanować.

– Mógł założyć czujki na drzwiach, prawda? Jest gliniarzem, pamięta o szczegółach. Założył czujkę na drzwiach, żeby móc wiedzieć, czy ktoś wszedł do mieszkania, więc...

– Najdroższa Eve, nie pierwszy raz będę się włamywał do mieszkania. Prawdę mówiąc, jestem szczęśliwy, że to nie pierwsze moje włamanie dzisiaj. Miej trochę wiary we mnie.

Wiatr zrobił się przenikliwie zimny. Doszedł ją zapach hot dogów sojowych i kasztanów sprzedawanych na ulicznym wózku, nad którym unosił się kłąb pachnącego ziemią dymu. Uruchomił się alarm w jakimś samochodzie, kiedy obok niego przebiegła para nastolatek chichoczących jak wariatki. Następujące szybko po sobie głośne sygnały były irytujące.

Roarke zwrócił się spokojnie do Feeneya.

– Za dziesięć sekund przełączamy na kierowanie ręczne – poinformował go kapitan.

– Dobrze. Zajmij się drzwiami – powiedziała Eve do Roarke'a. – Mało prawdopodobne, żeby miał możliwość monitorowania mojego klucza uniwersalnego, ale po co ryzykować?

– Zaczynajcie.

Podeszli do drzwi wejściowych i dzięki sprawnym dłoniom Roarke'a po niespełna sześciu sekundach byli w środku.

– W holu nie ma kamer, ale w windzie jest, standardowa.

– Wejdziemy po schodach. – Eve ruszyła w ich stronę.

Całkiem przyzwoity budynek, pomyślała. Wprawdzie daleko mu do bliźniaka byłej żony, ale całkiem przyzwoity. Zauważyła gdzieniegdzie drzwi z izolacją akustyczną, lecz kiedy wchodzili na górę, od czasu do czasu dobiegały ich jakieś odgłosy z różnych mieszkań.

Na piętrze, gdzie znajdowało się mieszkanie Mackiego, było jednak cicho.

– Ulepszył zabezpieczenia mieszkania.

Roarke skinął głową; zatrzymali się przed kilkoma kamerami nad drzwiami do jego mieszkania.

– Dam sobie radę.

Wyjął z kieszeni jakieś urządzenie, wstukał coś, przyjrzał się uważnie odczytowi, dopisał jakieś kody.

– Kamery będą pokazywały w kółko jeden obraz. Przekonajmy się, jakie inne niespodzianki dla nas przygotował.

Kiedy podeszli do drzwi, posłużył się tym samym urządzeniem, żeby przeskanować zamki, czytnik karty.

– Sprytnie – mruknął. – Wykryłem system monitorowania, czyli miałaś rację, zachowując ostrożność. Żadnych materiałów wybuchowych, czyli ułatwienie dla nas, prawda? Pozwól, że... No, gotowe. Każde w swoim czasie. Tak, całkiem sprytnie. Ale... Załatwione. Potrzymaj to, dobrze?

Wręczył Eve urządzenie, które cicho brzęczało w jej dłoni, i wyjął swoje narzędzia.

Obserwowała, jak się rozprawiał z trzema zamkami z policyjnym atestem, jakby to były zwykłe zasuwki.

Oddała mu urządzenie i wyciągnęła broń.

– Nie ma ładunków wybuchowych. To dobrze. Ale pamiętasz stary film, który oglądaliśmy parę tygodni temu? Facet założył pułapkę w swoim mieszkaniu. Kiedy ktoś niepowołany otworzył drzwi, zaczynała strzelać broń dużego kalibru.

– To filmowa klasyka – poprawił ją Roarke. – Tak, pamiętam go. Więc czemu nie mielibyśmy...

Stanęli po obu stronach drzwi. Eve przekręciła gałkę, pochyliła się, pchnęła je od dołu.

Żadnej pułapki, żadnych przewodów, żadnych kamer w środku.

I w ogóle niewiele mebli.

Weszła do pomieszczenia dziennego, gdzie stała stara, zapadnięta kanapa.

– Widzisz to, Feeney? – Obróciła się wkoło, żeby mu wszystko pokazać kamerą, wpiętą w klapę.

– Tak. Kurde.

– Ale i tak sprawdzimy, czy nikogo nie ma.

Na łóżku leżał tylko goły materac. W drugiej sypialni były jedynie zwały kurzu i kilka pustych wieszaków na ubrania.

– Wynieśli się stąd wiele tygodni temu. Lowenbaum, spocznij. Nie wrócą tutaj. Peabody, wezwij techników. Dla formalności niech przeszukają mieszkanie.

Żeby dać upust frustracji, kopnęła kanapę.

– Zrozumiałam, pani porucznik. Mogę podać te nazwiska.

– Dawaj.

172

– Rene Hutchins, psycholog szkolny w szkole podejrzanej. Thomas Greenburg, dyrektor tej samej szkoły. Lynda Track pracuje razem z Zoe Younger i jest siostrą Lincolna Stubena.

– Skontaktuj się z nimi, przesłuchaj. Załatw im ochronę.

– Tak jest.

– Nie wierzysz, że grozi im bezpośrednie niebezpieczeństwo – powiedział Roarke.

– Nie. Ci dwoje najpierw dokończą tamtą misję. – Eve z sykiem wypuściła powietrze z płuc. – Umieściła na swojej liście dwie osoby z kierownictwa szkoły i siostrę ojczyma, która prawdopodobnie przyjaźni się z jej matką.

Odwróciła się i na razie odsunęła na bok drugi spis ofiar, żeby się zająć tym, co pilniejsze – trójką niezidentyfikowanych osób z pierwszej listy.

– Domyślił się, że wcześniej czy później tu dotrzemy. Przygotował się na to. Zostawił stare i wielkie meble, bo nie warto było się nimi przejmować. Carmichael, Santiago, zacznijcie przepytywać mieszkańców bloku. Przekonamy się, czy ktoś będzie nam umiał powiedzieć, kiedy podejrzany się stąd wyprowadził.

Ledwo się powstrzymała, żeby znów nie kopnąć w kanapę.

– No dobrze. Wystarczy tego kręcenia się tutaj. Feeney, skontaktuj się z komendantem, przedstaw mu, jak się mają sprawy. Teraz najważniejsze jest ustalenie nazwisk kolejnych upatrzonych ofiar. Za godzinę mogę wystąpić na konferencji prasowej.

– Cieszę się, że to będziesz ty, nie ja.

– Lowenbaum, ty też zarezerwuj sobie czas na rozmowę z dziennikarzami. – Wyciągnęła telefon i bezzwłocznie przystąpiła do pracy. – Nadine.

– Dallas, próbowałam się do ciebie dodzwonić przez cały dzień. Wszystko jest…

– Gdzie jesteś?

– Co? Właśnie wróciłam do domu, ale…

– Przyjadę do ciebie. Który dom?

173

– Nowy. I obecnie jedyny. Co...

– Żadnych kamer. Już do ciebie jadę.

Roarke spojrzał w jej zimne, pełne gniewu oczy.

– Wyciągamy korek z butelki, tak?

– Zgadza się.

– Jak mogę ci pomóc?

– W tej chwili? Pożycz mi swój samochód.

Tak było zdecydowanie szybciej, niż gdyby musiała załatwić sobie wóz policyjny. Eve usiadła za kierownicą mocnej terenówki. Peabody zajęła miejsce obok.

– Jest duży i ciepło w nim.

– Nie przyzwyczajaj się do niego. Wstukaj adres Nadine. Nie mam pojęcia, gdzie to jest.

– Och, świetnie. Nadal się urządza, ale słyszałam, że mieszkanie już wygląda niesamowicie i...

– Obojętne mi, jak wygląda.

– Racja. – Peabody rozsiadła się wygodnie, kiedy komputer dawał Eve wskazówki, którędy ma jechać. – Chcesz, żeby Nadine nagłośniła tę sprawę, zanim wystąpisz na konferencji prasowej.

– Chcę, żeby to roztrąbiła na wszystkie strony. Dzięki niej zaoszczędzę nieco czasu, który musiałabym przeznaczyć na wydawanie oświadczeń i odpowiadanie na głupie pytania. Co więcej, Nadine pokopie i zdobędzie więcej informacji o podejrzanych, a także wybranych osobach. Mamy potencjalne ofiary, których nazwisk jeszcze nie poznaliśmy, więc nie możemy ich ochraniać. Jest spora szansa, że po czymś takim same się do nas zgłoszą. Musimy dowiedzieć się czegoś więcej o tej drugiej żonie, która zginęła w wypadku.

– Kiedy czekaliśmy, trochę pokopałam. Zebrałam informacje o jej rodzicach, wykształceniu, miejscu zatrudnienia. Nic nietypowego. Dorastała w Westchester w dość solidnej rodzinie, w szkole nie sprawiała kłopotów, potem przez dwa lata studiowała. Pracowała w handlu detalicznym. Przeprowadziła się do Brooklynu, zamieszkała z dwiema koleżankami, zmieniała miejsca pracy, ale cały czas pracowała w handlu detalicznym. Poślubiła Mackiego, znów się przeprowadziła, znów zmieniła pracę. Ostatnie miejsce zatrudnienia – sklep odzieżowy Boomer's przy Wschodniej Pięćdziesiątej Siódmej.

– Poszła do lekarza, a po wizycie najwyraźniej zamierzała wrócić do pracy. Chcę porozmawiać z Martą Beck, dowiedzieć się, jak przebiegła wizyta u lekarza tamtego dnia. Dowiedzmy się, jak się nazywał jej szef. Mackie obwiniał lekarza, inicjały Beck są na liście przyszłych ofiar, czyli uważał, że ona też odegrała w tym jakąś rolę.

– Beck nie jest lekarzem, tylko kierowniczką przychodni.

– No właśnie. Beck powiedziała, że pacjentki często są przyjmowane z opóźnieniem.

– Byłaś kiedyś u lekarza, który przyjął cię punktualnie o wyznaczonej godzinie?

– Staram się unikać lekarzy. Może wizyta się opóźniła, więc ta kobieta się spieszyła... Bo z jakiego innego powodu ktoś normalny wybiega na jezdnię? Jeśli spieszyła się z powrotem do pracy, może umieścił na swojej liście jej przełożonego albo kogoś innego z miejsca jej zatrudnienia. Zdobądź ich nazwiska.

– Tak jest. Och, możesz zaparkować w garażu podziemnym, jest tu poziom przeznaczony dla gości.

– Nie jesteśmy gośćmi.

Budynek był smukły, srebrzysty. Ale nie błyszczący, tylko stary w sposób, który dodawał mu charakteru i godności. Eve zatrzymała się przed okazałym wejściem, tuż za limuzyną, z której wysiadła kobieta w obszernym futrze, niosąca małego pieska – też w futerku.

Portier pospieszył ku damie z pieskiem, odebrał od szofera naręcze toreb z zakupami. Spojrzał na Eve wysiadającą z terenówki, jakby już chciał coś powiedzieć.

Ale się nie odezwał, krótko skinął jej głową i uważając, by nie upuścić żadnej z toreb, skierował się do drzwi wejściowych.

– Porucznik Dallas, zaraz będę do pani usług.

– Nie jest pan mi potrzebny – odparła, wyprzedziła kobietę z pieskiem i pierwsza weszła do środka.

– Charlie – przemówiła kobieta. – Czy zadbasz, żeby wszystko dostarczono na górę? Mimi jest wyczerpana.

– Oczywiście, pani Mannery. Pani porucznik?

– Nadine Furst spodziewa się mnie. Mój wóz ma zostać tu, gdzie stoi.

Eve oddaliła się, a potem uświadomiła sobie, że nie ma pojęcia, dokąd powinna się udać.

Parter wieńczył wysoko w górze sklepiony sufit, gdzie winorośl oplatała białe belki. W białej, marmurowej posadzce odbijało się światło rzucane przez ogromne żyrandole, wykonane z postarzanego srebra i kul z niebieskiego szkła.

Rozejrzawszy się, Eve dostrzegła bank, trzy butiki, restaurację, stoisko z pieczywem i delikatesy spożywcze, a także centrum biznesowe.

– Ochroniarze zaraz panią przepuszczą – powiedział do niej Charlie zza toreb z zakupami. – Do apartamentu pani Furst można wjechać każdą windą ze stanowiska C.

Eve skierowała się w tamtą stronę, minęła przejrzystą ścianę wody spadającej do wąskiego baseniku, wokół którego ustawiono okazałe czerwone kwiaty.

Wsiadła do windy i zmarszczyła brwi, kiedy bezosobowy głos oznajmił:

– Dwie osoby mają zgodę na odwiedzenie apartamentu A. Życzę miłego spotkania i reszty dnia.

– Tak, bo do tej pory wylegiwałam się na plaży.

– Wiemy, gdzie ich nie ma, a to już coś – mruknęła Peabody, szukając czegoś na palmtopie. – No więc wiem, kto jest zastępcą kierownika w sklepie Boomer's. Niejaka Alyce Ellison.

– Każ ją przewieźć do komendy – burknęła Eve, kiedy rozsunęły się drzwi windy. – Chcę, żeby natychmiast zapewniono jej bezpieczeństwo.

176

– Komu? – spytała Nadine, stojąc w szerokim holu, po którego obu stronach stały identyczne stoliki z niebieskimi orchideami.

Eve zapowiedziała „żadnych kamer", ale dziennikarka jak zwykle była gotowa do wystąpienia na wizji. Miała na sobie elegancki, żywoczerwony kostium, blond włosy sczesała z wąskiej twarzy. Wpatrywała się uważnie w Eve swoimi zielonymi oczami.

– Działaj, Peabody.

Za Nadine widać było pomieszczenie dzienne – na razie jeszcze skąpo umeblowane. Błyszcząca posadzka miała kolor pieczonych kasztanów, którymi pachniało na ulicy. Za oknami zajmującymi całą ścianę rozciągał się szeroki taras i wspaniały widok na miasto.

– Nie mam zbyt dużo czasu… – zaczęła Eve.

– Też się cieszę, że cię widzę.

– Nadine.

– Rozumiem, że nie masz dużo czasu, ale ponieważ przez cały dzień mnie unikałaś, chciałabym usłyszeć dlaczego.

– Nie unikałam ciebie, tylko wszystkich dziennikarzy, i miałam po temu powód. Przyszłam teraz tutaj, bo mniej więcej za godzinę wezmę udział w konferencji prasowej. Nie mogę ci poświęcić zbyt wiele czasu.

– A czy możemy się napić kawy, kiedy będziemy rozmawiać?

– Boże, tak.

– Chodź ze mną.

Nadine szybko ruszyła przed siebie – Eve zauważyła, że jej przyjaciółka włożyła do kostiumu domowe pantofle. Przeszły przez pomieszczenie dzienne i jadalnię, pośrodku której stał długi czarny stół, a na nim duży koszyk z niebieskiego szkła. Wokół stołu znajdowały się czarne krzesła z niebieską tapicerką. Kuchnia była srebrno-biała, z okazałą wyspą pośrodku i kącikiem jadalnym we wnęce okiennej.

– Przecież ty nie gotujesz.

177

– Mogę, jeśli będę musiała. A czemu mam nie mieć bajkowego miejsca do podawania gotowych potraw? Tak się składa, że mam zapas mieszanki kawy Roarke'a.

– Jakiej mieszanki?

– Nawet nie wiesz, co pijasz? – spytała Nadine, otwierając czarne drzwiczki, za którymi krył się autokucharz.

– Kawę Roarke'a.

– Który ma kilka mieszanek. Twoja nazywa się Dallas.

– Hm. Peabody, możesz skorzystać z tego ekranu ściennego?

– Jasne.

– Wyświetl na nim zdjęcia, kiedy będziemy czekać na kawę.

Nadine znieruchomiała przy przyciskach autokucharza.

– Masz zdjęcia napastników?

– Zaprogramuj kawę – poleciła Eve, teraz już dość mocno spragniona zastrzyku kofeiny. – Byli funkcjonariusz policji Reginald Mackie i jego piętnastoletnia córka Willow.

– Jasna cholera. – Nadine gwałtownie otworzyła szufladę, żeby wyjąć notes i magnetofon.

– Żadnych nagrań. Jeszcze za wcześnie. Podejrzani wciąż są na wolności.

Gdy chodziło o kawę, Eve nie robiła ceregieli, więc kiedy rozległ się sygnał, sama otworzyła autokucharza i wyjęła biały kubek czarnej kawy.

– Wyprowadzili się z mieszkania Mackiego. Matka, ojczym i brat przyrodni nieletniej podejrzanej umieszczeni w bezpiecznym miejscu.

– Jak ci się udało zidentyfikować podejrzanych?

– To był dobry kawał policyjnej roboty. Słuchaj, ujawnię ci teraz tyle, ile mogę, tyle, ile ujawnię na konferencji prasowej.

Eve napiła się kawy i poczuła, że odzyskuje energię. Zaczęła chodzić tam i z powrotem.

– Zdjęcia na ekran, Peabody.

Dziennikarka podała Delii kawę z mlekiem.

– Możesz robić notatki, Nadine, ale żadnych nagrań przed oficjalną konferencją.

Szybko, zwięźle Eve powiedziała tyle, ile mogła, maszerując tam i z powrotem i pijąc kawę.

– Uważasz, że Willow Mackie z własnej woli bierze udział w strzelaninie?

– To tylko do twojej wiadomości, póki nie dam zgody na ujawnienie tego. – Eve zaczekała, aż Nadine skinie głową.

– Według mnie to ona strzela i przypuszczam... Bzdura – poprawiła się. – Wiem, że samodzielnie sporządziła drugą listę osób do likwidacji. I Mackie dał swojej córce zielone światło, obojętnie, z jakiego powodu, może w efekcie własnego stanu fizycznego czy też emocjonalnego, a może dlatego, że jest pokręconym, mściwym szaleńcem.

– Dlaczego przypadkowe ofiary – dwoje ludzi na lodowisku, cztery na Times Square? Dla zmyłki?

– Na to wygląda. – Ale Eve uważała, że kryje się za tym coś więcej, coś bardziej bezdusznego. – Według nas podejrzani wybrali sobie więcej osób do likwidacji i w miarę szybko spróbują je zabić. Jeśli zachowają dotychczasowy wzorzec postępowania, znów wybiorą miejsce publiczne, gdzie interesująca ich osoba zwykle chadza, mieszka lub pracuje. I zastrzelą więcej przypadkowych ofiar.

– Chcesz, żebym opublikowała ich zdjęcia. Kiedy?

– Teraz. Nazwiska i zdjęcia. Najszybciej, jak możesz. Jeśli chodzi o inne informacje, potrzebuję dwudziestu minut. I masz zachować to, co ci powiedziałam, tylko do twojej wiadomości, póki nie pozwolę ci tego ujawnić. Dzięki temu zyskasz przewagę nad innymi dziennikarzami. Ale ta przewaga ma swoją cenę.

– Co mam zrobić?

– Peabody, pokaż zdjęcie Susann Mackie. Chcę, żebyś opublikowała i to zdjęcie. Chcę, żeby Mackie widział ją za każdym razem, kiedy spojrzy na ekran. Żeby słyszał jej imię, informacje o jej życiu i śmierci.

– Chcesz, żeby się załamał.

Eve spojrzała na nią beznamiętnym wzrokiem i odstawiła pusty kubek.

– Złamię go. Jeszcze jedno. Adwokat, którego wynajął Mackie, też jest potencjalnym celem, ale nie znam jego nazwiska. Możesz spróbować pokopać.

– Zlecę to swoim ludziom.

– Jak tylko znajdziesz kogoś o inicjałach JR lub MJ, natychmiast mnie informuj. Natychmiast, Nadine.

– Jasne. A jak zamierzasz złamać ją?

– Pracuję nad tym. Musimy już iść.

– Ja też.

– Niezła chata, Nadine – powiedziała Eve.

Dziennikarka się uśmiechnęła.

– Dzięki. Chcę, żeby wnętrze było szpanerskie, i takie będzie.

Kiedy Eve się odwróciła, żeby wyjść, Nadine złapała swój telefon. Zmierzając w kierunku drzwi, słyszały, jak tamta mówi:

– Połącz mnie z Lloydem. Natychmiast. Guzik mnie obchodzi, co teraz robi. Powiedziałam: natychmiast!

Kiedy znów znalazły się w windzie, Eve wzięła głęboki oddech.

– Peabody, każ ściągnąć świadków wypadku Susann Mackie. Ich inicjałów nie było na liście, ale wolę nie ryzykować. I chcę przesłuchać Zoe Younger. Przekonamy się, co Baxter i Trueheart z niej wyciągnęli, ale sama też chcę z nią porozmawiać.

Sprawdziła, która godzina. Była ciekawa, gdzie Mackie i jego córka o morderczych skłonnościach zobaczą na ekranach swoje twarze.

*

Byli w zaadaptowanym na mieszkanie poddaszu, które Mackie wynajął na krótko przed Świętem Dziękczynienia

180

i zaczął się tam przeprowadzać na samym początku okresu przedświątecznego.

Kupił trochę mebli – tanich, funkcjonalnych – i chociaż się zżymał, że musi płacić czynsz za dwa mieszkania, uznał, że nie są to pieniądze wyrzucone w błoto. Tak samo jak irytowało go, że zostawia trochę pieniędzy na starym rachunku bankowym, otwartym na nazwisko, którym już się nie posługiwał.

Miał nadzieję, że uda mu się kiedyś podjąć pieniądze z tego konta, a jak nie, to cóż, trudno.

Jeśli wszystko pójdzie dobrze, przed upływem tygodnia będzie już razem z Will w drodze na Alaskę, gdzie zaczną sobie żyć spokojnie z daleka od ludzi.

Gdzie będą mogli polować, zbudować nowy dom, zacząć nowe życie.

Naturalnie Zoe naśle na nich psy, wcale by go to nie zdziwiło. Ale nie zostawią żadnego śladu, żadnego tropu, i przez kilka miesięcy Willow będzie Williamem Blackiem, lat szesnaście, synem Johna Blacka, emerytowanego rzeczoznawcy firmy ubezpieczeniowej z Nowego Meksyku. Wdowca, który uczy w domu swojego jedynego syna.

Potem znów się przeprowadzą na terenie Alaski i z powrotem zostaną ojcem i córką. I tak jak w tym mieszkaniu na poddaszu, nie będą z nikim zawierali znajomości. A on wreszcie znajdzie spokój na Alasce. Wierzył w to, musiał w to wierzyć. Koniec z nocnymi koszmarami, zlewnymi potami. Przestanie się bać, przestanie pić. Ręce przestaną mu się trząść, poprawi mu się wzrok, jego umysł znów będzie sprawny.

Susann i syn, którego pragnął mieć, zostaną pomszczeni. Sprawiedliwość wymierzy córka, z której był dumny, dzięki niej miał cel w życiu. I pewnego dnia, kiedy Will będzie wystarczająco duża, będzie ją mógł opuścić, wiedząc, że jego jedynaczka poradzi sobie w życiu.

Opuści ją, by dołączyć do Susann i synka, dla którego wybrali imię Gabriel.

Myśląc o nich, zaczął sobie wyobrażać Susann w białej sukience, jak siedzi z dzieckiem na rękach pod wielkim drzewem o nisko zwieszających się gałęziach, które rosło na łagodnym, zielonym wzgórzu.

W pobliżu był mały domek, żółty, z zielonymi okiennicami, otoczony białym płotem, pośrodku ogrodu w pełnym rozkwicie.

Domek ich marzeń, który sobie wyobrażali i o którym rozmawiali, domek na wsi, do którego pewnego dnia się przeprowadzą.

Czekała tam na niego z dzieckiem na rękach, u jej boku spał brązowy szczeniaczek.

Musiał ją tam widzieć, ją i ich syna. Pod dużym drzewem, w pełnym słońcu. Nocą wołała go w ciemnościach, wołała jego imię, a niemowlę krzyczało razem z nią.

Ale teraz się uśmiechała, czekając, aż on wejdzie na wzgórze i usiądzie obok nich.

– Tato! Tato!

Ocknął się, sięgnął po broń.

Na ciemnym poddaszu zobaczył Will, która stała przed krótką kanapą, wpatrując się w ekran ścienny. Stwierdził z zadowoleniem, że czyściła broń, bo karabin leżał na stoliku obok.

Ale jej ton sprawił, że Reginald Mackie zerwał się na równe nogi, obudził się w nim żołnierz, którym był przed laty.

– Ktoś się do nas włamał?

– Znają nasze nazwiska, wiedzą, jak wyglądamy.

Stanął obok niej, żeby wysłuchać sensacji dnia.

Ekran wypełniało jego ostatnie oficjalne zdjęcie, a także zdjęcie Willow, w tle rozbrzmiewał głos reportera.

– Powtarzam, policja zidentyfikowała dwóch podejrzanych o strzelaninę na lodowisku Wollmann i na Times Square, w których zginęło siedem osób, w tym funkcjonariusz policji, a ponad pięćdziesiąt osób odniosło obrażenia. Policja szuka Reginalda Mackiego, byłego pracownika policji nowojorskiej, i jego piętnastoletniej córki, Willow Mackie.

Zdjęcia zmniejszyły się i przesunęły na skraj ekranu, na którym ukazała się Nadine Furst w swoim żywoczerwonym kostiumie.

– Policja postanowiła zorganizować konferencję prasową, gdzie przedstawione zostaną dalsze informacje. Śledczy proszą, by wszyscy, którzy coś wiedzą o miejscu pobytu podejrzanych, nie próbowali się z nimi kontaktować, gdyż uważa się, że są uzbrojeni i niebezpieczni.

– Reginald Mackie, lat pięćdziesiąt pięć, były wojskowy i odznaczany policjant, w listopadzie dwa tysiące pięćdziesiątego dziewiątego roku owdowiał, kiedy jego żona, Susann Prinz Mackie, zginęła w wypadku samochodowym. Pani Mackie – ciągnęła Nadine, a na ekranie pojawiło się zdjęcie Susann – w chwili śmierci była w szesnastym tygodniu ciąży.

Na ekranie przez kilka chwil widać było fotografię Susannn, jej oczy i usta się śmiały. Potem znów ukazało się zdjęcie jego i Willow, a Nadine przekazywała kolejne informacje.

– Jak nas zdemaskowali? Jak nas tak szybko zdemaskowali?

– Rzetelna policyjna robota. – Powiedział to cicho, widząc, jak rozwiewa się jego sen o Alasce, o spokojnym życiu.

Wszystko przepadło, pomyślał. Nie będzie miał domu. Nie zacznie od nowa.

– Przecież byliśmy tacy ostrożni. Już dotarli do mamy, prawda? I do Lincolna, i tego małego bachora.

– To twój brat – przypomniał jej Mackie. – Jest twoim bratem, Will. W jego żyłach płynie ta sama krew, co w twoich.

W jej oczach błysnęło coś niebezpiecznego, ale ojciec tego nie zauważył.

– Tak, dotarli do nich. Zabrałaś wszystko ze swojego pokoju? Wszystko, co ma związek z naszą misją?

– Powiedziałam ci już, że tak – odparła urażonym tonem. Jakże mogłaby cokolwiek zostawić. Spojrzała na niego tymi swoimi bezwzględnymi, zielonymi oczami w twarzy o miękkiej, gładkiej cerze. – Nie zostawiłam niczego w swoim pokoju. Nie jestem głupia.

Skinął głową, przeszedł do malutkiego aneksu kuchennego, zaprogramował kawę dla siebie, wyjął puszkę coli dla córki.

– Dlatego przygotowaliśmy plan B.

– Ale, tato...

– Will, nasza misja jest najważniejsza. Rozumiesz to. Zostałaś odpowiednio przeszkolona. Przegrupujemy siły i przystąpimy do realizacji planu awaryjnego. – Rzucił jej smutny uśmiech. – Musisz obciąć włosy, skarbie, i wyjechać. Dołączę do ciebie, jak tylko będę mógł, ale... Na wypadek gdyby mnie schwytali albo zabili, wiesz, co masz robić.

Położył dłoń na jej ramieniu.

– Liczę na ciebie.

Kiedy skinęła głową, cofnął się.

– Spakuj wszystko, posprzątaj, usuń ślady. Dziś wieczorem wyniesiemy się stąd.

– Musimy obejrzeć relację z konferencji prasowej. Musimy wiedzieć, co policja ujawni opinii publicznej.

Znów poczuł dumę.

– Racja. Zostaw włączony telewizor.

*

Eve mogła nie znosić konferencji prasowych, ale wiedziała, jak je wykorzystać do własnych celów. Jeśli Mackie z córką nie obejrzą transmisji na żywo, zobaczą powtórki, nadawane w kółko na okrągło, usłyszą niekończące się opinie komentatorów.

Postarała się więc, żeby zabójcy mieli czego słuchać i co oglądać.

– Nie mogę ujawnić, jakie czynności podczas śledztwa doprowadziły nas do ustalenia tożsamości podejrzanych. Mogę jedynie powiedzieć, że po strzelaninie w Central Parku policja nowojorska skierowała wszystkich swoich ludzi, wykorzystała ich doświadczenie, żeby to ustalić.

Jeden z reporterów zerwał się na nogi.

– Czy to prawda, że do sprawy przydzielono dodatkowych ludzi po tym, jak śmierć poniósł nowojorski policjant?

Eve milczała przez pełnych pięć sekund.

– Ellissa Wyman, Brent Michaelson, Alan Markum – zaczęła i wymieniła imiona i nazwiska wszystkich ofiar w takiej kolejności, w jakiej ponieśli śmierć. – Wszyscy ci ludzie stracili życie. Ciekawa jestem, czy podejrzani znali ich nazwiska, czy spojrzeli im w oczy, pomyśleli o ich bliskich. My to zrobiliśmy. Więc zostawcie swoje głupie uwagi dla kogoś, kto nie stał we krwi siedmiu ofiar. Nathaniel Jarvits miał zaledwie siedemnaście lat. Zginął w dniu swoich urodzin. Funkcjonariusz policji Kevin Russo, lat dwadzieścia trzy, został trafiony, kiedy ruszył na pomoc Jarvitsowi, próbując go osłonić przed kolejnymi strzałami. Wykonując swoje obowiązki służbowe. Czy mam dokładnie opowiedzieć o każdej ofierze? Bo mogę, jeśli brak wam jaj, by właściwie wykonywać swoją pracę i poinformować opinię publiczną, kim są zabici.

– Czy znany jest motyw?

– Według nas Mackie i jego córka wytypowali osoby w jakiś sposób związane z wypadkiem Susann Mackie. Podążamy tym tropem.

– Willow Mackie ma zaledwie piętnaście lat. Czy według pani ojciec wziął ją jako zakładniczkę?

– Dowody nie świadczą, by Willow Mackie była przetrzymywana wbrew woli albo do czegokolwiek zmuszana. I proszę sobie oszczędzić fatygi, bo na tym etapie śledztwa nie mogę się podzielić tymi dowodami. Oboje podejrzani są wytrawnymi i doświadczonymi strzelcami. Reginald Mackie wprowadził swoją córkę w tajniki posługiwania się karabinem, nauczył ją strzelać. Zginęło siedem osób, ponad pięćdziesiąt zostało rannych. Tacy zabójcy – snajperzy – są w gruncie rzeczy tchórzami. Mają umiejętności, zimną krew, ale są tchórzami, zabijają z dużej odległości, traktują swoje ofiary jak cel.

185

– Reginald Mackie wykorzystywał te umiejętności jako funkcjonariusz nowojorskiej policji! – krzyknął ktoś z sali.

– Owszem. Ale funkcjonariusze z jednostki taktycznej nie są zabójcami. Ani nie biorą na cel niewinnych ludzi. Ich obowiązkiem jest wykorzystywanie swoich umiejętności, żeby chronić niewinnych obywateli i innych policjantów. I zniszczyć zagrożenie celnym strzałem. Rozkaz zabicia zostaje wydany jedynie wtedy, kiedy istnieje zbyt wielkie ryzyko, gdy zagrożone jest życie innych ludzi.

– Dlaczego takie skłonności Mackiego nie ujawniły się podczas badań okresowych?

Nim Eve zdążyła odpowiedzieć, wystąpił naprzód Lowenbaum.

– To pytanie do mnie – powiedział. – Porucznik Lowenbaum. Byłem przełożonym Reginalda Mackiego.

Nie przerywała mu. Lowenbaum mówił jasno, precyzyjnie, zwięźle. Odpowiadał na padające pytania, zachowując większą cierpliwość niż ta, na jaką zdobyłaby się Eve.

Lecz kiedy uznała, że już dość powiedział, znów wysunęła się do przodu.

– Jeśli chcecie przedstawić tę sprawę tak, żeby zrzucić winę za działania emerytowanego funkcjonariusza na wydział, proszę bardzo. Ale w tej chwili dwoje podejrzanych przebywa na wolności. Macie ich nazwiska, macie zdjęcia. Może powinniście zrobić to, co trzeba, żeby ludzie o wszystkim się dowiedzieli, bo mają do tego pełne prawo. Może to uratować komuś życie. Kończymy konferencję, żebyśmy mogli wrócić do pracy i dołożyć wszelkich starań, by ocalić kogoś od śmierci.

Rozdział 10

Lowenbaum ją dogonił – Eve szła szybko – i wziął ją pod ramię.

– Może mają rację.

– Dziennikarze? Większość z nich myśli tylko o swoim interesie.

– Nie zorientowałem się, że patrzę na zabójcę, Dallas. Był moim podwładnym, a nie widziałem, kim naprawdę jest.

– Bo wtedy nie był zabójcą. – Musiała kontynuować śledztwo, a do tego potrzebowała również Lowenbauma, i to w najlepszej formie. – Jeśli od zawsze był zabójcą, to w wojsku się nie zorientowali, w policji nowojorskiej się nie zorientowali, jego były dowódca też niczego nie zauważył. Dlaczego ty miałbyś to dostrzec? Masz tę gumę, którą zawsze nosisz przy sobie?

Skonsternowany Lowenbaum wyjął z kieszeni opakowanie gumy do żucia. Pokonywali labirynt ruchomych schodów, kierując się ku wydziałowi zabójstw.

– Chcesz jedną?

– Nie, bo pachną, jakby były z fiołkami. Jak możesz żuć coś, co tak pachnie?

Ponieważ już trzymał gumę w ręku, odwinął jeden listek i włożył do ust.

– Kiedyś paliłem.

– A Mackie był kiedyś całkiem dobrym gliniarzem. Wszystko się zmienia. Naszym celem jest powstrzymanie go, a potem Mira będzie miała pole do popisu. – Zatrzymała się na progu sali ogólnej swojego wydziału, rozejrzała się uważnie i zobaczyła to, co sama czuła. Gniew, frustrację i adrenalinę, walczące z kompletnym wyczerpaniem.

– Wydział taktyczny przygotowuje scenariusze w celu powstrzymania ataków w każdym miejscu miasta, prawda? Tym głównie się zajmujecie?

– Tak, i od pierwszej strzelaniny odtwarzamy jej przebieg w trzech wymiarach. Moi technicy obliczają prawdopodobieństwa – przekazuję im dane w miarę, jak je uzyskujemy, a oni próbują przewidzieć, kiedy i gdzie ponownie zaatakuje. To loteria.

– A co ci podpowiada intuicja? Kiedy Mackie stwierdzi, że domyśliliśmy się, że to sprawka jego i jego córki, czy zrobi sobie przerwę na refleksję, czy też przyspieszy realizację swoich zamiarów?

– Miał wiele miesięcy na refleksje. Uważam, że będzie chciał zabić możliwie jak najwięcej upatrzonych osób.

– Zgadzam się z tobą. Wszystkie poza trzema są chronione, nie dopadnie ich. Porozmawiaj ze swoimi ludźmi. Być może wymienił kiedyś jakieś nazwiska.

– Zrobiłem to, ale teraz spróbuję z innego punktu widzenia.

– Dobrze. Muszę przesłuchać kolejne osoby.

Zostawiła go speszonego i weszła do sali wydziału.

– Meldować – powiedziała, skupiając na sobie uwagę wszystkich. – Najpierw o Zoe Younger. Mów. – Wskazała Baxtera.

– To był dobry pomysł, żeby wykorzystać Trueharta, by ją zmiękczyć. Pojawiła się tu zdenerwowana, domagając się adwokata, pomstując i tak dalej. Pytała, gdzie jest jej córka. Trueheart zaproponował, żeby do niej zadzwoniła. Spuściła z tonu, kiedy jej się nie udało, a po telefonie do szkoły dowiedziała się, że Willow Mackie nie jest już ich uczennicą.

Zaczęła się awanturować, jednak wszystkie dokumenty były w porządku – z jej podpisem oraz podpisem Mackiego.

– Jak na to zareagowała?

– Wkurzyła się i przestraszyła. Trueheart wykorzystał jedno i drugie. Oddaję ci głos – zwrócił się do partnera.

Trueheart przestąpił z nogi na nogę w swoich lśniących, czarnych butach.

– Powiedziała, że nigdy niczego nie podpisywała, i zabrzmiało to przekonująco. Według niej Mackie porwał Willow, więc to wykorzystałem. Ogłosiliśmy pomarańczowy alert, a wtedy chętniej zaczęła przekazywać informacje.

– Czego się dowiedziałeś?

– Ostatni raz widziała córkę trzy dni temu, kiedy Willow zgodnie z decyzją sądu rodzinnego pojechała do ojca. Nie rozmawiały ze sobą przez telefon, co według pani Younger nie było niczym nietypowym. Od kilku miesięcy jej stosunki z córką są trochę napięte.

Trueheart się zawahał, a potem wzruszył ramionami.

– Według mnie trwa to dłużej niż kilka miesięcy, ale w ostatnim okresie relacje szczególnie się popsuły. Pani Younger oświadczyła, że Willow ubóstwia ojca, nienawidzi ojczyma, często się kłóci z młodszym bratem i z nią. Pani Younger uważa, że to przejściowe, ale próbowała nakłonić córkę i Mackiego do skorzystania z pomocy poradni rodzinnej.

Trueheart znów przestąpił z nogi na nogę.

– Dużo płakała, pani porucznik, twierdziła, że nienawidzi obsesji – to jej określenie – swojej córki na punkcie broni, ale ponieważ to jedyne, czym Willow się interesuje, i coś, co ją łączy z ojcem, nie chciała jej tego zabraniać. I nie mogła, bo sprawuje opiekę nad córką wspólnie z jej ojcem, więc Willow nie zawsze z nią mieszka.

– Wnioski?

– Boi się, chce wierzyć, że Mackie przetrzymuje dziewczynę wbrew jej woli, albo przynajmniej ją zwodzi. Ale…

– Dokończ.

– Według mnie w równym stopniu boi się o Willow, co boi się własnej córki.

– Świetnie. Mogę to wykorzystać. Sala przesłuchań A?

– Właśnie ją tam zaprowadziliśmy. Znów jest wkurzona – dodał Baxter. – Chce wracać do domu, nie podoba jej się, że rozdzielono ją z mężem i synem.

– To też wykorzystam. Kto się zajmował Martą Beck?

– My. – Santiago spojrzał na Carmichael.

– Właśnie kończę pisać raport – powiedziała Carmichael. – Pamięta Susann Mackie, pamięta, że słyszała o wypadku, i że razem z doktorem Michaelsonem była na pogrzebie.

– Poszli na pogrzeb?

– Według Marty Beck to całkiem typowe dla Michaelsona. Kiedy składali kondolencje Mackiemu, nic nie powiedział, sprawiał wrażenie zimnego i rozgniewanego, co uznała za zrozumiałe. Zapytaliśmy ją o wizytę pani Mackie w dniu wypadku, sprawdziła w rejestrach. To było zwykłe badanie okresowe – matka zdrowa, płód rozwijał się prawidłowo. Wcześniej jedna z pacjentek zaczęła rodzić w przychodni. Zaopiekowała się nią położna, a Michaelson też tam był, więc miał opóźnienie w przyjmowaniu innych zapisanych pacjentek. Z rejestrów wynika, że pani Mackie została przez niego przyjęta z czterdziestotrzyminutowym poślizgiem. Zaproponowano jej, żeby zbadała ją asystentka albo żeby się przepisała na inny termin, ale wolała zaczekać.

– Na którą godzinę miała wyznaczoną wizytę?

– Na kwadrans po dwunastej. Weszła do gabinetu przed pierwszą.

– Czyli czekała przez całą przerwę obiadową, prawda? I prawdopodobnie spieszyła się, żeby wrócić do pracy. Kto rozmawiał z jej przełożoną… Z przełożoną Mackie w pracy?

– Już tu jedzie – powiedział jej Jenkinson. – Ja z Reinekem zajęliśmy się Lincolnem Stubenem, ojczymem. Odmalował ciemniejszy obraz Willow Mackie niż jej matka. Podstępna, destrukcyjna, arogancka. Twierdzi, że jest kłamczuchą, że

190

kiedyś zagroziła mu nożem i powiedziała, że jeśli jednym słówkiem piśnie o tym matce, oświadczy, że próbował ją zgwałcić. Utrzymywała, że zna sposoby, żeby wyglądało to wiarygodnie. A wtedy jej ojciec go zabije.

– Powiedział o tym matce?

– Zrobił coś lepszego. Ukrył kamerę w kuchni, sprowokował dziewczynę, żeby to wszystko powtórzyła, a potem pokazał Zoe nagranie. Podczas konfrontacji dziewczyna zareagowała agresywnie, zamknęła się w swoim pokoju. Później przeprosiła, ale Stuben jej nie uwierzył, w przeciwieństwie do matki. W tej chwili ich małżeństwo jest zagrożone, Stuben nie godzi się, żeby zostawiać syna samego z dziewczyną. Może to z powodu urazy, jaką do niej czuje, ale uważa, że Willow Mackie wcale nie trzeba byłoby zmuszać ani podstępem nakłaniać do udziału w morderstwie. Na ostatnie urodziny kupili chłopcu szczeniaczka – ciągnął Reineke. – Dzieciak szalał za nim, spał z nim, sam wyprowadzał go na spacer. Parę miesięcy później po powrocie ze szkoły do domu zobaczył, jak szczeniak wylatuje z okna na drugim piętrze i pada tuż u jego stóp. Psiak doznał złamania karku. Dziecko wpadło w histerię, przechodnie się zatrzymali, żeby mu pomóc. Ktoś nawet zadzwonił na policję. Kilka minut później pojawiła się Willow. Nikt nie potrafił zrozumieć, czemu okno było otwarte ani w jaki sposób szczeniak wspiął się na parapet, dlaczego wyskoczył, ale tak to wyglądało. Tylko Stuben jest święcie przekonany, że Willow skręciła kark psu i wyrzuciła go przez okno, kiedy zobaczyła brata na ulicy. Potem wyszła tylnymi drzwiami, okrążyła kwartał i wróciła.

– Nie ma nic lepszego, niż wprawiać się na szczeniaczkach i kociakach.

– Mam jeszcze trochę informacji o pani Mackie, może się okażą przydatne – wtrąciła Peabody. – Rozmawiałam z członkami rodziny, nauczycielami, szefami i współpracownikami. Wynika z tego, że pani Mackie była miłą osóbką – grzeczną, dobrze wychowaną, o ujmującej powierzchowności. Raczej marzycielką niż kobietą czynu. Nie miała specjalnych ambicji, nie zależało jej na karierze zawodowej. Raczej romantyczka czekająca na pojawienie się księcia. Miła, łagodna, ładna, słodka i trochę głupia. Takie określenia najczęściej się powtarzają.

– No dobrze. Trueheart, zajmij się dzieciakiem… Bratem przyrodnim dziewczyny. Reineke, przyprowadź razem z nim ojca. Niech Trueheart porozmawia z chłopcem. Willow Mackie wygląda mi na osobę, która mogła grozić chłopcu i zabroniła mu komukolwiek o tym wspomnieć. Może jemu powiedziała więcej, przechwalała się. Peabody, ze mną. Zajmiemy się Zoe Younger.

– Można powiedzieć, że Younger stanowi przeciwieństwo drugiej żony – oświadczyła Peabody, kiedy szły do sali przesłuchań. – Zrobiła karierę zawodową, jest ceniona w pracy. I wygląda na to, że jest osobą mocno stąpającą po ziemi. Może nie ocenia właściwie córki, ale nie jest marzycielką.

– Susann, młodsza od Younger, łagodniejsza, patrzyła na niego jak na księcia z bajki. Wszystko wskazuje, że wypadek był spowodowany tym, że była spóźniona, nie uważała, ale Mackie nie przyjął tego do wiadomości. Była jego ukochaną i musiał znaleźć winnych jej śmierci.

Eve zatrzymała się przed salą przesłuchań A.

– Trueheart ją zmiękczył, zagrał na uczuciach macierzyńskich. Ja zamierzam jej dokopać.

Weszła do sali przesłuchań.

– Włączyć nagrywanie. Porucznik Eve Dallas i detektyw Delia Peabody przystępują do przesłuchania Zoe Younger w związku ze śledztwem w sprawach numer H-29073 i H-29089. Pani Younger, czy przeczytano pani, jakie przysługują pani prawa?

– Jakie mi przysługują prawa? Nie rozumiem… Przewieziono nas… mnie tutaj, żeby nam zapewnić bezpieczeństwo.

– Zgadza się. I żeby odpowiedziała pani na pytania dotyczące pani córki, Willow Mackie, oraz byłego męża, Reginalda Mackiego, głównych podejrzanych o popełnienie siedmiu zabójstw. Może słyszała pani o strzelaninie na lodowisku Wollmann i o masakrze na Times Square?

– Moja córka ma zaledwie piętnaście lat. Jej ojciec...

– Czy odczytano pani przysługujące jej prawa?

– Nie.

– Peabody.

– Takie są wymogi, pani Younger. Ma pani prawo zachować milczenie.

Kiedy Peabody zapoznawała Zoe Younger z przysługującymi jej prawami, Eve chodziła po sali tam i z powrotem.

– Czy rozumie pani swoje prawa i obowiązki, pani Younger? – spytała Peabody.

– Tak, rozumiem. I rozumiem, że mam prawo do obecności adwokata. Chciałabym się skontaktować ze swoim adwokatem.

– Świetnie. Załatw to, Peabody. Czyli na razie nie mamy tu nic do roboty.

– Chcę wiedzieć, co policja robi, żeby odszukać moją córkę!

Eve zimno obejrzała się za siebie.

– Pani nie odpowiada na moje pytania, ja nie odpowiadam na pytania pani.

– Ma zaledwie piętnaście lat. Jej ojciec...

– Proszę to powiedzieć swojemu prawnikowi.

– Chcę, żeby mnie zabrano do mojego męża i synka.

– Nie obchodzi mnie, co pani chce. Będzie tu pani siedziała i czekała na swojego adwokata. Pani mąż i syn po przesłuchaniu zostaną umieszczeni w bezpiecznym miejscu. Pani zostanie tutaj.

– Dlaczego mi to pani robi?

– Dlaczego to robię? Odpowiem pani. – Eve złapała teczkę, którą przyniosła Peabody, otworzyła ją, rozłożyła zdjęcia siedmiu ofiar, zrobione w kostnicy. – Oto dlaczego.

– O Boże. O mój Boże.

– Ósma osoba przebywa w szpitalu. Minie trochę czasu, nim znów będzie mogła chodzić. Poza tym jest jeszcze ponad pięćdziesiąt osób, które odniosły obrażenia, wśród nich chłopiec młodszy od pani syna. Ten chłopiec doznał złamania nogi. Peabody, załatw adwokata, a potem zamelduj się u mnie.

– Tak jest, pani porucznik.

– Chyba nie wierzy pani, że ona ma z tym coś wspólnego.

– W ciemnych oczach Zoe Younger, błyszczących od łez, pojawił się szok. – Chyba pani nie wierzy, że piętnastoletnie dziecko może mieć z tym coś wspólnego.

– Pani Younger, nie jestem tutaj po to, żeby odpowiadać na pani pytania, a ponieważ postanowiła pani skorzystać ze swojego prawa do obecności adwokata, w tej chwili nie mamy sobie nic do powiedzenia.

– W takim razie proszę zapomnieć o tym cholernym adwokacie.

– Rezygnuje pani z prawa do adwokata?

– Tak, tak. Przynajmniej na razie. – Zoe przycisnęła palce do powiek. Miała oczy ciemnozielone jak jej córka. – Musi pani zrozumieć, że moja córka została porwana przez swojego ojca.

Eve usiadła i odczekała chwilkę, wpatrując się w matkę Willow. Gładka, brązowa skóra, duże oczy, burza czarnych loków.

I drżące usta.

– Sama pani w to nie wierzy. Chce pani w to wierzyć, próbuje sobie to wmówić. Ale pani w to nie wierzy. Czy jej ojciec był przy tym, jak Willow zagroziła pani mężowi nożem?

– Ty… tylko się zgrywała.

– Posługując się niebezpiecznym narzędziem. Czy jej ojciec był przy tym, jak zabiła szczeniaka pani synka i wyrzuciła zwierzaka przez okno?

Zoe Younger drgnęła.

– Nie zrobiła tego.

– Wie pani, że zrobiła. Widziała pani oznaki. Leży pani w nocy, nie mogąc usnąć, i boi się pani, co jeszcze córka może zrobić. Proszę mi powiedzieć, proszę na mnie spojrzeć i powiedzieć, kiedy po raz ostatni zostawiła ją pani samą ze swoim synkiem?

– To dlatego, że jest nieodpowiedzialna.

– Już wcześniej go krzywdziła, prawda? To były drobne rzeczy. Mówił pani, że się przewrócił albo uderzył przypadkiem, szukał jakichś usprawiedliwień, ale wiedziała pani. Nie mogła pani jej kontrolować, więc próbowała pani mieć kontrolę nad resztą. Musiała pani wyprzeć ze świadomości to, kim jest pani córka, żeby móc z tym żyć.

– Jestem jej matką. Proszę mi nie mówić, jaka jest moja córka.

– W takim razie pokażę pani. – Eve wyjęła z teczki kopie list następnych ofiar, plany budynku szkoły.

– Tę sporządzili wspólnie pani były mąż i córka. Ale ta druga? To dzieło Willow. Proszę spojrzeć na imiona i nazwiska. Pani syn jest na pierwszym miejscu. Pani syn, mąż, pani, dalej psycholog szkolna, dyrektorka szkoły. Siostra pani męża.

– Lynda? Nie.

– A to? Rozpoznaje pani to? To plan budynku jej szkoły. Taktycy korzystają z takich planów, tak je oznaczają. Jest bardzo zdolną uczennicą. Ilu czyichś synów i córek mogłaby zabić, ilu nauczycieli, rodziców, niewinnych ludzi?

Palce Zoe Younger drżały. Cofnęła dłonie, splotła je mocno.

– To... To należy do Maca, nie do niej. Co tydzień przeszukuję jej pokój, jej komputer. Znalazłabym to.

– Tak jak znalazła pani skrytkę na broń w jej komodzie?

– Co? O czym pani mówi?

– Skąd ma komodę, która stoi w jej pokoju?

– Dostała ją od Maca na trzynaste urodziny.

– Pod szufladą jest skrytka na broń. Willow trzymała paralizatory w pani domu.

– Nie, nie. Nie pozwalam… Nie pozwalamy…

– Regularnie przeszukiwała pani jej pokój, bo pani jej się boi. Bo chociaż pani nie dopuszcza tego do siebie, wie pani, do czego jest zdolna pani córka. Nie znaleźliśmy tego w jej komputerze, w jej pokoju. Ani w mieszkaniu Mackiego, gdzie spędzała połowę życia. Znaleźliśmy to ukryte w komputerze pani syna, w miejscu, którego nie przyszłoby pani do głowy przeszukać.

– W komputerze Zacha?

– Na którym odrabiał lekcje, grał w gry. Zaplanowała, że zabije swojego brata. Ile lat ma pani syn?

– Siedem. Ma siedem lat. Willow go nienawidzi. – Zoe Younger ukryła twarz w dłoniach. Łzy zaczęły kapać między jej palcami. – Nienawidzi go. Widzę to w jej oczach. Jest taki słodki, taki słodki i pocieszny, i niekonfliktowy, ale patrzy na niego wzrokiem pełnym nienawiści.

Opuściła ręce i przycisnęła je do brzucha, a łzy płynęły jej po policzkach.

– Rosła w moim łonie. W ciąży z nią nie wypiłam nawet jednego łyka wina. Zdrowo się odżywiałam, robiłam wszystko, co kazał lekarz. Dbałam o siebie, a kiedy się urodziła, kiedy trzymałam ją w ramionach, przysięgłam sobie, że zawsze będę się o nią troszczyła. Bardzo ją kochałam. Karmiłam ją, kąpałam, śpiewałam jej. Wiedziałam, że Mac chciał mieć syna, ale był dobry dla Willow. Naprawdę dobry. Kochał ją, czy pani to rozumie? Był dobrym ojcem, a potem… Przestał być dobrym mężem. Stał się zamknięty w sobie, zimny, nie interesował się tym, czym ja. Z wyjątkiem Willow. Powiedział, że powinniśmy mieć drugie dziecko, może tym razem urodzi się chłopiec. Ja też chciałam mieć drugie dziecko.

– Ale nie z nim.

– Nienawidził mojej pracy, tego, że nie jestem cały czas z Willow. Wzięłam dwa lata urlopu macierzyńskiego, żeby całkowicie poświęcić się wychowaniu, ale chciałam też pracować. Przedłużyłam urlop o sześć miesięcy, a potem przez

pół roku pracowałam na niepełny etat. Jesteście policjantkami. Nie wiecie, co to znaczy być żoną policjanta.

– Jesteśmy policjantkami. I mamy dość dobre pojęcie
o tym, jak to jest być żoną policjanta. Nie jest to łatwe.

– Próbowałam. Nie chciał ze mną rozmawiać, chyba że
sprawa dotyczyła Willow. Chociaż nawet wtedy... Kochałam
ją, ale poza tym, że byłam matką, chciałam też być żoną i człowiekiem. Jednak próbowałam. Dłużej byłam jego żoną, niż
tego chciałam, bo mieliśmy dziecko. A kiedy w końcu moje
małżeństwo się rozpadło, Willow miała do mnie pretensje.
Ubóstwiała go, a przecież ja zniszczyłam naszą rodzinę.
Mimo to przez jakiś czas było lepiej. Spędzała czas tylko
z nim, beze mnie. Któregoś dnia... Miała zaledwie siedem
lat, kiedy odkryłam, że Reginald uczy ją posługiwać się bronią. Znalazłam w jej pokoju paralizator, doszło do kłótni.
Powinnam być bardziej stanowcza. Powinnam podjąć zdecydowane kroki. Lecz mogłam tylko zabronić jej przynosze-
nia broni do naszego domu. Później przez jakiś czas mówiłam sobie, że dobrze, że ma własne zainteresowania, inne
od moich. Brała udział w zawodach i zdobywała nagrody,
więc wmawiałam sobie, że to sport. Nie chciała grać w piłkę
ani biegać, ani wstąpić do szkolnych kółek zainteresowań,
więc to była jej odskocznia. I jeśli nie będę jej przeszkadzać,
będzie szczęśliwa.

Otarła twarz dłońmi.

– Pracuję z Lyndą. Jest moją najlepszą przyjaciółką.
Znałam Lincolna dużo wcześniej, zanim... Zaczęliśmy się spo-
tykać po tym, jak przeprowadziłam separację z Reginaldem.
Przysięgam pani, że nigdy...

Urwała i zamknęła oczy.

– Teraz to nie ma najmniejszego znaczenia. To prawda,
ale nie ma to znaczenia. Willow nigdy nie lubiła Lincolna,
chociaż był dla niej dobry, próbował nawiązać z nią kontakt.
Mówiłam sobie, że wszystko się ułoży, bo przysięgam, że
dobry z niego człowiek. Potem zaszłam w ciążę. Willow była

bardzo zła, kiedy jej o tym powiedzieliśmy. Wciąż ją widzę, jak stoi... Miała wtedy zaledwie osiem lat, była nieco starsza niż Zach teraz. Zacisnęła ręce w pięści, oczy miała pełne zimnej furii. Powiedziała: „Nigdy ci nie wystarczałam". A potem... Boże... Dodała: „Mam nadzieję, że oboje umrzecie, wtedy będę mogła zamieszkać z tatą". Czy mogę... Przepraszam, czy mogę dostać trochę wody?

– Przyniosę pani. – Peabody wstała i wyszła.

– Detektyw Peabody opuściła salę przesłuchań. Pani Younger, czy rozważała pani zwrócenie się do specjalisty o pomoc dla Willow albo skierowanie jej na terapię?

– Tak, tak. Mam przyjaciółkę, która jest psychologiem, ale ponieważ Mac i Willow byli przeciwni temu pomysłowi, poprosiłam ją, żeby porozmawiała z Willow nieoficjalnie, że się tak wyrażę. Grace Woodward jest terapeutką. Zajmuje się gniewem, co oczywiste, kwestiami przeniesienia. Ograniczyliśmy się do rozmów terapeutycznych, bardzo swobodnych, i wydawało się, że Willow się uspokoiła. Nie interesowała się Zachem, kiedy się urodził, spędzała więcej czasu ze swoim ojcem... Pozwalałam jej na to.

Wzdrygnęła się i kilka razy odetchnęła głośno.

– Tak było łatwiej. Nigdy nie potrzebowała bliskiej więzi ze mną. Traktowała to jak karę, kiedy zabierałam ją na zakupy, do fryzjera czy na przedstawienie. Więc przestałam, powiedziałam sobie, że nie dzieje się nic złego, jeśli nie podziela moich zainteresowań ani ja jej. Ale chodziłam na zawody, póki mi nie powiedziała, że wyczuwa moją dezaprobatę i to ją dekoncentruje. Poprosiła mnie, żebym przestała przychodzić na turnieje.

Umilkła; Peabody przyniosła jej kubeczek wody.

– Cieszyłam się, kiedy Mac poznał Susann. Był tak wyraźnie nią zauroczony, a ona wydawała się taka słodka, taka dobra. Myślałam, że Willow jej nie polubi, ale zdaje się, że tak się nie stało. Chyba... Szczerze mówiąc, sądzę, że dlatego, że Susann była taka... Nie chcę powiedzieć słaba, bo to brzmi pejoratywnie. Ale była miękka i niewymagająca. Willow nie okazała złości, kiedy Susann zaszła w ciążę, jednak wtedy zaczęła mieć kłopoty w szkole. Nie odrabiała prac domowych, pyskowała nauczycielom, zagroziła jednej z koleżanek, że zrobi jej krzywdę. Zgodziliśmy się na rozmowy ze szkolną psycholog...

– Z Rene Hutchins.

– Tak. O Boże, tak, z panią Hutchins. I miałam wrażenie, że Willow znów się uspokoiła. Mac zabrał ją na polowanie na zachód. Pojechali tylko we dwoje i wszyscy uznaliśmy, że ten czas, spędzony z nim, pozwolił jej zrozumieć, że nadal jest ważna. A potem Susann zginęła. To było okropne dla nas wszystkich. Dla Maca, bo stracił Susann i synka, którego oboje tak pragnęli. Już wybrali dla niego imię – Gabriel. Bardzo lubiłam Susann, naprawdę. I przyznaję, że kiedy Mac ją poślubił, kiedy się okazało, że będą mieli syna, o czym zawsze marzył, miałam nadzieję, że Willow przestanie do mnie czuć taką urazę. I do Lincolna. Mac zawsze był łagodny i dobry dla Zacha, ale stawał się zimny, kiedy rozmawiał ze mną albo z Lincolnem.

– Czy kiedykolwiek groził pani albo pani mężowi?

– Och, nie, nic podobnego. Jedynie okazywał nam pogardę. Czułam, że gardzi nami obojgiem, dlatego zależało mi na tej terapii dla rodzin. Bo przypuszczałam, że stosunek Willow do nas brał się właśnie z tego.

– Powiedziała pani, że Willow nienawidziła swojego brata, a Mackie go lubił.

– Tak. – Znów zamknęła oczy. – Tak, to prawda.

– Jak się zmieniła sytuacja po śmierci Susann?

– Mac zupełnie się rozsypał. Zresztą trudno mu się dziwić. Willow chciała spędzać więcej czasu ze swoim ojcem, pozwoliłam na to. Czułam, że jest mu potrzebna, a ona potrzebowała jego. Ale zaczął zbyt dużo pić, nawet przyjeżdżał po nią pijany. I musiałam oświadczyć im obojgu, że w tej sytuacji Willow nie może z nim mieszkać. Kiedy kazałam jej wrócić do domu, kiedy postawiłam ten warunek, właśnie wtedy piesek... Wtedy się to stało.

– Wiedziała pani, że to ona zrobiła – powiedziała delikatnie Peabody.

Z oczu kobiety popłynęły łzy; zacisnęła powieki.

– Byłam o tym przekonana. Nie mogłam niczego udowodnić, ale tak, wiedziałam, że to ona zrobiła. A ona wiedziała, że o tym wiem. Pocieszałam wtedy Zacha. Płakał, trzymałam go w ramionach i pocieszałam. W pewnej chwili uniosłam wzrok. Willow stała i nam się przyglądała. I się uśmiechała. Spojrzała mi prosto w oczy, cały czas uśmiechnięta, a ja się przestraszyłam.

Zoe znów napiła się wody.

– Wtedy zaczęłam przeszukiwać jej pokój. Nigdy niczego nie znalazłam, nienawidziłam siebie za to, co robię, ale systematycznie grzebałam w jej rzeczach. Rozmawiałam z Grace, która wyprowadziła się do Chicago. Powiedziała mi, żebym robiła to, co uważam za konieczne. I że Willow należy leczyć. Nie potrafiłam się na to zdobyć.

Otarła ręką łzy, starając się usiąść prosto.

– Można powiedzieć, że jestem jej matką, że powinna robić to, co jej każę, ale jej ojciec mnie nie poparł. Zagroziła mi, że jeśli ją zmuszę do pójścia na leczenie, oskarży Lincolna o to, że ją wykorzystuje seksualnie. A potem zgłosi się do sądu – była wystarczająco duża, żeby to zrobić – i złoży wniosek, by pozwolono jej zamieszkać z ojcem. Razem z ojcem pójdzie na policję i załatwi zakaz zbliżania się Lincolna do niej. Zniszczy go. Próbowałam z nią rozmawiać, tłumaczyłam, że wszyscy weźmiemy udział w terapii, jednak za nic nie chciała się na to zgodzić. Przez ostatnie miesiące więcej czasu spędzała ze swoim ojcem, ale już nie sprzeciwiałam się temu. Poprawiła stopnie, kłopoty w szkole się skończyły. W domu panowały napięte stosunki, lecz przynajmniej nie była wiecznie zła ani nie zachowywała się destrukcyjnie. Tylko czasami, kiedy podnosiłam wzrok albo oglądałam się za siebie, widziałam ją, jak na mnie patrzy. Stoi i uśmiecha się do mnie. Wtedy ogarniał mnie strach.

Znów się rozpłakała.

– Przepraszam, przepraszam. Nie wiem, co zrobiłam albo czego nie zrobiłam. Co powinnam albo mogę zrobić teraz. To moja córka.

– Pani Younger, ma pani drugie dziecko, które musi pani chronić.

– Wiem. Wiem.

– Pani córka jest psychopatką, wyszkoloną przez eksperta od zabijania.

Kiedy Zoe zaczęła szlochać, Peabody otworzyła usta, żeby coś powiedzieć, ale Eve pokręciła głową.

– Wszystkie oznaki, wszystkie dowody są tutaj. Musimy powstrzymać pani córkę i jej ojca. Nie możemy dopuścić do tego, żeby znów kogoś zabili. Musimy ją odnaleźć, powstrzymać, udzielić jej potrzebnej pomocy. Dokąd mogli się udać?

– Na Alaskę.

– Słucham?

– Po śmierci Susann Mac mówił, że tam wyjedzie. Był pijany albo... albo na haju. Sądzę, że brał też narkotyki. Ale z takimi szczegółami mówił o wyjeździe, że wiedziałam, że to sprawdzał. Razem z Will – nigdy nie nazywał jej Willow – zamierzali udać się na Alaskę, jak tylko ona skończy szkołę. Będą żyli z tego, co da ziemia. Brzmiało to jak bredzenie pijaka, ale raz znalazłam w jej komputerze jakieś informacje o Alasce. Przypominało to wypracowanie szkolne, lecz nie była to praca domowa. Kiedy następnym razem zajrzałam do jej komputera, wszystko skasowała.

– Nie są na Alasce. Zostali w Nowym Jorku.

– Nie wiem, gdzie są, przysięgam. – Zoe Younger błagalnie wyciągnęła przed siebie ręce. – Przysięgam. Byłam żoną gliniarza, zabito gliniarza. Wiem, co to może oznaczać dla mojej córki. Mac stracił rozum, pani porucznik. Śmierć Susann i ich nienarodzonego dziecka kompletnie go załamała. Może, nie wiem, może od zawsze miał w sobie to coś, ale było głęboko ukryte. Podobnie jak Willow jest bardzo skryty. Załamał się i zginie, próbując dokończyć to, co zaczął. Moja córka ma piętnaście lat. Pamięta pani, jak miała pani piętnaście lat, co pani czuła w tym wieku? Uważała się pani za nieśmiertelną i myślała, że śmierć za sprawę jest taka romantyczna bez względu na to, co to za sprawa. Nie chcę, żeby moja córka zginęła. Zrobię wszystko, co w mojej mocy, powiem pani wszystko, co wiem.

Wzięła głęboki oddech.

– Trzęsą mu się ręce.

– Mackiemu trzęsą się ręce?

– Tak. Nie zawsze, ale czasami. Nie widziałam go prawie od miesiąca, lecz kiedy ostatni raz się widzieliśmy, wyglądał... kiepsko. Był roztrzęsiony. Od dawna nie jestem już żoną gliniarza, nie wydaje mi się jednak, żeby mógł oddać te strzały. Sądzę, Boże, miej ją w swej opiece, sądzę, że wyszkolił Willow, by to zrobiła.

Utkwiła wzrok w stole.

– Chcę wierzyć, że strzelała wbrew swojej woli, ale wiem, że to nieprawda. Wykorzystał jej miłość do siebie, jej podziw. Przekonał ją, że to, co robi, to coś bohaterskiego, słusznego, że jej ojciec tego chce i potrzebuje. Ale ona jest tylko dzieckiem. Nie ponosi odpowiedzialności za to, co się stało.

Nieprawda, pomyślała Eve, lecz nic nie powiedziała.

– Czy mają jakąś ulubioną restaurację, pizzerię? Jakieś miejsce, gdzie lubią spędzać razem czas?

– Nie wiem.

– Powiedziała pani, że Willow brała udział w zawodach i wygrywała. Czy zabierał ją gdzieś, żeby to uczcić?

– Nie wiem. Nie chciała, żebym w tym uczestniczyła, nie chciała się tym ze mną dzielić... Chwileczkę. Divine!

– Lodziarnia – wtrąciła Peabody. – Podają tam mrożone desery i jogurty, ale również prawdziwe lody.

– Tak. Willow uwielbia ten lokal, kocha ich karmelowe desery lodowe. Drogo tam, często trzeba czekać godzinę na stolik, ale razem z jej ojcem zaczęliśmy z nią tam chodzić, kiedy była jeszcze malutka, i... Chyba to ich ulubione miejsce. Zabierał ją do tej lodziarni, kiedy zdarzyła się jakaś szczególna okazja.

– Peabody, wyślij mundurowego Carmichaela i Shelby do Divine. Niech wezmą zdjęcia i portrety pamięciowe.

– Tak jest! Detektyw Peabody opuszcza salę przesłuchań.

– Czy jest jeszcze coś, co zwykle robią, gdzie zwykle chadzają?

– Na strzelnicę. Krytą, w Brooklynie. Nie wiem, jak się nazywa. Jest jeszcze jedno miejsce, gdzie można strzelać do celu w środku i na zewnątrz. Gdzieś w New Jersey.

Eve pokręciła głową.

– A coś mniej zorganizowanego?

– Wiem, że zabrał ją na zachód. Do Montany. I chyba częściej jeździli na zachód, nie uzgadniając tego ze mną. Przestałam pytać, bo mnie okłamywali, a Willow robiła to w taki sposób, że było oczywiste, że nie mówi prawdy. Czy ma pani dzieci, pani porucznik?

– Nie.

– To nie wie pani, jak to jest nie sprawdzić się jako matka. – Zoe odwróciła wzrok, wyraźnie zdruzgotana. – Nie wiem, jak ją teraz ratować.

– Pani Younger, zrobimy wszystko, co w naszej mocy, żeby ją odszukać, żeby ją zatrzymać, nie robiąc jej krzywdy, żeby ją powstrzymać, nim znów kogoś zabije. To, co mi pani powiedziała, może się okazać pomocne. Każę zawieźć panią tam, gdzie przebywa pani mąż i syn. Umieścimy was wszystkich w jakimś bezpiecznym miejscu, póki nie znajdziemy Willow.

– Czy będę mogła z nią się zobaczyć i porozmawiać, kiedy ją znajdziecie?

– Tak – odrzekła Eve.

Ale może ona wcale nie będzie chciała z tobą rozmawiać, dodała w myślach.

Rozdział 11

Eve nie miała czasu na żadne ataki histerii i dziesięć sekund po tym, jak weszła do pokoju przesłuchań, żeby porozmawiać z Alyce Ellison, zaczęła żałować, że nie zostawiła rozmowy z tą kobietą Jenkinsonowi i Reinekemu.

– Dlaczego próbuje mnie zabić? – Eve miała wrażenie, że krzyk Ellison żłobi poszarpane otwory w jej czaszce. – Nic nie zrobiłam. Nikogo nie skrzywdziłam! Ktoś próbuje mnie zabić.

– Pani Ellison…

– Policja przyszła do mojego mieszkania! Nawet nie skończyłam jeść kolacji! Ludzie sobie pomyślą, że mnie aresztowano! Nic nie zrobiłam! W każdej chwili mogłam zostać zabita!

Awanturując się, biegała po pokoju, na zmianę to wymachiwała rękami, to przyciskała je do siebie. Oczy, mocno pomalowane niebieskim, błyszczącym tuszem, mało jej nie wyszły z orbit. A usta, grubo pociągnięte czerwoną szminką, ani na chwilę się nie zamykały.

– Proszę usiąść i się uspokoić.

– Co? Co? Usiadłaby pani, gdyby pani życie było zagrożone?

– Proszę pani, jestem policjantką. Codziennie ryzykuję życie, ale potrafię usiąść. Proszę tylko spojrzeć.

Eve usiadła przy stole w pokoju przesłuchań.

– Płacą pani za to, że naraża pani życie! Ktoś próbuje mnie zabić.

– Ale nie w tej chwili, więc proszę usiąść, do jasnej cholery. Siadać! – wrzasnęła Dallas.

– Nie wolno pani tak się do mnie zwracać. – Teraz napłynęły jej do oczu łzy. – Mam prawo do tego, żeby godnie mnie traktowano.

– W tej chwili marnuje pani czas śledczych prowadzących dochodzenie w sprawie serii zabójstw. Proszę usiąść i przestać krzyczeć albo się stąd wynosić.

– Nigdzie nie pójdę. Pani obowiązkiem jest mnie chronić. Złożę pozew!

– Żeby to zrobić, musi pani żyć. – Eve wstała, podeszła do drzwi, otworzyła je. – Siadać albo wynocha. I to już.

Alyce Ellison usiadła i dostała spazmów.

– Jest pani podła. Jest pani zwyczajnie podła.

– Mogę być jeszcze gorsza, bo takie histerie oznaczają marnowanie mojego czasu. Proszę się opanować. Żyje pani, nic pani nie jest, znajduje się pani w bezpiecznym miejscu. Zamierzamy sprawić, żeby pani żyła i by nic pani nie zagrażało. Chce pani, żeby nam się udało? To proszę wziąć się w garść i odpowiedzieć na kilka pytań.

– Nic nie wiem.

– Znała pani Susann Mackie.

– Nic jej nie zrobiłam! – Elisson uniosła zapłakaną twarz. – Mogłam ją wywalić z pracy, ale tego nie zrobiłam. Dałam jej jeszcze jedno ostrzeżenie i to wszystko.

– Jakie ostrzeżenie?

– Dotyczące spóźniania się, zapominania o sprawdzaniu stanu zapasów, tego, że za długo rozmawia z klientkami. To nie moja wina, że potrącił ją samochód!

– Kiedy dała jej pani ostrzeżenie?

– Za którym razem? – Alyce Ellison pociągnęła nosem i zamrugała błyszczącymi powiekami, by się pozbyć wielkich łez. – Musiałam z nią rozmawiać co miesiąc, w kółko jej tłumaczyłam, jak słabe są oceny jej pracy, ponieważ nigdy nie przychodzi punktualnie, czy to rano, czy po przerwie

206

obiadowej. I przez dziesięć minut rozmawia z klientką, zamiast sprzedawać.

– Dlaczego jej pani nie zwolniła?

Kobieta westchnęła.

– Ponieważ, kiedy już się zajęła sprzedażą, doskonale sobie radziła, wiele klientek wracało do nas i chciało, żeby właśnie ona je obsłużyła. Poza tym była miła, nie dało się jej nie lubić. Miała naprawdę doskonałe wyczucie, jeśli chodzi o modę, wiedziała, komu w czym dobrze. Zawsze ładnie wyglądała i potrafiła – o ile nie oddawała się marzeniom na jawie – tak pokierować klientką, że ta kupowała odpowiedni strój czy dodatki. Lubiłam ją. Wszyscy poszliśmy na jej pogrzeb. Spłakałam się jak bóbr.

Nie wątpię, pomyślała Eve.

– Czy ostrzegła ją pani tego dnia, kiedy podczas przerwy obiadowej wyszła do lekarza?

Jej błyszczące usta drgnęły.

– Musiałam. Tego dnia przeprowadzano okresowe oceny pracowników, więc musiałam. Powiedziałam jej, żeby koniecznie wróciła na czas, że musi udowodnić, że się poprawiła, jeśli chodzi o punktualność. Obiecała, że się nie spóźni. Zawsze tak mówiła i zwykle przez kilka dni, nawet przez tydzień od oceny okresowej przychodziła punktualnie, a potem… Ale tamtego dnia nie wróciła po przerwie obiadowej.

Alyce Ellison znów zaczęła płakać.

– Byłam wściekła. Mieliśmy masę pracy, bo akurat trwała wielka wyprzedaż, więc byłam naprawdę wściekła. Zadzwoniłam do niej, ale włączyła się poczta głosowa, nagrałam się. Nie patyczkowałam się. Powiedziałam jej, że skoro nie szanuje mnie ani swojej pracy na tyle, żeby na czas wrócić z przerwy obiadowej, może już w ogóle się nie pokazywać w sklepie. Nie wiedziałam, że nie żyje.

– No dobrze. – Ponieważ czegoś się jednak dowiedziała od tej kobiety, ton Eve stał się łagodniejszy. – Robiła pani to, co do niej należało.

– Ależ naturalnie! Gdyby mi powiedziała, że ma wizytę u lekarza, albo do mnie zadzwoniła i uprzedziła, że się spóźni z powodu wizyty u lekarza, nie potraktowałabym jej tak ostro. Przysięgam. Nie chcę umrzeć! Mam zaledwie dwadzieścia dziewięć lat.

Z oficjalnych danych wynikało, że skończyła trzydzieści trzy, ale Eve puściła to mimo uszu.

– Nie umrze pani. Czy po wypadku rozmawiała pani z Reginaldem Mackiem?

– Wysłaliśmy kwiaty i… list z kondolencjami. I poszliśmy całą grupą na pogrzeb.

– Rozumiem. Czy rozmawiała pani z nim osobiście?

– Nie mogłam. Nie mogłam przestać płakać.

– A czy on z panią rozmawiał?

– Nie. Jego… Jego córka…

– Willow Mackie.

– Tak. Przyszła do sklepu. Poznałam ją, bo już wcześniej przychodziła, żeby Susann pomogła jej wybrać ubrania. Podeszła do mnie i rzuciła mi prosto w twarz, jak musi mi być przykro, że Susann zginęła w wypadku, bo straciłam okazję, by udawać ważniaczkę i wywalić ją na bruk. I że Susann oraz jej nienarodzone dziecko zginęli, ponieważ nie dałam jej dość czasu, żeby mogła pójść do lekarza. A na koniec powiedziała: „Ciesz się swoją beznadziejną pracą i swoim beznadziejnym życiem, póki je masz".

– Kiedy to było?

– Chyba miesiąc po pogrzebie. Nawet nie sprawiała wrażenia zdenerwowanej czy przygnębionej. Nawet cały czas się uśmiechała. Bardzo się zdenerwowałam, próbowałam jej powiedzieć, że ogromnie mi przykro, ale wyszła. A po drodze przewróciła wieszak z koszulkami. Celowo!

– Czy jeszcze kiedykolwiek się pokazała?

– Nie, przynajmniej nie na mojej zmianie. Nigdy więcej jej nie widziałam, póki nie zobaczyłam jej zdjęcia w wiadomościach. I jedyne, o czym pomyślałam, to: nie dziwię się.

– Dlaczego?

– Cóż, jak już mówiłam, Willow Mackie wcale nie była wściekła czy wzburzona, kiedy tu przyszła i powiedziała mi te wszystkie okropne rzeczy. Ale wyglądała, jakby trochę jej odbiło. Darla uważała tak samo. Darla jest jedną z naszych najlepszych ekspedientek. Widziała całe to zdarzenie i powiedziała, że ta dziewczyna miała szalone spojrzenie.

*

Eve poszła do swojego gabinetu, a Peabody ruszyła za nią żwawym krokiem.

– Dallas! – Jej partnerka zaczęła biec. – Właśnie przyszło potwierdzenie, że po obu strzelaninach widziano Mackiego i jego córkę w Divine. Dziś też kamery zarejestrowały ich oboje, kiedy składali zamówienie o czternastej dwadzieścia pięć.

– Byli razem?

– Tak. Kamery rejestrują wszystko w cyklu dwudziestoczterogodzinnym, więc nie mamy ich nagranych po pierwszym ataku, ale kiedy Carmichael przeglądał zapisy, Shelby rozmawiała z pracownikami. Dwoje z nich zapamiętało Mackiego i jego córkę tamtego dnia z powodu strzelaniny. Oboje zgadzają się, że tamci przyszli za kwadrans czwarta. Tuż po tym, jak przewalił się tłum uczniów kończących lekcje.

– Czy mieli coś przy sobie?

– Nie...

– Dowiedz się, dowiedz się natychmiast! Czy miał ze sobą jakąś teczkę? Albo ona? Plecak, torbę, walizkę na kółkach? Dowiedz się, Peabody. I to już.

– Tak jest, pani porucznik.

Eve udała się prosto do swojego gabinetu i otworzyła właśnie otrzymaną wiadomość z wydziału przestępstw elektronicznych.

– Pokazać na ekranie.

Przyjrzała się wyróżnionym budynkom, poczynając od tych z największym współczynnikiem prawdopodobieństwa. Za pierwszym razem im się poszczęściło, pomyślała. Może i teraz będą mieli fart.

– Miała plecak. – Peabody stanęła na progu. – I nic więcej. Na nagraniu nie widać żadnej teczki, walizek czy toreb. Tylko plecak. Świadkowie też nie pamiętają, żeby wczoraj mieli jakieś torby.

– Czyli po strzelaninie poszli do swojej kryjówki, mieli czas, żeby schować broń, a potem wybrali się na lody. Potrzebna mi sala konferencyjna.

– Whitney zarezerwował dla nas salę A na czas trwania śledztwa.

– Za pięć minut odprawa dla wszystkich.

– Czy ma przyjść ktoś z wydziału przestępstw elektronicznych?

– Powiedziałam: dla wszystkich.

Eve złapała to, co jej będzie potrzebne, i ruszyła prosto do sali konferencyjnej. Uaktualniła dane na tablicy, wyświetliła na ekranie mapę, sporządzoną przez komputerowców, podzieliła ją i zaczęła przydzielać poszczególne sektory różnym policjantom.

Obejrzała się i zmarszczyła czoło, kiedy wszedł Roarke.

– Nie wiedziałam, że wciąż tu jesteś.

– Nie było mnie, ale wróciłem. Ponieważ nie potrzebowali mnie w wydziale przestępstw elektronicznych, zająłem się swoją pracą. Ale jestem. Jak ci mogę pomóc?

– Mógłbyś wyświetlić mapę na drugim ekranie, skupić się na lodziarni Divine na East Side.

– Znam ją. Ty też... A przynajmniej jej wyroby.

– Nigdy tam nie byłam.

– Ponieważ mamy ich zapas w domu. Jeden z plusów bycia właścicielem.

– To twoja lodziarnia?

– Prawdę mówiąc, jest twoja.

Nawet w tej chwili, mając głowę zaprzątniętą śledztwem, Eve znieruchomiała i zamrugała powiekami.

– Jestem właścicielką lodziarni?

– Jesteś właścicielką najlepszej lodziarni w mieście – powiedział, nie przestając pracować.

– Nikt nie może się o tym dowiedzieć.

– Słucham? – Spojrzał na nią rozkojarzony i zobaczył, że ściągnęła brwi. – Co powiedziałaś?

– Szczególnie Peabody. Nikt nigdy nie może się dowiedzieć, że jestem właścicielką jakiejś superlodziarni.

– Widzę, że trzeba będzie odwołać to, co zaplanowaliśmy dla porucznik Dallas, ale jak sobie życzysz.

– Czy... Ach, to żart. Ha, ha. Dlaczego figuruję jako właścicielka? Nie, później. Teraz muszę się skupić na śledztwie.

– W takim razie powiedz mi, jaką rolę odgrywa w nim Divine?

– Chodzą tam... Mackie z córką. Kiedy jest szczególna okazja. Byli w lodziarni po obu strzelaninach.

Rozbawienie, lekki uśmiech zniknęły z jego twarzy.

– Zabiłaś ludzi, zapraszam na banana z lodami i bitą śmietaną?

– Coś w tym rodzaju.

– Odkąd się znamy, miałaś do czynienia z kilkoma potworami, ale to... To coś innego. Ojciec i córka świętujący przy lodach śmierć ludzi, kiedy bliscy ich opłakują.

– Nagradza ją. Wyszkolił tę dziewczynę, zrobił z niej strzelca wyborowego, więc ją nagradza za dobrze wykonaną robotę. Szukam ich kryjówki. Skoro poszli do Divine, najpierw pozbywszy się broni, należy sądzić, że znaleźli sobie lokum w pobliżu lodziarni. Z tego, co ustaliliśmy, chodzili do Divine, kiedy jeszcze była dzieckiem.

Kiedy rozmawiała z Roarkiem, zaczęli się pojawiać kolejni funkcjonariusze.

– Poproszę was o przyjrzenie się finansom Mackiego. Nawet jeśli pobiera emeryturę i otrzymał odprawę pośmiertną po wypadku żony, pamiętajmy, że płaci czynsz za dwa mieszkania. Musiał kupić broń, postarać się o fałszywe dokumenty tożsamości. To z pewnością nadwerężyło jego finanse. Więc lokal, który wynajmuje, najprawdopodobniej jest tani, może z czynszem naliczanym co miesiąc. Wątpię, by wynajął go wcześniej niż sześć miesięcy temu.

– Dallas, mundurowy Carmichael i funkcjonariuszka Shelby są w drodze do komendy, ale nie dotrą wcześniej niż za piętnaście minut – poinformowała ją Peabody.

– Nie muszą tu być. Połącz się z nimi, żeby mogli śledzić odprawę przez Internet.

– Z Tibble'em też – polecił Whitney, wchodząc do sali.

– Już się robi. – Feeney podszedł do komputera.

– Proszę spojrzeć na ekran numer jeden. I na wyróżnione budynki. To potencjalne miejsca, skąd strzelano dziś do ludzi na Times Square. Niech każdy zapisze sobie, który sektor został mu przydzielony – powiedziała Eve. Podczas pierwszego ataku podejrzani skorzystali z pokoju hotelowego, zwyczajnie meldując się jako goście. Podobnie mogli postąpić i za drugim razem. Musicie sprawdzić budynki w waszych sektorach – hotele, tanie mieszkania, biurowce, pracownie. Oprogramowanie, wykorzystane do wytypowania budynków, wskazuje również, jak sami widzicie, prawdopodobieństwo, przypuszczalny kąt oddania strzałów i kierunek, z jakiego strzelano. Zaznaczone są najbardziej prawdopodobne kondygnacje. Sprawdźcie wszystko, i to dokładnie. Porozmawiajcie z urzędnikami, administratorami, dzielnicowymi, licencjonowanymi prostytutkami, sprzedawcami, osobami wyprowadzającymi psy na spacer, mieszkańcami, ekipami sprzątaczy. Nie wybrali miejsca na chybił trafił, więc przynajmniej jedno z nich oglądało lokal już wcześniej.

Odwróciła się do drugiego ekranu.

– Divine… – zaczęła.

– Najlepsze „Kocie Łby" w mieście – wtrącił Jenkinson i wzruszył ramionami. – Tak tylko mówię.

– Przyjęłam do wiadomości. Najwyraźniej podejrzani są tego samego zdania, chociaż Willow woli lody z polewą karmelową. Dowiedzieliśmy się, że podejrzani udali się do lodziarni po obu strzelaninach.

– Lody na ochłodę po emocjach – mruknął Feeney.

– Zoe Younger, matka Willow Mackie, oświadczyła, że Mackie regularnie zabiera córkę do Divine, traktując to jako formę nagrody. I to się potwierdza. Do korzystających z lodowiska Wollmann strzelano o piętnastej piętnaście, do przechodniów na Times Square o trzynastej dwadzieścia jeden. Na zapisach kamer monitoringu, zainstalowanych w Divine, widać Mackiego i jego córkę dziś o czternastej dwadzieścia pięć. A świadkowie zeznali, że po strzelaninie na lodowisku Wollmann pojawili się w lodziarni około piętnastej czterdzieści pięć. W obu wypadkach Mackie nie miał nic przy sobie, a jego córka miała tylko plecak.

– Czyli opuścili miejsce, skąd strzelali, udali się tam, gdzie obecnie mieszkają, zostawili broń. A potem poszli na lody – podsumował Baxter.

– Proszę zwrócić uwagę na godzinę. Tego popołudnia, kiedy strzelali do ludzi w Central Parku, spakowali broń, opuścili hotel w East Side i zamawiali lody pół godziny po tym, jak poniosła śmierć ich pierwsza ofiara. Dziś między atakiem a ich pojawieniem się w Divine upłynęło ponad godzinę. Czyli całe pół godziny dłużej zajęło im dostanie się z miejsca, skąd strzelali do ludzi na Times Square, do Divine w East Side, gdzie uczcili powodzenie akcji.

– Z centrum do East Side jest dalej – odezwał się Santiago.

– To nie ulega wątpliwości. Ale i za pierwszym, i za drugim razem pozbyli się broni. Czy jest prawdopodobne, żeby posiadali własny środek transportu?

– Raczej nie – powiedział Lowenbaum. – O ile mi wiadomo, Mackie nigdy nie miał własnego samochodu.

– Hotel East Side ma garaż dla gości – dodała Eve. – Mackie nie zgłosił, że chce z niego skorzystać.

213

– I o ile nie kupił pojazdu równie bezpiecznego, jak te, z których korzystają nasze jednostki taktyczne – uzupełnił Lowenbaum – jest wykluczone, by zostawił broń w samochodzie zaparkowanym w garażu czy na ulicy. Nawet jeśli ma własny środek transportu, i tak trzyma broń w bezpiecznym miejscu.

– Może ostatnio kupił jakiś samochód, skoro zamierza osiąść z córką na Alasce, kiedy już ukończy swoje dzieło. Ale zgadzam się, że wyszkolony oficer nie zostawi broni laserowej na parkingu, idąc na lody.

Eve znów wskazała ekran.

– Na dotarcie z któregoś z wyróżnionych budynków w centrum miasta do lodziarni potrzeba więcej czasu niż te trzydzieści minut. A po pierwszym ataku zjawili się w lokalu, według zeznań świadków, pół godziny po śmierci pierwszej ofiary.

– Czyli zamelinowali się gdzieś w East Side – stwierdził Jenkinson. – Przypuszczalnie w pobliżu lodziarni. Powiedziałaś, że to ulubiony lokal ojca i córki?

– Tak. I masz rację. Czyli skupimy się na tym obszarze: od Pierwszej Alei do Lex między ulicami Pięćdziesiątą Piątą a Piętnastą. Lodziarnia znajduje się w środku tego obszaru. Z łatwością mogli dotrzeć pieszo z miejsca, z którego strzelali przy Drugiej Alei, do każdego miejsca w tym rejonie.

– Należałoby zapukać do wielu drzwi – zauważyła detektyw Carmichael.

– Dlatego komputerowcy wyeliminują te najmniej prawdopodobne, a pozostali będą szukać miejsca, z którego oddano strzały.

– Kolejne upatrzone osoby są już bezpieczne. Wszyscy powinniście się zapoznać z nagraniami przeprowadzonych dziś przesłuchań. Mówiąc w skrócie, podczas rozmowy z Zoe Younger stało się oczywiste, że Willow Mackie zdradza skłonności psychopatyczne. Świadczy o tym między innymi zabicie szczeniaczka należącego do jej brata, grożenie nożem ojczymowi.

214

– Bratu też, pani porucznik. – Trueheart się zarumienił, kiedy Eve popatrzyła w jego stronę. – Przepraszam, że przeszkodziłem.

– Nie przepraszajcie. Mówcie.

– Dzieciak pękł podczas przesłuchania.

– Nazywam to „otwarciem się" – poprawił go Baxter.

– Poczuł się bezpiecznie, inaczej niż do tej pory. Uznał, że może powiedzieć wszystko Trueheartowi, bo ten mu uwierzy.

– To też. Ale według mnie uwierzył, że jego przyrodnia siostra już go nie dopadnie. – Trueheart spojrzał na tablicę.

– Dzieciak był terroryzowany, pani porucznik. Powiedział, że czasami budził się w środku nocy, a dziewczyna była w jego pokoju. Siedziała i patrzyła na niego. Raz przyłożyła mu nóż do gardła, powiedziała, żeby zawołał o pomoc.

– Nigdy nie mówił o tym rodzicom?

– Bał się. – Po chwili Trueheart z sykiem wypuścił powietrze. – Widziałem, jak się boi, pani porucznik. Groziła, że on też może skończyć, wylatując przez okno i rozpłaszczając się na chodniku jak jego piesek. Albo może jego ojciec skończy pewnej nocy z poderżniętym gardłem, jeśli dzieciak nie będzie trzymał buzi na kłódkę. Albo matka może kiedyś spaść ze schodów, a kiedy pojawi się policja, znajdzie tam jeden z jego samochodzików. I wsadzą malca do więzienia. Już ona się o to postara. To jeszcze dzieciak, pani porucznik. Uwierzył jej.

– I miał wszelkie powody. Zamierzała ich wszystkich zabić, kiedy wykona zadanie zlecone jej przez ojca. Jeśli ktokolwiek z was traktuje ją jak dziecko, niech przestanie tak myśleć. Póki Willow Mackie nie trafi za kratki, jest niebezpieczna. Jeśli ktokolwiek z was traktuje jej ojca jak policjanta, kolegę po fachu, niech przestanie tak myśleć. I on, i jego córka są zabójcami, działającymi z zimną krwią. Znajdźcie miejsce, skąd strzelali, zbierzcie wszelkie informacje i dowody. Wszyscy, którym przydzieliłam zadania w terenie, rozejść

215

się. Feeney, postaraj się zmniejszyć liczbę budynków, gdzie mogą mieszkać.

– W porządku. Chcesz się zabawić? – spytał Roarke'a.

– Pewnie, że chcę.

– Przyjdź na górę, kiedy będziesz wolny. – Kapitan, wstając, wsadził ręce do wypchanych kieszeni. – Czy coś wskazuje na to, że tych dwoje łączą jakieś szczególne stosunki?

– Według mnie to, że są snajperami strzelającymi do ludzi jak do kaczek... Och. – Eve też wsunęła ręce do kieszeni. – Nie, nic z tych rzeczy.

– W takim razie szukał mieszkania z dwiema sypialniami. Dziewczyna ma prawie szesnaście lat, więc na krótko mogą zamieszkać w jednym pokoju, ale na dłużej raczej każde z nich wolałoby mieć swoją sypialnię. Facet chce jechać na Alaskę, więc prawdopodobnie stara się oszczędzać, na czym tylko się da, a zatem, jak powiedziałaś, nic drogiego. Tak, możemy trochę zmniejszyć liczbę budynków. McNab, bierzmy się do roboty.

– Tak sobie myślałem...

– Zdarza mu się to.

McNab, uśmiechając się, potarł ucho, w którym miał dużo srebrnych kolczyków.

– Muszą jeść, prawda? Świeżo upieczony samotny tata, do tego oboje wciąż kombinują, jak najskuteczniej zabić masę ludzi. Przypuszczalnie nie mają czasu na gotowanie, a nawet na kupno czegoś bardziej wyszukanego niż gotowe dania na wynos.

– Bary sprzedające dania na wynos, restauracje dostarczające jedzenie pod wskazany adres – powiedziała Eve, kiwając głową. – Pizzerie, chińskie bary, kanapkarnie. Sklepy całodobowe, uliczne wózki z jedzeniem.

– Jak na osobę myślącą żołądkiem, całkiem nieźle. – Feeney lekko szturchnął McNaba. – Uwzględnimy to.

– Lowenbaum, czy macie Patroniego pod telefonem?

– Zabrałem go ze sobą. Dallas, wyświadcz mi przysługę, nie każ mu się stawić w pokoju przesłuchań.

Gdybym była na jego miejscu, pomyślała Eve, też bym o to poprosiła, jeśliby chodziło o przesłuchanie któregoś z jej ludzi.

– Porozmawiamy w holu. We trójkę. Zajmij dla nas stolik, dobrze?

– Dziękuję.

– Peabody, chcę, żebyś sprawdziła, czy wszyscy cywile, których ściągnęliśmy, zostali umieszczeni w bezpiecznym miejscu. A jeśli chodzi o to szukanie igły w stosie siana…

– Stogu.

– Co za różnica. Porównaj inicjały, które mamy, z imionami i nazwiskami wszystkich adwokatów działających w mieście. Zacznij od tych, którzy się ogłaszają, że specjalizują się w procesach o odszkodowania w wyniku doznania uszczerbku na zdrowiu i za spowodowanie śmierci w wyniku zaniedbania.

– To malutka igła w wielu stogach siana, ale zajmę się tym.

Kiedy w sali byli już tylko Eve i Roarke, Whitney wstał.

– Pani porucznik, Organizacja Bezpieczeństwa Wewnętrznego interesuje się pani śledztwem.

Słysząc nazwę „Organizacja Bezpieczeństwa Wewnętrznego", Eve poczuła, jak cała się spina.

– Interesuje się czy chce je przejąć, panie komendancie?

– Interesuje się, rozważając, że się tak wyrażę, jego przejęcie.

– To śledztwo w sprawie morderstw, panie komendancie.

– Można to uznać za terroryzm krajowy. I, prawdę mówiąc, większość mediów tak to określa.

Chociaż Eve nie mogła się pozbyć myśli: „polityka, pieprzona polityka", odrzekła opanowanym tonem:

– Być może, panie komendancie, ale dowody wyraźnie świadczą, że motywem jest zamordowanie określonych osób. Pozostałe ofiary miały stanowić jedynie przykrywkę, by trudniej było ustalić, kogo zabójcy wcześniej sobie upatrzyli.

– Możemy wykorzystać pewne źródła Organizacji Bezpieczeństwa Wewnętrznego w taki sposób, żeby tamci nie przejęli kierowania śledztwem.

– Z całym szacunkiem, panie komendancie, według mnie nie mamy czasu, żeby skakać przez te obręcze. Jeśli uznam, że te źródła są cenniejsze od czasu, albo jeśli śledztwo utknie w martwym punkcie, wtedy z radością przyjmę pomoc.

– W porządku. To pani śledztwo, pani porucznik. I daję pani zielone światło, jeśli chodzi o nadgodziny. Ale muszę otrzymać wniosek na piśmie, zgodnie z przepisami.

– Tak jest, panie komendancie.

– Dorwij ich, Dallas. Dorwijcie ich.

Kiedy wyszedł, Eve przycisnęła palce do powiek.

– Pieprzona Organizacja Bezpieczeństwa Wewnętrznego. Pieprzona robota papierkowa. Pieprzyć to.

– Czy coś jadłaś w ciągu dnia?

– Na rany Chrystusa.

Roarke wyjął z kieszeni baton energetyczny.

– Zjedz to, a nie będziesz musiała dodać do swojej listy: „pieprzone zrzędzenie".

– Dobrze, już dobrze. – Rozdarła opakowanie i ze złością ugryzła batonik. Może fakt, że coś tak zwyczajnego smakowało cudownie, oznaczał, że rzeczywiście jej organizm domagał się czegoś pożywnego.

– A ponieważ z pewnością nie masz ochoty na policyjną lurę, podczas następnego spotkania wypij butelkę wody. Idę do Feeneya, ale daj mi znać, kiedy będziesz jechała w teren.

Ujął jej twarz w obie dłonie, pocałował ją mocno i wyszedł.

Westchnęła, spałaszowała do końca batonik – niemal żałowała, że nie ma drugiego – i jeszcze raz przyjrzała się uważnie tablicy.

W holu wypatrzyła przy jednym ze stolików Lowenbauma z jakimś gliniarzem.

Vince Patroni – koło pięćdziesiątki, z ciemnymi, krótko obciętymi włosami i z kościstą twarzą – dumał nad kawą.

Ponieważ Roarke miał rację, zdecydowała się na wodę i była niemal rozczarowana, kiedy automat wypluł butelkę, nie zrzędząc.

– Porucznik Dallas – przedstawił ich sobie Lowenbaum, kiedy Eve i Patroni mierzyli się wzrokiem. – Oficer taktyczny Patroni.

– Porucznik mówi, że ma pani stuprocentową pewność, że chodzi o Maca.

– Zgadza się.

– I jego córkę.

– Zgadza się. Czy mam panu krótko to zreferować?

– Nie. – Patroni uniósł rękę, potarł oczy. – Obaj służyliśmy w wojsku, ja i Mac, obaj byliśmy specjalistami od broni, wyszkolonymi w sto dziewięćdziesiątym siódmym. Nie odbyliśmy szkolenia w tym samym terminie, ale mieliśmy kilku wspólnych znajomych z tamtych czasów.

– Zaprzyjaźniliście się.

– Tak. Mam dziesięcioletniego syna ze związku, który się rozpadł, a on ma Will. Parę razy w tygodniu chodziliśmy na piwo, na mecze, na strzelnicę. Przyprowadzał Will zawsze, kiedy akurat z nim mieszkała... Znaczy się, na strzelnicę. Dziewczyna doskonale strzelała, była zabójczo dobra...

Najwyraźniej w tej samej chwili zrozumiał, jak to zabrzmiało.

– Jezu.

– Niech pan się nie przejmuje – powiedziała mu Eve. – Zatem regularnie chodził pan z nimi na strzelnicę.

– Tak. Przez ostatni rok nie, ale wcześniej owszem. Kilka razy zabrałem też swojego syna, ale strzelanie niezbyt go interesuje. Chce być naukowcem. Zresztą nasze dzieci niespecjalnie się polubiły.

– Z uwagi na różnicę wieku?

– Nie, to nie to. Owen ma dobre relacje ze wszystkimi, młodszymi i starszymi, ale jej nie polubił. Po tym, jak widzieli się po raz drugi, powiedział mi, że nie chce się z nią spotykać. Nie podobał mu się jej wygląd. Byłem zdziwiony, bo jak już powiedziałem, dzieciak nie ma problemów z nawiązywaniem przyjaźni. Powiedziałem mu, że nie powinien osądzać ludzi na podstawie tego, jak wyglądają. Ale wyjaśnił mi, że nie chodzi o to, jak Will wygląda, tylko jak patrzy. Na niego, na innych – ciągnął Patroni. – W jej wzroku jest coś złego. Powiedział, że kiedy Will strzela do tarczy, widzi ludzi i lubi sobie wyobrażać, że ich zabija.

– Jest niezwykle spostrzegawczym chłopcem.

– Tak. Jest wyjątkowo spostrzegawczy. Przypuszczamy, że ma wyjątkowy dar. Dotąd nie poddaliśmy go badaniom, bo i ja, i jego matka uważamy, że jest jeszcze za mały. Ale ma ten swój wyjątkowy dar, więc kiedy mi powiedział, że nie chce się z nią spotykać, przestałem go ze sobą zabierać. Uznałem po prostu, że Will nie lubi, jak ktokolwiek odciąga uwagę jej taty od niej, bo Mac naprawdę polubił Owena. Proszę mnie źle nie zrozumieć, Mac ma fioła na punkcie córki, ale bardzo chciał mieć syna. Podejrzewam, że traktuje ją trochę jak syna. Will nie ma w sobie dużo z dziewczynki.

– Ponownie się ożenił.

– Tak. Susann była miłością jego życia, to nie ulega wątpliwości. Powiedział, że Will też ją kochała.

– Tak powiedział?

– Tak, cóż… – Patroni zaczął się wiercić na krześle, a potem utkwił wzrok w kawie. – Według mnie Will odnosiła się do Susann poprawnie. Z tego, co widziałem, Susann nigdy nie wkraczała pomiędzy niego i Will, nawet zachęcała ich, żeby więcej czasu spędzali razem. A on był z Susann szczęśliwszy, bardziej odprężony. Nie posiadał się z radości, kiedy zaszła w ciążę. A kiedy zginęła… Zupełnie się załamał. Wpadł w czarną rozpacz. Dzień w dzień pił do utraty przytomności. Nie udawało mi się z nim porozmawiać. Wykreślił ze swojego życia wszystko i wszystkich poza Will. Kilka razy wyciągałem go pijanego z baru, potem jednak zamykał się w domu na klucz i pił.

– Nie zameldowałeś mi o tym, Patroni.

Patroni uniósł wzrok i spojrzał w oczy Lowenbaumowi.

– To się jeszcze nasiliło wtedy, kiedy kazał mu pan wziąć urlop okolicznościowy, panie poruczniku. Nie uważałem, że coś dobrego da zameldowanie, że na urlopie pije na umór. Szczerze mówiąc, nie przypuszczałem, że wróci do pracy. Nie był gotów, żeby wrócić, panie poruczniku, i pan o tym wiedział. Trochę się wziął w garść, pilnował się, ale wszyscy wiedzieliśmy, co z nim jest. Przesunął go pan do pracy za biurkiem, bo wiedział pan o tym. Nikt się nie zdziwił, kiedy po dwudziestu latach służby odszedł na emeryturę. Ale później, po tym, jak już złożył papiery, chyba nie tylko pił na umór.

Jego była żona uważała tak samo, przypomniała sobie Eve.

– To znaczy?

– Kilka razy byłem u niego. Bardzo schudł, wyglądał na chorego. Ręce mu drżały, a jego oczy… Nawet na samym początku, nawet kiedy bierze się tylko trochę, oczy zdradzą człowieka.

– Według pana zaczął ćpać – powiedziała Eve.

– Do jasnej cholery, Patroni, dlaczego mi o tym nie zameldowaliście?

– Był emerytem – przypomniał mu podwładny. – Już nie był pan jego dowódcą. A ja niczego nie mogłem udowodnić. Wiedziałem, ale nie mogłem tego udowodnić. Kiedy spróbowałem z nim o tym porozmawiać, wszystkiemu zaprzeczył. Potem odwiedziłem go jeszcze parę razy, ale otwierała mi Will. Twierdziła, że ojciec śpi, że czuje się lepiej, że stara się otrząsnąć, że namówiła go na wspólny wyjazd na zachód.

– Ona go namówiła?

– Powiedziała, że świeże powietrze, zmiana otoczenia dobrze mu zrobią. Wszystko sama zorganizowała. Bo faktem jest, że zabierał ją do Montany, może nawet parę razy do Kanady, na Alaskę więcej niż parę razy.

– Kiedy go pan widział po raz ostatni?

– Już jakiś czas temu. Trzy, może cztery miesiące temu. Dał mi dość jasno do zrozumienia, że nie chce, bym do niego wpadał, a ja nie mogłem mu zaproponować: „Ej, chodźmy na piwo". Parę razy dzwoniłem, próbowałem go wyciągnąć na mecz albo na strzelnicę, ale odmawiał, zawsze był akurat zajęty z Will. Albo ona odbierała telefon, mówiła, że tata jest zajęty, że do mnie oddzwoni, jednak nigdy się nie odezwał.

– Czy kiedykolwiek wspomniał, że zemści się za śmierć Susann?

– Nie mówił, że kogoś zabije. Był moim przyjacielem, porucznik Dallas, ale jestem policjantem, znam swoje obowiązki. Gdyby poważnie komuś groził albo gdybym podejrzewał, że...

– Rozumiem, Patroni.

– Cieszę się. – Przesunął dłonią po włosach. – Kiedy jeszcze ze mną rozmawiał, po pijaku zdarzało mu się powiedzieć, że ktoś będzie musiał za to zapłacić. Zdaje się, że wynajął adwokata.

– Jakiego adwokata?

– Nigdy mi nie powiedział. Ale wspomniał o tym. Mówił, że jego żona i dziecko zostali zamordowani i gdzie jest sprawiedliwość? Że służył swojej ojczyźnie, służył temu miastu, ale nikt się nie przejął tym, że jego żona i dziecko zostali zamordowani. Próbowałem mu wytłumaczyć, że to nieprawda. Szczegółowo zapoznałem się z meldunkiem o wypadku, z rekonstrukcją zdarzenia. Nawet osobiście rozmawiałem z Russo i świadkami. To był wypadek – wielka tragedia, ale wypadek. Kiedy Mac był trzeźwy, powiedziałem mu to prosto w twarz. Później już nie chciał ze mną rozmawiać.

– Czy wie pan, kiedy się przeprowadził?

– Nie wiedziałem o jego przeprowadzce, ale po tym, jak mnie potraktował, jak Will nie dopuszczała mnie do niego, uznałem, że postanowił zapomnieć o przeszłości. Nie chciał kontaktować się ze mną ani z nikim, kto by mu przypominał, co się wydarzyło.

– Czy kiedykolwiek wspominał o przeprowadzce?

– Jasne, że tak. Mówił, że kiedy Will skończy osiemnaście lat, przeniosą się na Alaskę. Ale to było przed wypadkiem Susann. Po jej śmierci opowiadał o jakiejś farmie. Marzył o wyjeździe z miasta, zamieszkaniu na wsi.

– I nie wspominał o zmianie miejsca zamieszkania w mieście? Miał przecież żonę i dziecko w drodze.

– Zgadza się. – Patroni zamknął oczy, próbując sobie przypomnieć. – Tak, oszczędzali. Tak. Przypomniałem sobie. Susann chciała całkowicie poświęcić się opiece nad dzieckiem. Prawdę mówiąc, chciała rzucić pracę od razu. Ale wytłumaczył jej, że jeszcze przez kilka miesięcy jej pieniądze są im potrzebne, żeby mogli wynająć większe mieszkanie. Rozglądali się za jakimś tanim domem do remontu w East Side. Will mogłaby kontynuować naukę w tej samej szkole, poza tym dobrze znali tę część miasta. I Mac mówił, że będzie się starał o pełną opiekę nad córką. Szukali czegoś w okolicy Trzeciej Alei albo Lex. Na południe od Dwudziestej Ulicy. W jednym z tych starych budynków z czasów po wojnach miejskich. Na ogół są zrujnowane, ale można dość tanio je wynająć. Ach, i chcieli zamieszkać w pobliżu parku albo placu zabaw, żeby mogli tam chodzić z dzieckiem. Rozglądali się za czymś takim.

– Rozważali kupno czy wynajem?

– Chcieli kupić albo wynająć z opcją kupna. Można podpisać taką umowę na dom z okresu po wojnach miejskich, przynajmniej tak mi powiedział Mac. Pomyślałem sobie: tak, ponieważ to domy z prefabrykatów, na ogół rozsypujące się, a jedynym ratunkiem dla nich jest, jak ktoś się wprowadzi, włoży w nie dużo czasu i pieniędzy. Sam mieszkałem w jednym takim w Lower West, kiedy miałem dwadzieścia kilka lat. Przysięgam, że kiedy wiał silny wiatr, cały budynek chodził. Ale właśnie czegoś takiego szukali. Mac chciał zainwestować, wyremontować dom, a kiedy stanie się pełnoprawnym właścicielem, sprzedać go i kupić coś na wsi. Przypuszczałem, że to mrzonki, on jednak traktował je poważnie.

– Przypomina pan sobie jeszcze coś? Coś, co powiedział, kogoś, kogo obwiniał? Czy inicjały JR i MJ coś panu mówią? JR, MJ – powtórzyła. – Figurują na jego liście, do tej pory nie udało nam się ich rozszyfrować.

– Przestał ze mną rozmawiać o wypadku, kiedy wszystko dokładnie sprawdziłem i powiedziałem mu o tym. Nie chciał więcej ze mną dyskutować na ten temat. Nikt mi nie przychodzi do głowy... Chwileczkę... MJ? Nie wiem, czy to możliwe, czy mógłby...

– Kto to taki?

– Może Marian. Marian Jacoby. Ma syna, który chodzi do tej samej szkoły, co Will. Rozwiedziona. Susann nas poznała, umówiliśmy się ze dwa razy, ale nie zaiskrzyło. Pracuje w laboratorium. Jest technikiem od dowodów rzeczowych.

– Chwileczkę. – Wyjęła telefon. – Peabody, Marian Jacoby, technik od dowodów rzeczowych. Odszukaj ją i przywieź tutaj. Jej inicjały są na liście sporządzonej przez zabójców.

– Nie wiem, dlaczego miałby zamiar coś jej zrobić... – zaczął Patroni.

– Może poszedł do niej, może chciała mu wyświadczyć przysługę i po pracy dokonała rekonstrukcji wydarzenia, zapoznała się z dowodami rzeczowymi, raportami, a potem powiedziała mu nie to, co chciał usłyszeć.

Rozdział 12

Eve pospiesznie udała się do wydziału przestępstw elektronicznych. Przeciskając się na ruchomych schodach, jednocześnie wybierała numer Berenskiego.

– Gdzie mogę znaleźć Marian Jacoby?

– Ej, poświęcam dodatkowe godziny na twoje śledztwo. Skąd, u diabła, mam...

– Czy jest w laboratorium?

– Powtarzam, skąd, u diabła, mam...

– Dowiedz się. Natychmiast.

– Jezu, powinna tu być. Jeśli jest w terenie...

– Dowiedz się natychmiast, do jasnej cholery.

Jego gniewna twarz wypełniała cały wyświetlacz. Przejechał na taborecie wzdłuż blatu.

– Tak, jest gdzieś tu. Co znowu, do cholery?

– Rusz tyłek, idź do niej, umieść w bezpiecznym miejscu. Już wysłałam po nią gliniarzy.

– Wyobrażasz sobie, że pojawisz się tutaj i aresztujesz jedną z moich...

– Berenski, być może Jacoby jest następna na liście sporządzonej przez zabójców. Zna Mackiego i niewykluczone, że postanowił ją zabić. Przytrzymaj ją w bezpiecznym miejscu, póki nie zgłoszą się po nią moi ludzie.

– Już się robi. – Jego gniew ustąpił miejsca zaciętości. Twarz mu się rozmazała, kiedy wstał z taboretu. – Nikt nie będzie groził moim ludziom. – Rozłączył się.

Wciąż trzymając telefon w ręku, Eve przeszła przez hałaśliwą i kolorową salę wydziału przestępstw elektronicznych i skierowała się do oddzielonego od niej szklaną ścianą laboratorium.

– Marian Jacoby, potencjalna ofiara, jest już bezpieczna. Zostaje nam jedna osoba. Pokaż mi mieszkania w East Side, od Dwudziestej na południe, w domach wzniesionych po wojnach miejskich. Gdzieś w okolicy Trzeciej Alei, może Lex.

Wzięła głęboki oddech, a Feeney natychmiast przystąpił do poszukiwań.

– Finanse – zwróciła się do Roarke'a. – Oszczędzali na większe mieszkanie.

– Mogę ci powiedzieć, że osiemnastego września niemal zupełnie ogołocił swój rachunek bankowy, a w ostatnim tygodniu wypłacił sporą kwotę z konta emerytalnego. Miał polisę na dwieście pięćdziesiąt tysięcy dolarów w przypadku śmierci żony, ale w razie śmierci w wyniku nieszczęśliwego wypadku należało mu się odszkodowanie w podwójnej wysokości. Już wcześniej zaoszczędził nieco ponad dwieście tysięcy. Czyli zgromadził dość na zaliczkę za mieszkanie, tylko czy nie byłoby to głupotą?

– Może nie myśli racjonalnie, ale zgadzam się z tobą i raczej się skłaniam ku temu, że coś wynajął. Nawet jeśli on nie myśli racjonalnie, coraz wyraźniej widać, że jego córka, chociaż nieźle pokręcona, nie jest głupia. Poszukaj innych kont, bo musiał gdzieś ulokować pieniądze.

– Pracuję nad tym.

– Już wyeliminowaliśmy kilka budynków. – Nie przestając pracować, Feeney wskazał ekran, na którym Eve zobaczyła wiele usuniętych adresów. – Jeśli skupimy się na domach z prefabrykatów z okresu po wojnach miejskich, wykreślimy więcej.

Skinęła głową i odebrała telefon. Zobaczyła na wyświetlaczu Dickiego.

– Siedzi w moim gabinecie. Jest cholernie przerażona.

– Daj mi ją. Jacoby?

– Pa-pa-pani porucznik, ja...

– Proszę się uspokoić. Jest pani bezpieczna i będzie pani bezpieczna. Zna pani Reginalda Mackiego.

– Pani porucznik, błagam. Mój syn... Mój syn jest w domu sam, tylko z domowym androidem. Mój syn...

– Zajmiemy się tym. MacNab, wyślij szczegóły dotyczące ochrony pani Jacoby i jej syna do policjantów, którzy mają się udać do jej mieszkania. Pani Jacoby, jak tylko będziemy gotowi, proszę zadzwonić do syna, powiedzieć mu, że przyjdą po niego funkcjonariusze. Proszę mu powiedzieć, żeby kazał im się wylegitymować, zanim ich wpuści do środka.

– Wie o tym, już wie. Nie wpuściłby...

– To dobrze. Zna pani Reginalda Mackiego.

– Tak, mój syn i jego córka chodzą razem na niektóre zajęcia. Znałam jego żonę, Susann...

– Czy Mackie przyszedł do pani i poprosił, żeby zajęła się pani jej wypadkiem?

– Był zrozpaczony, pogrążony w żałobie...

Nim Eve zdążyła jej przerwać te tłumaczenia, usłyszała głos Berenskiego.

– Tak czy nie, Jacoby? Nikt cię za to nie ukarze. Mów prawdę i streszczaj się. No już.

– Tak, przyszedł do mnie, poprosił o pomoc. Po godzinach dokonałam rekonstrukcji wydarzenia, sprawdziłam dowody rzeczowe, przeanalizowałam raporty, wszystko. Musiałam mu powiedzieć, że to nie była niczyja wina. Nie mówiłam mu, że Susann była sama sobie winna, ale takie są fakty. Był zły, oskarżył mnie o próbę tuszowania prawdy. Potem mnie przeprosił. Nie mówił tego poważnie, ale i tak mnie przeprasza. Od tamtej pory nie widziałam go ani z nim nie rozmawiałam.

– No dobrze. Jest pani bezpieczna, pani syn także. McNab, nazwiska policjantów?

– Task i Newman. Powinni być na miejscu za dwie minuty.

– Task i Newman. Proszę przypomnieć synowi, żeby sprawdził tożsamość funkcjonariuszy. Będą pod pani mieszkaniem za dwie minuty.

– Dziękuję. Dziękuję.

– Zadzwoń ze swojego telefonu – powiedział Berenski i wziął od niej swój aparat. – Żeby twój dzieciak się zorientował. Zamknij tego szalonego sukinsyna, Dallas, nim upatrzy sobie kogoś innego z mojego laboratorium. Zanim wybierze sobie mnie, do jasnej cholery.

– Zaciskamy wokół niego pętlę.

Rozłączyła się i przesunęła ręką po włosach.

Popołudniowa zmiana, pomyślała. Barani Łeb też pracuje po godzinach. Zapisała sobie w pamięci, żeby następnym razem nie naskoczyć na niego od razu, kiedy znów zachowa się jak kretyn.

– Zajmujemy się mieszkaniami do wynajęcia przy Drugiej Alei – oznajmił Feeney.

– Wciąż eliminujemy niektóre przy Lex – dodał McNab.

– Przekażcie mi dane. – Roarke jedną ręką wstukiwał coś na klawiaturze, a drugą obsługiwał ekran dotykowy. – Porównam to z finansami i nazwiskami.

Kiedy znów zadzwonił jej telefon, Eve odeszła kilka kroków, żeby ich nie słyszeć.

– Jacoby jest bezpieczny, policjanci wiozą go do matki – poinformowała ją Peabody. – Jak do tej pory nikt nie natrafił na miejsce, z którego strzelano za drugim razem.

– Umów mnie na rozmowę z Mirą.

– Jeśli chcesz teraz, to przypominam ci, że prawie dochodzi dwudziesta. Nie ma jej w pracy. Czy zadzwonić do niej do domu?

– To może zaczekać. – Już miała jasny obraz zachowania Mackiego. – Wszyscy, którzy nie jedli kolacji, mają trzydzieści minut przerwy. O dwudziestej drugiej wstrzymujemy poszukiwania miejsca, z którego strzelali. O siódmej trzydzieści wszyscy muszą się stawić na odprawie. Do tego czasu niech będą w pogotowiu.

– Skontaktuję się ze wszystkimi. Jesteś u komputerowców? Znajdziesz tam dla mnie jakieś zajęcie?

– Zawsze mogę czymś zająć Peabody – powiedział McNab.

– Och.

– Przestańcie. – Eve zaczęła chodzić po laboratorium tam i z powrotem. – Wciąż nie zidentyfikowaliśmy jednej osoby z listy ofiar.

– Sprawdzam nazwiska... Już wyeliminowałam kilku adwokatów o takich inicjałach. Jest cholernie dużo adwokatów – dodała Peabody. – I praktykantów adwokackich polujących na ofiary wypadków, adwokatów pozbawionych uprawnień, a także tych, którzy właśnie otrzymali uprawnienia...

– Szukaj dalej. Zrób sobie przerwę na jedzenie, ale szukaj dalej.

Znów zaczęła chodzić tam i z powrotem.

– Pięć wielce prawdopodobnych adresów. Trzy między ulicą Dwudziestą Pierwszą a Piętnastą oraz Drugą i Trzecią Aleją. Dwa przy Trzeciej Alei w pobliżu ulicy Osiemnastej.

Odwróciła się do Feeneya i zaczęła się przyglądać informacjom.

– Dwa przy Lex między Dziewiętnastą a Czternastą – dodał McNab. – Kolejne dwa między Lex a Trzecią Aleją, jedno na rogu z Dwudziestą, drugie – z Szesnastą.

– Dwa mieszkania, dwa domy, jeden loft nad sklepem detalicznym.

– Ja mam dwa mieszkania i dwa domy – powiedział McNab.

Eve zapoznała się z danymi.

– Najpierw przyjrzyjmy się domom. Zapewniają większą swobodę, ma się kontrolę nad systemem zabezpieczeń. Nazwiska lokatorów na ekranie.

Zmarszczyła czoło, patrząc na zdjęcie pierwszej osoby, wyświetlone przez Feeneya, a potem przez McNaba.

– To nie Mackie. Obejrzyjmy następnych.

– Już się robi. – McNab złapał puszkę swojego napoju, wypił trochę. – Przesuniemy się bardziej na południe i na wschód od Drugiej Alei.

– Chwileczkę. Dom przy Trzeciej Alei. Powiększ to, Feeney. Gabe Willowby – mruknęła Eve. – Willow, Willowby. Younger powiedziała, że Mackie razem z drugą żoną wybrał imię dla swojego synka. Gabriel.

Feeneyowi rozbłysły oczy.

– To by było zbyt proste.

– Zgadza się. Zdjęcie nie przedstawia Mackiego, ale spójrzcie na rysopis. Taki sam wzrost, zbliżony wiek. Taki sam kolor oczu.

– Dość łatwo można stworzyć nieprawdziwą tożsamość, która pojawia się podczas poszukiwań – odezwał się Roarke.

– I mieć inną, wykorzystując to samo nazwisko i własną twarz. – Uśmiechnął się. – Tak przynajmniej słyszałem.

– Przypuśćmy. McNab, sprawdź tego Willowby. – Wyjęła swoją komórkę. – Odwołuję przerwę na kolację. Wszyscy mają się stawić w komendzie na odprawę. Być może coś mamy. Prześlij mi wszystko, czego się dowiesz – powiedziała, kierując się do drzwi. – Sala konferencyjna A. Najszybciej, jak zdołasz.

Żałując, że nie ma karty Whitneya, która umożliwiłaby jej jazdę windą bez zatrzymywania się, Eve wybrała ruchome schody. A skoro już pomyślała o Whitneyu, zadzwoniła do komendanta do domu i do Lowenbauma, który jeszcze był w pracy.

Kiedy ruszyła prosto do sali konferencyjnej, nadbiegła Peabody.

– Co nowego?

– McNab sprawdza niejakiego Gabe'a Willowby'ego, mieszkającego przy Trzeciej Alei. Wygląda inaczej niż Mackie, ale rysopis się zgadza.

– Willowby. Wydaje mi się... Mam wrażenie, że to nazwisko już się pojawiło, kiedy sprawdzałam ich wyjazdy.

– Peabody wyjęła swój palmtop, żeby się upewnić. Właśnie weszły do sali konferencyjnej. – Muszę tylko... Tak, tak, Gabriel Willowby i jego nieletni syn Colt widnieją na liście pasażerów wahadłowca do Nowego Meksyku w listopadzie.

– Colt? To nazwa producenta broni. Czyli udawała chłopaka. Pokaż Colta Willowby'ego na ekranie.

– To nie ona – powiedziała Peabody, kiedy spojrzała na zdjęcie. – Chociaż...

– Kolor oczu i włosy można łatwo odmienić. Ten dzieciak mógłby być jej kuzynem. Jej kuzynem-rówieśnikiem, tego samego wzrostu i wagi. Sprawdź Colta Willowby'ego, posługując się swoim palmtopem. Potrzebny mi komputer.

– Co chcesz zrobić?

– Posłużyć się programem identyfikacji na podstawie wyglądu. Zobaczymy, czy coś z tego wyjdzie. – Kiedy komputer pracował, Eve przyglądała się tablicy, chodząc przed nią tam i z powrotem. – Z pewnością zaopatrzył ich oboje w liczne fałszywe dokumenty tożsamości. Wziął z konta emeryturę i pieniądze z polisy ubezpieczeniowej za śmierć żony w wypadku. Stać go było na ich kupno. Zresztą policjant z dwudziestoletnim stażem może wiedzieć, jak się produkuje fałszywe papiery.

– Bardziej prawdopodobne, że jego córka wie, jak to zrobić. – Peabody wzruszyła ramionami. – Dzieciaki szybciej łapią nowinki techniczne, a nastolatki zawsze interesują się fałszywymi dokumentami tożsamości. I potrafią sprokurować takie, które przejdą zwykłe sprawdzanie. Jak na przykład ten.

– Tak czy owak, z pewnością ma ich więcej niż jeden. Wynajął mieszkanie, trochę podróżował, posługując się tym dokumentem tożsamości. Podczas innych podróży legitymował się innym. Jeśli ma konto, to na jeszcze inne nazwisko. Karty kredytowe, umowa na telefon są na jeszcze inne.

Odwróciła się szybko, kiedy komputer zasygnalizował, że wykonał zadanie.

– Ta sama twarz, a Colt Willowby jest w rzeczywistości Silasem Jacksonem, lat szesnaście, z Louisville w Kentucky. Daruj sobie poszukiwania, bo mamy ich. Chociaż nie, niech komputer szuka dalej – im więcej dowodów, tym lepiej. Ale teraz posłuż się komputerem, żeby uzyskać wszystko, co tylko możliwe, o nieruchomości przy Trzeciej Alei.

– Już to mam dla ciebie – powiedział Roarke, wchodząc. – I właśnie ci przesłałem.

– Świetnie. Peabody, wyświetl.

– Dzięki programowi identyfikacji na podstawie wyglądu ustaliłem, że Willowby to w rzeczywistości Dwayne Mathias, lat pięćdziesiąt trzy, z Angor w Maine.

– Rozumujesz jak glina.

– Znów mnie obrażasz – powiedział, przesuwając palcem po dołeczku w jej brodzie – a za chwilę przyniosą kilkanaście pudełek pizzy.

– Pizza! – Peabody wykonała radosny taniec.

Eve spojrzała na nią z ukosa.

– Nikt nie miał przerwy na kolację – przypomniała jej partnerka. – Ja zjadłam tylko batonik jogurtowy.

– A jest większe prawdopodobieństwo, że głodny gliniarz popełni jakiś błąd – wtrącił Roarke.

– Myślałam, że jak człowiek głodny, to zły. Ja czuję złość. – Eve wpatrywała się w plany budynku, wyświetlone na ekranie. – Ale nie mam nic przeciwko pizzy.

Rozumuje jak gliniarz, znów pomyślała. I szybciej od niej uwinął się z robotą. Do tego pizza. Grzechem byłoby narzekać.

– Trzypoziomowy bliźniak – stwierdziła. – Kible tylko na pierwszej i drugiej kondygnacji. Śmiem twierdzić, że na parterze nie trzymają nic podejrzanego – wpuszczają tam dostawców, nie chcą, żeby ktoś zobaczył broń albo jakieś plany. Śpią piętro wyżej, a na ostatniej kondygnacji naradzają się, mają magazyn. Z tyłu domu są schody pożarowe, w razie potrzeby można się nimi dostać na dach. Trzecią sypialnię na piętrze można też wykorzystać do pracy. Do stacji metra mają niedaleko, jeśli się bardzo spieszą, mogą nawet podbiec. Przystanek autobusowy w pobliżu. To doskonałe miejsce na kwaterę główną.

– Ale nie da się ukryć, że budynek jest stary – dodał Roarke – i kiepskiej jakości. Willowby wynajął dom z opcją kupna, a ponieważ cena wywoławcza wynosi pięćdziesiąt tysięcy więcej niż wartość domu, przypuszczam, że nawet nie zawracał sobie głowy, żeby negocjować warunki.

– Bo i tak nie zamierza go kupić.

– Zgadzam się z tobą. Tak czy owak, czynsz jest niski.

Wszedł Lowenbaum, spojrzał na ekran.

– Macie go.

– Będziemy mieli.

– W takim razie bierzmy się do roboty.

Gliniarze, którzy byli w terenie, zdążyli wejść na chwilę przed dostarczeniem pizzy. Eve pozwoliła, żeby rzucili się na jedzenie jak wilki – Roarke miał rację, policjanci muszą jeść – a kiedy jedli, przekazała im najświeższe informacje.

– McNab, wyniki badania dowodu tożsamości.

Przełknął pokaźny kawałek pizzy i wczytał wyniki swoich ustaleń.

– Dokument tożsamości gładko przeszedł standardowe sprawdzanie, przeszedłby też kontrolę drugiego stopnia, chociaż z trudem, jednak przy dokładnym sprawdzaniu wszystko się wydało. Fałszywa tożsamość, Eve, lecz trzeba przyznać, że solidna robota. Jedynie policja tak szczegółowo sprawdza dokumenty i to też tylko wtedy, kiedy istnieje podejrzenie popełnienia poważnego przestępstwa.

– Tak samo w przypadku drugiej podejrzanej – wtrąciła Delia. – I dokumentu, którym się legitymowała podczas meldowania w hotelu.

– Czyli mamy wyraźny schemat postępowania. Peabody, postaraj się o nakaz. Będziemy działać identycznie jak poprzednio. Lowenbaum rozmieści tak swoich ludzi, żeby na dany znak mogli wkroczyć do akcji. Wydział przestępstw elektronicznych, posługując się czujnikami, poinformuje nas, czy podejrzani są w środku. Po drugiej stronie, przy Trzeciej Alei, jest pracownia artystyczna. Ulokują się tam McNab i Callendar. Lowenbaum!

Ten wstał i wskaźnikiem laserowym wskazał pozycje swoich ludzi.

– Patroni wejdzie do pracowni artystycznej razem z McNabem i Callendar. Poprosił, żebym go włączył do akcji – powiedział do Dallas. – Jest jednym z moich najlepszych ludzi. Nie zawiedzie.

– W takim razie w porządku. Peabody, pojedziemy razem z ekipą komputerowców.

*

Tym razem wyruszyli na akcję po ciemku, po długim dniu polowania na podejrzanych. Kiedy jechali przez miasto, Eve omawiała każdy krok, starając się przewidzieć wszystkie ewentualności.

– Będzie chciał chronić córkę – powiedział Roarke, ale pokręciła głową.

– To nie on teraz dowodzi, jedynie tak mu się wydaje. Dziewczyna może udawać uczennicę, praktykantkę, ale to ona wszystkim kieruje. Może robi to już od jakiegoś czasu.

– Sądzisz, że będą gotowi umrzeć za sprawę?

– Ona nie chce zginąć, tylko zabijać. On ma swój cel, nawet jeśli pokręcony, i prawdopodobnie gotów jest zginąć dla sprawy. Ale ona na tym nie poprzestanie. Chce zabijać. Wszystkie wyznaczone przez nich osoby poza jedną umieściliśmy w bezpiecznym miejscu. Albo ich teraz ujmiemy, albo znajdą ostatnią ofiarę z jego listy. A potem? Willow Mackie może zaczekać. Jest młoda, ma środki do życia, ma fałszywe dokumenty i prawdopodobnie może sobie załatwić następne. Jak długo możemy przetrzymywać w ukryciu tych wszystkich, których postanowili zabić? Jej się nie spieszy. Musimy ich ująć tu i teraz.

Kiedy dotarli na miejsce, McNab na chwilę splótł palce z palcami Peabody, a potem wysiadł razem z Callendar.

Wcale nie wyglądają na gliniarzy w tych swoich kolorowych płaszczach i butach we wzorki, pomyślała Eve. Szli raźnym krokiem, jak każdy by szedł w wietrzny, styczniowy wieczór.

Eve sprawdziła, czy wszyscy jej ludzie są na swoich pozycjach, a także Lowenbaum i jego ekipa. Roarke i Feeney przystąpili do pracy.

– Zabarykadował się – powiedział jej Feeney.

– Jak to, zabarykadował?

– Tarcze na drzwiach, w oknach. Deflektory paralizatorów. Włożył w to trochę pracy i trochę forsy.

– Możesz obejść zapory?

– Nie paralizatorem, laserem czy czymkolwiek poniżej piątki. Zainstalował też kilka zagłuszaczy, ale daj nam chwilę.

– Ostatni szaniec – mruknęła. – Uznał, że będzie miał więcej czasu, dość czasu, żeby zakończyć misję, miał nadzieję, że uda mu się uciec z córką. Ale jeśli przyjdzie co do czego, to tutaj stoczy bitwę na śmierć i życie. Czy są w domu?

– Ustalamy to – mruknął Roarke, kiedy Feeney porozumiewał się z McNabem i Callendar. – Dom może i jest gówniany, ale Mackie sporo zainwestował w mury i fosę. Już prawie gotowe. Feeney?

– Dobra, mam cię. McNab, co u ciebie?

– Jestem tuż za panem, panie kapitanie. Obraz drga i zanika, ale… Mam. Kilka źródeł ciepła i…

– Nie sądzę – powiedział cicho Roarke. – Jeszcze chwilka.

– To podpucha. Fałszywki. Nieprawdziwy obraz – wyjaśnił Feeney. – Zbadamy to i wyeliminujemy.

– Parter sprawdzony. Brak źródeł ciepła – poinformował Roarke.

– Sprawdzam piętro. – Feeney skinął głową w stronę małego ekranu. – Nikogo tam nie ma.

– I trzecia kondygnacja – zawiadomił ich McNab.

– Eliminuję fałszywe sygnały.

– Jest! – rozległ się pełen satysfakcji głos Callendar.

– Pojedyncze źródło ciepła na trzeciej kondygnacji, północny narożnik wychodzący na zachód, z oknem z zaporą.

– To nie dziewczyna. – Eve usiadła w kucki, żeby lepiej widzieć. – Za wysoki.

– Mogła pójść po coś do jedzenia – powiedziała Peabody.

– Po zakupy.

– Nie sądzę. On ma dyżur. Czeka na nas. Na wszelki wypadek odczekamy trzydzieści minut. Jeśli wyszła po jedzenie, tyle czasu powinno jej wystarczyć. Baxter, Trueheart, rozdzielcie się i przejdźcie się po okolicy, sprawdźcie bary sprzedające dania na wynos, sklepy całodobowe, delikatesy, sklepy czynne o tej porze, w promieniu trzech przecznic. Jeśli ją zauważycie, niech się nie zorientuje, że została namierzona.

– Natychmiast wyruszamy.

– Jeśli zmierza do domu z krokietami po chińsku, zatrzymamy ją szybko, raz-dwa-trzy. Może uda nam się nakłonić Mackiego do poddania się, jeśli się dowie, że ją mamy.

– Sama w to nie wierzysz. – Feeney odwrócił się w jej stronę. – Odesłał ją, kazał jej się ukryć w jakimś bezpiecznym miejscu, żeby mogła dokończyć misję. On ma tylko odwrócić naszą uwagę.

– Tak, tak mi mówi przeczucie, ale trzeba to sprawdzić. Ona może być gdziekolwiek. Lowenbaum, musimy go dostać żywego. Może być ranny, ale ma oddychać. Widzicie go?

– Wie, jak się ukryć, Dallas. I właśnie to robi. Możemy zrobić kilka wyłomów w barykadzie, jednak w tej chwili nie możemy go zdjąć.

– Taran poradziłby sobie z drzwiami – myślała na głos – ale Mackie zyskałby czas, by zrobić to, co zamierza, nim dotarlibyśmy na drugie piętro. Mógłby zabić tylu z nas, ilu by zdołał, a potem odebrać sobie życie. Albo, co gorsza, zacząć strzelać do przechodniów.

Na chwilę zamknęła oczy, uniosła rękę w górę, więc wszyscy umilkli, żeby nie przerywać wątku jej myśli.

– Lowenbaum, czy macie pod ręką coś, co rozwaliłoby te kiepskie ściany… Między dwiema częściami bliźniaka?

– Tak. Tak, mamy coś takiego – odpowiedział po chwili milczenia.

– Zostańcie tam, gdzie jesteście. Idę do was. Czy poradzisz sobie bez Roarke'a? – spytała Feeneya.

– Myślę, że dam radę wspólnie ze swoimi dzieciakami.

– Chodź ze mną. Nie wyglądasz jak gliniarz.

– Och, bardzo ci dziękuję.

– Peabody, daj mi ten swój głupi płaszcz.

– Mój płaszcz!

– Różowy płaszcz, czapka z płatkiem śniegu. – Wyjęła ją z kieszeni. – Też nie będę wyglądała jak glina.

– Jestem odmiennego zdania – mruknął Roarke.

– Wiem, co zrobić, żeby nie wyglądać jak glina. Potrzebna mi… – Zrobiła gest dłonią.

– Torebka?

– Tak, tak, torebka. Możemy do niej włożyć narzędzia. Co my tu mamy?

Feeney popatrzył wokół siebie.

– Starą saszetkę McNaba.

Saszetka była we wściekłym kolorze zieleni, niemal fosforyzowała, a przez sam jej środek biegł różowy zygzak.

– Boże, to niemal równie okropne, co krawaty Jenkinsa.

– Słyszałem to – rozległ się w słuchawce głos właściciela krawatów.

– To żadna tajemnica. No dobrze, daj mi swój płaszcz. – Eve zdjęła swój ukochany czarny płaszcz i włożyła różowy, dziewczyński płaszcz Peabody. Naciągnęła na głowę czapkę. – Szalik też.

Owinęła sobie szyję szalikiem we wszystkich kolorach tęczy.

– Właściwie taka torebka bardzo do tego pasuje – stwierdziła Delia.

– Nie chcę nigdy więcej tego słyszeć.

Eve przewiesiła sobie saszetkę przez pierś, jak każda rozsądna mieszkanka Nowego Jorku, i wysiadła z furgonetki.

– Musimy okrążyć ten kwartał i wrócić od południa, podejść do Lowenbauma. A potem ruszymy raźnym krokiem, trzymając się za ręce, śmiejąc się i rozmawiając, prosto do drugiej części bliźniaka – powiedziała Roarke'owi.

– Domyśliłem się. – I chociaż w tej chwili nie było takiej potrzeby, ujął jej dłoń, kiedy skierowali się na zachód. – W sąsiednim domu są trzy źródła ciepła. Jedno z nich to mały pies, może duży kot.

– Poradzimy sobie z tym.

– Nie wątpię.

Kiedy szli, minęli Baxtera, który, nie zatrzymując się, powiedział do mikrofonu:

– Na razie ani śladu dziewczyny. Trueheart?

– W dwóch miejscach widziano ją poprzednio – w pizzerii i delikatesach. Jednak nikt jej nie widział dziś wieczorem ani w ciągu dnia.

– Dokończcie obchód, a potem wracajcie na swoje pozycje. Skoro nie mamy jej jako karty przetargowej, szanse nakłonienia go do poddania się są znikome.

Kiedy wyłonili się zza następnego rogu, z dużej, opancerzonej furgonetki wyskoczył Lowenbaum.

– Mamy tarany, młoty, latarki, ale pomyślałem, że wolałabyś nie narobić tyle hałasu.

– Nie, jeśli można zastosować coś innego.

– Przecinarka laserowa przejdzie przez ten gówniany mur jak nóż przez masło. Nie robi tyle hałasu, ale wydaje szum podczas pracy. Jak Mackie go usłyszy, będzie wiedział, co jest grane.

– Postaramy się, żeby nie usłyszał.

– Mogę wejść do środka, utorować wam drogę.

– Potrzebny mi jesteś tutaj, Lowenbaum. Szanse, że trafię doświadczonego snajpera, najprawdopodobniej w kamizelce kuloodpornej, strzelając do niego ze swojej broni, są niewielkie. Odwrócimy jego uwagę. I możesz mi wierzyć, że w razie konieczności się ukryjemy. Musisz go schwytać. To twoje zadanie. Zmusimy go, żeby się ruszył – powiesz mi, kiedy i gdzie – i postaramy się tak działać, żebyś mógł go ująć.

– Możesz na mnie liczyć. Czy ktoś z was wie, jak się posługiwać przecinarką laserową?

– Ja wiem. – Roarke wziął ją, przyjrzał się jej uważnie. – Bardzo porządna – dodał i włożył ją do torby-listonoszki.

– Wezwę Baxtera i Truehearta. Zadbaj, by wszyscy wiedzieli, że w sąsiednim domu są zwykli obywatele. Zabierzemy ich w bezpieczne miejsce, ale niech wszyscy o tym wiedzą.

Ruszyła dalej przed siebie.

– Baxter, Trueheart, na swoje pozycje. Razem z Roarkiem kieruję się w stronę skrzyżowania Trzeciej Alei z Osiemnastą Ulicą, niebawem znajdziemy się w polu widzenia podejrzanego.

– W takim razie… – Roarke objął ją ramieniem i przytulił. – Czy możemy wyglądać na parę, która nie zajmuje się mordercami?

Kiedy zatrzymali się na skrzyżowaniu, przyciągnęła go do siebie, żeby go pocałować. Przyglądała się interesującemu ich domowi i nie przestając całować Roarke'a, mruknęła:

– Obserwuje ulicę, więc nas widzi. Ale nie poruszył się, żeby zabezpieczyć tyły. Może założył tam jakiś system wczesnego ostrzegania.

Przytuliła się do niego i przeszli na światłach na drugą stronę ulicy.

– Pójdziemy prosto do sąsiadów, jakby na nas czekali.

– Jan Maguire, Philippe Constant. Sprawdziłem ich, kiedy wkładałaś płaszcz Peabody.

– Jan i Phil, zapamiętam. Czy zechciałbyś mi powiedzieć, skąd wiesz, jak się posługiwać przecinarką laserową?

Roarke uśmiechnął się do niej szeroko.

– Może kiedy indziej.

239

Eve roześmiała się głośno.

– Dzięki Bogu, że już jesteśmy na miejscu. Przemarzłam do szpiku kości. W drodze powrotnej weźmiemy taksówkę.

– Zobaczymy.

Weszli po schodach i stanąwszy tyłem do Mackiego, nacisnęli guzik dzwonka.

Rozdział 13

Roarke przesunął się tak, żeby zasłonić Eve przed wzrokiem kogokolwiek, przebywającego w drugiej części bliźniaka, kiedy wyjęła z kieszeni swoją odznakę.

– Musimy się postarać, żeby jak najszybciej nas wpuścili. A jak już będziemy w środku, to wszystko wyjaśnimy.

Nie musiała się uciekać do żadnych sztuczek, bo drzwi natychmiast się otworzyły.

Mężczyzna po trzydziestce, w szarej bluzie Metsów i w dżinsach z dziurami na kolanach, zmarszczył czoło na widok odznaki.

– Czego?

– Cześć, Philippe! – Eve uśmiechnęła się szeroko i weszła do holu. Roarke zamknął za nimi drzwi.

– Chwileczkę…

– Jestem porucznik Dallas z nowojorskiej policji, a to mój konsultant. Prowadzimy działania związane z sąsiednim mieszkaniem. Chcę, żeby pan zawołał Jan… Proszę ją zawołać, gdziekolwiek jest.

– Ale chciałbym wiedzieć…

– Philippe – odezwał się Roarke gładkim, swobodnym tonem. – Im szybciej wykona pan polecenie pani porucznik, tym szybciej wszystko wyjaśnimy. Czy dom ma dobrą izolację akustyczną?

– Izolację aku… No cóż, zajmujemy się tym. Dlaczego…

241

– Widzę, że robią państwo remont – ciągnął Roarke tym samym swobodnym tonem, a potem spojrzał na Eve.

– Doskonale.

– Tak. Proszę ją zawołać, niech tutaj zejdzie. – Mówiąc to, zdjęła różowy płaszcz, bo czuła się w nim jak idiotka. Rzuciła płaszcz na bardzo wiekowy wieszak, pomalowany na niebiesko.

– Chciałbym jeszcze raz zobaczyć pani odznakę.

Eve podsunęła mu ją bliżej i czekała cierpliwie, kiedy uważnie się przyglądał odznace i jej. Nie spuszczając z niej wzroku, zawołał:

– Jan! Chodź no tutaj.

– Phil, akurat…

– Zejdź, Jan.

Po chwili na schodach ukazała się wysoka kobieta w kombinezonie poplamionym farbą i czapce Yankeesów. Za nią zbiegła włochata, biała kulka, przez cały czas szczekając.

– Właśnie nakładałam drugą warstwę… Och, przepraszam, nie wiedziałam, że mamy gości.

– Państwo są z policji.

– Z po…

Kiedy Eve położyła palec na ustach, Jan urwała, wzięła na ręce psa i zeszła na dół.

– Chodźmy tam. – Eve wskazała ręką w głąb domu. – Macie państwo odtwarzacz? Proponuję, żeby włączyli państwo muzykę, jak wtedy, kiedy przychodzą znajomi. Prowadzimy akcję przeciwko osobie znajdującej się w drugiej części bliźniaka – powtórzyła. – Macie wspólną ścianę, a izolacja akustyczna jest wątpliwej jakości. Proszę włączyć muzykę, przejdziemy w głąb domu i wszystko państwu wyjaśnię.

Pies wiercił się, pokazując, że chce, by go postawiono na podłodze. Jan złapała Philippe'a za rękę.

– Mówiłam ci, Phil, że nasi nowi sąsiedzi są jacyś dziwni. Bądź grzeczna, Lucy! Co takiego… No dobrze. – Pokręciła głową, wzięła głęboki oddech. – Chodźmy do pokoju dziennego. Nie uwierzycie, jak ślicznie teraz wygląda.

Eve skinęła do niej głową.

– Już nie mogę się doczekać, kiedy go zobaczę.

– Phil, włącz jakąś muzykę i otwórz wino. Nie wiem, ile słychać przez ścianę – odezwała się cicho Jan, kiedy szli w głąb domu, mijając pomieszczenia o obskurnych ścianach, których część została wyburzona. – My trochę słyszymy – włączony telewizor i odgłosy ciężkich kroków na drugim piętrze. Mamy na górze pracownię, spędzamy tam dużo czasu.

Kiedy znaleźli się w pomieszczeniu dziennym, Eve stwierdziła, że rzeczywiście prezentuje się wspaniale. Składało się z przytulnego aneksu kuchennego w stylu retro, z szarymi blatami i licznymi roślinami doniczkowymi, specjalnie doświetlonymi. Kuchnia łączyła się z częścią wypoczynkową, gdzie były duże, tapicerowane meble, a na podłodze leżały poduchy. Wokół długiego stołu stało osiem krzeseł, każde inne, a trzy ażurowe kule z drutu pełniły funkcję kloszy górnego oświetlenia.

W kącie pokoju leżała jeszcze jedna poducha z trzema krótkimi bokami i zabawka w kształcie kości w kolorze niebieskim.

– Urocze.

– Dziękuję. – Jan rzuciła Roarke'owi niepewny uśmiech i postawiła psa na podłodze. Potoczył się – Eve zastanawiała się, czy zwierzak w ogóle ma nogi – złapał kość i wrócił, ściskając zabawkę w zębach niczym jaskrawoniebieskie cygaro. – Ciężko pracujemy przy remoncie. Już czternasty miesiąc.

Roarke dotknął palcem wyspy kuchennej.

– I sami wszystko robicie?

– Z pomocą przyjaciół. Chcieliśmy najpierw zrobić to pomieszczenie i łazienkę. I już prawie skończyliśmy sypialnię.

– Świetnie. – Rozumiała, że Roarke rozmawia o remoncie, żeby uspokoić właścicieli mieszkania, ale nie mieli czasu na zbyt długie pogawędki. Włączyła mikrofon. – Feeney, gdzie teraz jest?

– Wciąż na drugim piętrze.

– Daj mi znać, jak przejdzie do innego pomieszczenia. To akcja policji nowojorskiej – przystąpiła do wyjaśnień. Pies zadarł głowę i zobaczyła utkwione w sobie małe oczy. – Mieszkańcy drugiej części bliźniaka są podejrzanymi w śledztwie, które prowadzimy. Wiemy, że mężczyzna przebywa w tej chwili na drugim piętrze. Czy widzieli państwo drugiego lokatora?

– Chłopca? – Philippe zmarszczył czoło, spojrzał na Jan. – Nie przypominam sobie, żebym go dziś widział, ale byłem w pracy, wróciłem koło szóstej.

– A ja dziś wykańczałam sypialnię na drugim piętrze. Malowałam. Widziałam go, jak wyszedł, może koło czwartej, wpół do piątej. Nie jestem pewna, może było trochę później. Miał plecak i jakąś dużą walizkę. Nie wiem, czy wrócił. Są niebezpieczni, prawda?

– Owszem. Potrzebna nam państwa pomoc – ciągnęła Eve. Jan znów wzięła psa na ręce i trzymała go jak małe dziecko. – Chciałabym zapewnić, że na zewnątrz są policjanci i najważniejsze jest dla nas zagwarantowanie państwu bezpieczeństwa.

– O rany. – Philippe przyciągnął Jan do siebie. – Co takiego zrobili? Mamy prawo to wiedzieć.

– Są głównymi podejrzanymi o spowodowanie strzelaniny na lodowisku Wollmann i na Times Square.

– Muszę usiąść. – Jan zbladła jak ściana. Przysunęła sobie stołek. – Muszę usiąść na chwilkę.

Boi się, uznała Eve, ale wcale się nie zdziwiła.

– Czy próbowali nawiązać z państwem kontakt?

– Wprost przeciwnie – powiedziała Jan. – Oboje wyraźnie dali do zrozumienia, że wolą zachować dystans wobec sąsiadów. Chłopak nie mieszka tu na stałe.

– Prawdę mówiąc, to dziewczyna.

– Naprawdę? Mężczyzna zwraca się do niego... do niej... „Will". Słyszałam kilka razy. Chłopak... kurczę... dziewczyna wyjeżdża co drugi tydzień. Domyśliłam się, że jej rodzice się rozwiedli, ale sąd przyznał obojgu prawo do sprawowania nad nią opieki i byłoby mi jej trochę żal, ale jej widok wywołuje u mnie gęsią skórkę. Ma w sobie coś takiego, że jeżą się włosy na karku.

– To jeszcze dzieciak – mruknął Philippe.

– Który razem ze swoim ojcem odpowiada za śmierć siedmiu osób. Moglibyśmy go wziąć na przeczekanie, ale zagrożone jest życie kolejnych osób. W walizce, którą miała ze sobą, jest według nas karabin laserowy dużego zasięgu. Musimy ująć jej ojca i dowiedzieć się, gdzie przebywa córka, wyciągnąć z niego nazwisko i miejsce pobytu ich kolejnej ofiary. Uznaliśmy, że najszybciej i najłatwiej będzie to zrobić od środka.

– Od środka czego?

– Phil. – Jan spojrzała na niego i pokręciła głową. – Z naszego mieszkania do ich mieszkania. Przez wspólną ścianę.

– Zamierzacie się przebić od nas do niego? Przecież jest uzbrojony, prawda?

– Tak. Podobnie jak my. Dwudziestu uzbrojonych gliniarzy jest gotowych do akcji. Gdybyśmy postanowili szturmem zdobyć budynek, byliby ranni, może zabici. Wchodząc od środka, zmniejszamy ryzyko.

– Najpierw musicie zabrać stąd Jan w bezpieczne miejsce.

– To jest do załatwienia.

– Nie. – Jan wstała. – Nie, bo po pierwsze, nigdzie się stąd nie ruszę bez ciebie, a jeśli oboje wyjdziemy i nas zobaczy, cały plan weźmie w łeb.

– Możemy wyjść na spacer z Lucy.

– Phil, wziąłeś Lucy na spacer, jak tylko wróciłeś do domu. Nie będzie to wyglądało normalnie, gdybyśmy znów z nią wyszli. Poza tym mamy... gości.

– Możemy zapewnić państwu bezpieczeństwo w domu – powiedziała im Eve. – Daję swoje słowo. Czy wieczorami też prowadzicie prace remontowe?

– Jasne. Staramy się nie hałasować po dwudziestej drugiej, ale większość prac prowadzimy wieczorami i w weekendy.

– Musimy obejrzeć pierwsze piętro. Zabieracie swoich przyjaciół na górę, żeby im pokazać, co zrobiliście, w porządku?

– Jan?

– Wszystko będzie dobrze, Phil.

– Nie pozwolę, żeby cokolwiek ci się stało, więc masz rację, będzie dobrze. Dlatego weźmy ślub.

– Co powiedziałeś?

– Kocham cię, ty kochasz mnie. Razem przygarnęliśmy psa, razem remontujemy dom, traktuję to jak znak. Pobierzmy się.

– Dobrze. – Roześmiana Jan zarzuciła ręce na szyję Philippe'a i przytuliła się do niego, trzymając psa na kolanach. – Pobierzmy się.

– Gratulujemy, ale może wstrzymamy się z winem i oklaskami do czasu, aż zabójca z sąsiedniego mieszkania znajdzie się w areszcie.

– Przepraszam. To najdziwniejszy, najbardziej przerażający wieczór w moim życiu. – Philippe dotknął czołem czoła Jan. – Uświadomiłem sobie, że chcę spędzić resztę życia z tobą.

– Ślicznie. Bardzo się cieszę. Chodźmy.

Kiedy Eve wymaszerowała, Roarke położył dłoń na ramieniu Philippe'a.

– Miłość zmienia wszystko. Oświadczyłem się swojej żonie po tym, jak unieszkodliwiliśmy seryjnego mordercę. To były dobre czasy.

– Brzmi trochę surrealistycznie, ale kiedy się jest gliniarzem, może to nie takie dziwne.

– Ona jest gliniarzem, ja – nie.

Philippe zrobił wielkie oczy, wskazał Eve, a potem Roarke'a, który skinął głową.

– I proszę mi wierzyć, że pan i pańska narzeczona nie mogliście się znaleźć w lepszych rękach.

Eve ruszyła przez pokoje bez drzwi, pełne materiałów budowlanych, prosto do właśnie remontowanej sypialni.

– Jesteśmy bezpośrednio pod nim – oznajmiła cicho. – Wszelkie uwagi, poza niewinnymi komentarzami o remoncie i ślubie, wypowiadać szeptem.

– Ten pokój jest wyciszony – powiedziała Jan.

– Tym lepiej. – Eve spojrzała w górę, wyobraziła sobie Mackiego, a potem przyjrzała się uważnie wspólnej ścianie obu mieszkań.

Nie przejęła się tym, że ściana jest gładka, czysta, świeżo pomalowana na kolor irlandzkiego mchu. Liczyło się tylko to, że prowadziła do mieszkania Reginalda Mackiego.

– Właśnie skończyłam ją malować drugi raz… Albo prawie skończyłam. – Jan westchnęła. – Czy naprawdę musi to być właśnie ta ściana?

– Tak będzie najszybciej i najbezpieczniej. Policja naprawi wszystkie szkody najszybciej, jak to możliwe. Zadbam o to. Feeney?

– Słyszałem wszystko. Cały czas przebywa w tym samym miejscu. Bezpośrednio pod nim widzę cztery osoby dorosłe i psa.

– Dostaniemy się do niego stąd. Lokatorzy z psem wrócą na pierwsze piętro. Weźcie jakieś płaszcze czy kurtki – zwróciła się do obojga. – I bądźcie gotowi do ewakuacji w razie konieczności.

– Potwierdzam – odezwał się Feeney. – Dwoje mieszkańców i pies w razie potrzeby zostanie ewakuowanych. Co powiesz na to, żeby zająć czymś jego uwagę, kiedy będziecie wycinali otwór w ścianie?

– Nie zaszkodzi.

– Powiedz mi, jak będziecie gotowi.

Eve wyjęła z torby przecinarkę.

– Jesteśmy gotowi.

– Jenkinson, Reineke, działajcie – wydał polecenie Feeney.

– Supersprzęt. – Philippe podszedł bliżej, żeby lepiej się przyjrzeć. – Zainwestowaliśmy w całkiem przyzwoity, ale nie umywa się do tego.

– Będzie wasza – powiedziała Eve, nie zastanawiając się.

– Kiedy tu skończymy.

– Poważnie?

– Poważnie. – Podała przecinarkę Roarke'owi.

– Weźcie okrycia, zejdźcie na dół do tego pomieszczenia dziennego w głębi domu. Jeśli trzeba was będzie ewakuować, policja wyprowadzi was z budynku. A na razie zachowujcie się cicho.

Eve spojrzała na psa, wciąż trzymającego w zębach niebieską kość.

– I w miarę możliwości postarajcie się, żeby Lucy też była cicho.

Jan jeszcze raz spojrzała na ścianę.

– To tylko farba. I nowe okablowanie. I izolacja akustyczna.

Philippe objął ją i wyprowadził z sypialni.

– I zawsze, kiedy na nią spojrzymy, przypomni nam się wieczór naszych zaręczyn.

Eve zaczekała, aż wyszli, a potem wyciągnęła broń.

– Niech otwór będzie na tyle duży, żebyśmy mogli się przecisnąć.

Roarke ukucnął i włączył przecinarkę.

Rozległ się szum, ale według Eve Galahad głośniej mruczał przez sen.

– Kurtyna poszła w górę – usłyszała w słuchawce głos Feeneya.

Eve podeszła do okna i zobaczyła detektywów, podtrzymujących się tak, jak to robią osoby pijane. Mimo izolacji akustycznej i nowych okien usłyszała ich śpiew.

Domyśliła się, że wydzierają się na cały głos, ale nawet melodyjnie.

Potykający się pijacy, odprowadzający się do domu.

Nieźle.

Podeszła do Roarke'a, który wyciął wąską szparę długości około siedemdziesięciu centymetrów, licząc od listwy przypodłogowej, i zaczął wycinać drugą jakieś siedemdziesiąt centymetrów dalej.

– Możesz ciąć szybciej?

– Chcesz szybko czy cicho?

– I szybko, i cicho.

– Wstrzymaj wody, pani porucznik.

– Niby co to ma znaczyć?

– Nie zsikaj się – poinformował ją Feeney.

– Od razu trzeba było tak powiedzieć. Prawie skończył. – Ustawiła odpowiednio swój rekorder.

– Widzę. Mackie trochę się przesunął, ale nie udałoby się go zdjąć. Chłopaki odwróciły jego uwagę. Jezu, jakaś prostytutka próbuje ich zaczepiać. Widzisz to?

– Jakoś przeżyję, nie patrząc, jak jakaś prostytutka nagabuje dwóch moich detektywów. Otwór w murze gotowy. Przechodzimy.

Położyła się na brzuchu, ale Roarke był szybszy. Szarpała go, wskazywała mu palcem, że ma się wycofać, jednak tylko pokręcił głową i pierwszy przecisnął się przez dziurę.

– Roarke już przeszedł – poinformowała tamtych szeptem. – Jestem tuż za nim.

Poskromiła złość – kto tu jest gliniarzem? – i prześlizgnęła się do pomieszczenia, w którym panowały absolutne ciemności.

Roarke dotknął jej ramienia, a potem zapalił latarkę.

Rozejrzała się po pokoju mniej więcej takiej samej wielkości jak ten, w którym byli przed chwilą. Dostrzegła nadmuchiwany materac, śpiwór, lampkę na baterię i prawie pustą butelkę po alkoholu – może po ginie albo po wódce. A także składany stolik, krzesło, tablet i małą drukarkę.

Drzwi były otwarte, za nimi też było ciemno.

– Odciął światło tutaj – cicho poinformowała Feeneya.
– Prawdopodobnie posługuje się okularami z noktowizorem.
Idziemy dalej. Nie prostuj się – zwróciła się do Roarke'a i zaczęła się czołgać w stronę drzwi.

Znów ją wyprzedził – był wyższy i miał latarkę. Później powie mu coś niecoś na ten temat.

– Minęliśmy drzwi, kierujemy się ku schodom.

Eve ukucnęła i zaczęła wolno wspinać się po schodach. W połowie drogi trąciła Roarke'a, żeby wyłączył nawet to nikłe źródło światła. Położył dłoń na jej ramieniu i zgasił latarkę.

Kiedy znaleźli się na samej górze, minidetektor ruchu, skierowany w stronę schodów, uruchomił alarm.

– Padł na ziemię! Kieruje się w waszą stronę – poinformował ich Feeney.

– Ukryj się! – krzyknęła Eve do Roarke'a, a sama padła i się przeturlała. Zobaczyła smugę światła, oddała serię strzałów. – Odsunąć się! Odsunąć się! Dajcie mi trochę światła. – Znów się przeturlała, wstała.

Usłyszała świst, jeszcze raz padła, zobaczyła malutkie otwory w barykadach w oknie. Bardziej poczuła, niż zobaczyła, że Mackie jest na schodach.

– Kieruje się na dół. Roarke, wszystko w porządku?

– Tak. Nie masz kamizelki kuloodpornej. Trzymaj się za mną.

– Strzela na oślep – powiedziała i ruszyła na dół. Usłyszała, jak Roarke biegnie za nią, klnąc jak szewc, usłyszała, jak taran uderza w drzwi wejściowe.

Szła, przesuwając ręką wzdłuż ściany, aż dotarła do drzwi.

– Na szóstej! – krzyknął Feeney.

Padła na ziemię i się przeturlała, usłyszała głuche walnięcie, kiedy coś wpadło na ścianę, oddała strzał w tamtym kierunku.

– Mija cię, odsuń się w lewo.

– Roarke, przesuń się w lewo. Pod samą ścianę i na ziemię. – Zrobiła to samo. – Mackie! To już koniec. Rzuć broń
i poddaj się.

Odpowiedział ogniem, dziurawiąc przeciwległą ścianę.

Eve przysunęła usta do ucha Roarke'a.

– Weź latarkę. Trzymaj się poza polem ostrzału. Skieruj
światło na drzwi.

– Mogę poszerzyć wiązkę światła.

– Zrób to. Feeney, dokładna pozycja?

– Ściana w głębi, między oknami. Półtora metra od ciebie
na wschód, trzy metry na północ.

– Rozumiem. – Ścisnęła rękę Roarke'a. – Trzy, dwa…

Ruszyła na jeden, przebiegła przez wąski hol, oceniając
odległość, kiedy błysnęło światło.

Dostrzegła ręczne lasery, kamizelkę kuloodporną, gogle
z noktowizorem.

Ustawiwszy paralizator dwa stopnie poniżej pełnej mocy,
wycelowała w oczy Mackiego.

Poczuła pieczenie w ramieniu, usłyszała krzyk, odsunęła
się. Znów przymierzyła się do strzału, kiedy Roarke pobiegł
w stronę drzwi. Trafił Mackiego w nogi, a ona znów wycelowała w gogle.

Tym razem upadł.

– Podejrzany leży, upadł na ziemię. – Podbiegła do niego,
kopnęła broń, która mu wypadła z drżącej ręki. – Dać mi więcej światła, więcej światła, do cholery. – Wykręciła Mackiemu
ręce do tyłu, założyła mu kajdanki, zmierzyła mężczyźnie
puls na tętnicy szyjnej.

– Żyje. – Poczuła, że ma mokre palce. Powąchała. Krew.
– Leci mu krew. Potrzebujemy ratowników medycznych.
Wezwać ambulans.

Usłyszała brzęk tłuczonego szkła, łoskot wyważanych
drzwi, ustępującej barykady, a potem stukot butów.

– Obezwładniłam go – oznajmiła. – Wstrzymać ogień.
I włączyć światło, do cholery.

– Odciął dopływ prądu. – Lowenbaum ukucnął obok niej, wyciągnął latarkę zza paska. – Starają się go przywrócić. – Oświetlił Mackiego. – Gogle roztrzaskane. Zdaje się, że ma odłamki w oczach. Sprowadzić lekarza! – krzyknął.

– On może zaczekać. Pani porucznik jest ranna.

Słysząc lapidarną informację Roarke'a, Eve spojrzała na swoją rękę, zobaczyła krew przesączającą się przez rękaw.

– Tylko mnie drasnął.

– Bzdura. – Powiedziawszy to, Roarke podniósł ją i zsunął z jej ramienia marynarkę.

– Słuchaj no. Wiem, kiedy jestem naprawdę ranna.

– Bzdura. Skoro jesteś taka mądra, dlaczego nie włożyłaś kamizelki kuloodpornej?

– Miałam… płaszcz kuloodporny. – Syknęła, kiedy rozerwał rękaw; posłużył się nim, żeby zatamować krew.

– Teraz nie masz na sobie płaszcza, prawda?

– Bo…

– A pomyślałem o tym, kiedy było za późno. – Przewiązał ranę, a potem ujął twarz Eve w obie ręce. Kiedy ostrzegła go wzrokiem – nawet nie próbuj mnie pocałować – niemal się uśmiechnął. – Zaraz fachowo opatrzą ci ranę.

– Jasne. Ładny opatrunek polowy. Dzięki. A teraz zadbam, żeby mój podejrzany pozostał przy życiu.

Odwróciła się, kiedy wbiegła Peabody.

– Co z cywilami?

– Są bezpieczni. Zostali w swoim domu. Mają słodkiego psa. Ratownicy medyczni są już w drodze, powinni tu dotrzeć za minutę. Dom sprawdzony, Feeney razem z McNabem i Callendar starają się przywrócić prąd. Trafił cię!

– To tylko draśnięcie.

– Ale… Ale… Przecież miałaś mój magiczny płaszcz.

– Zdjęłam go. Ani słowa – warknęła Eve, nim Peabody zaczęła ją dręczyć jak przed chwilą Roarke. – Kiedy znów będzie prąd, niech komputerowcy sprawdzą cały sprzęt elektroniczny. Potem…

– Dallas, z pewnością cię to zainteresuje.

Spojrzała na Lowenbauma, omiatającego pomieszczenie światłem latarki.

A raczej należałoby powiedzieć: arsenał. Na zniszczonym stole leżało dwadzieścia kilka sztuk broni krótkiego i długiego zasięgu, noże, ogłuszacze. Na kołkach wisiały kamizelki kuloodporne, gogle, lornetki polowe.

– Musiał to gromadzić od dłuższego czasu. Może zaczął jeszcze przed śmiercią swojej żony.

– Tam w ścianie tkwi jeszcze jeden nóż – zauważyła Peabody.

– Czyli to był nóż. – Eve spojrzała na Mackiego. – Widziałam, jak mu się trzęsła ręka.

Cofnęła się, kiedy weszli ratownicy medyczni.

– Opatrzcie go, doprowadźcie do stanu używalności. Muszę go przesłuchać.

Żeby Roarke przestał się czepiać, pozwoliła medykowi, by opatrzył jej ramię, a jednocześnie razem z Lowenbaumem i Feeneyem podsumowywali akcję.

– Miał dwupoziomową barykadę w drzwiach i oknach – powiedział jej Lowenbaum. – Gdybyśmy spróbowali przypuścić szturm, z całą pewnością zabiłby kilku z nas.

– Być może… Wolałam tego nie sprawdzać… Ale nie jest już takim doskonałym strzelcem, jakim był kiedyś. Moi ludzie znaleźli dwa opakowania narkotyków, schowane w garderobie w jego pokoju. Prawdopodobnie ukrył to przed córką, ale musiałaby być ślepa i głucha, żeby nie dostrzec u ojca efektów ich zażywania.

– Kiedyś szczycił się swoim wyjątkowym wzrokiem i pewnością ręki. – Lowenbaum pokręcił głową. – Ale jak się ćpa, to się traci jedno i drugie.

– Znasz ćpuna, który nie wierzy, że umie przezwyciężyć efekt działania narkotyków? Jadę do szpitala. Oddelegowałam czterech gliniarzy do pilnowania go. O ile nie umrze, jeszcze tej nocy trafi do aresztu.

– Słyszałem, jak jeden z ratowników powiedział, że Mackiego czeka operacja prawego oka, a może również lewego. – Feeney wzruszył ramionami. – Ale nawet po operacji nie odzyska w pełni wzroku. Częściowo zawdzięcza to narkotykom. Ma oparzenia na łydkach w miejscu, gdzie kończyły się skórzane buty. Nie zamierzam płakać z tego powodu.

– Też nie będę płakał z tego powodu. Kiedyś był z niego dobry gość – dodał Lowenbaum. – Ale bardzo żałuję, że przestał być taki jak kiedyś.

– Jego córka wciąż jest na wolności. – Eve wstała, starając się nie zwracać uwagi na pieczenie w ręce. – I nic nie świadczy o tym, żeby miała problemy z drżącymi rękami albo ze wzrokiem. Lekarze go poskładają, umieścimy go w areszcie i złamiemy.

– To jego córka, Dallas. Nie wydaje mi się, żeby udało ci się go na tyle złamać, by ją wydał.

– To ćpun – odparła obojętnie. – Poradzę sobie.

*

Ale okazało się, że nie tej nocy. Eve pokłóciła się z pielęgniarkami, z lekarzami, a na końcu z chirurgiem. Reginald Mackie nie zostanie jednak wypisany ze szpitala przed upływem przynajmniej dwunastu godzin.

– Z prawego oka wyjęliśmy mu szesnaście odłamków szkła, a z lewego – siedem.

– W ciągu dwóch dni zabił siedem osób.

Chirurg głośno wypuścił powietrze z płuc. Chyba też wyglądał na wyczerpanego, lecz było jej to obojętne.

– Pani robi to, co do pani należy, pani porucznik, a ja wykonuję swoje obowiązki. Przedstawiam pani fakty. Zażywanie narkotyków już wpłynęło na to, że pogorszył mu się wzrok, doszło do uszkodzenia siatkówki i nerwów wzrokowych. Odłamki jeszcze bardziej uszkodziły rogówkę i siatkówkę w obojgu oczach. Po kuracji odwykowej będzie kandydatem do przeszczepu albo przynajmniej będzie się kwalifikował

254

do kolejnej operacji, teraz zrobiliśmy wszystko, co mogliśmy. I on, i jego oczy wymagają odpoczynku. Pacjent musi zostać na obserwacji, bo obawiamy się pogorszenia jego stanu albo zakażenia.

– Czy jest przytomny?

– Tak, powinien być przytomny. Jest w kajdankach i pod strażą. Nasi ochroniarze wspomagają waszych funkcjonariuszy. W pełni zdajemy sobie sprawę z tego, kim on jest i co zrobił.

– Chcę z nim porozmawiać.

– Jako lekarz nie mam nic przeciwko temu. Głowę ma unieruchomioną w stabilizatorze. Nie chcemy, żeby przez najbliższe dwanaście godzin nią poruszał i w jakikolwiek sposób nadwerężał wzrok. Potem go zbadam i mam nadzieję, że będę go mógł wypisać, by trafił pod waszą opiekę.

Pogodziwszy się z tym, że nic więcej nie wywalczy, Eve skierowała się do sali Mackiego. Minęła dwóch mundurowych, pilnujących drzwi; w środku siedziało dwóch kolejnych funkcjonariuszy.

Zabójca leżał nieruchomo, głowę miał lekko odwróconą w stabilizatorze przypominającym klatkę, oczy zabandażowane. Był podłączony rurkami do jakichś urządzeń, które szumiały i tykały.

Boże, nienawidziła szpitali, nienawidziła ich od dnia, w którym ocknęła się w jednym z nich, kiedy miała osiem lat. Ze złamaną ręką, posiniaczona, nie mając pojęcia, gdzie się znajduje, kim jest.

Ale Reginald Mackie wiedział, kim jest i gdzie się znalazł.

Dała znak mundurowym, żeby zostawili ich samych, i podeszła do łóżka.

– Włączyć nagrywanie – powiedziała wyraźnie i zobaczyła, że mężczyźnie drgnęły palce. – Porucznik Eve Dallas przystępuje do przesłuchania Reginalda Mackiego. Mackie, gdybyś nie wiedział, zostałeś aresztowany pod zarzutem zabicia kilku osób, współudziału w przygotowaniu serii zabójstw, nielegalnego posiadania broni, napaści zbrojnej na funkcjonariuszy policji i za całą masę drobniejszych przestępstw. Można powiedzieć, że sporo ich się zebrało. Zamierzam powtórnie odczytać ci przysługujące prawa.

Recytując je wolno, nie spuszczała z niego wzroku, widziała, jak zacisnął zęby, jak zaczął bębnić palcami w prześcieradło.

– Czy rozumie pan przysługujące mu prawa i obowiązki? Wiem, że jest pan przytomny, Mackie – powiedziała po chwili. – I wie pan, że wkrótce trafi pan do aresztu. Ignorowanie mnie nic nie pomoże. I tak ją znajdziemy.

Tym razem leciutko wykrzywił swoje cienkie usta.

– Nie sądzisz? To pomyśl jeszcze raz. Znajdziemy ją i spędzi za kratkami o wiele więcej lat, niż tobie ich pozostało. Ma piętnaście lat? Może spędzić w więzieniu gdzieś poza Ziemią długie lata. Nigdy więcej nie zobaczy słońca. Jeśli sądzisz, że młody wiek będzie działał na jej korzyść, to lepiej jeszcze raz sobie to przemyśl. Wsadziłam za kratki młodszych od niej. Nawet jeśli będę musiała na nią polować, postawię sobie za życiowy cel dopilnowanie, by do końca dni pozostała zamknięta jak zwierzę w klatce.

Ręce mu się trzęsły, udało mu się jednak podnieść środkowy palec prawej ręki.

– Och, ale mnie to zabolało. Domyślam się, że jesteś zadowolony z siebie, kiedy tak leżysz tutaj, otrzymawszy lekarstwa przeciwbólowe i coś, co usuwa objawy głodu narkotykowego. Ale te środki nie będą działały zbyt długo. Ciekawa jestem, czy sobie myślisz, że Willow jest w drodze na Alaskę. Tak, dobrze usłyszałeś – dodała, gdy zacisnął dłonie w pięści. – Wiemy wszystko o Alasce. Złapiemy twoją córkę, złapiemy ją i aresztujemy. Tylko że ona wcale nie jest w drodze na Alaskę, ty durniu. Ma swoją własną listę osób do likwidacji. Rozpoczynają ją jej matka, ojczym i młodszy braciszek.

– To kłamstwo – wychrypiał.

– Ma plany swojej szkoły.

– Wynoś się.

– Nazwiska kilku pracowników szkoły i uczniów, których zamierza zabić.

Jego oddech stał się szybszy, krótki. Ręce zaczęły mu bardziej drżeć.

– Adwokata – powiedział.

Eve specjalnie udała, że źle go zrozumiała.

– Wiemy, że na waszej liście jest adwokat. Mówię o jej liście.

– Adwokata – powtórzył. – Domagam się adwokata.

– Czyli zrozumiał pan swoje prawa i obowiązki?

– Zrozumiałem i domagam się adwokata.

– Pański wybór. Zły wybór, ale nie dziwię się, uwzględniając pańską przeszłość. Proszę podać nazwisko, telefon, sprowadzimy go tutaj.

– Adwokata z urzędu.

– Chce pan adwokata z urzędu? W porządku. To naprawdę zły pomysł, ale rozpocznę procedurę. Lekarz mówi, że za dwanaście godzin będzie mógł pana wypisać ze szpitala. Proszę się cieszyć wygodami, póki pan może. Niebawem czeka pana znaczne pogorszenie warunków. Koniec przesłuchania.

Eve podeszła do drzwi, wyłączyła nagrywarkę.

– Ma pan na rękach dużo krwi, Mackie. Krew pańskiej córki też może się na nich znaleźć. Proszę o tym pomyśleć, kiedy będzie pan czekał na swojego adwokata.

Wyszła, dała znak obu policjantom, żeby wrócili do sali.

– Domaga się adwokata – poinformowała mundurowych, pilnujących drzwi. – Zajmę się tym. Do jego pokoju może wchodzić tylko adwokat, kiedy się tu zgłosi, oraz uprawniony personel medyczny. Macie sprawdzać tożsamość wszystkich oraz czy nikt nie jest uzbrojony.

– Tak jest, pani porucznik.

– Przynieście sobie krzesła – poradziła im. – To będzie długa noc.

Odeszła i odszukała przełożoną pielęgniarek. Pokazała jej odznakę.

– Proszę mnie poinformować natychmiast, jak tylko lekarz uzna, że Reginald Mackie nadaje się do przewiezienia do aresztu.

– Naturalnie.

– Poprosił o adwokata, zajmę się tym. Nikt poza wyznaczonym adwokatem, personelem medycznym, który się opiekuje zatrzymanym, i upoważnionymi funkcjonariuszami nie ma wstępu do jego sali.

– Rozumiem.

– Jeśli ktoś będzie próbował uzyskać informacje o jego stanie zdrowia, ma pani zapisać dane tej osoby i nie przekazywać żadnych wiadomości.

– Pani porucznik, nie pierwszy raz jestem na dyżurze. Znam swoje obowiązki.

– To dobrze. Proszę się upewnić, że pozostały personel też je zna.

Zostawiła ją, wyjęła telefon, by rozpocząć procedurę załatwiania adwokata, do którego Mackie miał prawo.

Podszedł do niej Roarke, podał jej puszkę pepsi.

– Tutejsza kawa jest odrobinę lepsza od tej w komendzie.

– Dziękuję. Potrzebuję jeszcze paru minut. Chcę poinformować o sytuacji komendanta, Peabody, upewnić się, że Mira będzie pod telefonem, kiedy jutro Mackie znajdzie się w sali przesłuchań. I chcę porozmawiać z Nadine, poprosić, żeby pokazała zdjęcie jego córki. Pozostałe stacje także to zrobią.

– Nie spiesz się.

Zajęło jej to pół godziny, a kiedy była pewna, że zrobiła wszystko, co mogła, wrzuciła pustą puszkę do recyklera.

– Może oszukiwać sam siebie, że córka zmierza na Alaskę, ale ona wciąż jest tutaj, w Nowym Jorku. I szykuje się do kolejnego ataku.

– Zgadzam się z tobą, jednak w tej chwili nic więcej nie możesz zrobić. Powinnaś jechać do domu, przespać się.

– Być może. – Obejrzała się za siebie, kiedy Roarke prowadził ją w kierunku windy. – Mam nadzieję, że dobrze się wyśpi tej nocy, bo to ostatnia noc, jaką spędzi na wolności.

Rozdział 14

Usnęła w samochodzie, palmtop wysunął jej się z bezwładnej ręki na kolana. Roarke włożył go do jej kieszeni, a potem opuścił oparcie fotela Eve.

Martwił się o nią. Rozumiał doskonale, że robiła to, co musiała, mobilizowała siebie i innych, bo nie było innego wyjścia, lecz mimo to martwił się o nią.

Wiedział, jaka się staje bezbronna, kiedy zbytnio się przepracuje.

Przynajmniej prześpi się kilka godzin we własnym łóżku, pomyślał, kiedy przejeżdżał przez bramę do ich rezydencji. I dopilnuje, żeby rano zjadła porządne śniadanie.

On też robi to, co musi, a najważniejsza dla niego była Eve.

Zaniósłby ją na górę prosto do sypialni, ale się poruszyła.

– Nic mi nie jest – mruknęła, siadając. – Wszystko pod kontrolą.

– Spać – powiedział, obejmując ją ręką w pasie, kiedy skierowali się ku drzwiom wejściowym.

– Tak, już niemal śpię. Muszę wstać o szóstej. Nie, lepiej o wpół do szóstej. Chcę załatwić parę spraw, a potem jechać do komendy, przygotować się, zanim przywiozą tam Mackiego.

– W takim razie ustalamy wpół do szóstej.

– Jeśli o to chodzi, mogę na ciebie liczyć. – Położyła głowę na jego ramieniu i uświadomiła sobie, że mogłaby usnąć na stojąco. – Czy koniecznie musi być owsianka? Bo już się zastanawiasz, czym mnie uraczysz na śniadanie.

– Naleśniki. – Zalała go fala miłości. – Poza tym bekon i owoce jagodowe.

– I całe morze kawy.

Jednak wziął Eve na ręce i zaniósł na górę. Zdjął jej buty, gdy uwalniała się od płaszcza. Pomógł jej się rozebrać. Wymamrotała „dziękuję" i nakryła się kołdrą. Kiedy położył się obok i objął ją ramieniem, spała już jak kamień.

Poszedł w jej ślady.

*

Stała na białym lodzie, pokrytym kałużami krwi. Wiał przenikliwy wiatr. W środku ciemnej nocy krew odcinała się ostro od białego lodu, a ciała, które w niej leżały, były blade i chorobliwie sine.

Stała naprzeciwko dziewczyny z czarnymi dredami, nastolatki o gładkiej skórze i zuchwałych, zielonych oczach.

I gdy tak patrzyła w te zuchwałe, zielone oczy, zrobiło jej się żal Willow Mackie. Ale musiała przezwyciężyć to uczucie nawet we śnie.

– Jestem lepszą od ciebie – powiedziała tamta, uśmiechając się złośliwie.

– W zabijaniu bezbronnych ludzi? Z całą pewnością.

– We wszystkim jestem od ciebie lepsza. Wiem, kim jestem. I odpowiada mi to. Jestem najlepsza w tym, co robię. A ty? Udajesz kogoś, kim nie jesteś.

– Jestem gliniarzem. Nie muszę nikogo udawać.

– Jesteś zabójczynią, tak jak ja.

– Krańcowo się od siebie różnimy. – Ale gdy usłyszała słowa Willow, przeszedł ją dreszcz. – Ty zabijasz dla sportu, dla zabawy. Zabijasz bezbronnych, niewinnych ludzi. Bo możesz. Póki cię nie powstrzymam.

– Liczy się zabijanie. Już mam na swoim koncie więcej trupów od ciebie. Powody zabijania się nie liczą.

– Nieprawda. Kto ucieka i się kryje? Nie ja.

– Jestem tutaj. – Powiał wiatr, Willow rozłożyła ramiona.

– A ty codziennie się ukrywasz, codziennie uciekasz i ukrywasz się przed tym, kim w głębi duszy jesteś.

W mroku nocy zaczęło błyskać czerwone światło, jego blask padał na biały lód.

– Zrobiłaś to swojemu własnemu ojcu.

Eve spojrzała na zwłoki Richarda Troya, na krew sączącą się z kilkunastu ran.

– Zrobiłam i jeszcze raz bym to zrobiła.

– Bo jesteś zabójczynią.

– Bo on był potworem.

– A niby czemu ty możesz wybierać, a ja nie? Tamci ludzie skrzywdzili mojego ojca, więc nie żyją.

– Twój ojciec jest samolubnym pokręconym sukinsynem.

Willow znów się uśmiechnęła.

– Twój też, ale mój ojciec mnie kocha. Uczył mnie, pomógł mi stać się tym, kim jestem. Tak samo jak twój.

– Sobie zawdzięczam to, kim jestem. Jak ona skrzywdziła twojego ojca? – Eve wskazała martwą dziewczynę w czerwonym kombinezonie.

– Nie spodobała mi się. Popisywała się. Należy do tych, co to uważają, że są lepsi ode mnie. Tak jak ty. Kiedy skończę to, co mam zrobić, wrócę po ciebie.

– A kiedy ja skończę, ty mała socjopatko, trafisz do betonowej klatki. Ty i twój staruszek.

Willow odrzuciła głowę do tyłu i się roześmiała.

– Zabiłabyś mnie, gdybyś mogła, bo jesteś zabójczynią. Ale nie znajdziesz mnie. Słuchałam swojego ojca, ty suko. Uczyłam się, pracowałam i jeszcze nie skończyłam. Nim skończę, odfajkuję wszystkie nazwiska na swojej liście, a potem zabiję wszystkich, na których ci zależy. Ciebie zostawię sobie na koniec.

Uniosła karabin. Eve wyciągnęła swoją broń.

– I wtedy… – powiedziała Willow.

Wystrzeliły jednocześnie.

Eve drgnęła i się obudziła. Zobaczyła, że Roarke ją obejmuje.

– Ciii, najdroższa, wszystko w porządku. To tylko sen.

– Powiedziała, że jesteśmy takie same, ale to nieprawda. Nie jesteśmy takie same.

– Już dobrze. Jesteś cała zimna. Pozwól, że rozpalę w kominku.

Ale Eve wtuliła się w niego.

– Nie jesteśmy takie same. To, że nasi ojcowie byli chorymi sukinsynami, nie znaczy, że jesteśmy takie same. Jednak ona nie przestanie i ja też nie. Co to oznacza?

– To znaczy, że jest równie chora, jak jej ojciec. To znaczy, że zrobisz to, co do ciebie należy. Zrobisz wszystko, co w twojej mocy, żeby chronić innych, a jednocześnie ująć się za zmarłymi, za tymi, których zabiła. Nie jesteście takie same, najdroższa Eve. Jesteście krańcowo od siebie różne.

– Mogłyśmy być takie same. Mogłyśmy. – Wtuliła twarz w jego ramię. Był zawsze przy niej, kiedy go potrzebowała. Odsunęła się nieco, ujęła jego twarz w obie dłonie. Nawet w ciemnościach widziała jego cudowne niebieskie oczy.
– Kocham cię.

– *A ghrá.* – Pocałował ją czule. – Moja jedyna.

– Kocham cię – powtórzyła i pocałowała go z całych sił. – Uratowałeś mnie.

– Nawzajem się uratowaliśmy. – Położył ją na wznak i nakrył swoim ciałem. – Nawzajem się uratowaliśmy.

Potrzebowała go, potrzebowała jego miłości. Chciała czuć jego usta na swoich wargach, jego dłonie na swojej skórze, słyszeć bicie jego serca tuż obok swojego.

A nie zimno, ciemności, nie to ohydne, pulsujące czerwone światło, nie ciemną krew na białym lodzie. Tylko ciepło, piękno i miłość; to wszystko, co Roarke wniósł w jej życie dlatego, że ją kochał.

Kimkolwiek była, kimkolwiek się stała, w dużej mierze zawdzięczała to jego miłości.

Taka silna, pomyślała, a zarazem taka bezbronna. Dwie jej cechy, pozostające w wiecznym konflikcie. Ale dzięki temu była tym, kim była. A tu i teraz była jego. Tylko jego.

Więc pieścił ją, gładził delikatnie. I podniecał ją swoimi pocałunkami. Posiadł ją, rozkoszował się jej smukłym ciałem, jej mocnymi mięśniami pod miękką skórą.

Czuł pulsowanie jej krwi, bicie jej serca. Jej życie było splecione z jego życiem.

W tej chwili potrzebowała tego, właśnie tego, bardziej niż snu, bardziej niż jedzenia, bardziej nawet niż powietrza. Potrzebowała jego ciała splecionego z jej ciałem. Świadectwa tego, kim jest ona i kim jest on. Kim są obydwoje.

Daleko od śmierci, daleko od brutalności, daleko od zimna.

Otworzyła się na niego, przyjęła go w siebie, całkowicie mu się oddała. Poruszali się rytmicznie, czując coraz większą rozkosz, aż wszystko inne przestało się liczyć.

Zmierzali do tej wyjątkowej chwili, kiedy wszystko, co mieli w sobie, oddawali sobie nawzajem.

Przepełniona nim, Eve rozpłakała się nagle.

– Co ci jest? Co się stało? – Znów ją przytulił, próbując pocałunkami osuszyć łzy.

– Nie wiem. – Zaczęła dygotać.

Więc przytulił ją i zaczął kołysać, lecz nadal czuł się bezradny.

– To głupota. Po kim płaczę?

– Jesteś przemęczona i tyle. Zwyczajnie przemęczona.

Wiedziała, że to coś więcej, jednak nie potrafiła tego określić. Łzy, takie gorące, takie duże, skądś się wzięły, padały z jakiegoś powodu.

– Nic mi nie jest. Przepraszam. Nic mi nie jest.

– Przyniosę ci coś na uspokojenie.

– Nie, nie, za parę godzin muszę wstać, prawda? Która godzina?

Jeszcze nie skończyła mówić, kiedy zadzwonił jej telefon.

Zerwała się z łóżka i wciąż z policzkami mokrymi od łez zaczęła szukać aparatu w kieszeni spodni, które miała na sobie poprzedniego dnia.

– Włączyć światło na dziesięć procent – polecił Roarke.

– Zablokować podgląd. – Eve wzięła głęboki oddech. – Dallas.

– Dyspozytor do porucznik Eve Dallas. Zameldować się w Madison Square Garden na rogu Trzydziestej Pierwszej i Siódmej. Liczne ofiary.

– Zrozumiałam. Powiadomić detektyw Delię Peabody, porucznika Mitchella Lowenbauma. Ja już tam jadę.

Roarke rzucił jej ubranie, złapał swoje.

– To z całą pewnością adwokat – powiedziała, ubierając się. – Jeśli działała zgodnie z planem, to chodziło o adwokata, którego nie udało nam się odszukać. Jest druga nad ranem. Jak go znalazła?

– Koncert w Madison Square – powiedział Roarke. – Świeżo po remoncie sali. Przypuszczam, że skończył się koło drugiej. Jezu Chryste, tam są tłumy. Eve, wśród gwiazd wieczoru jest Mavis.

Drżały jej ręce, kiedy przypinała broń, ale sprawnie szykowała się do wyjścia. Mavis nie opuściła hali razem z tłumem widzów. Mavis nie będzie wśród ofiar.

Zabiję wszystkich, na których ci zależy.

– Mieliśmy bilety.

Spojrzała na Roarke'a, wkładając buty.

– Co? Bilety na ten koncert?

– Dałem je Summersetowi.

Poruszał się szybko, sprawnie, rzucił jej płaszcz, złapał swój. Jednak Eve zobaczyła teraz, że jego oczy są pełne niepokoju.

– Ty usiądź za kierownicą – powiedziała, kiedy obydwoje wybiegli z pokoju. – Ja spróbuję się do nich dodzwonić.

Wszystkich, na których ci zależy, znów pomyślała, wybierając w telefonie numer do Mavis, gdy zbiegali po schodach.

„Serwus! Nie mogę gadać, bo robię coś niesamowitego! Ale oddzwonię później. Powiedz, o co chodzi. Ciao!".

– Mavis, zadzwoń do mnie. To pilne. Jeśli nadal jesteś w Madison Square, zostań w budynku. Zostań w środku.

Wsiadając do samochodu, zadzwoniła do Summerseta.

„Jestem w tej chwili nieosiągalny. Proszę zostawić nazwisko, numer telefonu i krótką wiadomość. Oddzwonię najszybciej, jak będę mógł".

– Kurde, kurde, kurde. Nic im nie jest. Nic im nie jest. – Chciała zatelefonować do Leonarda, ale uświadomiła sobie, że jeśli został w domu z córeczką, tylko go śmiertelnie przestraszy.

Nie ma sensu, nie ma sensu, powtarzała sobie, kiedy Roarke przejechał pędem przez bramę.

Zamiast tego zaprogramowała telefon w wozie tak, żeby na zmianę dzwonił do Mavis i Summerseta, a sama wybrała numer do Baxtera i włączyła syreny.

Nie zablokował kamery, wyglądał na wyczerpanego i jednocześnie pobudzonego. Włosy miał potargane, na twarzy jednodniowy zarost.

– Baxter.

– Zaatakowała Madison Square. Dziś wieczorem był tam wielki koncert. Jadę tam. Chcę, żebyś się skontaktował z resztą. Niech Jenkinson i Reineke zameldują się na miejscu strzelaniny. Pozostali mają przyjechać do komendy, chyba że wydam nowe polecenie.

– Załatwione.

Rozłączyła się, a potem zadzwoniła do Feeneya.

– Już tam jadę – powiedział, gdy tylko uzyskała połączenie. – McNab mnie zawiadomił. Będę na miejscu za jakieś piętnaście minut. Wiadomo, ile ofiar?

– Nie, my dotrzemy tam za pięć minut. Zlokalizuj telefony komórkowe Mavis i Summerseta. Byli na koncercie.

– Chryste. Zaraz się tym zajmę. Niech to cholera.

Rozłączył się. Eve zrobiła jedyne, co jej przyszło do głowy, dotknęła dłoni Roarke'a, ścisnęła ją. I zaczęła się przygotowywać do tego, co ją czeka.

– Jak tylko ich znajdziemy, chcę, żebyś razem z Feeneyem i McNabem posłużył się tym twoim oprogramowaniem. Muszę wiedzieć, skąd strzelała. Nie będzie jej tam, ale muszę wiedzieć, gdzie tym razem uwiła sobie gniazdko.

– Zdaje mi się, że zabrał Ivannę… Ivannę Liski. Wspomniał coś o wspólnej kolacji i poszerzeniu swoich horyzontów muzycznych tym przeklętym koncertem. A ja… A ja mu powiedziałem, że powinien zaprowadzić Ivannę za kulisy, żeby poznała Mavis. Z pewnością wcześniej to zorganizował.

Delikatna blondynka, przypomniała sobie Eve, była balerina… I były szpieg. Być może również dawna flama Summerseta.

– Czyli być może oboje znajdowali się tam podczas tej strzelaniny. Znajdziemy ich.

Siódma Aleja była nieprzejezdna. Roarke przeciął ulicę Trzydziestą Piątą, omijając inne pojazdy i barykady. Migały koguty, wyły syreny.

Już kiedyś była świadkiem takiego chaosu, kiedy grupa Cassandry wysadziła salę sportowo-widowiskową. Tamci zamierzali wtedy zniszczyć charakterystyczne budowle Nowego Jorku. Teraz hala, odbudowana, odnowiona, ponownie otwarta, niezniszczalna, znów została wykorzystana przez innego zabójcę.

Czy należało się tego domyślić? Przewidzieć to?

Odsunęła na bok te myśli i jednocześnie z Roarkiem wyskoczyli z samochodu.

– Zaczekaj. Nie przepuszczą cię tam. I potrzebny mi zestaw podręczny.

Złapała go, wyjęła odznakę, żeby ją przypiąć do płaszcza, a potem razem zaczęli sobie torować drogę w rozgorączkowanym tłumie, napierającym na policyjne taśmy.

– Pani porucznik. Jezu, pani porucznik, mamy tu niezły pasztet.

– Zacznijcie usuwać gapiów. Chcę, żeby obszar od Szóstej Alei na wschodzie do Ósmej na zachodzie oraz dwa kwartały na północ i na południe zamknięto dla wszystkich. Ile ofiar?

– Nie wiem. Wezwano nas, żebyśmy zapanowali nad tłumem. Słyszałem, że może nawet dwadzieścia, ale nie wiem na pewno.

Szła przez teren pełen policjantów, ratowników medycznych, płaczących mieszkańców miasta. A im bliżej byli sali sportowo-widowiskowej, również pełen rannych i zabitych.

Nad ich głowami krążyły helikoptery – policji i reporterów – a na jezdniach i chodnikach gliniarze wraz z sanitariuszami pomagali rannym, okrywali martwych.

Starali się utrzymać porządek, chociaż w każdej chwili znów mogło dojść do strzelaniny.

Policyjne światła zabarwiały cały świat na niebiesko i czerwono, powietrze wypełniały przeraźliwe krzyki i metaliczny zapach krwi.

– Och, Chryste.

Ponieważ szli ramię przy ramieniu, poczuła, jak ciałem Roarke'a wstrząsnął dreszcz.

– Jest tam. Pomaga ratownikom – powiedział.

Też go zobaczyła: koścista postać, gęste, siwe włosy. Szczupłe palce miał zabrudzone krwią. Klęczał obok jakiejś kobiety, której leciała krew z rany na skroni.

Eve przeszedł dreszcz, kiedy skierowali się w tamtą stronę.

– Coś ci się stało? – Roarke przykucnął obok Summerseta, złapał go za ramię. – Mów, jesteś ranny?

– Nie, byliśmy w środku. Akurat wychodziliśmy. Akurat... Usłyszałem krzyki. Zobaczyłem... Muszę powstrzymać to krwawienie. – Głos był spokojny, chłodny, ale kiedy uniósł głowę, Eve zobaczyła w jego oczach przerażenie i smutek. – Mavis i Leonardo są cali i zdrowi. Wciąż przebywają w budynku. Powiedziałem Ivannie, żeby z nimi została.

Gardło jej się zacisnęło, mogła tylko kiwać głową. Potem wzięła głęboki oddech, przykucnęła, spojrzała Summersetowi w oczy.

– Włącz telefon.

– Co?

– Włącz telefon, żebym mogła się z tobą kontaktować. Będę musiała cię przesłuchać, ale teraz włącz telefon i rób dalej to, co robisz. Jest pani w dobrych rękach – zwróciła się do krwawiącej kobiety, która patrzyła na nią szklanym wzrokiem. – W dobrych rękach – powtórzyła i wstała.

Odwróciła się energicznie.

– Wy... I wy – warknęła, wskazując palcem dwóch najbliższych funkcjonariuszy. – Ambulanse i karetki pogotowia mają mieć tutaj łatwy dojazd. Nikt, powtarzam, nikt poza policją i ratownikami medycznymi nie ma wstępu na obszar między Szóstą a Ósmą Aleją oraz ulicą Trzydziestą Szóstą i Trzydziestą Drugą. Wykonać. Natychmiast. A wy...

Wskazała jeszcze dwóch.

– Uważacie, że gapienie się pomaga poszkodowanym? Do mnie i zaprowadzić porządek. Nikomu nie wolno stąd odejść bez mojej zgody. Ruszyć tyłki.

– Sierżant powiedział, żeby... – odezwał się jeden z mundurowych, ale Eve spojrzała na niego ostro i dotknęła swojej odznaki.

– Co tu jest napisane?

– Porucznik, pani porucznik.

– I pani porucznik właśnie wydała wam rozkaz. – Ruszyła szybkim krokiem do jednej z ratowniczek, którą rozpoznała. – Czy można lżej rannych umieścić w hali?

– Można by było – powiedziała kobieta, udzielając pierwszej pomocy osobie ze złamaną nogą. – Ale została zamknięta.

– Każę ją otworzyć. Jeśli poradzicie sobie tutaj bez dwóch ratowników, mogliby się zająć w hali lżej poszkodowanymi. Staramy się zrobić przejazd dla karetek pogotowia.

– Bosko!

– Wiecie, ilu…?

Ratowniczka rozłożyła ręce.

– Naliczyłam dwanaście osób zabitych, dwa razy tyle rannych. Ale może być więcej.

– Dallas.

Obejrzała się i zszokowana zobaczyła Berenskiego. Szedł, utykając, w jej stronę, jedno oko miał podpuchnięte i sine.

– Co się stało?

– Oberwałem, kiedy wybuchła panika. Przyszedłem z dwoma kumplami z laboratorium. Nic nam nie jest, ale… Ludzie biegali, krzyczeli, tratowali się, próbując się wydostać. Bali się, że ktoś znów wysadzi halę.

Miał urywany oddech i trochę nieprzytomny wzrok. Rozejrzał się dokoła.

– Chryste, Dallas. Chryste.

– Potrzebujesz lekarza?

– Nie. Nie. Odbyłem podstawowe szkolenie medyczne, ale nie wiem, czy potrafię tutaj komuś pomóc.

– Zaraz będzie tu Feeney. Dołącz do niego i komputerowców. Będziesz obsługiwał program.

– Tak, mogę to robić. Mogę to robić – powtórzył i utykając, skierował się w stronę nadchodzącego szefa wydziału przestępstw elektronicznych.

Nie ma mowy, by udało się zabezpieczyć ślady, pomyślała Eve, ale zrobi, co będzie można. Odetchnęła głęboko, wyrzuciła z głowy wszystkie myśli i rozejrzała się wokoło.

Zaczekała, aż koncert się skończy – prawdopodobnie był transmitowany, prawdopodobnie mogła go oglądać na ekranie albo przynajmniej informowano, co się akurat dzieje.

Czy upatrzona ofiara tutaj była? Ktoś z listy? Czy też Willow Mackie jedynie chciała pokazać, na co ją stać?

Drzwi się otworzyły, ludzie zaczęli wychodzić. Czekałaś? Jak długo czekałaś, nim dałaś sobie zielone światło?

Wróciła do Summerseta, zobaczyła, że udało mu się powstrzymać krwawienie i teraz opatruje bardziej skomplikowaną ranę głowy.

– Wyznaczam cię na konsultanta-rzeczoznawcę do spraw medycznych.

– Mnie?

– Widzisz tamtą ratowniczkę? – Wskazała ręką. – Jest rozsądna. Razem z nią zorganizujesz odprowadzanie lżej rannych do hali. Chcę, żeby im było wygodnie, ale niech się nie rozchodzą. Porozmawia z nimi jeden z moich ludzi, potem będą mogli wrócić do domów. Stan poważniej rannych zostanie oceniony na miejscu, a następnie zostaną przewiezieni do szpitali. Ja muszę się zająć zabitymi, jasne? Ty możesz pomóc ratować żywych.

– Dobrze.

– Potrzebna mi lista nazwisk tych, których opatrzysz lub odprowadzisz do hali. Jasne?

– Oczywiście, pani porucznik.

– Zadzwonię do ciebie, jeśli mi będziesz potrzebny gdzie indziej.

Zobaczyła, jak Roarke z Feeneyem wchodzą do środka, za nimi, utykając, szedł Berenski.

– Widzisz tego utykającego faceta z jajowatą głową?

– Widzę.

– Jak będziesz miał wolną chwilę, obejrzyj go. Oberwał w oko. Będzie razem z Roarkiem i Feeneyem.

– Zrobię, co będę mógł.

– Jeśli zobaczysz Mavis, powiedz jej...

– Oczywiście.

– Dobrze. – Eve wzięła swój zestaw i poszła, żeby się zająć zabitymi.

*

Zidentyfikowała dwa ciała, przystąpiła do identyfikacji trzeciego, kiedy podbiegła do niej Peabody.

– Przepraszam. Jezu, Dallas, nie mogliśmy się przebić. Wokół zapór policyjnych niemal dochodzi do zamieszek. Whitney ściągnął wszystkich gliniarzy w mieście, takie przynajmniej można odnieść wrażenie, żeby usunęli ludzi z ulic. Chcesz, żebym zaczęła identyfikować zabitych?

– Mamy już upatrzoną przez sprawców ofiarę. Jonah Rothstein, lat trzydzieści osiem, adwokat. To ten prawnik, którego nie udało nam się namierzyć. Rana postrzałowa w brzuch. Wykrwawił się, nim ktokolwiek zdołał mu pomóc, ale śmierć nastąpiła po kilku minutach cierpień. Próbował się czołgać... Widać smugi krwi. I spójrz na jego nogi. Wymierzyła w brzuch, a potem w obie nogi. To pierwsza ofiara, do której strzelała więcej niż raz. Właśnie jego chciała zabić.

Eve przysiadła na piętach.

– Wyszedł razem z tłumem innych, prawdopodobnie nakręcony po koncercie. Może był z kimś – jest rozwiedziony. Wypatrywała go. Przypuszczam, że tym razem jego pierwszego zabiła. Nie chciała go zgubić w tłumie, gdy wybuchnie panika. A potem strzelała na chybił trafił. Już nie chodzi o przykrywkę, nie ma takiej potrzeby. Zrobiła to dla zabawy. Skontaktuj się z Morrisem.

– Już to zrobiłam. Jedzie tutaj. Może nawet udało mu się dotrzeć przed nami.

– Nie widziałam go. Najpierw musimy odwieźć Rothsteina. Niech umieszczą zwłoki w worku, opiszą je i zabiorą w pierwszej kolejności.

– Odszukam Morrisa. Dallas, wiesz, ilu jest zabitych?

Eve się wyprostowała. Ratownicy medyczni wciąż oceniali stan poszkodowanych, ale wielu lżej rannych zabrano do hali, a ludzie, którzy nie odnieśli obrażeń, po spisaniu ich danych zostali puszczeni do domu.

Pomyślała, że to miejsce wygląda jak pole bitwy: ciała ofiar leżały na zimnym, zakrwawionym chodniku. Naliczyła czternaście, którym już nikt nie mógł pomóc. Ale może jest ich więcej.

– Będziemy identyfikować zabitych po kolei.

Ostatecznie okazało się, że na miejscu zginęło szesnaście osób, dwie kolejne ofiary zmarły w wyniku odniesionych ran w ciągu kilku następnych godzin. Osiemdziesiąt cztery osoby odniosły obrażenia.

Wiedziała, że zabici nie dadzą jej spokoju, każdy z osobna i wszyscy razem. Jeszcze przed świtem przeniosła się z zimnej ulicy do hali, by przesłuchać świadków strzelaniny.

Rozejrzała się po przestronnym holu, marmurowych posadzkach, rzęsiście oświetlonych wnętrzach. Podeszła do Jenkinsona.

– Mów, czego się dowiedziałeś.

– Zeznania są sprzeczne. Znaczna część ludzi nie ma pojęcia, co się wydarzyło. Większość z nich nawet nie wyszła z hali, tutaj została stratowana. Ktoś zaczął krzyczeć, że podłożono bombę, co podziałało jak zapalnik.

Był zmęczony, rozejrzał się ponuro po holu, z którego już zabrano rannych, ale na posadzkach wciąż widać było krew i przedmioty osobiste, porzucone w panice.

– Z tego, co ustaliliśmy, podobnie przedstawia się sprawa na zewnątrz. Mamy sprzeczne relacje dotyczące pierwszego strzału, ale znalazłem ochroniarza, który nie stracił głowy. Jest pewien, że pierwsze dwie ofiary zginęły koło pierwszej pięćdziesiąt – pierwszej pięćdziesiąt pięć. Czyli jakieś dziesięć minut po tym, jak ludzie zaczęli tłumnie opuszczać halę.

Jenkinson potarł kark i zajrzał do swoich notatek.

– Według ochroniarza pierwszą ofiarą śmiertelną był mężczyzna w czarnym palcie, blondyn z włosami średniej długości. A potem rudowłosa kobieta w czarnym albo szarym płaszczu. Ochroniarz twierdzi, że do pierwszej ofiary strzelano dwa, może nawet trzy razy. Nie jest pewien, czy nastąpiło to po tym, jak trafiono drugą lub trzecią osobę. Bo wtedy zaczęło się szaleństwo.

– Czy ten facet w ogóle akurat był na służbie?

– Zabawne, że o to spytałaś. Ma dwadzieścia pięć lat stażu, z tego większość w Queens.

– Wciąż jest dobry. Pierwsza ofiara, mężczyzna w czarnym palcie, z włosami blond, to prawnik. Jonah Rothstein. Został postrzelony trzy razy. Niech ochroniarz będzie pod telefonem, może przypomni sobie więcej szczegółów. Zabici są już w kostnicy albo ich tam zwożą. Kilku rannym nadal jest udzielana pomoc na miejscu, ale wszystko mamy pod kontrolą. Ten teren musi pozostać zamknięty, póki nie ukończymy czynności śledczych. Niech Carmichael i Santiago zastąpią ciebie i Reinekego. A wy się zdrzemnijcie trochę.

– Pani porucznik, potrzebuje tu pani więcej ludzi. Damy radę. Wziąłem wspomagacz. – Przesunął dłonią po twarzy. – Nienawidzę tego świństwa.

– Odpocznijcie trochę, bo później nie będzie na to czasu. Gdzie są ludzie z wydziału przestępstw elektronicznych?

Po pięciu minutach szybkiego marszu dotarła do robiącego duże wrażenie pomieszczenia ochrony, gdzie pracowali jej maniacy komputerowi. Spojrzała na monitory, próbując nie słuchać żargonu tamtych. Zobaczyła linie, biegnące od Lexington i Trzeciej Alei do Siódmej Alei, w okolicy Madison Square. Czyli z okolic Murray Hill, stwierdziła.

– Zawężamy teren – powiedział jej Feeney. – A raczej Lowenbaum i Berenski to robią.

Brawo, Barani Łeb, pomyślała, patrząc na kierownika laboratorium, siedzącego przed komputerem razem z Lowenbaumem.

– Jeśli posługuje się taką samą bronią, jak ten drań, jej ojciec, przypuszczamy, że można zawęzić obszar do dwóch kwartałów. – Berenski poruszył ramionami i obrócił się na stołku. – Jeśli uwzględnić rodzaj broni, zasięg, prędkość, założyć, że ustawiła karabiny na pełną moc, bo czemu by nie…

– Oszczędź sobie teraz tych wstępów i podaj mi najbardziej prawdopodobne miejsca. Może później poproszę cię, żebyś przedstawił mi resztę.

Zamrugał powiekami, potarł namiastkę wąsów.

– Jasne. Czemu nie.

– Skłaniamy się ku tym trzem. – Roarke podświetlił wytypowane budynki. – Dwa przy Lex, jeden przy Trzeciej Alei.

– Lubi East Side – zauważyła Eve. – Najlepiej zna te okolice.

– Najwyraźniej. Dzięki ekspertom od broni, których uwagi uwzględniliśmy w oprogramowaniu, znacznie zawęziliśmy obszar. W tych trzech miejscach są kiepskie systemy alarmowe. Są tam lokale na wynajem.

– Zaczniemy od nich. Możesz wykorzystać poprawiony program do strzelaniny na Times Square?

– Już to robimy – powiedział McNab. – Podamy ci najbardziej prawdopodobne lokalizacje, uwzględniając te wszystkie czynniki.

– Peabody, przekaż wyniki Baxterowi i Trueheartowi, niech razem z mundurowym Carmichaelem i ludźmi, których sobie wybrał, udadzą się tam. – Sprawdziła, która godzina. – Bądź gotowa do jazdy do komendy, kiedy dostaniesz ode mnie wiadomość.

Miała tu do załatwienia jeszcze jedną sprawę. Zeszła na dół i spytawszy, którędy iść za kulisy, skierowała się tam. Mało prawdopodobne, żeby uzyskała tam jakieś informacje pomocne w schwytaniu sprawcy, ale nie mogła stąd odjechać, zwyczajnie nie mogła, nie spotkawszy się z tymi, o których się troszczyła.

Z tymi, którym w jej śnie Willow groziła śmiercią.

Usłyszała Nadine, jeszcze zanim ją zobaczyła. Dziennikarka miała ochrypły z przemęczenia głos, siedziała na podłodze, oparta o ścianę, przed jedną z garderób. Jak zwykle była umalowana i uczesana tak, żeby móc wystąpić przed kamerami, miała na sobie jaskrawoniebieską skórzaną kurtkę, a pod nią czarny, obcisły kostium.

Tuż obok niej przykucnął jakiś mężczyzna z czarnymi, kręconymi włosami z fioletowymi pasemkami. Sięgały mu poniżej czarnego T-shirtu i wybijanej ćwiekami czarnej kamizelki bez rękawów. Nosił czarne dżinsy i buty sięgające do połowy łydek. Jeśli chodzi o liczbę kolczyków w uchu, śmiało mógł konkurować z McNabem.

Spojrzał na Eve – miał niebieskie oczy, ciężkie powieki. Lekko wykrzywił usta, co pogłębiło zmarszczki na jego twarzy.

– Jest twoja kumpelka-policjantka, Lois.

– Co? Och, Dallas. – Nadine wstała. – Co wiesz? Co możesz mi powiedzieć? Mam stałą łączność ze swoją stacją, potrzebujemy więcej szczegółów.

Bardzo dobrze, pomyślała Eve, że nie wiedziała, że Nadine jest tutaj. Nie musiała się niepokoić o jeszcze jedną osobę.

– A co ty wiesz? – odpowiedziała pytaniem na jej pytanie.
– Co widziałaś? Co słyszałaś? Najpierw chcę wysłuchać ciebie.

– Nic nie widziałam ani nie słyszałam. Byłam tutaj, w garderobie Mavis, kiedy wpadli ochroniarze, powiedzieli, że coś się stało. Nie pozwolili nam stąd wyjść. Przyprowadzili przyjaciółkę Summerseta. Siedzi w garderobie razem z Mavis i Leonardem. Trina też tam jest.

Nadine wskazała drzwi z tabliczką, na której było wypisane imię Mavis.

– Daj spokój, Dallas, powiedz mi, co się stało. Przekazuję swojemu producentowi okruchy informacji.

Eve spojrzała na mężczyznę towarzyszącego dziennikarce.

– Kim pan jest?

Nadine roześmiała się krótko.

– Mówiłam ci.

– Krzepiące – powiedział. – Jestem Jake Kincade.

– To nie wystarczy. Dallas, Jake jest gwiazdą rocka. Dosłownie. Słyszałaś o jego zespole, Avenue A? Okupuje listy przebojów od piętnastu lat, tak, Jake?

– Mniej więcej. Ale to teraz bez znaczenia, prawda? Mniejsza z tym. – Wstał. Miał długie nogi, w butach mierzył z metr dziewięćdziesiąt pięć. Wyciągnął do niej rękę.
– Powiedziałbym: miło mi panią poznać, ale...

– Ilu jest zabitych? – dopytywała się Nadine. – Czy to potwierdzisz? To ważne, Dallas.

– Tak, to ważne. W tej chwili szesnaście osób. Paru rannych z pewnością nie przeżyje, ale mogę potwierdzić: szesnaścioro zabitych na miejscu.

– Jezu. – Jake spojrzał w głąb korytarza. – Członkowie mojego zespołu są w garderobach, obsługa techniczna śpi pokotem. Wszyscy bezpieczni, ale… Mam nazwiska kilkunastu osób, którym daliśmy bilety. Może pani sprawdzić, czy…

Eve wyciągnęła notes.

– Proszę mi podać te nazwiska.

Sprawdzała na bieżąco, kiedy wymieniał je z pamięci.

– Żadne nie widnieje na liście zabitych ani poważnie rannych. Nie ma jeszcze pełnego wykazu lżej poszkodowanych.

– Tyle mi wystarczy. Dziękuję. Wygrali konkurs, byli na próbie, przed koncertem odwiedzili nas za kulisami.

– Nie dawało mu spokoju, że ktoś z nich mógł ucierpieć – powiedziała Nadine. – Albo gorzej.

– Porozmawiam, z kim trzeba, żebyście wszyscy mogli wrócić do domów. Ale może minąć z pół godziny, nim pojawi się tu ktoś, kto was stąd wyprowadzi.

– Nigdzie się nie ruszę bez rozmowy z tobą – oświadczyła Nadine. – Mogą przeprowadzić transmisję zdalnie.

– Śmiało, Lois – mruknął Jake; dziennikarka spojrzała na niego błyszczącymi oczami.

– Miasto zaraz się obudzi – ciągnęła Nadine, spojrzawszy na swój elegancki zegarek. – Właściwie już się budzi. Ludzie muszą wiedzieć, Dallas. To ich miasto, ostatni wieczór był ważny. Ktoś to zniszczył, rozlewając krew. Twoim obowiązkiem jest złapanie sprawcy. Moim obowiązkiem jest informowanie ludzi nie tylko o tym, co się tutaj wydarzyło, ale również, że robicie wszystko, co trzeba, by powstrzymać morderców.

– Jest dobra. – Jake wsunął kciuki do kieszeni spodni. – Mówi, że pani też jest dobra.

– Poświęcę ci pięć minut, tylko tyle mogę – oświadczyła Eve, nim Nadine mogła zaprotestować. – Ale muszę…
– Spojrzała na drzwi do garderoby Mavis.

– Wszystko przygotuję.

– A ja obudzę swój zespół.

Kiedy Jake skierował się w głąb korytarza, Eve zwróciła się do Nadine.

– Lois?

– Imię Lane, ambitnej dziennikarki „Daily Planet". Chodzi o Supermana, Dallas. Chyba o nim słyszałaś.

– Tak. Gdzie jest teraz? – Cicho otworzyła drzwi.

Leonardo spał w fotelu, Mavis, zwinięta w kłębek jak kotek, leżała na jego kolanach. Trina, która prawdopodobnie zadbała o fryzurę i makijaż Mavis, wyciągnęła się na podłodze. Eve rozpoznała też dawną przyjaciółkę Summerseta, Ivannę Liski, śpiącą na kanapie.

Ale jej wzrok znów spoczął na Mavis, której włosy przypominały tęczę. Jej ładna twarz była zrelaksowana, Leonardo obejmował żonę potężnymi ramionami.

Ponieważ zaszczypały ją oczy, a żołądek się ścisnął, Eve wsparła głowę o framugę drzwi i odetchnęła głośno.

Nadine pomasowała jej plecy, by ją pocieszyć.

– Jak tylko będziesz gotowa.

Eve skinęła głową, wyprostowała się, zamknęła drzwi, żeby pozwolić tamtym jeszcze kilka minut pospać.

– Miejmy to już za sobą.

Rozdział 15

Roarke pracował ramię w ramię z gliniarzami, lecz ani na chwilę nie opuszczał go głęboki niepokój. Wprawdzie nauczył się zachowywać spokój i zimną krew w sytuacjach kryzysowych – w przeciwnym razie, będąc z natury raptusem, większość życia spędziłby w takim czy innym więzieniu – lecz ów niepokój sprawił, że poczuł ból w napiętych mięśniach ramion.

Kobieta, wokół której kręciło się jego życie, była bliska wyczerpania fizycznego po przespaniu zaledwie dwóch godzin, podczas których dręczyły ją koszmary senne.

Wyczytał to z twarzy Eve, kiedy jego żona przyszła, żeby spytać ich o postępy. Miała podkrążone oczy, była blada, niemal przezroczysta.

Widział niemal to samo na twarzach gliniarzy, z którymi pracował: niesłychane zmęczenie i determinację, by mu się nie poddawać. I nie poddawali się.

Roarke niewiele mógł zrobić, żeby im pomóc. Nie było czasu ani miejsca, żeby zamówić dla nich mocną kawę czy półmiski dobrego jedzenia. Ani władza, ani pieniądze, które zdobył, pracując przez całe życie, na nic się tutaj zdały.

Więc oddał na usługi policji wszystkie swoje umiejętności, całą bystrość umysłu, chociaż czuł, że to za mało.

Jak można złapać zabójcę, wiedząc, gdzie był, skoro z całą pewnością już go tam nie ma?

Jego policjantka powiedziałaby, że ważny jest każdy szczegół. Więc starał się znaleźć wszystkie szczegóły.

Niepokojowi o Eve towarzyszył niepokój o Summerseta. Czy jego pomoc miała jakąś wartość?

Wciąż widział wyraz twarzy starego przyjaciela, jego przerażenie, krew na dłoniach, słyszał jego lekko drżący głos.

Zawsze doznawał wstrząsu w tych rzadkich sytuacjach, kiedy widział słabość u człowieka, który właściwie go wychował, uratował przed życiem na ulicy, przed biciem, głodem i poniewierką. Który pomógł mu wykształcić w sobie opanowanie i dystans, nauczył poskramiać furię, starającą się nim zawładnąć.

Gdzie by się teraz znajdował, kim by teraz był bez tych dwóch złożonych i sprzecznych sił? Nie potrafił powiedzieć, nigdy się nie dowie, ale z całą pewnością nie byłby tym, kim jest dziś, i nie pomagałby policji, którą kiedyś próbował przechytrzyć.

Eve wytropiła pierwszego zabójcę, szykowała się do konfrontacji z człowiekiem, który nauczył własne dziecko zabijać. Summerset opatrywał rannych.

A on... Cóż, robił wszystko, co w jego mocy, żeby zawęzić liczbę lokalizacji, pozycji, ewentualności.

Wstał i spojrzał w kierunku Feeneya. Eve traktowała go jak ojca. Właściwie wszyscy oni byli ojcami: Feeney, Summerset, Mackie. Uczyli w dobrym lub złym celu.

– Muszę odszukać Summerseta, upewnić się, że nic mu nie jest.

– Idź – odpowiedział mu Feeney. – Radzimy sobie lepiej, niż przypuszczałem. Zamierzasz sprzedać policji nowojorskiej licencję na to oprogramowanie?

– Potraktujcie je jako prezent. Załatwię wszystkie formalności.

To przynajmniej coś konkretnego, pomyślał, odchodząc.

Spróbował dodzwonić się do Summerseta, ale włączała się poczta głosowa. Zapomniał włączyć ten przeklęty aparat, pomyślał Roarke, albo był zbyt zajęty tamowaniem krwotoków lub unieruchamianiem złamanych kończyn, żeby odbierać telefony.

Już zamierzał zadzwonić do Eve, ale uznał, że nie spodobałoby się jej, że ją odrywa od pracy. Jemu w takiej kryzysowej sytuacji też by się to nie spodobało.

Szukał Summerseta, gliniarze ledwo kiwali głowami na jego widok. Kiedyś ścigaliby mnie do upadłego, pomyślał. Tamte czasy dawno minęły i chociaż niekiedy z nostalgią wspominał dreszczyk emocji, towarzyszący jego wyczynom, nie zrezygnowałby ze swojego obecnego życia nawet mimo niepokojów, które teraz go prześladowały.

Pierwszy ją zauważył. Eve pojawiła się w drzwiach, które, o ile dobrze pamiętał plan pomieszczeń, prowadziły za kulisy. Jest taka blada, pomyślał, a ponieważ tak dobrze znał te oczy, wiedział, że jego żona z trudem powstrzymuje łzy.

Idąc, mówiła coś do telefonu, wydając kolejne dyspozycje, jak przypuszczał, koordynując działania, odbierając raporty.

Kiedy ruszył w jej stronę, w drzwiach na prawo pojawił się Summerset.

Jest kompletnie wyczerpany, uznał Roarke, kości policzkowe przyjaciela ostro sterczały pod ściągniętą skórą. W oczach Summerseta malowało się coś więcej niż zmęczenie. Łzy, które paliły wnętrzności, parzyły serce, bo nie pozwolono im popłynąć.

I w tym momencie poczuł się schwytany przez tych dwoje ludzi, których kochał nad życie, przez te dwie przeciwstawne siły.

Potem zobaczył, jak Summerset zatoczył się lekko i przytrzymał oparcia krzesła, żeby nie upaść. I los zadecydował za niego. Roarke skierował się do człowieka, któremu zawdzięczał życie.

– Powinieneś usiąść – przemówił bardziej szorstkim tonem, niż zamierzał, bo niepokój zacisnął mu gardło. – Przyniosę ci wody.

– Nic mi nie jest. W przeciwieństwie do wielu, zbyt wielu, którzy mocno ucierpieli.

– Usiądź – powtórzył akurat wtedy, kiedy podeszła do nich Eve. – Oboje usiądźcie na pięć minut, a ja przyniosę wam wody.

– Musimy jechać do komendy. Pojedziesz z nami – zwróciła się do Summerseta – i złożysz wyjaśnienia.

– Gówno mnie to obchodzi – nie wytrzymał Roarke. – On musi jechać do domu i odpocząć. Do cholery, nie masz oczu, nie widzisz tego?

– Z dala stąd będzie mu łatwiej. Potem każę go odwieźć do domu.

– Prosto stąd pojedzie do domu. Sam go odwiozę.

Eve natarła na niego rozwścieczona.

– Policja prowadzi śledztwo, popełniono tutaj przestępstwo, ja decyduję, kto, jak i kiedy opuści to miejsce.

– W takim razie aresztuj nas obu, bo najwyraźniej nie masz nic lepszego do roboty. Jak możesz go traktować w taki sposób, kiedy ledwo trzyma się na nogach, bo opatrzył tylu rannych?

– Nie kuś mnie. Nie mam czasu na melodramaty.

– Pokażę ci zaraz, co to jest melodramat.

– Przestańcie oboje. – Chociaż głos Summerseta był słaby ze zmęczenia, jednak zabrzmiał stanowczo. – Zachowujecie się jak marudzące z niewyspania dzieci.

– Powiedziałem ci, żebyś usiadł, do jasnej cholery.

– I chyba to zrobię mimo twojego niewłaściwego zachowania. Bo muszę.

Opadł na fotel i westchnął.

– Oczywiście pojadę do komendy, ale przedtem muszę się upewnić, że z Ivanną wszystko w porządku.

– Dopiero co ją widziałam. Nic jej nie jest, zaraz zostanie odwieziona do domu. Powiedziałam jej, że skontaktujesz się z nią, jak tylko będziesz mógł.

– A inni? Mavis, Leonardo, Nadine, Trina?

– Tak samo. Wszyscy… – Załamał jej się głos. Odchrząknęła.
– Wszyscy mają się dobrze.

– Ulżyło mi. – Na chwilę jego wzrok spotkał się ze spojrzeniem Eve. Znów westchnął. Potem popatrzył na Roarke'a.
– Chętnie napiłbym się wody.

– Przyniosę ci. Nigdzie się stąd nie ruszaj.

– Napędziłem mu stracha – powiedział Summerset do Eve,
kiedy zostali sami. – Trudno jest patrzeć na słabość tych,
którzy cię wychowali.

– Rozumiem to, ale…

– I niepokoi się o panią. Porucznik Dallas, wygląda pani
na równie zmęczoną, jak ja czuję się zmęczony. Roarke za-
daje sobie pytanie, co może zrobić, kiedy ta, którą kocha
nad życie, musi wykorzystać kogoś, o kogo on się troszczy
jak dziecko o rodzica. Cóż, najlepiej nakrzyczeć na oboje.
– Uśmiechnął się lekko.

Eve czuła się, jakby stanęła na skraju przepaści. Jeśli
zanadto się wychyli, stoczy się w dół. Pomyślała, że nie ma
wyboru, tylko musi się trzymać.

– Przykro mi, ale nie mam chwili do stracenia. Nie mogę
zwlekać, nim zrobię kolejny krok.

– Rozumiem – odpowiedział Summerset. – Chciałbym
jechać do domu. Chłopak ma rację, bardzo chciałbym jechać
do domu. Oboje oszczędzilibyśmy sobie nieco czasu, robiąc
to tu i teraz. Czy to możliwe?

– Tak. Myślałam tylko, że wolałbyś stąd uciec.

– Pani nigdy nie ucieka, prawda?

Wrócił Roarke z dwiema puszkami wody.

– Nic nie mów, chłopcze – odezwał się Summerset, kiedy
Roarke chciał coś powiedzieć. – Za chwilę złożę wyjaśnienia
pani porucznik. Postanowiliśmy z tym nie zwlekać.

Eve usiadła po drugiej stronie przejścia.

– Mam oczy, ale muszę wiedzieć, co widziały twoje.
– Włączyła rekorder, podała niezbędne dane. – Powiedz
mi, co zapamiętałeś.

– Byliśmy, ja i Ivanna, blisko wyjścia, już prawie na zewnątrz. To był wyjątkowo uroczysty wieczór. Tłum... Sądzę, że sprzedano wszystkie bilety. Początkowo otaczał nas tłum. Ale...

Kiedy Summerset potarł skronie, Roarke wyjął z małej saszetki środek przeciwbólowy.

– Połknij to. – A widząc zimne spojrzenie przyjaciela, zacisnął zęby i dodał: – Proszę.

– Dziękuję. – Summerset otworzył puszkę, wziął tabletkę, popił ją wodą. – Chyba... Tak, chyba zamierzałem wyjść z Ivanną, kiedy zobaczyłem, jak jakiś mężczyzna pada na ziemię... Dostał w brzuch. Rozległy się krzyki, padła kolejna osoba, trafiona w głowę. Wtedy wybuchła panika. Ludzie zaczęli biec do wyjścia, przepychali się. Odciągnąłem Ivannę na bok, zacząłem się cofać, póki nie znalazła się w bezpiecznym miejscu. Oponowała, ale rozumiała, że nie czas na kłótnie. Obiecała, że pójdzie za kulisy, do Mavis. Byliśmy tam przed koncertem, więc miałem pewność, że trafi do jej garderoby. Wszyscy pozostali starali się uciec z budynku.

– Opisz pierwszą osobę, która padła.

– Był to mężczyzna, według mnie miał trzydzieści kilka lat. Jasne włosy, białej rasy, nosił czarne palto, rozpięte, bo widziałem krew. Nim zdołałem do niego dotrzeć, już nie żył. Otrzymał jeszcze dwa strzały w nogi. Słyszałem krzyki i pisk hamulców. Kiedy próbowałem dotrzeć do kobiety, którą tłum przewrócił na ziemię, zobaczyłem inną, potrąconą przez samochód, kiedy wybiegła na ulicę. A potem...

– Co było potem?

– Przez chwilę... Obawiam się, że przez dłuższą chwilę przeniosłem się w inne czasy, do innego miejsca. Znalazłem się w Londynie podczas wojen miejskich. Takie same odgłosy, zapach, taki sam okropny strach i chaos. Zakrwawione ciała na ziemi, ranni wzywający pomocy, płacz, desperacka chęć ucieczki.

Przez chwilę wpatrywał się w puszkę z wodą, a potem się napił.

– Na chwilę zamarłem, znieruchomiałem i nie byłem w stanie nic zrobić. Stałem, tylko stałem. Potem ktoś mnie popchnął i upadłem. Upadłem obok kobiety, której już nikt nie mógł pomóc. Nic nie można było dla niej zrobić, nic a nic. Otrząsnąłem się ze wspomnień. Zobaczyłem chłopaka, ledwo dwudziestoletniego, którego pchnięto z taką siłą, że stracił przytomność. Ktoś go stratował, stanął butem na jego dłoni. Usłyszałem trzask łamanych kości. Starałem się mu pomóc, jak umiałem, póki nie pojawili się ratownicy medyczni.

Umilkł i znów się napił.

– Ludzie wciąż padali, ale wkroczyli ratownicy medyczni, policja. Zawołałem, że jestem sanitariuszem, jeden z nich rzucił mi zestaw pierwszej pomocy. Robiliśmy, co było możliwe, jak na każdym pobojowisku. Nie wiem, ile minęło czasu – minuty czy godziny – zanim pojawiła się pani i mój chłopak. Zaraz się pani postarała, żeby szybko przywrócić porządek. Opatrzyłem kilka osób na zewnątrz, a potem kolejnych rannych w sali widowiskowej. A teraz jestem tutaj.

Eve odczekała moment.

– Co z kobietą, której udzielałeś pomocy, kiedy się pojawiliśmy?

– Wydaje mi się, że przeżyje. Zabrali ją, kiedy jej stan wystarczająco się ustabilizował. Mówią, że przynajmniej kilkanaście osób nie żyje. Wie pani, ile dokładnie?

– Szesnaście zginęło na miejscu, dwie dalsze zmarły w szpitalu. Czyli razem osiemnaście. Byłoby więcej, gdyby nie ty, gdyby nie twoja pomoc.

– Osiemnaście. – Summerset spuścił głowę, utkwił wzrok w puszce z wodą. – Nie udało nam się uratować osiemnastu osób, zatem oczekujemy od policji, żeby sprawiedliwości stało się zadość.

– Tak będzie. Zmarli są równie ważni, jak ci, którzy odnieśli obrażenia. Podam ci ich nazwiska. I rannych, i zabitych.

Uniósł głowę, ich spojrzenia się spotkały.

– Dziękuję.

– Roarke może cię odwieźć do domu.

– Nie, lepiej, jak zostanie z panią. Dla mnie nie ma tu już nic więcej do roboty. W przeciwieństwie do pani. Połknę środek uspokajający i położę się spać – powiedział do Roarke'a. Kiedy wstał, sprawiał wrażenie silniejszego.

– Wolałbym nie zostawiać cię samego.

– Będę z kotem. – Summerset uśmiechnął się lekko, a potem zrobił coś, czego Eve nigdy wcześniej nie widziała. Nachylił się i pocałował Roarke'a w policzek.

Wzruszona i zażenowana, wstała.

– Załatwię transport. – Ruszyła przed siebie, ale się zatrzymała. – Ratownicy medyczni i policjanci, którzy tu się pojawili… Stwierdzenie, że to ich obowiązek, nie pomniejsza ryzyka ani odwagi. To nie było twoim obowiązkiem, ale tak samo ryzykowałeś i wykazałeś się taką samą odwagą. Nigdy tego nie zapomnę.

– Powinienem pojechać z tobą – upierał się Roarke.

– Nie. – Summerset pokręcił głową. – Pragnę spokoju i własnego łóżka, chociaż przyznaję, że obecność kota będzie stanowiła pewne pocieszenie. Wojna nigdy naprawdę się nie kończy, póki są tacy, którzy czują się upoważnieni, niemal zobowiązani do odbierania innym życia. Teraz to nie jest moja wojna, tylko twojej żony, a ponieważ to jej wojna, jest również twoja. Jestem dumny z was obojga i mam nadzieję, że przyniesiecie mi dobre wieści, kiedy wrócicie do domu.

Znów westchnął, tym razem długo, a potem ścisnął ramię Roarke'a.

– Sprawdzę, co u Ivanny, a potem pozwolę, żeby pani porucznik kazała mnie odwieźć do domu.

– Oboje was każę odwieźć do domu – powiedziała mu Eve.

– Zadbam o to, żeby was wszystkich odwieziono do domów.

– Dziękuję. Nic mi nie jest, chłopcze. Jestem tylko zmęczony.

– W takim razie zaprowadzę cię do Ivanny, a potem oboje was zabiorę do samochodu.

*

Później Roarke wyprowadził Summerseta z budynku i poszedł z nim do radiowozu stojącego przy krawężniku. Kiedy Eve dołączyła do niego, czuł, że cała jest spięta. Pomyślał, że po części za sprawą złości, po części – determinacji, żeby jakoś trzymać się na nogach.

– Już w niczym nie możesz tu pomóc… – zaczęła, ale przerwał jej ostrym tonem.

– Czuję się wystarczająco bezużyteczny, więc nie musisz mi niczego wypominać.

– Bezużyteczny? Akurat. Gdyby nie ty, nie wiedzielibyśmy, skąd padły strzały podczas tych trzech strzelanin. Może to nam ułatwi odgadnięcie, dokąd się uda teraz, kim będzie jej kolejna ofiara. Więc nie pleć bzdur, że jesteś bezużyteczny.

– W takim razie z pewnością znajdziesz dla mnie jakieś zajęcie.

– Powinieneś pojechać z Summersetem. Powinieneś pojechać do domu, upewnić się, że położył się do łóżka, i sam też się przespać.

– On wie, czego mu trzeba, a ja pójdę spać razem z tobą. Czy będziemy tracić czas, kłócąc się o to?

– Niech ci będzie. – Ruszyła szybkim krokiem przed siebie. – Wysłałam Peabody przodem. Jestem umówiona z Mirą na konsultację, a potem przesłucham Mackiego.

– Spytam innych, jak mogę pomóc. – Ujął Eve mocno pod ramię. – Sprawiał wrażenie wstrząśniętego i słabego. Nie mogłem znieść myśli, że będziesz męczyć Summerseta. I samą siebie. Nie mogłem znieść widoku was obojga, skrajnie wyczerpanych, ale niezamierzających się poddać.

– Wytrzymał. – Wzięła głęboki oddech. – Nie zamierzałam go dręczyć, ale musiałam wiedzieć, co zobaczył. Znajdował się na miejscu, nie pierwszy raz był świadkiem czegoś takiego.

To mi bardzo pomogło. Willow Mackie zamierza znów uderzyć, i to szybko. Musiałam go przesłuchać.

– Wiem.

– Za to, co zrobił, podziwiam go bardziej, niż potrafię wyrazić. Mógł się cofnąć, zostać bezpiecznie w środku, ale wyszedł. Ryzykował własne życie, żeby ratować innych.

– Uratował mi życie, podobnie jak ty. Dla mnie to trudny taniec.

Eve zatrzymała się koło samochodu.

– On cię uformował. Tak to przynajmniej widzę. – Na widok zdumionej miny Roarke'a pokiwała głową. – Nie byłby do tej pory z tobą, gdyby było inaczej. Mówisz, że nawzajem się uratowaliśmy. Cóż, zanim się pojawiłam, wy dwaj zrobiliście to samo. Inaczej, ale to samo. Dzięki tobie zyskał cel w życiu i syna. Więc nie mówmy już o tym.

– Zgoda. – Przyciągnął ją do siebie, objął z całych sił. – W tej chwili nikt nie zwraca na nas uwagi. Więc przytul mnie, bo tego potrzebuję. Przysięgam, że tego potrzebuję.

Dała mu to, czego potrzebował, wzięła to, czego sama potrzebowała.

– Wiesz co, zachowujesz się jak prawdziwy Irlandczyk, zmuszając nas do zrobienia tego, co według ciebie powinniśmy zrobić.

– Cholernie dużo mi z tego przyszło. – Odsunął się od niej. – Znajdę dla ciebie środek wzmacniający. Nie teraz, nie taki, jakiego nienawidzisz. Znajdę coś takiego, co ci będzie odpowiadać.

– Tylko ty jeden to potrafisz. Poprowadź auto, ja muszę podzwonić tu i tam.

Usiadł za kierownicą i spojrzał na Eve.

– Czy ten nowy rodzaj zrozumienia położy również kres codziennym złośliwościom, jakie sobie nawzajem prawicie z Summersetem?

– Nawet o tym nie marz.

– Cóż, w takim razie to coś, na co czekam z niecierpliwością.

*

Maszerowała szybkim krokiem przez komendę i nie zauważyła, w przeciwieństwie do Roarke'a, że inni gliniarze i pracownicy cywilni, którzy ją rozpoznali, usuwali się, by zrobić dla niej przejście.

Kiedy wkroczyła do sali wydziału zabójstw, Peabody podniosła się zza biurka.

– Mira jest w twoim gabinecie. Technicy kryminalistyki przeszukują wszystkie trzy miejsca, skąd strzelano. Zapoznajemy się z zeznaniami świadków. Może kilka na coś się nam przyda.

– Bardzo dobrze. A jak tam Mackie?

– Jedzie do komendy razem ze swoim adwokatem.

– Jak tylko tu dotrą, niech ich zaprowadzą do sali przesłuchań. Daj mi dziesięć minut na rozmowę z Mirą.

– Pójdę do komputerowców – powiedział Roarke do Eve. – Jeśli tu na nic się nie przydam, to przydam się gdzie indziej.

– Mógłbyś się przespać godzinkę w kanciapie.

– Ani w tym życiu, ani w następnym.

– Snob.

– Niech ci będzie. – Pocałowałby ją, bo bardzo tego chciał. Ale rozumiał, że obie strony obowiązują Reguły Małżeńskie. Więc tylko przesunął palcem po dołeczku w jej brodzie i wyszedł.

Oboje zrobią to, co muszą.

On zadzwoni do domu, by się upewnić, że Summerset jest w swoim łóżku.

A potem znajdzie jakiś środek wzmacniający dla swojej policjantki.

Mira stała w gabinecie Eve i przyglądała się tablicy. Rzuciła płaszcz na fotel dla gości. Ubrania nie zajmowały wysokiego miejsca na liście ważnych spraw dla Eve, ale spostrzegawczość owszem. Więc nie uszło jej uwagi, że ich konsultantka miała na sobie czarne obcisłe spodnie i czarne

289

botki do kolan, a do tego luźny, niebieski sweter, a nie, jak zwykle, elegancki kostium i szpilki.

– Muszę ją uaktualnić.

Mira się nie odwróciła.

– To nawet logiczne. Wiem wszystko o ostatniej strzelaninie.

– Muszę się napić kawy. Masz ochotę na tę swoją herbatkę?

– Tak, poproszę. Kontynuuje plany ojca. I nadal oczekuje jego aprobaty.

– Lubi zabijać.

– Tak. I to bardzo. Ale wciąż jest dzieckiem, a dzieci starają się sprawić przyjemność ojcom. Na tym polega więź między nimi. Zaczęło się od broni, od doskonalenia umiejętności posługiwania się nią, a potem przerodziło się to w chęć pomsty. W miarę jak jego umiejętności ulegały pogorszeniu z powodu uzależnienia od alkoholu i narkotyków, jej stawały się coraz lepsze. I córka stała się jego orężem.

– Lubi to – upierała się Eve.

– Zgadzam się z tobą. – Mira wzięła herbatę i trzymając filiżankę, przyglądała się zdjęciom zabitych. – Podczas pierwszej strzelaniny dwie ofiary stanowiły jedynie przykrywkę. Albo przynajmniej wmówił to sobie. Zastanawiam się, czy odczuwał dumę, kiedy z taką wprawą zabiła trzy osoby? Według mnie tak. W drugiej strzelaninie zginęły cztery osoby, jedna została ranna. Czyli pozwolił, żeby wypróbowała swoje umiejętności. Albo z własnej inicjatywy zabiła więcej ofiar. No i teraz trzecia strzelanina.

– Osiemnaścioro zabitych.

– Tak. Teraz działa samodzielnie. Nikt jej nie mówi, że ma przestać strzelać.

– Czy będzie z niej dumny?

– Według mnie tak. Może dostrzegać, że dziewczyna lubuje się w zabijaniu. Nie chodzi jej o wykonanie zadania, o misję, tylko o poczucie władzy, jakie daje odbieranie życia innym. Ale nadal jest jego dzieckiem, które nauczył zabijać. Które kocha.

– Co to za miłość? – Eve nie wytrzymała. – Co to za miłość, która każe wychować własne dziecko na potwora?

– Bez względu na to, jak bardzo pokrętne wydaje się to uczucie, jest ono prawdziwe. Poświęcił siebie, by ratować córkę. Kazał jej wyjechać, nie tylko mając nadzieję, że może kiedyś zrealizuje jego plan do końca, ale przede wszystkim, żeby ją chronić.

Odwróciła się teraz w stronę Eve.

– Był funkcjonariuszem policji. Z całą pewnością musiał wiedzieć, że kiedy wpadniesz na ich trop, ustalisz też tożsamość niektórych osób, które sobie obrali na cel. I osoby te znajdą się poza ich zasięgiem.

– Powiedz to Jonahowi Rothsteinowi. – Eve wyjęła z torby zdjęcie, przyczepiła je do tablicy.

– Nie ma powodu, żebyś się obwiniała, skoro wiesz, kto jest odpowiedzialny za to, co się stało.

– Zwyczajnie nie potrafię... Nie. – Eve wzięła głęboki oddech. – To nie ma sensu. Czyli uważasz, że nauczyciel, mistrz chce, by misja została ukończona, a żeby tak się stało, uczeń musi być bezpieczny. I na wolności. I ojciec chroni swoje dziecko, chociaż sam uczynił z niego zabójcę. Bo myślę, że aby zrobić to, co zrobiła, musiała mieć naturę zabójcy. Wystarczyło, żeby to dostrzegł, a następnie wykorzystał.

– Ale nie zna jej zamiarów. Była na tyle cwana, że zachowała je dla siebie. Czy się tym przejmie? Kiedy w szpitalu powiedziałam mu, co zaplanowała, nie był jeszcze gotów, żeby mi uwierzyć. Rodzona matka, przyrodni brat, nauczyciele, szkolni koledzy? Nie dopuszczał tego do siebie. Kiedy sprawię, że w to uwierzy, czy się przejmie?

– Musisz sprawić, żeby się przejął – powiedziała Mira, kiwając głową. – Musisz to zrobić, musisz mu tak dopieprzyć, żeby wywrzeć na niego presję, by ci ujawnił miejsce pobytu swojej córki.

291

W innych okolicznościach może rozbawiłoby Eve, że tamta używa tak nieparlamentarnego słowa.

– Masz rację.

– Według mnie dzieci są dla niego ważne. Po rozwodzie człowiek, mający wymagającą pracę, mógłby wybrać w miarę częste spotkania z córką, a nie wychowywanie jej razem z byłą żoną. Utrata drugiej żony i nienarodzonego dziecka sprawiła, że stracił nad sobą kontrolę.

– Czyli przyrodni braciszek, szkolni koledzy i koleżanki.

– Najprawdopodobniej to twoje najlepsze argumenty.

– Willow ani myśli wyjechać na Alaskę, żeby tam żyć dziko i swobodnie, jak to dla niej zaplanował. – Eve skinęła głową. – Zostanie tutaj i zacznie realizować swój własny plan. Nauczył ją zabijać, teraz wykorzysta jego wskazówki, by zlikwidować każdego, kto jej się naraził. Pozostając na moim celowniku. Zagrożona. Tak, tak. Wykorzystam to.

– Chcesz, żebym była obecna podczas przesłuchania?

– Nie, chcę, żeby patrzył na mnie. Na tę, która poluje na jego córkę. Zabójczynię policjanta. Chcę, żeby o tym pamiętał, żeby wiedział, że Willow nadal jest w mieście. Wiedział, że jest blisko i że ja jestem blisko. I pamiętał jako dawny gliniarz, jak się odnosimy do tych, którzy zabili jednego z nas. Nie będzie trudno go przekonać, że raczej ją zlikwiduję, niż dam jej okazję udawania zbłąkanej owieczki, by mogła trafić do poprawczaka.

Mira nic nie odpowiedziała. Eve spojrzała jej prosto w oczy.

– Nie. Prawdę mówiąc, to ostateczność. Chcę, żeby na mnie patrzyła, wiedząc, że to ja ją powstrzymałam. Chcę, żeby mnie zapamiętała do końca swojego bardzo długiego życia.

– Ona to nie ty.

– Ale mogłabym być taka jak ona. Kto wie, na jaką osobę wychowałby mnie Richard Troy, gdyby miał więcej czasu.

– Nie. Natura i wychowanie kształtują nas, ale są takie chwile, jest wiele takich chwil, kiedy wybory, jakich dokonujemy, ścieżki, którymi postanawiamy kroczyć, określają nas. Ty dokonałaś swoich wyborów, ona – swoich.

– Tak, tak. Ale przysięgam na Jezusa, że nasze drogi się skrzyżują. Wtedy się przekonamy, jakie jesteśmy naprawdę. Więc muszę złamać Mackiego. I zrobię to.

– Będę w sali obserwacji. Gdybyś mnie potrzebowała...

– Dobrze.

Kiedy Mira skierowała się do wyjścia, na progu gabinetu Eve stanęła zastępczyni prokuratora, Cher Reo.

– Mackie jest w pokoju przesłuchań A – oświadczyła. – Przyszłam tutaj, by cię poinformować, że mój szef powiedział, że jeśli chodzi o Mackiego, nie będzie żadnej ugody. To były gliniarz, a teraz wielokrotny zabójca, w tym policjanta. Dowody są mocne i niepodważalne. Pewnie, że dobrze by było, gdyby się przyznał, ale prokuratura jest przekonana, że mamy aż za wiele dowodów, by uzyskać wyrok skazujący.

– Miło to słyszeć.

– Jednak...

– Pieprzę „jednak".

– Jednak – ciągnęła Reo – jeśli Mackie zdradzi nam, gdzie przebywa jego córka, zanim ta znów kogoś zabije lub rani, i jeśli ona dobrowolnie odda się w ręce policji, prokuratura wyrazi zgodę na to, by sądzić Willow Mackie jako niepełnoletnią.

– Chrzanię to, Reo.

Zastępczyni prokuratora podniosła jedną rękę, a drugą przesunęła po kręconych, rozwianych wiatrem włosach.

– Dajemy ci amunicję, Dallas. Potrzebna mu jakaś zachęta, żeby nas zaprowadził do córki, nim dziewczyna zabije kolejną grupę ludzi. Doktor Mira?

– Wykorzystałabym dwa argumenty. Ojcowski instynkt chronienia dziecka i pragnienie, żeby misja została ukończona bez względu na to, ile czasu będzie to jeszcze wymagało.

– Bo właśnie to zrobi, jeśli ją wypuścimy, gdy skończy osiemnaście lat.

Cher Reo przechyliła głowę.

– A jakie są szanse, że tak będzie? Szanse na to, że dziewczyna dobrowolnie się podda i przestanie zabijać?

Eve już zamierzała coś powiedzieć, jednak zaczekała, aż minie jej pierwszy gniew, a kofeina zacznie działać.

– Dobrze. Dobrze, rozumiem. Wykluczone, żeby się poddała bez walki. Dajesz mi słowo, że w tej kwestii pozostaniecie nieugięci?

Reo się uśmiechnęła.

– Jeśli będzie stawiać nawet najmniejszy opór, tupnie nóżką czy też tknie cię palcem, ugoda staje się nieważna.

– Pozwól, żebym najpierw trochę z nim porozmawiała. Jeśli nie uda mi się go złamać, zaproponujemy mu ugodę. Wtedy będzie to wyglądało na ustępstwo z naszej strony. Nie chcę już na samym początku coś mu proponować.

– Zgoda. Ma obrońcę z urzędu. Niejakiego Kenta Pratta. Cieszy się opinią świętego patrona obrońców z urzędu, którzy przegrywają.

– No dobrze. Pozwólcie, że wezmę się do pracy.

– Będę obok, gdybyś musiała mnie wezwać, bym przedstawiła warunki ugody.

– Jeśli to zrobię, odegramy teatrzyk. Będę naprawdę wkurzona. Mogę cię nawyzywać.

Cher Reo znów uśmiechnęła się promiennie.

– Nie pierwszy raz.

Rozdział 16

Eve zadzwoniła do Peabody, jednocześnie zbierając to, co mogło jej być potrzebne.

– Stan jednej z rannych się pogorszył – poinformowała ją partnerka. – Nie znam szczegółów, zresztą ten medyczny żargon jest skomplikowany, ale wiem, że znów ją zabrano na salę operacyjną.

– Jak się nazywa?

– Adele Ninsky.

Kobieta, której pomocy udzielał Summerset, kiedy ona dotarła na miejsce strzelaniny, pomyślała Eve. Odsunęła tę myśl na bok.

– Chcę, żebyś zagrała na jego uczuciach ojcowskich. Obowiązki ojcowskie, biedna dziewczyna. Możesz traktować go ostro, lecz o dziewczynie musisz mówić ze współczuciem.

– Rozumiem. Przyjdzie mi to z łatwością.

– A nie powinno. Spójrz na tablicę. Dziewczyna wcale nie zasługuje na współczucie.

Eve wzięła akta sprawy i wyszła z gabinetu.

Peabody musiała przyspieszyć kroku, żeby ją dogonić.

– Baxter i Trueheart przypuszczają, że mają jednego świadka, który ją widział kilka minut po strzelaninie na Times Square. Nie zdawał sobie z tego sprawy, póki nie zaczęli go przesłuchiwać, nie pokazali portretu pamięciowego, sporządzonego przez Yancy'ego. Przyznał się, że wchodził do budynku, a ona akurat stamtąd wychodziła. Przytrzymał dla niej drzwi. Niosła dużą, metalową walizkę i sportową torbę na kółkach. I miała plecak. Zapamiętał ją, bo mruknął coś w rodzaju: „Pomogę ci", i przytrzymał drzwi. Twierdzi, że rzuciła mu – cytuję – groźny uśmiech i odparła, że nie potrzebuje niczyjej pomocy. Był trochę nabuzowany, więc patrzył za nią przez dłuższą chwilę. Uważa, że dziewczyna kierowała się na przystanek autobusowy znajdujący się kawałek dalej. Sprawdzają to.

– Dobrze. – Eve zatrzymała się przed drzwiami pokoju przesłuchań. – Żadnych błędów – powiedziała i weszła do środka.

– Nagrywanie włączone – zakomunikowała i odczytała dane, mierząc wzrokiem dwóch mężczyzn siedzących za stołem.

Mackie był blady i miał wyzywającą minę. Oczy przesłaniał lekko przyciemnionymi okularami. Ale i tak zobaczyła, że są przekrwione, a pod nimi – sińce. Stwierdziła, że nie zrobiło to na niej żadnego wrażenia.

Prawnik miał na sobie tani garnitur i cieniutki czarny krawat. Miał na twarzy jednodniowy zarost i bił od niego idealizm.

Eve usiadła, położyła teczki na stole, a na nich – ręce.

– Cóż, Mackie, oto jestem.

– Mój klient znajduje się pod opieką lekarską w związku z poważnymi obrażeniami poniesionymi w budzących wątpliwości okolicznościach. Dlatego...

– Bzdura. Gdyby zapoznał się pan ze sprawą, wiedziałby pan, że okoliczności nie budzą żadnych wątpliwości. Pański klient strzelał do funkcjonariuszy policji.

– Nie ma pewności, czy wspomniani funkcjonariusze wyraźnie się przedstawili. Wniesiemy zarzut nielegalnego wtargnięcia do domu, nękania przez policję i nieuzasadnionego użycia siły.

– Powodzenia. – Uśmiechnęła się do Mackiego, zwracając się do niego. – Wie pan, że ten prawnik to pic na wodę, on nic panu nie pomoże. Oto jestem tutaj.

– Z uwagi na obrażenia mojego klienta przesłuchanie nie może jednorazowo trwać dłużej niż godzinę. Po tym czasie mój klient będzie korzystał z prawa do trzydziestominutowej przerwy. W imieniu mojego klienta domagam się, żeby po godzinnym przesłuchaniu odwieziono go do szpitala na pełną ocenę jego stanu zdrowia.

– Odmawiam zgody, do czego mam pełne prawo. Lekarze wypisali go ze szpitala. Może spędzać przysługujące mu pół godziny przerwy w areszcie, a jeśli będzie pan nalegał na ocenę jego stanu zdrowia, lekarz może go zbadać tutaj, na miejscu. Już nie wróci do szpitala. I już nie wyjdzie pan stąd, Mackie. Od tej pory będzie pan cały czas przebywał za kratkami. Czeka pana niezła zabawa wśród innych więźniów. Wie pan, jak bardzo kochają za kratkami byłych gliniarzy. Proszę nie marnować przysługującej mi godziny na przesłuchanie – warknęła do Pratta. – Mam dużo pytań do pańskiego klienta. Oto pierwsze: gdzie ona jest? Gdzie przebywa pańska córka? Gdzie Willow Mackie?

– Skąd mam to wiedzieć? Byłem w szpitalu.

– Czy jest pan na bieżąco z tym, co się wydarzyło? Czy pański obrońca poinformował pana, co ostatniej nocy zrobiła pańska córka? Tym razem zginęło osiemnaście osób. Musi pana rozpierać duma.

– Mój klient nie mógł się z nikim kontaktować w czasie, kiedy miało miejsce to wydarzenie, więc nie może odpowiadać za…

– Nadal próbuje mi pan wciskać kit. Jest pan odpowiedzialny. Ponosi pan odpowiedzialność za uczynienie z własnego dziecka zabójczyni mordującej z zimną krwią. Osiemnaście osób. Ojcowie, matki, synowie, córki. A wszystko przez to, że spotkało pana nieszczęście.

– Nieszczęście? – Mackie pochylił się gwałtownie na krześle.

– Tak, nieszczęście. Pańska żona nie spojrzała, gdzie idzie. I poniosła śmierć.

– Została przejechana na ulicy!

– Nie, wbiegła na jezdnię prosto pod nadjeżdżający samochód, bo była za głupia, żeby zwracać uwagę na ruch uliczny. Nie mógł pan sobie z tym poradzić, więc zaczął pan ćpać. Proszę tylko spojrzeć, jak panu się trzęsą ręce. To żałosne. To, co panu dają, żeby zachował pan jasność umysłu, nie wystarcza, prawda? I nigdy nie wystarczy. Zniszczył pan sam siebie, bo pańska żona nie zadała sobie trudu, żeby dojść do przejścia dla pieszych. I skoro nie potrafił pan się z tym pogodzić, postanowił pan zniszczyć każdego, kto tylko przyszedł panu na myśl.

– Łącznie z własną córką. – Peabody powiedziała to wystarczająco głośno, żeby wszyscy ją usłyszeli, tonem pełnym emocji. – Nie rozumiem tego. To jeszcze dziecko, a on ją wykorzystał, zniszczył jej życie. Zniszczył ją pan, panie Mackie. Jak będzie mogła żyć ze świadomością tego, co zrobiła? Co pan, jej rodzony ojciec, kazał jej zrobić?

– Nic pani nie wie o mojej Will.

– Wiem, że jako piętnastolatka powinna myśleć o chłopakach, muzyce, szkole, umawiać się ze znajomymi na pizzę i do kina. Wiem, że powinna się zastanawiać, co na siebie włożyć.

– Nie moja Will.

– Nie pańska Will – powtórzyła z pogardą Peabody. – Bo nie spodobałoby się to panu. Uważa pan to wszystko za coś błahego, bez znaczenia, ale myli się pan. To podstawa dalszego życia, to rytuały przejścia. To część dzieciństwa, której ją pan pozbawił. Teraz jest zabójczynią, ściganą przez policję. Jej życie się skończyło.

– Dopiero się zaczęło – odparował.

– Sądzi pan, że jest w drodze na Alaskę – wtrąciła Eve, uśmiechając się ironicznie – żeby tam żyć z ziemi, wolna jak… Jakie zwierzęta żyją na Alasce?

– Niedźwiedzie. Łosie. I chyba też wilki. Renifery. Mnóstwo reniferów.

– No właśnie. Jak renifer. Ale ludzie polują na renifery, prawda? Czy tak nie robią? Czy to nie jest jeden ze sposobów życia z tego, co daje ziemia?

Rozsiadła się wygodnie na krześle.

– Poluję na nią jak na renifera. Nasłałam na nią moich najlepszych tropicieli. Bo Willow zostawia ślady, Mackie. – Eve otworzyła teczkę, odczytała adresy trzech budynków, skąd strzelała. I zobaczyła, że zacisnął drżące ręce w pięści. – Już mamy świadka, który widział, jak opuszczała jedno z tych miejsc. Zastanawia mnie jedno. Czy powiedział jej pan, żeby wyniosła się na Alaskę, kiedy pan się z nią żegnał, czy też kazał jej pan najpierw dokończyć dzieło?

– Mój klient zaprzecza wszelkim zarzutom wysuwanym przeciwko jego córce, Willow Mackie. Ukryła się ze strachu przed policją z uwagi na kierowane przeciwko niej przez pani wydział fałszywe oskarżenia.

– No dobrze. Codziennie mam do czynienia z bzdurami wygłaszanymi przez adwokatów. Porządny ojciec powiedziałby córce, żeby uciekła, żeby uciekła szybko i jak najdalej.

– On nie jest porządnym ojcem – wtrąciła Peabody.

– Jestem dobrym ojcem! – Mackie aż poczerwieniał z oburzenia i złości. – Znacznie lepszym ojcem od tego bezużytecznego kutasa, którego poślubiła jej matka.

– Ten bezużyteczny kutas ma dobrą pracę, ładny dom. – Eve przyjrzała się uważnie jego przekrwionym, pełnym wściekłości oczom, przesłoniętym okularami. – I nie jest ćpunem. Tak, to rzeczywiście może boleć.

– Nie jest jej ojcem.

– To prawda, ale połowę życia Willow spędziła pod dachem jego domu. Starał się pan to zmienić, uzyskać pełnię władz rodzicielskich, kiedy... Ups! Zginęła pańska żona. I wszystkie plany wzięły w łeb.

Jeszcze bardziej zaczęły mu się trząść ręce. Na jego twarzy to pojawiały się czerwone plamy, to znikały.

– Przypuszczam, że kazał jej pan uciekać. „Jedź na Alaskę. Trochę pożyj", powiedział jej pan. A sam postanowił się poświęcić, odwrócić naszą uwagę od dziewczyny. Za kilka lat mogła tu wrócić, dokończyć dzieła. Marta Beck, Marian Jacoby, Jonah Rothstein, Brian Fine, Alyce Ellison. Ale cóż, to nastolatka, prawda? Arogancka, zbuntowana. Nie posłuchała tatusia. I skutek jest taki, że zginęło kolejnych osiemnaście osób.

Otworzyła teczkę, rozłożyła na stole zdjęcia.

– Osiemnaście osób, które nie były niczemu winne, tylko udały się na koncert.

Przyglądała się, jak wzrok podejrzanego przesuwa się tam i z powrotem po fotografiach.

– Tym razem to oni mieli pecha. Mieli pecha, że znaleźli się w jednym czasie i jednym miejscu z Rothsteinem. Jest prawnikiem – wyjaśniła Prattowi. – Jak pan. Mackie go zaangażował, żeby spróbował wytoczyć proces kierowcy, który potrącił jego nieuważną żonę, i gliniarzowi, który prawidłowo ocenił, co się wydarzyło. Zwyczajny prawnik, wykonujący swoje obowiązki, jak pan. Ponieważ nie udało mu się doprowadzić do tego, czego się domagał Mackie, musiał zginąć.

– Mój klient zaprzecza...

– Ale spudłowała. – Eve widziała, jak przesłuchiwany gwałtownie uniósł wzrok pod okularami. – Ups. Przypuszczam, że była tak podekscytowana, że chybiła.

– Will zawsze trafia do celu.

Eve nachyliła się do niego.

– Skąd pan wie? Czy widział pan kiedyś, jak celowała do człowieka?

– Powiedziałem, że zawsze trafia do celu. Gdzie jego zdjęcie? – Wskazał zdjęcia zabitych. – Gdzie?

– Kto wybierał przypadkowe ofiary? Czy pozwalał jej pan samej to robić? Pan wskazywał główną ofiarę, więc pozwalał jej pan wybrać pozostałe?

– Gdzie zdjęcie Rothsteina?

– Powiedziałam, że chybiła.

– To kłamstwo. Will z odległości kilometra trafia w lewe ucho zająca.

– Panie Mackie – przemówił Pratt, kładąc swemu klientowi dłoń na ramieniu.

Mackie strząsnął jego dłoń.

– Chcę zobaczyć na tym stole jego zdjęcie.

– Był tłum. Późny wieczór, mnóstwo ludzi.

– Sam ją wyszkoliłem. – Teraz drżały mu nie tylko dłonie, ale ręce i ramiona. – Nie wystrzeliłaby, gdyby nie miała pewności, że trafi.

– Może jest inaczej, kiedy pan nie stoi obok, żeby dawać jej zielone światło. Był pan przy niej, dawał jej pan zielone światło, kiedy strzelała do ludzi na lodowisku i na Times Square.

– To niczego nie zmienia, przynajmniej w jej przypadku. Zawsze trafia do celu.

– Ale był pan przy niej wcześniej, pozwolił, żeby zabiła doktora Michaelsona i funkcjonariusza Russo. Tak czy nie?

– Proszę nie odpowiadać na to pytanie – poinstruował go Pratt.

– Tak! Tak, ale to nie ma znaczenia. – W głosie Mackiego słychać było oburzenie, tym razem wyraźnie wywołane wątpliwościami co do umiejętności jego córki. – Nigdy nie widziałem lepszego snajpera od niej. Jest nawet lepsza ode mnie. Nie chybiłaby, celując do Rothsteina.

– Mówi mi pan, że piętnastoletnia dziewczyna oddała śmiertelne strzały do Michaelsona i jeszcze dwóch osób, które zginęły na lodowisku Wollmann. I zabiła cztery osoby, w tym funkcjonariusza policji Kevina Russo, na Times Square?

– Sądzi pani, że ja mogłem oddać te strzały tymi rękami? Mając taki wzrok?

– Wyręczyła pana?

– Zrobiła to dla nas. Susann byłaby dla niej lepszą matką, prawdziwą matką. Bylibyśmy prawdziwą rodziną. Oni to zniszczyli. Zniszczyli moją rodzinę! Nie zasługują, żeby żyć.

– Pan i pańska córka, Willow Mackie, postanowiliście zabić ludzi z tej listy. – Eve wyjęła z teczki wydruk. – Oraz tylu innych, ile uznał pan za wskazane, by spróbować ukryć to, co wiązało pana z tymi osobami.

– Koniec przesłuchania. – Pratt wstał.

– Ona jest moimi oczami! Ona jest moimi rękami! To nie morderstwo, to sprawiedliwość. Sprawiedliwość, która należy się mojej żonie, mojemu synkowi.

– A wszyscy ci ludzie? – Eve otworzyła inną teczkę, rozpostarła na stole więcej zdjęć. – Wszyscy ci ludzie, którzy przypadkiem znaleźli się w tym samym miejscu o tej samej porze?

– Czemu mają być ważniejsi od Susann i mojego synka? Dlaczego zasługują na to, żeby żyć, mieć rodzinę, kiedy mnie tego pozbawiono?

– A czemu mają być mniej ważni? – Eve odpowiedziała pytaniem na jego pytanie.

– Powiedziałem, że koniec przesłuchania. – Wyraźnie wstrząśnięty, Pratt starał się zachować spokój. – Muszę się naradzić z klientem. Pora na przerwę.

– Pan to zrobił. – Eve zaczęła zbierać zdjęcia.

– Gdzie jest Rothstein?

– Nie dorwie go pan. – Eve wstała. – Ani pozostałych osób ze swojej listy. Ona też nie. Proszę się nad tym zastanowić. Będziemy kontynuować za trzydzieści minut. Koniec przesłuchania. – Wyszła i udała się prosto do swojego gabinetu.

Kiedy Peabody podeszła do autokucharza po kawę, Eve usiadła i utkwiła wzrok w kubku termicznym, stojącym na samym środku jej biurka. Na kubku był napis: WYPIJ MNIE!

Otworzyła wieczko i podejrzliwie powąchała zawartość kubka. Zmarszczyła czoło, bo poczuła zapach czekolady.

– Co to jest?

– Przyniósł to Roarke.

Eve podejrzliwie pociągnęła łyk. Smakowało jak czekolada. Prawdziwa.

Spojrzała na kawę, którą Peabody postawiła na jej biurku, a potem znów na kubek termiczny. I myśląc o Roarke'u, wypiła połowę czekolady.

Wyciągnęła rękę z napojem w stronę Peabody.

– Wyglądasz okropnie. Wypij resztę.

Peabody pociągnęła mały łyczek i oczy zrobiły jej się wielkie.

– Smakuje, jakby zawierało milion kalorii. Ale… – Wypiła do końca. – To było genialne… Wmówienie mu, że chybiła, strzelając do Rothsteina.

– Nie wiem, co mnie natchnęło. Pomyślałam, że albo wkurzy się na nią, że schrzaniła robotę, albo na mnie, że śmiem mówić coś takiego. Wysokie mniemanie o sobie i swojej uczennicy skłoniło go do przyznania się do wielu zabójstw i wciągnięcia w nie córki. Wystarczy w pierwszej rundzie.

– Nie mogę sobie darować, że sama o tym nie pomyślałam – powiedziała Mira, wchodząc. – Duma. Jego psychoza zawiera sporo miłości ojcowskiej. Willow jest jego oczami, rękami, orężem, dzieckiem. Wszystko to jest ze sobą powiązane. Pójdzie do więzienia, Eve, jest mało prawdopodobne, żeby go uznano za niepoczytalnego, chociaż to człowiek bardzo niezrównoważony.

– Może być niezrównoważony do końca swojego bezużytecznego życia, póki będzie siedział za kratkami. Mamy jego, teraz musimy dopaść ją. Mackie może mieć w nosie to, że jego była żona i jej mąż znaleźli się na liście ludzi do zabicia. Może mieć w nosie to, że siedmioletni chłopczyk znalazł się na tej liście. Lecz nawet jeśli ona jest jego oczami i rękami, nie zaplanował sobie śmierci tych osób. Przekonamy się, czy będzie potrafił racjonalnie wytłumaczyć, dlaczego postanowiła ich zabić. A także swoich szkolnych kolegów i koleżanki. Jeśli to się nie uda i nie będę mogła w inny sposób go zbić z tropu, spróbujemy ugody. Dzięki temu uwierzy, że Willow przez parę lat będzie bezpieczna, a potem wróci i dokończy dzieło. Jej własne zamiary, jej lista osób do likwidacji, mogą świadczyć, że nie wyjechała z miasta, więc ją straci. Straci swoje oczy i ręce.

– Jest przekonany, że dobry z niego ojciec – zauważyła Peabody. – Szczerze w to wierzy, widzę to. Wykorzystał jej wrodzone zdolności i pomógł je udoskonalić.

– Jest zazdrosny o ojczyma Willow, który okazał się bardziej zrównoważony od niego, odniósł większy sukces w życiu. No i ma syna – dodała Mira. – Wciąż pielęgnuje złość do byłej żony. Ale braciszek przyrodni Willow to co innego. Wykorzystałabym to.

– Peabody, postaraj się zdobyć jak najwięcej słodkich zdjęć chłopczyka. Urodzinowych, bożonarodzeniowych i tym podobnych. Mieli pieska, prawda? Dorzuć też zdjęcia zwierzaka.

– Tak jest.

– Nakłoń go do przyglądania się im – powiedziała Mira, kiedy Peabody pospiesznie wyszła. – Niewinność, słodycz. Przypomnij mu, że to dziecko jest spokrewnione z jego córką. Według mnie to, że jego córka zamierza zabić swojego przyrodniego braciszka, będzie miało dla niego znaczenie. Matka to co innego. Jest dorosła, dokonała wyborów, z którymi Mackie się nie zgadza, którymi pogardza. Ale dziecko nie ma wyjścia. Tak jak jego syn, gdyby się urodził, nie miałby wyboru.

– I też byłby spokrewniony z Willow. Rozumiem.

– Już nie jesteś taka blada – zauważyła Mira.

– Naprawdę? To dzięki Roarke'owi i jego bodźcowi.

– Czy to eufemizm? Kiedy mieliście na to czas?

– Właśnie... Nie, Jezu. – Rozbawiona i zbulwersowana, Eve podniosła kubek termiczny. – Wspomagacz, dostarczony przez Roarke'a. Prawdopodobnie przy okazji poczęstował nim połowę gliniarzy z mojego wydziału.

Starając się nie myśleć, że Mira posądziła ją o uprawianie seksu z mężem w komendzie, Eve zmieniła temat.

– Jak to się stało, że nie masz na sobie kostiumu i pantofli, w których można złamać sobie nogę w kostce?

– Dziś rano trochę się spieszyłam, żeby tu dotrzeć na czas. Poza tym jest sobota. W soboty nie pracuję.

– Sobota. – Jak to się stało, że już sobota? – Och.

– Naładuj baterie. – Mira poklepała ją po ramieniu. – Wrócę do pokoju obserwacji, kiedy znów przystąpisz do przesłuchania. – Zatrzymała się na progu. – Pojawiają się pierwsze rysy. Jego adwokat też jest wstrząśnięty.

– Gdyby nie domagali się przerwy, mogłabym pogłębić te rysy. Zyskali jednak czas, żeby je zlikwidować, odzyskać grunt pod nogami. Lecz i tak dopnę swego.

Dopnę swego, pomyślała Eve, i przygotowała się do drugiej rundy.

*

Doładowała baterie. Może dzięki przerwie, a może dzięki napojowi energetycznemu jej umysł stał się jasny, odzyskała siły. Nim znów wzięła Mackiego w obroty, skontaktowała się z Baxterem.

– Czołem, Dallas. Kierowca autobusu zapamiętał ją... A raczej jakąś „młodą", która wsiadła do autobusu, taszcząc torby opisane przez poprzedniego świadka. Wygląda na to, że udała się prosto do mieszkania, z którego strzelała do ludzi przed Madison Square. Razem z Trueheartem sprawdzamy autobusy jeżdżące na tej trasie. Mam przeczucie.

– Oby cię nie myliło. Ja zaraz znów wezmę w obroty Mackiego. Jeśli z czymś się zdradzi, dam ci znać.

– Świetnie.

Tak, pomyślała, wstając zza biurka. Uda im się. Ona też miała przeczucie.

Wchodząc do sali ogólnej wydziału, zobaczyła, że Peabody rozmawia z jakimś cywilem.

– Pani porucznik, to Aaron Taylor. Wczoraj wieczorem był na koncercie razem z Jonahem Rothsteinem.

– Byłem... Byliśmy... Słyszałem, że... Jest pani pewna, że Jonah...

– Bardzo mi przykro, panie Taylor.

Usłyszawszy jej słowa, ukrył twarz w dłoniach.

– Nie rozumiem. Nie wiem, jak to mogło...

Peabody wstała, przysunęła mu krzesło.

– Proszę usiąść, panie Taylor.

– Nie wiem, co robić. Wyszedłem innym wyjściem... Stamtąd miałem bliżej do domu. Mieliśmy pierwsze miejsca na parterze, Jonah kupił bilety jeszcze w listopadzie. Mieliśmy...

– Pan i pan Rothstein byliście przyjaciółmi? – przerwała mu Eve.

– Od czasów szkoły średniej. Razem przyjechaliśmy do Nowego Jorku, razem mieszkaliśmy, póki się nie ożeniłem. Był moim najlepszym przyjacielem. Nie mogę...

– Razem poszliście na koncert? – Znów mu przerwała.

– Tak. Tak. Chwalił się we wszystkich mediach społecznościowych, że mamy takie świetne miejsca. Od tygodni tylko o tym mówił. Wybraliśmy się razem i... Później wyszedłem innym wyjściem.

– Pisał o swoich planach na wczorajszy wieczór w mediach społecznościowych?

– Ustawił sobie odliczanie czasu do koncertu. – Aaron przycisnął palce do powiek, by powstrzymać łzy, które napłynęły mu do oczu. – Jesteśmy wielkimi fanami Avenue A, Jonah był ich fanem jeszcze na uczelni. Teraz tak planował zajęcia, żeby nie kolidowały z ich koncertem... Przez cały tydzień miał spotkania poza miastem, ale tak wszystko sobie poukładał, żeby wrócić wczoraj wieczorem. W kółko powtarzał: „Stary, czy kiedykolwiek myślałeś, że będziemy siedzieli w pierwszym rzędzie, patrząc na Avenue A, na Jake'a Kincade'a? Mamy najlepsze miejsca na parterze w Madison Square!". Wyszedłem innym wyjściem. Powiedział: „Chodźmy się czegoś napić", ale spieszyłem się do domu. Miał do nas wpaść dziś wieczorem, ale wyszedł jednym wyjściem, a ja – drugim.

– Panie Taylor… Aaronie – poprawiła się Eve, przyglądając się jego zdruzgotanej minie. – To nie ma sensu, to nic nie da. Chciałam pana spytać, czy Jonah kiedykolwiek rozmawiał z panem o swojej pracy.

– Owszem, czasami. Sprawdzał moje reakcje na własne pomysły. Razem studiowaliśmy. Ja się zajmuję prawem podatkowym.

– Czy kiedykolwiek rozmawiał z panem o Reginaldzie Mackiem?

– Tym facecie, którego pokazywali w telewizji? Razem z córką? Facecie, który to zrobił? – Szok sprawił, że wyschły mu łzy. – Mówi pani, że Jonah go znał?

– Nigdy nie wspominał panu o Mackiem?

– Nigdy nie ujawniał żadnych nazwisk. Mógł mi opowiedzieć jakąś anegdotę… Zabawną historyjkę… Albo narzekać – ale nie wymieniał nazwisk klientów. Chociaż byliśmy jak bracia, rozumie pani, co mam na myśli, nie zdradziłby mi żadnej poufnej informacji.

– No dobrze. Czy rozmawiał z panem o kliencie, który chciał pozwać kilka osób, które obwiniał o śmierć żony? Wbiegła na jezdnię, potrącił ją samochód. Była w ciąży.

– Coś… Coś sobie przypominam. Czy dlatego został zabity? – Aaron zerwał się z krzesła, nie mogąc zapanować nad wściekłością. – Czy to powód? Próbował pomóc temu dupkowi. Zajął się tym pro bono, bo było mu go żal, poświęcił swój prywatny czas. Zrobił to głównie dlatego, że ten biedak nie miał szans, by kogokolwiek pozwać. Ta

307

kobieta wbiegła na jezdnię prosto pod nadjeżdżające samochody. Ludzie ją widzieli. Jonah rozmawiał z nimi wszystkimi, nawet sprawdzał ich przeszłość... W swoim prywatnym czasie. A kiedy w końcu musiał facetowi powiedzieć, że nic nie może dla niego zrobić, ten dupek rzucił się na niego. A jego córka... Jonah próbował im pomóc, poświęcając własny czas, z własnej kieszeni pokrywał wszystkie koszty. Był dobrym człowiekiem, rozumie pani? Jonah był naprawdę dobrym człowiekiem.

– Rozumiem. Co z tą córką?

– Jonah powiedział mi, że facet... Nazywa się Mackie, prawda? Powiedział, że tamten był kompletnym ludzkim wrakiem. Nalegał, żeby kogoś oskarżyć, obwinić... Nawet lekarza, bo umówiona wizyta się opóźniła. I przełożoną jego żony w pracy. Wszyscy byli winni, tylko nie jego żona, która wbiegła na jezdnię, rozumie pani?

– Tak. Co z tą dziewczyną, Aaronie?

– Powiedział, że budziła lęk... To jego słowa. Przyszła do niego dwa tygodnie po tym, jak oświadczył Mackiemu, że nie może mu pomóc, po tym, jak próbował nakłonić go do leczenia, do odwyku, bo twierdził, że facet z całą pewnością coś bierze. Dziewczyna podeszła do Jonaha, kiedy szedł do domu, kupiwszy sobie coś do jedzenia na wynos. Podeszła do niego, powiedziała, że założy się, że uznał, iż wszyscy zginęli, więc nie ma sprawy. Ale jeszcze się przekona, że się myli. Że wielka szkoda, że on nie ma żony, bo ktoś mógłby dać jej powód, by wbiegła na jezdnię. Ale może ktoś da jemu taki powód – i pokazała mu paralizator, to znaczy coś, co wyglądało jak paralizator. Miała go w kieszeni. Przestraszył się.

– Nie zgłosił, że grożono mu bronią?

– Jewel, moja żona, namawiała go, żeby tak zrobił, ale odparł, że dziewczyna ma trzynaście, może czternaście lat. Tylko tak gadała, a paralizator to zabawka. Ale się przestraszył. Znam wszystkie dowcipy o prawnikach, lecz Jonah

308

naprawdę wierzył, że ludzie są dobrzy. Naprawdę wierzył, że potrzebują kogoś, kto by się za nimi wstawił. Jeśli chodzi o tego gościa, nie było powodu, żeby się za nim ujmować, ale i tak próbował. A teraz nie żyje.

– Teraz my się za nim ujmiemy. Zapewniam pana, że tak się stanie. Pomógł nam pan, przychodząc tutaj. Pomógł pan jemu.

– Czy mogę go zobaczyć? Czy mogę gdzieś pójść i go zobaczyć? Jego rodzice… Późno wstaliśmy, ja i Jewel. O niczym nie wiedzieliśmy, póki jego ojciec… Przyjadą tu z Florydy. Zimy spędzają na Florydzie, przyjadą tu, ale… Czy mogę go zobaczyć?

– Detektyw Peabody, proszę zorganizować zawiezienie pana Aarona do kostnicy, żeby mógł zobaczyć swojego przyjaciela. Potem trzeba go odwieźć do domu.

– Tak jest.

– Naprawdę wierzył w sprawiedliwość.

– Ja też w nią wierzę – powiedziała Eve i podeszła do czekającego Lowenbauma.

– Trochę słyszałem, nie chciałem przeszkadzać.

– Jeszcze jeden powód, by złamać Mackiego i dopaść jego córkę psychopatkę.

– Chciałem zapytać, czy mógłbym uczestniczyć w drugiej rundzie, czy mógłbym pomóc w czasie przesłuchiwania Maca.

Spodziewała się tego, wyszła z nim na korytarz, nim odpowiedziała.

– Na twoim miejscu też bym o to poprosiła i być może poproszę cię do sali przesłuchań. Jednak on będzie widział w tobie dawnego przełożonego, co może zaciemnić obraz. Jesteś od niego wyższy stopniem, musiałeś go skłonić do przejścia na emeryturę.

– Rozumiem, ale…

– Lowenbaum, nie sądzę, że udałby się na Alaskę, gdyby zakończył tę swoją misję. A nawet gdyby tam wyjechał, nie zostałby długo. Nie miałby tam tego, co mu potrzebne, nie czułby, że skończył swoje zadanie. Wciąż to by w nim tkwiło. I sporządziłby nową listę. Widniałoby na niej twoje nazwisko.

Odczekała chwilę.

– Sam już doszedłeś do takiego wniosku.

– Tak. – Lowenbaum spojrzał niewidzącym wzrokiem w głąb korytarza. – Tak, doszedłem do takiego samego wniosku. Byłoby tam moje nazwisko, męża jego byłej żony, Patroniego, a przypuszczalnie jeszcze kilku osób. Ale jeszcze nie jest na tym etapie.

– Jesteś tego pewien?

Po chwili zastanowienia pokręcił głową.

– Nie, wcale nie jestem tego pewien. Tylko…

– Trudno siedzieć bezczynnie, ale muszę cię o to poprosić. Obserwuj przesłuchanie i jeśli przyjdzie ci do głowy cokolwiek, co mogłoby mi pomóc, daj znać.

– Masz rację. Wiem, że masz rację. – Pogodziwszy się z jej decyzją, Lowenbaum westchnął głęboko. – No dobrze. Wykorzystaj brata przyrodniego Willow. Mackie wciąż był wkurzony na byłą żonę – dużo osób jest wkurzonych na swoich byłych do końca życia – ale lubił dzieciaka. Słyszałem, jak mówił, że Will i Zach to jedyne, co Zoe zrobiła dla świata. Zaciągnął Will na parę szkolnych występów malca – przedstawień i koncertów – bo uważał, że jest ważne, by uczestniczyła w życiu braciszka.

– Dobrze wiedzieć. Wykorzystam to. – Odczekała, aż dwóch mundurowych wyjdzie z Aaronem i odprowadzi go do windy. – Więcej amunicji – oświadczyła, a potem dała znak Peabody. – Siedź cicho, Lowenbaum. Ale bądź pod ręką.

– Masz to jak w banku.

*

Eve weszła z nim na chwilę do przyległego pokoju, żeby ocenić sytuację. Adwokat coś mówił, wyglądał na spiętego, a Mackie siedział z kamienną twarzą i patrzył prosto przed siebie.

Jesteś wkurzony, pomyślała. To dobrze. Bądź wkurzony.

Trzęsły mu się ręce. Bez względu na to, jak mocno zaciskał dłonie, widziała, że teraz znacznie bardziej mu drżały. Najwyraźniej bardzo szybko potrzebna mu kolejna dawka środka stosowanego podczas detoksu.

Skinęła głową do Peabody.

– Zaczynajmy drugą rundę.

Kiedy weszła do sali, Pratt usiadł prosto i umilkł.

– Nagrywanie włączone. Porucznik Eve Dallas i detektyw Delia Peabody kontynuują przesłuchanie Reginalda Mackiego w obecności jego adwokata. – Usiadła, rzuciła akta na stół. – A więc na czym zakończyliśmy?

– Ponawiam żądanie, by mojego klienta przewieziono do szpitala w celu zbadania stanu jego zdrowia.

– A ja ponownie odmawiam zgody z powodów jak wcześniej.

– Rothstein nie żyje. – Mackie spojrzał jej w oczy. – Kazałem to sprawdzić podczas przerwy. Wiedziałem, że nie chybiła.

– Racja. Człowiek, który starał się panu pomóc pro bono, który poświęcił swój własny czas, nie biorąc od pana żadnych pieniędzy, który zajął się pańską beznadziejną sprawą, nie żyje. Zginął z ręki pańskiej córki przy pańskim współudziale.

– Nie zrobił nic, tylko się podporządkował i zatuszował to, co się naprawdę wydarzyło.

– Mój klient nie może odpowiadać za to, co się zarzuca jego nieletniej córce – oświadczył adwokat.

– Pratt, czy na studiach nie wyjaśniali wam, co znaczy słowo „współudział"? Pański klient, czyli pan, Mackie, przyznał się do współudziału w morderstwie, do podżegania do zamordowania do chwili obecnej dwudziestu pięciu osób, co zostało nagrane.

– Mój klient przebywał w szpitalu, pilnowany przez policję, podczas tego, co się wydarzyło przed Madison Square, więc…

– Proszę przestać marnować mój czas. Pański klient wszystko zaplanował, co jest nagrane. Ostatniej nocy mógł być nawet w Argentynie, mam to w nosie. Jest równie winien, jak jego córka. Będzie równie winien, jeśli Willow spróbuje zlikwidować kolejne osoby z jego listy. I ze swojej.

– Nie sporządziła żadnej listy. Kłamie pani. To kolejne kłamstwo.

– Jakby pan o tym nie wiedział – powiedziała ze wstrętem Peabody. – Jest pan jej ojcem. Wie pan, co zamierzała. Sam pan to zaczął.

– Tutaj nie zgadzam się z tobą – zwróciła się do niej Eve, wzruszając ramionami. – Nie sądzę, by wiedział o jej liście. Że też wyznaczyła sobie pewien cel. Tak samo jak nie uważam, by wiedział, że spotkała się z kilkoma osobami z jego listy. Na przykład z Rothsteinem. Groziła mu, wymachiwała mu paralizatorem przed nosem. To nie jest dobra strategia, a podejrzany, nawet jeśli obecnie ćpa, ma dość wiedzy i doświadczenia, by zdawać sobie sprawę, że nie należy robić takich głupstw.

– To kolejne kłamstwo. Tak jak skłamała pani, że Will nie trafiła Rothsteina.

– Tym razem nie muszę kłamać. Mam jej listę tutaj. – Eve otworzyła teczkę, jednak nie wyjęła z niej dokumentu. – Och, wiemy, że porusza się pieszo lub jeździ autobusami. Mamy kilku kierowców, którzy ją zapamiętali. Dziewczyna robi wrażenie.

Wyjęła zadrukowaną kartkę, przesunęła ją po stole.

– Nie zawracała sobie głowy inicjałami. Na jej liście są pełne imiona i nazwiska, bo nie przypuszczała, że ktoś wpadnie na pomysł, by sprawdzić komputer jej braciszka, i znajdzie to, co tam ukryła.

– Sama pani sfabrykowała tę listę. – Mackie odsunął wydruk, ledwo na niego rzuciwszy okiem. – Ona by tego nie zrobiła.

– Och, w głębi duszy wie pan, że to jej dzieło. Bo właśnie taka jest. W głębi duszy wiedział pan, jaka jest, i odpowiadało to panu. Jest pana oczami, rękami, ma umysł i serce czarne jak noc. Może fakt, że dostrzegł pan te cechy u swojej córki, dodatkowo przyczynił się do tego, że zaczął pan ćpać. Bo wtedy obraz się zamazuje.

– Kolejne kłamstwa. Chce pani, żebym uwierzył, że Will skrzywdziłaby własną matkę i przyrodniego braciszka? Nie uda się to pani.

– Zauważyłam, że nie wymienił pan jej ojczyma i pracowników szkoły, ale na razie nie będziemy się nimi zajmować. – Wyjęła zdjęcia Zacha Stubena, do których dokopała się Peabody.

– Rozkoszny dzieciak. Osobiście nie przepadam za dziećmi, ale przyznaję, że jest słodki. I jego piesek… Miał szczeniaka, prawda? Wygląda, jakby go kochał, sądząc po tym, jak obejmuje głupiego psiaka, jak ten głupi psiak tuli się do niego. Przypuszczam, że dlatego skręciła kark zwierzakowi i wyrzuciła go przez okno prosto pod nogi brata.

– Nigdy niczego takiego nie zrobiła.

– Z całą pewnością zrobiła. Założę się, że nauczył ją pan, jak skręcać kark, gdzie przyłożyć siłę, pod jakim kątem. I wykorzystała to, zabijając głupiego psiaka. Bo nienawidzi tego chłopczyka, tego rozkosznego, niewinnego malca. Nienawidzi go za to tylko, że istnieje. Tak jak nienawidziłaby pańskiego synka, gdyby go pan miał. Tylko ona ma prawo żyć.

– Nie zna jej pani!

– Znam. – Eve uderzyła dłońmi w stół, wstała, nachyliła się ku Mackiemu. – I pan też ją zna. Wie pan, do czego jest zdolna. Skrzywdziła go. Bał się jej. Pańska była żona powiedziała to panu, lecz nie chciał pan niczego zobaczyć. Ćpanie w tym pomaga, pomaga nie dostrzegać tego, czego się nie chce widzieć. Ale wiedział pan o tym, zawsze pan wiedział.

– Mój klient jest uzależniony od środków, które…

– Zamknij się, do jasnej cholery! – wrzasnął Mackie.

313

– Panie Mackie, proszę pozwolić sobie pomóc. Proszę sobie przypomnieć, o czym rozmawialiśmy, i pozwolić mi robić to, co do mnie należy. Muszę porozmawiać ze…

– Powiedziałem, żeby pan się zamknął! Jaki z pana pożytek? Jest pan taki sam jak oni wszyscy, podporządkowuje się pan, gra zgodnie z ich regułami. Nie jest mi pan potrzebny.

– Występuję w pańskim imieniu, panie Mackie. Proszę mi pozwolić robić to, co do mnie należy, i…

– Występuje pan w swoim imieniu. Taka jest prawda. A teraz niech pan się zamknie i wynocha stąd. Już nie jest mi pan potrzebny. Nie chcę pańskich usług. Nikt nie jest mi potrzebny. – Zerwał się z krzesła, szarpiąc kajdankami przymocowanymi do podłogi.

Pratt drgnął tak gwałtownie, że spadł z krzesła, dzięki czemu uniknął rąk Mackiego.

– Proszę usiąść. – Eve wyprostowała się wolno.

– Kłamie pani. A on jest z panią w zmowie.

– Proszę usiąść albo sama pana posadzę.

– Niech pani spróbuje.

Kiedy zaczęła okrążać stół, Pratt wstał z podłogi. Odsunął się, ale Eve dała mu punkt za to, że nie pobiegł do drzwi.

– Mój klient odczuwa głód narkotyczny. Potrzebuje…

– Nie jestem pańskim klientem! Wynocha!

– Jeśli pan chce, by mecenas Pratt opuścił pomieszczenie, musi go pan zwolnić, co zarejestrujemy – odezwała się chłodno. – Musi pan zrezygnować ze swojego prawa do obrońcy, co zostanie zarejestrowane. W przeciwnym razie pański pełnomocnik zostanie tutaj.

– Zwalniam pana. Rezygnuję ze swojego prawa do obrońcy. To wszystko pic na wodę. No dalej, suko, zmierz się ze mną.

– Z największą przyjemnością.

Z łatwością uchyliła się przed nim i powaliła go jednym wymachem nogi.

– Ani się rusz – ostrzegła go. – Nie masz żadnych szans. Dam ci możliwość rozważenia rezygnacji z obrońcy,

314

przydzielonego z urzędu. Zastanów się chwilę, Mackie. Weź się w garść i zastanów się.

Dreszcz wstrząsnął całym jego ciałem.

– Zabierzcie go stąd. Ta gnida próbowała mnie nakłonić do ugody. Sądzicie, że poszedłbym na ugodę? Wyprowadźcie go stąd.

– Jasno się pan wyraził. – Peabody wstała, podeszła do drzwi. – Podejrzany zwolnił swojego adwokata i zrezygnował z prawa do obrońcy. Panie Pratt, wyszłabym stąd, nim umieści pańskie nazwisko na swojej liście.

Prawnik, bez słowa, nieco zielony na twarzy, wziął teczkę i opuścił pokój.

– Zwolniony przez podejrzanego pełnomocnik prawny opuścił salę przesłuchań. – Peabody zamknęła drzwi.

– Usiądzie pan czy mam pana kazać odprowadzić do celi?

Mackie, leżąc na podłodze, zmierzył wzrokiem Eve.

– Jeszcze przyjdzie twoja kolej.

– Owszem, wcześniej czy później, ale nie zobaczy pan tego. Siadać, Mackie.

Rozdział 17

Usiadł. Znów wystąpiły mu na twarzy czerwone plamy, a oczy stały się bardziej przekrwione.

Eve wyjęła z teczki plan szkoły i przesunęła go w stronę przesłuchiwanego.

– To część jej misji. Widać, gdzie zaznaczyła wyjścia, słabe punkty. Nauczył ją pan, jak to robić.

– Nie.

– Matka, ojczym, brat. Oni są pierwsi na liście. Ich najbardziej nienawidzi. Kiedy się od nich uwolni, weźmie na cel dyrektorkę szkoły, szkolną psycholog oraz kolegów, którzy według niej skrzywdzili ją lub obrazili bądź byli do niej wrogo nastawieni. Nauczył ją pan, jak uczynić z tych incydentów przestępstwa, dał jej pan usprawiedliwienie dla zabijania.

– To wszystko kłamstwa.

– Dobrze zna pan prawdę, ale proszę sobie wmawiać, że to kłamstwa, jeśli to ułatwi panu słuchanie moich słów. Źle pan wygląda, Mackie. Mogę wyrazić zgodę na podanie panu kolejnej dawki środka stosowanego podczas detoksu, jeśli bez tego nie może pan być dalej przesłuchiwany.

– Niczego od ciebie nie chcę, ty kłamliwa cipo.

– Dobrze, w takim razie wróćmy do tego. – Podsunęła mu bliżej kilka zdjęć Zacha. – Zabiła jego pieska i zamierza zabić jego samego. Na razie chłopczyk przebywa w bezpiecznym miejscu, ale wie pan, że to nie może trwać wiecznie.

Ona zaczeka, zaczeka tyle, ile będzie trzeba, jeśli jej nie powstrzymamy, i strzeli mu prosto w głowę. W jego żyłach płynie jej krew, mają wspólną matkę. Mógłby być pańskim synem. Willow zaczeka tyle, ile będzie trzeba.

– Nie ma powodu.

– Ma swoje powody, według niej ważne. – Eve uderzyła pięścią w stół. – Odebrał jej coś. Czyż nie pomógł jej pan usprawiedliwić skorzystania z umiejętności, których ją pan nauczył, żeby likwidować każdego, kto jej coś odebrał? Jakiś gość prowadził samochód w deszczowy dzień, kiedy nagle na jezdnię wbiegła kobieta. Próbował zahamować, skręcić, ale było za późno. Czy zamierzał ją zabić, Mackie? Czy tamtego ranka wstał z postanowieniem zabicia pańskiej żony? Czy spędzał dni, tygodnie, miesiące, dopracowując szczegóły? Czy uznał, że może też zabić niewinnych gapiów, bo oni nie mają znaczenia? Liczy się samo zabójstwo.

– On ją zabił, a tamci nic nie zrobili.

– Więc postanowił pan go zlikwidować, gościa, który próbował się zatrzymać, a także lekarza oraz kierowniczkę przychodni, bo wizyta pańskiej żony u ginekologa się opóźniła. Postanowił pan również zabić jej przełożoną, która czepiała się pańskiej żony za to, że ta się spóźniała do pracy i nie wykonywała swoich obowiązków.

– Starała się najlepiej, jak umiała!

– Kto powiedział, że to wystarczy? Na jakim świecie pan żyje? Postanowił pan uśmiercić adwokata, do którego sam się pan zgłosił, bo według pana niewystarczająco się starał. I wykorzystał pan własną córkę, by ich zabiła, ponieważ jest pan wiecznie zbyt zamroczony, żeby celnie strzelać. Kto wpadł na pomysł, by zabić również postronne osoby? Domyślam się, że to Willow. Ona, bo chciała poczuć władzę, ów dreszczyk emocji. Traktuje to jak praktykę. Jak praktykę, żeby, kiedy przejdzie do osób ze swojej listy, mogła zabić swoją matkę i małego braciszka.

Zmrużył swoje nieprzytomne oczy.

– Wybieramy się na Alaskę.

– Nigdy nie zamierzała wyjechać na Alaskę. Po co, u diabła, miałaby chcieć wyjechać na Alaskę? Jest dziewczyną z Nowego Jorku, miasto daje jej wszystko, czego ona chce i potrzebuje. Całą masę potencjalnych ofiar. Zabije tego małego chłopca, tego rozkosznego malca, bo jej matka miała czelność urodzić kolejne dziecko. Nie dopadnie go dziś ani jutro, ani w przyszłym tygodniu, lecz za sześć miesięcy albo za rok, kiedy wszyscy uwierzą, że znów jest bezpieczny. A jeśli będzie się akurat bawił ze swoimi kolegami, zabije ich wszystkich. Bo może, bo dał jej pan wytłumaczenie i nauczył ją pan, jak to robić.

– Nie zrobi tego.

Ale odwrócił wzrok.

– Wie pan, że to zrobi. Może będzie miał dwanaście lat, kiedy go zabije. Jego i kilku jego kolegów, gdy się wybiorą do salonu gier albo będą jeździli na deskach powietrznych bądź wałęsali się po parku. Zabije ich wszystkich. Tak jak zabiła jego. – Wyjęła z teczki zdjęcie Alana Markuma. – On i jego żona spędzali razem ten dzień, rocznicę ślubu. Zamierzała mu powiedzieć, że spodziewa się dziecka. Nie miała okazji, tak jak jej dziecko nie będzie miało okazji poznać swojego ojca. Pan się do tego przyczynił, Mackie, pan i Willow. Odebraliście mu życie dla kaprysu i teraz kolejne dziecko będzie dorastało, nie znając swojego ojca. Dlaczego? Żeby mógł pan ukryć zabicie lekarza, który był zajęty przyjmowaniem na ten zwariowany świat innego dziecka, więc umówione wizyty się opóźniły. Okradł ich pan. Tę kobietę, która spodziewała się dziecka, tak jak pańska żona. Stosując się do pańskich zasad, powinniśmy stracić pana i Willow. Odebrał pan ojca dziecku.

– Oni odebrali mi wszystko.

– W jaki sposób on panu cokolwiek odebrał? – Jeszcze bliżej podsunęła mu zdjęcie. – W jaki sposób Alan Markum czegokolwiek pana pozbawił? Nigdy pana nie widział na oczy,

318

nie znał go pan. Co takiego panu zrobił, że zasłużył na śmierć, zasłużył na to, by nigdy nie wziąć na ręce swojego syna czy córki?

– Musieliśmy... Musieliśmy chronić swoje zadanie. To były nieuniknione straty.

– Czyżby? Tego ją pan nauczył? Więc ten chłopak, ten dzieciak, obchodzący swoje siedemnaste urodziny... – Rzuciła na stół zdjęcie Nathaniela. – Ten chłopak, kochany przez matkę, który nigdy pana nie skrzywdził, to nieunikniona strata? Jego życie nie ma żadnego znaczenia?

– Musieliśmy dokończyć zadanie. – Jego głos stał się drżący, do oczu napłynęły mu łzy. – Musieliśmy oddać sprawiedliwość Susann. Gabrielowi.

– Był pan żądny krwi, podobnie jak Willow. Nie może się obejść bez zabijania, jak pan nie może się obyć bez narkotyków. Potrzebował pan kogoś, na kogo mógłby pan zrzucić winę, więc sporządził pan listę osób, które w jakiś sposób się panu naraziły. On też znalazł się wśród nich. – Postukała palcem w zdjęcie Zacha. – Oto, co pan stworzył. Oto, co pan wykształcił.

– Wyjedzie na Alaskę. Będzie żyła na wolności. Nigdy jej nie znajdziecie.

– Nigdzie nie wyjedzie. Nie dociera to do pana, do jasnej cholery? – spytała Eve. Zerwała się ze swojego krzesła i okrążyła stół. – Jeszcze nie skończyła i nigdy nie skończy. Niech mi pan powie, niech mi pan szczerze powie, czy już pan nie pomyślał o innych osobach? Kto jeszcze się panu naraził w pańskim mniemaniu, Mackie? Ojczym Willow? Och, założę się o swoją odznakę, że znalazłby się na kolejnej pańskiej liście.

Zobaczyła błysk w jego załzawionych oczach.

– Zajął pańskie miejsce. Lowenbaum wyrzucił pana z pracy. Patroni nie rozumiał pana. O, tak, to wszystko już pan sobie układał w głowie. A ona jest taka jak pan. Żądna krwi, chce wszystkich obwiniać. Pańskie oczy i ręce, Mackie.

Jest uzależniona, jak pan, Mackie. Jest uzależniona od za- bijania, pan ją od tego uzależnił.

– Mści się…

– Bez powodu! – przerwała mu Eve. – To wszystko bred- nie, wam wcale nie chodzi o sprawiedliwość. Ani nawet o ze- mstę. Tu chodzi o zabijanie. Dał pan córce zielone światło, by zabijała każdego, kogo zechce. I właśnie teraz to robi. A ten chłopczyk jest na pierwszym miejscu pośród jej wro- gów. Niech pan mnie nie zmusza do zlikwidowania Willow. Proszę na mnie spojrzeć, do jasnej cholery. Nie zmuszaj mnie, Mackie, żebym ją zlikwidowała. I nie myśl sobie nawet przez ułamek sekundy, że się zawaham, jeśli nie da mi wyboru. Jej życie jest w pańskich trzęsących się rękach, bo znajdę ją, z panem czy bez pana. Z panem czy bez pana powstrzy- mam ją. Ale bez pana może będę musiała dać zielone świat- ło komuś innemu. Bez pana Willow może nigdy nie dożyć swoich szesnastych urodzin.

– Nie znajdziecie jej.

– Znajdziemy. Może mnie umieścić na pierwszym miej- scu swojej listy, o ile jeszcze tego nie zrobiła, ale ja dopadnę ją wcześniej. Zabiła gliniarza, Mackie, i wszyscy gliniarze w mieście na nią polują. Któryś z nich może nie zaczekać na zielone światło. Nie ma pana przy niej, żeby ją powstrzy- mać, żeby jej nie pozwolić, by dała się ponieść emocjom. Już popełniła błędy, popełni ich więcej. Ma piętnaście lat, popełni błędy, bo zabrakło przy niej ojca, który mógłby jej pomóc. Jest sama, a wszystkie osoby z pańskiej i jej listy są poza jej zasięgiem. Straci panowanie nad sobą, znów za- cznie strzelać do ludzi, zginie jeszcze więcej osób i wreszcie ją zlikwidujemy. A wtedy będzie pan miał na sumieniu jej śmierć, Mackie. Będzie pan miał na rękach krew własnej córki, Mackie.

– Nie.

– Już pana nie posłuchała – zauważyła cicho Peabody. – Powiedział jej pan, żeby opuściła miasto. Opracował pan całą trasę, ale została w Nowym Jorku. Nie wyjechała tam, gdzie mogłaby bezpiecznie przeczekać. Bo nie jest w stanie.

– Nie jest w stanie – zgodziła się z nią Eve. – Bo ważniejsza jest pańska misja i jej cel. Póki on żyje – Eve postukała w zdjęcie Zacha – Willow zostanie tutaj. A ponieważ zostanie, znajdę ją. I niech się pan modli, żebym ją aresztowała, zanim dopadną ją inni gliniarze. Dam jej szansę, żeby się poddała. Niech się pan modli, żeby skorzystała z tej możliwości.

– Ona...

– Zginie – powiedziała beznamiętnie Eve. – Czy wystarczy na świecie narkotyków, żeby mógł pan o tym zapomnieć?

– Niech się pani ode mnie odczepi.

– Przykro mi, Mackie, ale pora się przyzwyczaić, że nie zawsze jest tak, jak by pan tego chciał. Więc się od pana nie odczepię. Aresztowano pana za współudział w przygotowaniu zabójstw wielu osób, do czego się pan przyznał i co zostało zarejestrowane. Takie życie, jakie pan wiódł do tej pory, już się skończyło. Od tej pory inni będą panu mówili, gdzie iść, kiedy jeść, kiedy spać, do tego w więzieniu poza Ziemią.

Spojrzał na nią z nienawiścią.

– Chce pani tego dla mojej córki.

– Chcę, żeby pańska córka żyła. Niech mi pan wierzy, chcę, żeby żyła, Mackie. A pan?

– To moja córka.

– A czy dla niej liczą się więzy krwi? Ten mały chłopczyk to jej przyrodni braciszek. A gdyby teraz znalazł się w celowniku jej karabinu, trafiłby do kostnicy. Niech mnie pan nie zmusza, Mackie, żeby ona też tam trafiła. Niech mi pan pomoże ją odnaleźć, niech mnie pan nie zmusza do jej likwidacji.

– Żeby do końca życia gniła w więzieniu?

Eve westchnęła głęboko, wyprostowała się, przeszła przez pokój. I nieznacznie skinęła głową, stojąc naprzeciwko lustra weneckiego.

– To świadczy, że woli pan, by zginęła, niż dalej żyła. Czyli tylko niepotrzebnie tracę czas. Peabody, zaprowadź tego bezwartościowego popaprańca do...

Urwała, zaklęła pod nosem i podeszła do drzwi, słysząc zdecydowane pukanie.

– Czego? Prowadzę przesłuchanie.

– Przyszłam tutaj, żeby zaproponować przesłuchiwanemu ugodę. – Zastępczyni prokuratora weszła do sali, postawiła na stoliku teczkę.

– Pieprzę to. Porozmawiajmy o tym na zewnątrz, pani prokurator.

– Wszyscy chronimy to miasto i jego mieszkańców i im służymy. Dla porządku, zastępca prokuratora Cher Reo jest w sali przesłuchań. Prokuratura chce zaproponować panu Mackiemu ugodę.

– Nie prosiłem o ugodę. Powiedziałem temu bezwartościowemu obrońcy z urzędu: żadnych ugód.

– Nie prosił o ugodę – warknęła Eve. – Proszę stąd wyjść.

– Ugoda dotyczy Willow Mackie. Jej przyszłości. Czy chce pan, żeby pańska córka miała jakąś przyszłość?

– Nie zamierzam pani pomóc.

– To proszę pomóc jej. Zostałam upoważniona do przedstawienia panu następujących warunków. Jeśli udzieli pan informacji, które umożliwią nam aresztowanie pańskiej córki, zanim – powtarzam: zanim – zabije albo rani kolejną osobę, jeśli dobrowolnie się podda, zgodzimy się na to, żeby traktować ją jak nieletnią podczas procesu sądowego.

– Bzdura! Piramidalna bzdura! – Eve z wściekłością złapała Reo za ramię. – Wyjdźmy stąd.

Zastępczyni prokuratora strząsnęła jej dłoń.

– Dallas, to decyzja z góry, uzgodnili to między sobą nasi szefowie, twój i mój.

– Co to za podejrzane machinacje? Z zimną krwią zabiła dwadzieścia pięć osób. Dziesiątki osób odniosły obrażenia i doznały szoku. To nie dzieciak, który jeździ na karuzeli, ty bezrozumna suko.

Tamta spojrzała na nią zimno.

– Gdyby policja ją aresztowała, nie musiałabym proponować ugody. Jeśli nie potraficie znaleźć i powstrzymać nastoletniej dziewczyny, to nie moja wina, suko. Proszę, tknij mnie jeszcze raz – ostrzegła, kiedy Eve zrobiła krok w jej stronę. – W jednej chwili zostaniesz odsunięta od tego śledztwa. Róbcie, co do was należy, pani porucznik. A ja będę wykonywała swoje obowiązki.

– Och, jasne, że zrobię to, co do mnie należy. Peabody, wychodzimy. Udajemy się na polowanie. – Gwałtownie otworzyła drzwi. – Lepiej szybko zawrzyjcie ugodę, bo jeśli dopadnę Willow, zanim wyschnie atrament, będzie moja. Eve Dallas i Delia Peabody opuszczają pieprzoną salę przesłuchań.

Zatrzasnęła za sobą drzwi, poruszyła ramionami, a potem wparowała do sąsiedniego pomieszczenia.

– Niezłe przedstawienie – z uznaniem powiedział Roarke. – Cieszę się, że dotarłem tutaj, zanim kurtyna poszła w górę.

Eve tylko mruknęła pod nosem „Daj spokój" i spojrzała przez weneckie lustro.

– Proszę mi wyjaśnić, co to znaczy „sądzona jako nieletnia" – odezwał się Mackie.

– Bardzo dobrze pan wie, że z uwagi na wagę przestępstw, o jakie jest oskarżona, Willow Mackie może być sądzona jak osoba dorosła – wyjaśniła rzeczowo Reo, zajmując krzesło, na którym wcześniej siedziała Eve. – Będzie sądzona i skazana na dożywotnie więzienie za przestępstwa, których się dopuściła. Zostanie przewieziona do zakładu karnego poza Ziemią, gdzie spędzi, uwzględniając obecną średnią długość życia, ze sto lat.

– Może to ja ją zmusiłem, żeby to zrobiła.

– To nie przejdzie, Mackie – odparła spokojnie Cher. – Nie mógłby jej pan zmusić do oddania tak celnych strzałów.

Zresztą nie było pana przy niej ostatniego wieczoru, kiedy zamordowała osiemnaście osób.

– Nalegałem, wywarłem na nią presję, zrobiłem jej pranie mózgu.

– Naturalnie może pan próbować takiej linii obrony, ale zapewniam pana, że w sądzie rozprawię się z tą bzdurą raz-dwa. Nie zostawię na tym suchej nitki – ciągnęła – bo mam dowód, że Willow planowała zabicie kolejnych osób. Nie działała pod przymusem. Nigdy nie zrobiła nic, przymuszona przez matkę, nauczycieli, kogokolwiek. I w dodatku, jak ustaliła porucznik Dallas w toku śledztwa, sporządziła własną listę ofiar.

Urwała, żeby to do niego dotarło.

– Ale ponieważ – ciągnęła – Willow Mackie ma piętnaście lat, jesteśmy skłonni do ugody, by uratować życie następnych niewinnych ludzi. To jednorazowa propozycja, czas mija. Może pani porucznik jest porywcza, ale ma całkowitą rację. Willow Mackie znów kogoś zabije. Przypuszczam, że bardzo szybko, jeśli nie zostanie aresztowana. Jeśli pomoże nam pan uniknąć tego, by córka jeszcze komuś wyrządziła krzywdę, jeśli Willow dobrowolnie odda się w ręce policji, zostanie potraktowana jak osoba małoletnia i w dniu swoich osiemnastych urodzin będzie wolna. Uprzedzam, że zostanie zbadany jej stan fizyczny i umysłowy. Będzie musiała wyrazić zgodę na umieszczenie w ośrodku resocjalizacyjnym i udział w terapii, a przez rok od uzyskania pełnoletności będzie poddawana dalszym badaniom. Takie są warunki ugody. Czy życzy pan sobie, żeby obrońca odczytał jej treść i ją z panem przedyskutował?

– Nikogo nie potrzebuję. Niech mi pani pokaże ugodę, żebym mógł ją przeczytać.

– Zgodzi się – uznała Eve, obserwując go.

– Przez ciebie stracił pewność siebie. Posłużenie się argumentem planowanego zabójstwa młodszego braciszka – dodała Mira – zachwiało jego wiarę w córkę. Boi się o nią.

Boi się nie tylko tego, że zostanie schwytana i ją powstrzymamy, a nawet zrobimy jej krzywdę. Boi się tego, co zrobi Willow, jeśli on jej nie powstrzyma.

– Wiedział, jaka jest, co się w niej kryje. Może udawać, że nie wiedział, ale to kłamstwo. I wykorzystał ją, kiedy to służyło jego chorym celom. Może kiedyś i bez niego uśmierciłaby kogoś, ale to on ją wyuczył, dał jej broń i wskazał powód do zabijania. Oboje będą mieli bardzo dużo czasu na rozmyślania nad tym, kto komu przewodził.

– Jeśli podpisze ugodę – odezwała się Peabody – Willow za niespełna trzy lata wyjdzie na wolność.

– Niech podpisze. A potem się zobaczy.

– To zła ugoda – powiedziała Delia. – Wiem, że razem z Reo odegrałyście komedię, ale to złe rozwiązanie.

– Jeśli ta ugoda pomoże nam dopaść Willow, zanim zabije kolejne dwadzieścia pięć osób, to wcale nie jest taka zła. A następnym razem spróbuje zabić więcej ludzi. Prowadzi statystykę. Ogląda też telewizję, więc się dowie, co o niej mówimy, będzie czytała między wierszami. Trochę zmieni wygląd. Może bardziej się upodobni do chłopaka. Albo sprawi sobie perukę, żeby wyglądać bardziej jak dziewczyna. Zaplanowała to. Jest nieodrodną córką tatusia.

– Chcę otrzymać jeszcze jedną gwarancję – zwrócił się Mackie do Reo. – Że podczas zatrzymania Willow nie zostanie zabita ani ranna.

– Panie Mackie, jestem zastępcą prokuratora, nie funkcjonariuszem policji. Nie wiem, co się wydarzy podczas próby zatrzymania pańskiej córki. Jeśli będzie stawiała opór, jeśli zacznie strzelać do zwykłych ludzi i funkcjonariuszy policji...

– Albo ujmą ją żywą, albo nici z ugody.

– Mogę trochę zmienić warunki. Mogę dodać klauzulę, że dołożone zostaną wszelkie starania, by pańska córka nie zginęła podczas aresztowania. Że żaden funkcjonariusz policji nie zastosuje nieuzasadnionej siły ani nie wyda rozkazu strzelania. Gdybym panu powiedziała, że mogę obiecać coś więcej, wiedziałby pan, że pana okłamuję. Proponuję panu tyle, ile mogę.

– Proszę to dopisać. Proszę to dopisać, a zgodzę się na warunki ugody.

– Proszę pozwolić, że się tym zajmę. Zastępca prokuratora Cher Reo opuszcza salę przesłuchań.

Wyszła, odetchnęła głęboko, wyjęła telefon. Rozmawiając ze swoim przełożonym, uniosła rękę w górę, żeby Eve zaczekała.

– Zgadza się. Tak jest, panie prokuratorze. Tuż obok mnie stoi kierująca śledztwem, rozumie dodatkowe warunki. Załatwione. – Rozłączyła się i skinęła głową do Dallas. – Załatwione. Dopiszą to, przyślą zmienioną wersję ugody. Możesz to nakazać?

– Powiem jasno. Chcę, żeby żyła, Reo. Chcę, żeby trafiła do paki, jak jej ojciec. Chcę móc jej spojrzeć w oczy i powiedzieć, że jest skończona.

– A kiedy stanie się pełnoletnia?

Eve tylko się uśmiechnęła, zimno i beznamiętnie.

– Idź po swoje dokumenty, a potem się przekonamy, co Mackie ma nam do powiedzenia.

Odwróciła się, żeby odebrać telefon.

– Dallas.

– Robi się gorąco, szefowo – oznajmił Baxter. – Dowiedzieliśmy się, że dziś rano szła na wschód ulicą Pięćdziesiątą Drugą. Kierujemy się tam, gdzie dawniej mieszkała.

– Popytaj w lodziarni Divine. Ma do niej słabość.

– Dobrze. Zawsze mogę zjeść kulkę Czekoladowego Grzechu w waflu z cukru. A co tam w komendzie?

– Kończymy przesłuchanie. Będę w kontakcie.

Zaczekała na zastępczynię prokuratora.

– Dostałam poprawioną ugodę – powiedziała Reo.

– W takim razie do dzieła. Sądzimy, że ma jakąś kryjówkę tam, gdzie zamieszkała z ojcem przed pierwszą strzelaniną.

Przekonajmy się, czy Mackie naprowadzi nas bliżej, nim Willow znów kogoś zabije.

Eve weszła do sali przesłuchań, włączyła rekorder. Skóra Mackiego wydawała się przezroczysta pod warstewką potu. Potrzebna mu dawka narkotyku, pomyślała Eve, trzyma się ostatkiem sił.

– Może jej pan zapewnić bezkarność – powiedziała Eve z wyraźnym niesmakiem. – Ocalić jej życie i być może uratować życie niewinnych ludzi, chociaż ma pan to w nosie.

– Trzy lata w ośrodku resocjalizacyjnym to nie wolność – odparła z werwą Reo i usiadłszy, podała Mackiemu poprawioną ugodę.

– Powiedz to dwudziestu pięciu zabitym i tym, którzy ich opłakują. – Eve uderzyła dłońmi w stół i nachyliła się ku spoconej twarzy Mackiego. – Sądzisz, że mam związane ręce? Tylko chwilowo. Kiedy Willow wyjdzie na wolność, nie spuszczę z niej oka. Będę wiedziała, kiedy śpi, kiedy je, kiedy pierdzi. I będę tuż obok, gdy popełni jakiś błąd. Zapamiętaj to sobie. Możesz na to liczyć.

– Najważniejsze jest odnalezienie Willow Mackie, nim skrzywdzi jeszcze kogoś. To będzie pani zadanie, pani porucznik. – Reo podała pióro Mackiemu.

– Niech pani podpisze pierwsza – powiedział.

Skinęła głową i podpisała się swoim ładnym, idealnym pismem.

Wtedy złapał długopis i podpisał się niewyraźnie, bo ręka mu drżała.

Reo włożyła dokument i pióro do teczki, zamknęła ją.

– Panie Mackie, gdzie jest pańska córka?

– Powinna być w drodze na Alaskę. Opracowaliśmy trzy trasy. Willow miała pojechać autobusem do Columbus, a potem udać się jedną z trzech tras na zachód.

– Ale nie jest w drodze na Alaskę, prawda? – Zastępczyni prokuratora starała się zachować spokój. – Gdzie się ukryła?

Ta ugoda będzie nieważna, jeśli nie przekaże nam pan informacji umożliwiających aresztowanie Willow.

– Ma silną wolę, jest uparta. Ma charakter zwycięzcy.

Drwiący ton głosu Eve sprawił, że Mackie utkwił w niej spojrzenie swoich zamglonych oczu.

– Nie zna jej pani.

– Skoro pan ją zna – odparła – to gdzie teraz jest?

– Chce dokończyć to, co zaczęliśmy. Nie zrezygnuje.

– Chce czegoś więcej. Wie pan, że chce czegoś więcej, bo w przeciwnym razie nigdy nie podpisałby pan tej ugody.

– Nigdy nie lubiła tego dupka, którego poślubiła jej matka.

– Czyli naturalnie ojczym musi zginąć. Jeśli chce pan uratować życie Willow i tego niewinnego chłopczyka, niech mi pan powie, gdzie przebywa pańska córka, do jasnej cholery, i proszę przestać ją usprawiedliwiać.

– W razie, gdybyśmy się rozdzielili albo gdyby trzeba było przegrupować siły, gdyby nie mogła od razu opuścić miasta, miała wrócić do mojego starego mieszkania. Gdzie wszystko zna, gdzie jej twarz jest znajoma, więc nikt nie zwraca na nią uwagi.

– Chce pan, żebyśmy uwierzyli, że wróciła do miejsca, które już odkryliśmy?

– Na dole jest piwnica, pomieszczenie magazynowe, stara pralnia. Pralki są popsute, więc nikt do niej nie zagląda. Ukryliśmy tam trochę zapasów.

– Sądzi pan, że nie sprawdziliśmy tego budynku, nie zabraliśmy tych zapasów, nie zaplombowaliśmy wejścia? – Eve opadła na krzesło. – Tylko marnuje pan mój czas.

– Gdyby nie udało jej się dostać do budynku albo gdyby uznała, że dom jest obserwowany, jest takie jedno miejsce przy Lex, między Trzydziestą Dziewiątą a Czterdziestą. Gdyby potrzebowała czasu, żeby przegrupować siły, zaczekać na mnie albo poczekać, aż wszystko ucichnie, udałaby się tam i przyczaiła. Odczekałaby.

– Co nosi przy sobie? – Kiedy się zawahał, Eve znów się nachyliła. – Chce pan, żebyśmy ją ujęli żywą? Co nosi przy sobie?

– Ma tactical-XT, wojskowy karabin z celownikiem optycznym o dużym zasięgu. I z noktowizorem. A także dwa ręczne blastery, policyjny paralizator, laser, sześć granatów hukowych.

– Ostre narzędzia?

– Nóż szturmowy, składaną pałkę z bagnetem.

– Kamizelka kuloodporna?

– Tak. Do tego naturalnie hełm.

– Jeśli pominął pan nawet scyzoryk i Willow wykorzysta go przeciwko moim ludziom, to ta ugoda nie jest warta papieru, na którym została spisana.

– Ma nóż oficerski z wieloma ostrzami. Powiedzcie jej, że kazałem jej się poddać. Powiedzcie jej, że ojciec kazał jej się poddać, by nie zginęła. W piwnicy budynku mieszkalnego albo w kryjówce przy Lex. Tam zamierzaliśmy się ukryć.

– Módl się, żebyśmy ją znaleźli. Koniec przesłuchania.

*

Dallas przekazała Mackiego mundurowym, nakazując, by był stale obserwowany, gdyż istniało uzasadnione podejrzenie, że mógłby targnąć się na swoje życie. Zostawiła Cher Reo załatwianie formalności. Lowenbaum już wyszedł z pokoju obserwacji i wykrzykiwał rozkazy do swojego komunikatora.

– Chcesz pojechać z nami? – spytał ją.

– Nie, ja też muszę wydać dyspozycje swoim ludziom. Dwóch moich detektywów już jest w tamtej okolicy. Jeśli Willow tam się ukryła, nie chcę, żeby ich rozpoznała i znów zaczęła strzelać. Przygotuj akcję. Raczej skłaniam się ku temu, że zamelinowała się w ich kryjówce. Mogła się przedostać do sutereny budynku, ale to złe posunięcie, jeśli wie, że spenetrowaliśmy już ten dom. Nie popełniłaby takiego błędu.

– Zgadzam się, ale i tak sprawdzimy kamerą termowizyjną... Jeśli uda mi się zabrać z nami ludzi z waszego wydziału przestępstw elektronicznych.

– Zabierz ich. – Wyjęła komunikator i skierowała się do sali ogólnej swojego wydziału. – Baxter! – wezwała go i przekazała mu to, co powiedział Mackie. – Reineke, Jenkinson, włóżcie kamizelki. Mundurowy Carmichael, wybierzcie sześć osób, też włóżcie kamizelki. Santiago, detektyw Carmichael, będziecie drugą jednostką. Włóżcie kamizelki kuloodporne. Podejrzana Willow Mackie, lat piętnaście. Jest uzbrojona i niebezpieczna. Ma między innymi wojskowy tactical-XT z celownikiem optycznym i noktowizorem, dwa blastery, paralizator, laser, granaty hukowe, różne ostre narzędzia. Niech jej wiek was nie powstrzyma, powtarzam: niech jej wiek nie powstrzyma was przed posłużeniem się paralizatorem. Chcemy ją dorwać żywą. Jednostka specjalna policji już tam jedzie, by zabezpieczyć okolicę. Peabody, wyświetl mapę tej części miasta na tym gównianym monitorze.

Analizowała mapę, nie przestając mówić.

– Nie podda się łatwo, jeśli zauważy nas albo oddział Lowenbauma. Spróbuje nas zabić. Nie przyczaiła się w tej przeklętej suterenie. To zły pomysł. Chce być wyżej, na wysokości wzroku. Sprawdzimy to, ale tam jej nie ma. Kryjówka...

– Chciałabyś mieć dokładny opis tego budynku? – usłyszała za sobą głos Roarke'a.

– Może to być przydatne.

Podszedł do Peabody, podłączył do komputera swój palmtop.

– Budynek wzniesiono po wojnach miejskich – powiedział do Eve. – Obecnie znajdują się tam mieszkania ze wspólnymi łazienkami, lokatorami są głównie tanie prostytutki, osoby będące przejazdem w mieście, narkomani i drobni przestępcy. Osiem kondygnacji, na każdej dwanaście pokoi. Mała recepcja, obsługiwana przez androida. Przyjmują tylko gotówkę. Pokoje wynajmowane na pół godziny, na godzinę, na noc i na tydzień. Brak izolacji akustycznej, brak żaluzji.

– Rozumiem. Kamera termowizyjna pokaże nam, które są zajęte. I kto przebywa sam w pokoju. Będzie sama. Nasłuch byłby przydatny.

Eve chodziła tam i z powrotem przed ekranem.

– Dopadniemy androida, uzyskamy potwierdzenie. Jeśli tam jest, ewakuujemy ludzi, o ile okaże się to możliwe. Jednoosobowy pokój, jedno okno, jedne drzwi.

– Może umieściła bombę-pułapkę w drzwiach, pani porucznik – podpowiedział Reineke.

– Tak. Też bym tak zrobiła. Nie podoba mi się to. – Znów zaczęła chodzić tam i z powrotem. – To nie suterena, ale którędy, u diabła, mogłaby uciec? Schodami pożarowymi? Wiedziałaby, że budynek jest otoczony.

– Może wierzy, że uda jej się przedrzeć – wtrąciła Mira.

– Ma piętnaście lat. Jest niezniszczalna i jest gwiazdą własnego przedstawienia.

– Być może.

Ale Eve nie dawało to spokoju, nie dawało jej to spokoju, gdy dopracowywała operację, przygotowywała się do akcji.

– Jadę z tobą – powiedział Roarke.

– Dobrze. – Ale zaraz spojrzała na niego rozkojarzona, zmarszczywszy czoło. – Dlaczego?

– To pytanie osobiste czy zawodowe?

– Bardziej byś się przydał u boku informatyków.

– Niekoniecznie. Szczególnie że nie wierzysz, iż Willow jest tam, dokąd się udają.

– Nie rozumiem, czemu jej ojciec miałby nas okłamać. Dlaczego miałby negocjować warunki ugody, a potem nas okłamać. Chce, żeby jego córka żyła, i słusznie zrobiliśmy, akcentując to, co grozi jej braciszkowi, ujawniając Mackiemu jej plany zabicia chłopczyka i innych osób. Widziałam, że mi uwierzył, upewniłam się, że wiedział, że Willow ku temu zmierza. Ale on chce, aby Willow żyła, chce, by wyszła na wolność, spędziwszy tylko kilka lat w zamknięciu.

– Jest jego dzieckiem.

– Nie kłamał, ale…

– Odpocznij chwilkę.

Pokręciła głową, wyjęła z szuflady biurka swój nóż bojowy.

– Zegar tyka – powiedziała, przypinając go do paska.

– Lowenbaum już rozmieszcza ludzi, żeby ją dopaść. Daj sobie chwilę oddechu i pozwól, żeby to, o czym myślisz, przybrało konkretny kształt.

– To raczej przeczucie.

Ale zatrzymała się, usiadła, położyła nogi na biurku i utkwiła wzrok w tablicy.

Kiedy weszła Peabody i chciała coś powiedzieć, Roarke podniósł rękę, żeby uciszyć Delię.

Umysł, przeczucie, instynkt, szósty zmysł, policyjne rozumowanie – cokolwiek to było, wiedział, że należy pozwolić dojść temu czemuś do głosu.

Zaczekają.

Rozdział 18

Powinna być w drodze na Alaskę, ale nie była.

Powinna pojechać autobusem do Columbus, ale nie pojechała.

Realizowali wspólną misję, ale ona miała też swój własny plan. Trzymany w tajemnicy przed ojcem, nauczycielem, mentorem. On chciał, żeby żyła. Ona pragnęła zabijać.

Powiedział jej, żeby uciekła, przyczaiła się w bezpiecznym miejscu, przeczekała.

Ucieczka? Ukrycie się w bezpiecznym miejscu? To dobre dla frajerów. Trzeba byłoby zbyt długo czekać.

A ona chciała zabijać.

– Nie posłucha go – mruknęła Eve. – Nie dlatego, że ma piętnaście lat. Może odgrywa to jakąś rolę, ale drugorzędną. Po prostu nie i już. Wie, że jest lepsza od niego. Utracił sprawność fizyczną, w przeciwieństwie do niej. Jest słaby, prawda?

Wstała, zaczęła się przechadzać po gabinecie, patrząc na tablicę.

– Kto to osiągnął? Ona. Nie on. Dbać o bezpieczeństwo? Nie chce być bezpieczna, tylko działać. Potrzebuje emocji, punktów, celów. Swoich celów.

– Dokąd się uda? – spytał ją Roarke.

– Na pewno nie do nędznego pokoju w budynku pełnym prostytutek i ćpunów. Nie do jakiejś nory, żeby się zwinąć w kłębek i czekać nie wiadomo jak długo. Liczy się teraz. Liczy się dziś. Liczy się ona. Jest w centrum tego wszystkiego. Chce być w centrum tego wszystkiego. Gdyby zależało jej na bezpieczeństwie, wyjechałaby. Nie wyjechała, bo liczy się teraz i to, czego ona chce. Chodzi teraz o jej cel. Uda się do domu.

– Jeśli jest w mieszkaniu… – zaczęła Peabody.

– To nie dom. To kwatera główna, kwatera główna jej ojca, a tamta misja już jest wykonana, przynajmniej na razie. Chodzi o dom jej matki. – Odwróciła się i Roarke dostrzegł to w jej oczach. Instynkt przemienił się w pewność.

– Wygodnie tam, a poza tym to jej dom. Ma tam ubrania, jedzenie, rozrywki. No i zna okolicę. W tej chwili dom stoi pusty. A co ważniejsze, co najważniejsze? Wrócą tam. Za kilka dni, za tydzień, ale tam wrócą, cała trójka, która otwiera jej listę. Zaczeka więc na nich.

– Zapieczętowaliśmy dom.

– Dostanie się do środka. Ojciec ją nauczył, jak sobie radzić z policyjnymi pieczęciami. Może mieć cały dom dla siebie, nikt jej tam nie zobaczy, gdy opuści żaluzje. Może oglądać telewizję, poczekać, aż minie zainteresowanie mediów sprawą. Ukryć się i przeczekać. Wróci, gdy poczuje się bezpieczna albo bezpieczniejsza. Musi jedynie się przyczaić, póki wszystko nie ucichnie. Najpierw zabije ojczyma, potem matkę, a na końcu braciszka. A później zabierze to, co będzie chciała, i zniknie. Poszuka kolejnej ofiary.

– Czy mam przygotować akcję? – spytała Peabody.

– Nie. – Oceniając prawdopodobieństwa, Eve przesunęła rękami po włosach. – Mogę się mylić. Nie mylę się, ale mogę się mylić. Sami się tam udamy.

– We trójkę?

Eve skinęła do Roarke'a.

– Jeśli jesteś na to gotów.

– Prywatnie czy zawodowo?

– Bardzo śmieszne. Peabody, pokaż na ekranie okolicę. – Wyjęła komunikator. – Reineke, wychodzę.

334

To ryzykowne, pomyślała, sprawdzając broń, kiedy jechali do garażu. Umieściła karabin laserowy i celownik optyczny oraz sprzęt, który wykorzysta Roarke, w zwodniczo zwyczajnym pojeździe. Dzięki słuchawce w uchu była w stałym kontakcie z pozostałymi ekipami.

Jeśli prawdopodobieństwa się sprawdzą, zdoła w ciągu kilku minut dołączyć do głównej ekipy. A jeśli instynkt jej nie myli, mogła szybko ściągnąć posiłki.

Komputerowcy zameldowali, że w suterenie nie ma źródła ciepła, w mieszkaniu też nie. Kontynuowali identyfikowanie źródeł ciepła w drugim budynku.

Carmichael będzie udawała licencjonowaną prostytutkę, a Santiago – klienta. Wejdą do budynku, rozprawią się z androidem.

– Mogę wysłać wsparcie – powiedział jej Lowenbaum. – Mogę wam podesłać paru ludzi.

– Na razie mamy dość ludzi. Jedno z nas będzie we właściwym miejscu. Kiedy się okaże, gdzie jest Willow, pozostali mogą szybko tam dotrzeć.

– Rozumiem.

– Postaraj się jej nie zabić, Lowenbaum.

– Ty też.

Eve wręczyła Peabody hełm z przezroczystym daszkiem.

– Będzie celowała w głowę.

– To pocieszające. – Peabody usiadła z tyłu.

– Ja poprowadzę – powiedziała Eve do Roarke'a. – Ty pracuj na laptopie. Nie może przez dwadzieścia cztery godziny na dobę wyglądać przez wszystkie okna, ale może ustawić kamery tak, żeby pokazywały ulicę i chodniki. – Spojrzała na Roarke'a, wyjeżdżając z garażu. – Jak blisko mam podjechać?

– Chłopaki z furgonetki zabrały najlepszy sprzęt, ale może ten mi wystarczy. Spróbuj jakieś piętnaście metrów od budynku.

Eve prowadziła, rozważając coś. Zadzwoniła do Nadine.

– Przygotuj się do przekazania wiadomości z ostatniej chwili.

– Co? – Dziennikarka przesunęła ręką po włosach związanych w krótki koński ogon. Wcale nie wyglądała na gotową do wystąpienia przed kamerami. – Czy to pilne? Godzinę temu wróciłam do domu po nadaniu relacji o tym, co się wydarzyło ostatniej nocy, o aresztowaniu Mackiego i polowaniu na jego córkę. Dopadliście ją?

– Bądź gotowa, kiedy do ciebie zadzwonię. – Rozłączyła się, a potem szybko wyminęła taksówkę. – Będzie gotowa.

– Na co? – spytała Peabody.

– Żeby nadać wiadomość, która odciągnie uwagę podejrzanej od ulicy, od chodnika.

– Ujawnisz szczegóły drugiej akcji – domyślił się Roarke.

– Nie, jeśli tam jest. Nie, jeśli się mylę. I nie, póki będą tam policjanci. Ale…

– Jeśli jej tam nie ma, jeśli się nie mylisz, kiedy wszyscy będą bezpieczni, opowiesz Nadine o tej drugiej akcji. A jak to wyjdzie na jaw… – Roarke uśmiechnął się, bawiąc się czujnikiem. – Nasza Nadine będzie na ciebie bardzo zła.

– Przejdzie jej, kiedy dostanie wyłączność na relację z tej naszej akcji.

– Ten hełm jest ciężki. I słyszę echo.

Eve spojrzała w lusterko wsteczne na Peabody w czarnym hełmie na głowie, z opuszczonym daszkiem.

– Zdejmij go, póki nie jest ci potrzebny. Wyglądasz komicznie.

– Wcale nie. – Roarke uśmiechnął się do Delii. – Seksowna szturmowiec.

– Naprawdę?

– Nie rozpraszaj uwagi – ostrzegła Eve. – Nadal się zastanawiam, jak tam podjechać, żeby nie dać jej czasu na zabicie nas.

– Mam do ciebie pełne zaufanie – powiedział Roarke, nie przestając majstrować przy laptopie w nadziei, że zdoła powiększyć jego zasięg.

– Nie chcę zaparkować w drugiej linii, żeby nie zwrócić na siebie jej uwagi, kiedy ludzie zaczną naciskać klaksony i przeklinać. Koniecznie musi to być piętnaście metrów?

– Chyba uda mi się uzyskać informacje z odległości osiemnastu. Warto spróbować.

Zastanowiła się, czy nie wykorzystać sąsiedniego budynku. Pokazałaby odznakę i umieściła tam Roarke'a. Ale dostrzegła miejsce przy krawężniku, ledwo wystarczające na zaparkowanie mini. Może jej się uda.

Żeby się to miało udać, musiała lekko popchnąć samochód przed sobą, tak żeby dotknął zderzakiem tego przed nim, i zrobić to samo z autem zaparkowanym z tyłu. Zrobiła to i po wielu trudach udało jej się zaparkować.

– To raczej dwadzieścia metrów niż osiemnaście.

– Skoro to za daleko, dlaczego mi tego nie powiedziałeś, zanim tu zaparkowałam?

– Nie powiedziałem, że za daleko. Daj mi jeszcze chwilkę.

Eve przyłożyła rękę do ucha.

– Melduj – powiedziała do Jenkinsona.

– Santiago i Carmichael są w środku. Android-recepcjonista twierdzi, że podejrzana tam nie mieszka.

– Na ile jest tego pewien?

– Mówią, że to wątpliwe, więc Feeney wysyła Callendar, żeby sprawdziła. Mamy około kilkunastu pojedynczych źródeł ciepła. Feeney dokonał kilku szacunków i cztery z nich wyeliminował. Nie można określić dokładnego wzrostu i wagi, ale z jego wyliczeń wynika, że ta czwórka jest zbyt postawna, by któreś mogło być naszą podejrzaną.

– Rozumiem. Jesteśmy jakieś dwadzieścia metrów od miejsca zamieszkania podejrzanej. Roarke postara się ustalić, czy ktoś tutaj przebywa. Poinformujemy was.

Rozłączyła się i zwróciła do męża.

– No i jak?

– Zrozum, że to zostało stworzone do pracy w znacznie mniejszej odległości. Udało mi się zwiększyć zasięg, nim dołożyłaś jeszcze kilka metrów, więc odczep się i daj mi jeszcze chwilkę.

Umilkła i siedziała, bębniąc palcami w kierownicę.

Lepiej, żeby zastali ją pod innym adresem, pomyślała Eve. Żeby otoczyli tamten nędzny budynek i tam ją aresztowali. Ale...

– No dobrze, zobaczmy, czy udało mi się dokonać małego cudu.

Roarke wprowadził współrzędne, wstukał kody i spojrzał na mały wyświetlacz.

– Reguła cybermaniaka. – Peabody oparła brodę o fotel kierowcy i przyjrzała się ekranikowi przez przezroczysty daszek. – Coś tu widać.

– Teraz przekonajmy się, czy ktoś jest w domu.

Zaczął powoli skanować poszczególne pomieszczenia, zaczynając od parteru.

– Niżej jest wąska piwnica na wypadek, gdybyś nie wiedziała. Nikogo tam nie ma, nikogo na parterze. Przechodzę piętro wyżej.

Wolniutko sprawdzał metr po metrze, ale nic się nie pojawiło.

– Nikogo na pierwszym piętrze. Przechodzę kondygnację wyżej.

Tu czy tam, tam czy tu, myślała Eve, czekając, aż jedna z jej ekip coś zamelduje. Czekając, aż coś rozbłyśnie na ekraniku.

– Aha. Wygląda na to, że się sprawdziła reguła cybermaniaków i glin. Oto i ona, pani porucznik.

– Widzę ją – powiedziała Eve, przyglądając się na wyświetlaczu pomarańczowej plamce oznaczającej źródło ciepła. – Wyciągnęła się. Założę się, że się nudzi. Ogląda telewizję, patrzy na monitory. Dostarczymy jej trochę rozrywki. Lowenbaum!

– Zgłaszam się – odrzekł. – Twój specjalista informatyk jest w środku, sprawdza androida, ale podobno na jego karcie pamięci brak informacji, by podejrzana pojawiła się tam w ciągu ostatnich dwudziestu czterech godzin. Tylko taką ma pamięć.

– Bo Willow jest tutaj.

– Kurde.

– Chcę, żebyś zostawił część swoich ludzi w pobliżu tamtego budynku. Niech będą widoczni, ale niech się zbytnio nie rzucają w oczy. Zamierzam wykorzystać tamten budynek do odwrócenia uwagi Willow. Żeby ją zdezorientować. Reszta niech stawi się tutaj, cicho i szybko. Zatrzymamy ją, Lowenbaum.

– Nie mam co do tego wątpliwości.

– Reineke, słyszałeś?

– Tak jest.

– Zostaw kilku mundurowych. Niech będą widoczni. A resztę ekipy skieruj tutaj. Trzeba zamknąć ulicę z obu stron. Nie pokazujcie się, póki nie wydam innego rozkazu. Za pięć minut wkraczamy.

– Niech pani pilnuje swoich tyłów, pani porucznik, i całej reszty.

Znów zadzwoniła do Nadine.

– Policja nowojorska, wspierana przez oddziały specjalne, szykuje się do ujęcia drugiej podejrzanej w ostatnich strzelaninach w Nowym Jorku. Porucznik Eve Dallas kieruje akcją aresztowania Willow Mackie. Przypuszcza się, że podejrzana przebywa w domu z pokojami ze wspólnymi łazienkami przy Lex. Według zapewnień porucznik Dallas wkrótce dojdzie do aresztowania.

– Co to za bzdury? Nigdy nie meldowałaś w taki sposób... I nigdy nie informowałaś dziennikarzy podczas akcji.

– Nie jesteś zwykłą dziennikarką, prawda? Jedź tam niezwłocznie. Obiecuję ci, że nie pożałujesz. Jedź tam, Nadine.

– Dobrze, jadę. Ale jesteś moją dłużniczką.

– I nawet jestem już przygotowana na spłatę długu.
Na razie.

Eve włączyła ekran komputera.

– To nie powinno jej zająć dużo czasu.

Prawdę mówiąc, niespełna dwie minuty później Kanał
Siedemdziesiąty Piąty zaczął nadawać wiadomość z ostatniej
chwili na niebiesko-czerwonym tle.

Dyżurny dziennikarz poinformował, że poszukiwania
podejrzanej o spowodowanie strzelaniny przed Madison
Square wkroczyły w nowy etap, i połączył się z Nadine Furst.
W rogu ekranu pojawiło się jej zdjęcie, rozległ się jej głos.

– Mówi Nadine Furst. Właśnie teraz funkcjonariusze
policji wspólnie z oddziałami specjalnymi...

Eve wyłączyła ekran i otworzyła drzwi, gdy tylko zobaczyła, że źródło ciepła zmieniło położenie z poziomego
na pionowe.

– Odwróciliśmy jej uwagę. Włóż to. – Rzuciła Roarke'owi
hełm.

– Naprawdę, Eve...

– Albo go włożysz, albo zostaniesz tutaj. – Pokręciła głową,
biorąc swój hełm. – Nienawidzę ich. Są ciężkie i w środku
powstaje echo.

– A nie mówiłam!

– Nigdy nie twierdziłam, że się mylisz. Wejdziemy do środka... Ty nam otworzysz drzwi – zwróciła się do Roarke'a.
– Ja wejdę schodami od frontu, a ty, Peabody, pobiegniesz
do schodów w głębi domu. Jeśli jest w kamizelce kuloodpornej, celuj w głowę. Nikt nie ogląda telewizji w tych przeklętych hełmach. Upewnij się, że masz nastawiony paralizator
na średnią moc. Niech się nie spodziewa od nas miłosnych
pieszczot, ale nie chcę ryzykować paraliżu. Jeśli nie upad-
nie, zwiększysz nieco moc. Roarke, chcę, żebyś został z tyłu,
na pierwszym piętrze, na wypadek gdyby nam uciekła. Jak
nam ucieknie, ty ją ujmiesz.

– Wsparcie? – spytała Peabody.

– Nim zajmiemy pozycje i wejdziemy do środka, już tu będzie. Gdzie ona jest? – spytała Eve Roarke'a.

– Siedzi, najprawdopodobniej na podłodze w narożnym pokoju na drugim piętrze.

– I ogląda telewizję. Nie przestawaj mówić, Nadine. Dwadzieścia metrów. Idziemy.

Ruszyli szybko, pokonując dzielącą ich odległość w zimny, bezchmurny dzień. Roarke nie spuszczał oczu z ekranu przenośnego urządzenia.

Niewielu turystów zagląda na tę ulicę, to raczej zabudowa mieszkalna, zauważyła Eve. A większość ludzi stąd prawie nie zwróciła uwagi na trzy osoby, biegnące truchtem po chodniku, w hełmach z przezroczystymi osłonami.

Ale nawet zblazowani nowojorczycy za chwilę przystaną i zaczną wskazywać sobie nawzajem członków jednostki specjalnej. Czyli wszyscy troje muszą wejść do domu, nim przechodnie zainteresują się tym, co się dzieje. Zanim Willow Mackie się zorientuje, że policja już wie, gdzie się ukryła.

Dotarli do drzwi, przykucnęli.

– Peabody, weź od Roarke'a sprzęt. Jak Willow się poruszy, będziemy o tym wiedzieć. Musiałaby stanąć przy oknie i patrzeć w tę stronę, żeby nas zauważyć. Roarke, rób swoje.

– Najpierw muszę sprawdzić alarm.

– Reineke, melduj.

– Ulica zablokowana. Ostatni odcinek pokonamy pieszo.

– Razem z Jenkinsonem udajcie się na tyły budynku. Zostańcie tam, póki nie wydam wam polecenia, żebyście weszli do środka. Lowenbaum!

– Tak jest.

– Podejrzana jest na drugim piętrze, okno od południowego wschodu. Siedzi na podłodze, ogląda telewizję, więc jeśli masz włączyć swoich ludzi, zrób to teraz, ale szybko.

– Mamy ją. Feeney ją zlokalizował. Wkraczamy. Rozmieszczę swoich ludzi na dachach budynków naprzeciwko.

Wysyłam drugi oddział razem z twoimi ludźmi na tyły domu. Nie wymknie nam się, Dallas.

– Ale jeszcze jej nie mamy. Staramy się bezgłośnie dostać do środka.

– Sprytna z niej dziewczynka – powiedział Roarke.

– Zainstalowała drugi alarm. Przypuszczam, że jest podłączony do jej telefonu. Sprytne, na szczęście dość proste. Daj mi jeszcze chwilkę.

Żeby zyskać na czasie, żeby mieć przewagę, kiedy jej bliscy wrócą do domu, pomyślała Eve.

Rozejrzała się wokół i dostrzegła ruch na dachu budynku bezpośrednio po drugiej stronie ulicy.

– Peabody?

– Ani drgnęła.

– Roarke?

– Alarm wyłączony. Otwieram zamki. Gotowe.

– Do wszystkich jednostek. Wkraczamy. Peabody, schody w głębi domu. Dallas, schody od frontu. Roarke zostanie na pierwszym piętrze. Zaczynamy.

Sięgnęła do klamki.

– Zostaw lokalizator, Peabody. Od razu biegnij w głąb domu i na górę.

Otwierając drzwi, wyjęła broń.

Nowoczesne metody nowoczesnymi metodami, ale i tak rozejrzała się po holu, a potem wolno się wyprostowała.

– Jesteśmy w środku – rzuciła cicho do mikrofonu i dała znak Peabody.

Razem z Roarkiem zaczęła iść na górę. Nic nie powiedziała, kiedy wyjął broń bardzo podobną do tej, którą sama trzymała w dłoni.

– Feeney?

– Widzę cię, dziecino. Widzę Roarke'a, a także Peabody. Podejrzana nie zmieniła pozycji.

– Kierujemy się teraz w jej stronę.

Dała znak Roarke'owi, żeby został.

– Baxter, Trueheart, Santiago, Carmichael, wejdźcie drzwiami frontowymi i rozproszcie się.

Zaczęła wchodzić na kolejną kondygnację, nasłuchując. W połowie wysokości schodów usłyszała jakieś dźwięki, rozpoznała głos Nadine.

Weszła dwa stopnie wyżej, kiedy rozległo się wyraźne skrzypnięcie od strony schodów w głębi domu. Nie musiała słuchać ostrzeżenia Feeneya, że Willow też się zorientowała.

Eve ruszyła biegiem na górę.

– Policja! – zawołała, pokonując ostatni stopień. – Jestem z policji!

Granat hukowy eksplodował pół metra przed nią. Chociaż miała opuszczony daszek, i tak zabolały ją oczy od błysku światła. Na chwilę oślepiona, wystrzeliła z paralizatora, mając nadzieję, że powstrzyma dziewczynę.

Poczuła falę ciepła na ramieniu i biodrze. Czyli że tamta też do niej wypaliła. Eve obróciła się błyskawicznie.

Willow uderzyła ją z całych sił ramieniem w mostek. Eve padła, straciła oddech, ale przekręciła się, wyciągnęła rękę i udało jej się złapać przeciwniczkę za kostkę.

Otrzymała mocnego kopniaka w głowę, który aż wprawił hełm w wibracje.

Doleciały ją jakieś krzyki. I tupot nóg. Bardziej czując, niż widząc, zorientowała się, że ścigana odwróciła się, podniosła i strzeliła w stronę, z której dobiegały głosy. Ponieważ Eve znów się przeturlała, następny kopniak trafił ją w żebro. Wyrzuciła stopy w górę, zrobiła nożyce i na tyle mocno zacisnęła nogi, że Willow się przewróciła.

Na chwilę przed tym, gdy znów rozbłysło światło, dostrzegła, że dziewczyna celuje na lewo od niej. Zrobiła unik w prawo, usłyszała świst wystrzału i smugę światła z broni ręcznej, wycelowanej tam, gdzie przed chwilą się znajdowała. Kucnęła i przeturlała się w stronę drzwi w kierunku, gdzie dostrzegła niewyraźną postać.

Tym razem zrobiła unik w lewo, więc wiązka laserowa trafiła w otwór drzwi.

Pamiętając o swoich ludziach, a także o tym, by zablokować zabójczyni drogę ucieczki, Eve kopnięciem zatrzasnęła drzwi.

Nic nie widziała z powodu dymu i oślepiającego światła. Ale to znaczyło, że sama też nie jest widoczna. Wszelkie próby skontaktowania się z resztą grupy zdradziłyby, gdzie się znajduje.

Zrobiła to, czego ją nauczył mistrz Wu podczas tych osobliwych i fascynujących lekcji w dojo. Zaczęła oddychać palcami u nóg i stała się rybą – cokolwiek to znaczy. Zaryzykowała i podniosła daszek – nie mogła oddychać, nic nie słyszała z powodu powstającego echa. Znieruchomiała i pozwoliła, by kierowały nią zmysły.

Dobiegł ją ledwo słyszalny szum, jakby dymu unoszącego się w powietrzu. Kierując się instynktem, strzeliła w tamtą stronę, celując nisko. Usłyszała syk, przeturlała się, znów wystrzeliła.

Drzwi otworzyły się z trzaskiem, rozległy się okrzyki. Powietrze przeszyła seria strzałów. Eve krzyknęła w stronę wyważonych drzwi: „Cofnąć się! Cofnąć się!", i odskoczyła, żeby zejść z linii ognia.

W wypełnionym dymem pokoju dostrzegła niewyraźną smukłą sylwetkę. Dziewczyna w kamizelce kuloodpornej stała z bronią laserową w jednej dłoni i granatem w drugiej. Ręka, w której trzymała granat, lekko drżała. Eve oddała strzał, a w tej samej chwili granat wybuchł. Usłyszała tupot butów, doskoczyła do drzwi i je zatrzasnęła. Rozległ się głuchy odgłos upadku, co sprawiło jej chwilowe zadowolenie.

Rzuciła się na leżącą dziewczynę i zaczęła się z nią szamotać w duszącym dymie.

Walczyły bezpardonowo. Poczuła przeszywający ból, kiedy przeciwniczka wbiła kolano w jej krocze, a cios łokciem sprawił, że oczy zaczęły ją palić i zaszły łzami, ale udało jej się złapać Willow za rękę, w której tamta trzymała broń. Zaczęła wykręcać nadgarstek dziewczyny i znów się przeturlały po podłodze. Willow udało się zadać Eve kilka celnych ciosów, a Dallas skupiła się na jej rozbrojeniu.

Strzał z karabinu laserowego trafił w okno, tłukąc szybę.

– Poddaj się! Nie masz żadnych szans!

– Pieprz się!

Kiedy drzwi znów się otworzyły, Eve z całych sił uderzyła ręką, w której dziewczyna trzymała broń, w podłogę.

– Nie strzelać! Nie strzelać! Mam ją… Prawie. Nie potraktujcie mnie paralizatorem.

Zmieniła pozycję, przygniatając Willow całym ciężarem ciała. Później doszła do wniosku, że ta niewielka zmiana pozycji sprawiła, że czubek noża bojowego, który tamta wyszarpnęła zza paska, przesunął się wzdłuż jej dłoni, a nie szyi.

Ale ból i zapach własnej krwi sprawiły, że Eve zmieniła taktykę.

– Pieprzę to. – Z całych sił walnęła przeciwniczkę głową – tym mocniej, że miała na głowie hełm – a potem uderzyła ją pięścią w krtań.

Usłyszała brzęk upuszczanego noża, poczuła, jak dłoń, w której Willow ściskała broń, zacisnęła się kurczowo, a później zwiotczała. Wciąż działając na poły po omacku, Eve zmieniła pozycję, przewróciła zabójczynię na brzuch, wykręciła jej ręce do tyłu.

– Mam ją! – zawołała, zatrzaskując kajdanki na nadgarstkach dziewczyny. – Mam ją! Wstrzymać ogień. I niech ktoś coś zrobi, żeby usunąć ten dym.

Ściągnęła hełm. Trochę się jej kręciło w głowie i miała mdłości. Bez hełmu wcale nie poczuła się lepiej, a właściwie tylko wyraźniej sobie uświadomiła, że w głowie jej dudni.

Ktoś szedł w jej stronę przez szarą mgłę. Naturalnie Roarke.

Przykucnął obok niej, ujął jej zakrwawioną dłoń.

– Potrzebny ambulans.

– Wystarczy, jak wytrę krew…

– Ona też jest cała we krwi, więc… – Poprowadził Eve w stronę drzwi, kiedy jej ludzie weszli do środka, żeby zająć się resztą.

– Wystarczy tylko trochę świeżego powietrza – powiedziała. – Jak długo to trwało? Godzinę?

– Niespełna pięć minut od wybuchu pierwszego granatu.

– Niespełna pięć minut. – Zaczerpnęła nieco świeższego powietrza na pierwszym piętrze. – Wydawało mi się, że minęła godzina.

– Wcale się nie dziwię – przyznał, wyjmując chusteczkę z kieszeni, żeby obwiązać jej krwawiącą dłoń. – Nie mogłem do ciebie dołączyć – powiedział – a kiedy już prawie mi się udało, zatrzasnęłaś mi drzwi przed samym nosem.

– Zrobiłam to specjalnie, żeby wpadła prosto na nie. Nie chciałam, by wydostała się z pokoju. Nie zamierzałam ryzykować, że przypadkiem trafi jednego z moich ludzi albo mnie. Magiczny płaszcz czy nie, była uzbrojona po zęby. Nie mogłam zawołać, żeby nie zdradzić swojej pozycji.

– Sam się tego domyśliłem. Proponuję przejść do kuchni. Jest tam czystsze powietrze, woda, krzesło.

– Chętnie skorzystam z tego wszystkiego. Oddychałam palcami u nóg.

– A cóż to takiego?

– Tak mnie uczył mistrz Wu. Z powodu dymu i błysków nic nie widziałam, a mając na głowie hełm, nie słyszałam wyraźnie. Więc zaczęłam oddychać palcami u nóg. Przemieniłam się w rybę. A może w kamień. – Rety, w głowie jej łupało i dzwoniło. – Żeby to zrobić, musiałam podnieść osłonę, ale…

– To dlatego masz podbite oko.

– Naprawdę? – Uniosła dłoń, dotknęła palcem pulsującego miejsca. – Aj. Tak czy owak, udało się. Najlepszy w życiu prezent pod choinkę.

– Cała przyjemność po mojej stronie – powiedział Roarke i mocniej ją przytrzymał, kiedy się potknęła, oszołomiona dymem.

Zaprowadził ją do kuchni, gdzie McNab wmuszał wodę w szarą na twarzy Peabody.

– Stopień skrzypnął – wycharczała.

– Złośliwość rzeczy martwych – odparła Eve.

– Kiedy wybuchł granat, oślepiło mnie i potknęłam się na schodach. Zleciałam na łeb na szyję.

Eve przechyliła głowę.

– Czy to siniak na brodzie?

– Uderzyłam w stopień, kiedy się potknęłam. – Wyraźnie zdegustowana, Peabody dotknęła dłonią siniaka na brodzie. – Hełm zagrzechotał. Ugryzłam się w język, zobaczyłam wszystkie gwiazdy. I nie miałam twojego wsparcia.

Eve uniosła palec i zaczęła pić wodę, podaną przez Roarke'a, aż palenie w gardle przemieniło się w drapanie. Łupanie w głowie, pulsowanie w oku, pieczenie dłoni prawdopodobnie wymagało czegoś więcej niż wody.

Ale, mój Boże, w tamtej chwili woda smakowała jej bardziej niż prawdziwa kawa.

– Więc siedziałaś na stopniu, płacząc jak małe dziecko?

– Nie!

– Wczołgała się. – McNab pomasował ramiona Peabody.

– Nic nie widziałam. Początkowo słyszałam cię, słyszałam łomot. Strzelała na oślep, ty też. Nie chciałam ryzykować, żeby niechcący cię nie trafić.

– Zawołałaś. – Eve odtworzyła sobie wszystko w pamięci. – Ściągnęłaś na siebie jej uwagę. Ty też – zwróciła się do Roarke'a. – Głupie i ryzykowne, ale… Właśnie tak rozumiem wsparcie.

– Potem już cię nie słyszałam – ciągnęła Peabody. – Ani nie widziałam. Feeney krzyczał, że jesteś na lewo ode mnie, ale na lewo była ściana. Roarke mnie podniósł. Wtedy usłyszałam, jak nadbiegli pozostali. W końcu znaleźliśmy drzwi.

– Magiczny płaszcz – dodał McNab, opierając brodę na głowie Peabody.

– Bez niego dostałabym w sam środek tułowia. Ty też – zwróciła się Peabody do Roarke'a.

– Czyż nie jesteśmy szczęściarzami?

– Ale zatrzasnęłaś drzwi.

– A ona wpadła na nie i przewróciła się jak długa. Wtedy już ją miałam.

– Leci ci krew.

Eve wypiła kolejny łyk wody.

– Tobie też. Ale ją złapaliśmy. Więc odpocznijmy chwilkę. – Zamknęła oczy. Miała wrażenie, że ktoś nasypał jej piasku pod powieki. – A potem wszystko posprzątamy.

Rozdział 19

Eve się nie spieszyła, nawet pozwoliła ratownikom medycznym, żeby jej obmyli ranę na dłoni i nałożyli trochę NuSkin.

Pozostałe obrażenia, a było ich sporo, mogły zaczekać.

Ponieważ pragnęła trochę spokoju i świeżego powietrza, razem z Roarkiem wyszła na zewnątrz.

Blokady przesunięto bliżej domu, zamknięty był tylko odcinek ulicy w najbliższym sąsiedztwie budynku. Nie powstrzymało to gapiów i reporterów – właściwie jaka między nimi różnica? – napierających na policyjne taśmy. Eve udawała, że nie słyszy wykrzykiwanych pytań, odwróciła się plecami do wcelowanych w nią kamer.

– Można by pomyśleć, że ludzie nie mają nic lepszego do roboty.

– Większość z nich nie ma na co dzień do czynienia z morderstwami.

– To powinni być wdzięczni losowi. – Miała ogromną ochotę kopnąć w coś. Uznała, że może to być jej własny tyłek. – Schrzaniłam robotę.

– Co takiego? Kiedy i jak? – spytał. – I pamiętaj, że ja też tam byłem.

– Nie było cię tutaj. – Dotknęła palcem skroni. – Za bardzo myślałam o niej jak o dziecku. Powiedziałam wszystkim: „Zapomnijcie, ile ma lat, to nie ma znaczenia". Ale sama

349

siebie nie posłuchałam. Strzelała do ciebie, do Peabody. Mogła was poważnie ranić. Do tego jeszcze te granaty hukowe. A wszystko dlatego, że nie byłam wystarczająco szybka i bezwzględna.

– Będziesz musiała obejrzeć, co zarejestrował twój rekorder, żeby się przekonać, że to, co mówisz, to jakaś piramidalna bzdura.

– Szybciej i bardziej bezwzględnie – powtórzyła. – Nawet kiedy walczyłyśmy wręcz, pomyślałam... Pomyślałam sobie, że może trochę spasuję. Chociaż trochę.

– Jeśli to prawda, w co trudno mi uwierzyć, bo widziałem was obie po tej walce, jedynie ty ucierpiałaś.

Chciał pocałować tę jej ranną dłoń, musnąć ustami siniaki na twarzy. Ale uznał, że w tej chwili bardziej potrzebne jej poczucie własnej godności niż odwrócenie uwagi.

– Nie jest taka jak ty, Eve. Nigdy nie była i nie będzie taka jak ty.

– Teraz to wiem. – Wypuściła powietrze z płuc, na zimnie jej oddech przemienił się w mgiełkę. – Może wcześniej tego nie wiedziałam, ale teraz nie mam cienia wątpliwości. I nie będę się patyczkowała, kiedy wezmę ją w obroty na przesłuchaniu.

Spojrzała na niego, popatrzyła w te jego niesamowicie niebieskie oczy. Czy to naprawdę dziś – zmęczeni, niespokojni, zestresowani – kłócili się o Summerseta?

Miała wrażenie, że od tamtej sprzeczki minęły lata.

– Powinieneś pojechać do domu – powiedziała mu – i się przespać.

Sięgnął do kieszeni jej płaszcza, wyjął czapkę z płatkiem śniegu, wcisnął ją Eve na głowę.

– Zapomniałaś, że śpię tylko wtedy, kiedy i ty śpisz?

– W takim razie powinieneś jechać do domu, kupić kilka planet. Z pewnością masz obowiązki, które odsunąłeś na bok z powodu tego śledztwa.

– Mogę popracować w budynku komendy.

Westchnęła głęboko i znów spojrzała w te niesamowicie niebieskie oczy.

– Chyba będziemy musieli wygospodarować dla ciebie jakiś gabinet w komendzie.

– To bardzo kusząca perspektywa. – Uśmiechnął się. – Ale dziękuję. Byłoby to zbyt oficjalne dla takich jak ja.

– Tacy jak ty pomogli ująć zabójczynię. Nie zapominaj o tym. A tamci ludzie, którzy nie stykają się na co dzień z morderstwami i teraz mają nadzieję, że zobaczą tutaj trochę krwi, może trupa... Każdy z nich, Roarke, każdy z nich mógł być jej kolejną ofiarą, ale tego nie rozumieją. Później będą opowiadali przy piwie, że byli tak blisko zabójczyni. Będą sobie mogli o tym rozmawiać, bo ty pomogłeś ją ująć.

– Ale to nie ja mam dłoń rozciętą na całej długości, a do tego podbite oko i siniaki na całym ciele.

– No tak. – Poruszyła obolałym ramieniem. – Później się tym zajmiemy.

– Ach, traktuję to jak osobistą nagrodę.

– No cóż. – Eve zdrową ręką dotknęła swojej czapki i skinęła głową. – Skoro zamierzasz pracować w budynku komendy, zbierajmy się stąd. Peabody! Może usiądziesz za kierownicą? – zwróciła się do Roarke'a. – Muszę załatwić kilka spraw.

Zabrała się do nich, gdy tylko ruszyli, nie zwracając uwagi na tłum zebrany wokół samochodu.

Pierwsza była Nadine.

– Przekazałaś mi fałszywe wiadomości – powiedziała natychmiast dziennikarka z pretensją w głosie.

– Nieprawda. Nie podałam ci jedynie pełnej informacji. Dlaczego tak wyglądasz? Co się stało z twoim lewym okiem?

– Nic! Próbuję się przygotować do wystąpienia przed kamerą między wiadomościami z ostatniej chwili. – Z wprawą malowała lewe oko, jednocześnie dając upust złości. – Wcale nie byłaś na Lexington Avenue.

– Ja osobiście nie, ale policja prowadziła tam akcję. Tak jak ci powiedziałam.

– Ale ciebie ani Willow Mackie tam nie było. Tamta akcja nie miała z nią nic wspólnego. Teraz muszę pojechać do siedziby telewizji, wystąpić przed kamerami i żeby nie wyjść na idiotkę, odszczekać to, o czym poinformowałam wcześniej. Na dokładkę tak się akurat złożyło, że dziennikarz New York-One był paręset metrów od miejsca, gdzie ujęłaś tę gówniarę, i już zdążył przekazać informacje z miejsca akcji.

– Cóż, ty też możesz tam pojechać – odparła Eve, patrząc, jak Roarke prowadzi wóz. – Albo możesz się zjawić ze swoją do połowy umalowaną twarzą w komendzie i przeprowadzić wywiad na wyłączność z policjantką, która kierowała akcją i ujęła tę gówniarę. Jeśli wybierasz to drugie, radzę ci, żebyś się pospieszyła.

– Będę za piętnaście minut – powiedziała Nadine i się rozłączyła.

– Peabody, załatw, żeby Willow Mackie zaprowadzono do sali przesłuchań, jak tylko ratownicy medyczni udzielą jej pierwszej pomocy. I dowiedz się, czy poprosiła o adwokata. Reo – rzuciła do słuchawki. – Willow Mackie została aresztowana.

– Słyszałam, New York-One o niczym innym nie informuje. Jestem w drodze do komendy.

– To dobrze. Musimy porozmawiać.

– Czy podczas zatrzymania Willow oberwałaś po twarzy?

– Tak, doszło do małej… szarpaniny.

– Bardzo ci współczuję. – Reo uśmiechnęła się słodko. – Przyłóż sobie trochę lodu. Do zobaczenia w komendzie.

Następnie Eve zadzwoniła do Miry i Whitneya.

Gdy tylko Roarke zaparkował w garażu pod komendą, wyskoczyła z samochodu.

– Peabody?

– Sala przesłuchań A. Ratownicy medyczni udzielili Willow pierwszej pomocy, za dziesięć minut przyprowadzą ją tam. Jeszcze nie poprosiła o adwokata.

– To dobrze. Chcę, żebyś zapomniała, ile ma lat.

– Zapomniałam, możesz mi wierzyć.

– Ale zachowuj się tak, jakby to było dla ciebie istotne.

– Okazując współczucie. – Peabody westchnęła głęboko.

– Zawsze okazuję współczucie.

– I wygląda to bardzo prawdziwie. Ale poza tym udawaj rozczarowaną nauczycielkę, niezadowoloną z uczennicy, która zawaliła sprawę. Zachowuj się jak dorosły wobec dziecka, dorosły, który ma władzę.

– Dobrze.

– To nie wszystko. Będziemy musiały się naradzić wspólnie z Reo. Muszę też znaleźć czas dla Nadine. – Zastanawiając się nad tym, Eve bujała się na piętach w windzie sunącej w górę. – Czyli powinna całe dwadzieścia minut siedzieć w sali przesłuchań i czekać.

– Czekanie to dla niej nic nowego – zauważyła Peabody.

– Ale nie na coś takiego. Jeśli chcesz się temu przyglądać... – powiedziała, patrząc na Roarke'a.

– Wiem, dokąd pójść. Będę blisko, kiedy z nią skończysz.

Wysiadła z windy i skierowała się prosto do siebie.

– Przygotuję ci kawę – powiedział Roarke – a potem znajdę sobie jakieś zaciszne miejsce i popracuję przez godzinkę.

– Możesz skorzystać z mojego gabinetu.

– Może na tym się skończy, ale teraz będzie ci potrzebny, prawda?

Kiedy to mówił, weszli do jej gabinetu, gdzie już czekała na nich zastępczyni prokuratora.

– Szybko się pojawiłaś.

– Właśnie przyszłam do pracy. Skoro mam dyżur w sobotę, mogę zrobić coś konkretnego. Cześć, Roarke.

– Za chwilę już mnie tu nie będzie. Kawy?

– O, chętnie. Co ci się stało w rękę? – zwróciła się do Eve.

– Miała nóż. – Eve przysiadła na skraju swojego biurka i zdrową ręką wzięła kawę, którą jej podał Roarke.

– Zabiorę swoją kawę i się ulotnię. – Nie przejmując się poczuciem własnej godności swojej policjantki ani obecnością Reo, Roarke ujął pod brodę Eve i ją pocałował. – Rozprawcie się z nią.

– Do zobaczenia jutro. – Cher uśmiechnęła się do niego. – W przyjemniejszych okolicznościach.

– Co takiego jest jutro? – spytała Eve, kiedy Roarke wyszedł.

– Przyjęcie urodzinowe Belli.

– Co? Nie, to jutro?

– W niedzielne popołudnie – powiedziała Reo. – I okazało się, że wybrali idealnie.

Eve utkwiła wzrok w swojej kawie.

– Ani chwili wytchnienia.

– Och, o co ci chodzi? Będzie wesoło! Będzie tort… I z całą pewnością napoje dla dorosłych. A teraz porozmawiajmy o naszej nastolatce o zbrodniczych skłonnościach.

– Zaczekaj chwilkę. Chcę, żeby Peabody była przy naszej rozmowie. – Eve stanęła na progu swojego gabinetu i zawołała na cały głos: – Peabody!

Zaprogramowała kawę z mlekiem i wcisnęła kubek swojej partnerce, gdy tylko Delia wbiegła do gabinetu.

– Zamknij drzwi. No więc tak chcę rozegrać tę sprawę. Wymaga to trzymania się pewnego harmonogramu.

Przedstawiła im swoje zamiary. Wspólnie omówiły strategię, uwarunkowania prawne. Eve zdążyła dopić kawę, kiedy rozległo się głośne pukanie do drzwi.

– To z pewnością Nadine. Peabody, idź i sprawdź, jak się ma nasza podejrzana. Ale z pokoju obserwacji. Potrzebuję dziesięciu minut.

Eve otworzyła drzwi. Nim Nadine z gniewną miną zdążyła na nią naskoczyć, Reo podeszła do niej.

– Cześć! Jak się masz! Słyszałam, że byłaś w Madison Square.

– Za kulisami, z dala od wszystkiego.

– Tutaj dużo się dzieje, a będzie się działo jeszcze więcej. Jeśli nie będę miała okazji zobaczyć się z tobą, zanim opuścisz komendę, to porozmawiamy jutro.

– Ja też. – Peabody, wiedząc dobrze, co oznacza ten błysk w oczach Nadine, wyszła razem z zastępczynią prokuratora.

Nadine zamknęła za nimi drzwi.

– Okłamałaś mnie.

– Wcale nie. Czy zrobiłabym to, żeby ratować życie ludzi? Bezwzględnie. Ale cię nie okłamałam. Wykorzystałam cię – dodała. – I dzięki temu ty ocaliłaś życie wielu ludzi. Wśród nich mogłam być ja. Dziękuję.

– Co to za brednie...

– To nie żadne brednie. Możesz marnować czas, jaki masz, na kłótnię ze mną, albo możesz mi pozwolić wszystko wyjaśnić, a potem przeprowadzisz ze mną wywiad na wyłączność. Decyzja należy do ciebie.

Nadine wciąż patrzyła na nią gniewnie.

– Pomijając wszystko, Dallas, ponoć jesteśmy przyjaciółkami. Podobno jesteśmy przyjaciółkami.

– Tak akurat się złożyło. Tak jest i dlatego nawet przez myśl mi nie przeszło, żeby zadzwonić do kogoś innego. Znam swoich przyjaciół. Może mam ich więcej, niżbym chciała, ale ich znam. W przeciwnym razie nie byliby moimi przyjaciółmi. I wiedziałam, że mogę liczyć na ciebie.

– Mogłaś powiedzieć mi prawdę i nadal na mnie liczyć.

Ponieważ wiedziała, że najpierw muszą się z tym uporać, Eve wzruszyła ramionami i zaprogramowała kawę dla Nadine.

– Powiedziałam ci prawdę. Opuściłam to, co kłóciłoby się z twoją duszą dziennikarki. – Podała jej kawę. – Ponieważ, do jasnej cholery, Nadine, nie powinnyśmy być przyjaciółkami, a nimi jesteśmy.

– Jaki to ma związek z... – Najwyraźniej wciąż jeszcze wściekła, Nadine opanowała się i uniosła rękę do góry. – No dobrze. Wyjaśnij mi wszystko.

– Jechałam, by pokierować akcją przy Lex, gdy nagle ogarnęło mnie przeczucie. I zmieniłam kierunek. Po prostu. Lecz przeczucie mi podpowiadało, że muszę odwrócić jej uwagę, jeśli mój plan ma się powieść. Przekazałam ci informacje o akcji przy Lexington Avenue, kiedy sprawdziłam, że w rzeczywistości podejrzana ukryła się z całym arsenałem w domu swojej matki. Gdyby zbyt wcześnie nas zobaczyła, mogę się założyć, że znacznie więcej niż kilka osób przebywałoby teraz w szpitalu, a pewnie nawet w kostnicy, gdyby nie udało nam się odwrócić czymś uwagi tej psychopatki. Kiedy twoja stacja zaczęła nadawać wiadomość z ostatniej chwili, Willow Mackie całą uwagę skupiła na oglądaniu twojej relacji. Uwierzyła, że jest bezpieczna w swojej kryjówce. Mogłam ściągnąć ludzi i przystąpić do akcji ujęcia zabójczyni. Jest teraz w sali przesłuchań, Nadine, właściwie aresztowanie nie pociągnęło za sobą żadnych ofiar, ponieważ mówiłaś na wizji to, co chciałam, żeby usłyszała.

Nadine przyjrzała jej się uważnie.

– Twierdzisz, że w akcji nikt nie odniósł poważniejszych obrażeń. Widzę, że masz podbite oko. A co ci się stało w rękę?

– To wszystko nic – powtórzyła Eve. – Wykorzystałam cię, by zminimalizować szkody. Przekazałaś telewidzom to, co powiedziałam. I wcale nie było to kłamstwo. Z oczywistych powodów nie mogłam ci powiedzieć nic więcej. Nie mogłam ci powiedzieć wszystkiego i poprosić cię, żebyś części informacji nie ujawniła. Nie znam wszystkich zasad przyjaźni, ale wiem, że jedna z nich brzmi: nie prosić przyjaciół o coś, co kłóciłoby się z ich poczuciem obowiązku zawodowego, i nie spodziewać się, że to dla nas zrobią.

Nadine naburmuszyła się, ale po chwili odsunęła fotel Eve i na nim usiadła. Wypiła łyk kawy.

– Akcja przy Lexington Avenue to nie ściema?

– Nie. Podążaliśmy wielce prawdopodobnym tropem. Prawdopodobnym, bo człowiek, który nas naprowadził na ten trop, wierzył w to, co powiedział. A tym człowiekiem jest ojciec Willow.

Dziennikarka usiadła prosto.

– Ojciec na nią nakablował?

– Nie do końca. Jeśli chcesz mi zadać jakieś pytania, na co czekamy? Muszę zamknąć śledztwo.

Nadine przez chwilę siedziała w milczeniu.

– Byłam wściekła, że ten buc z New York-One mnie ubiegł.

Eve znów wzruszyła ramionami.

– Zdarza się, prawda? On prawdopodobnie będzie wściekły na ciebie, że przekażesz szczegóły zatrzymania podejrzanej, a potem poinformujesz o przebiegu jej przesłuchania.

– Z całą pewnością. – Tamta wzięła się w garść. – Muszę ci ufać.

– I możesz. Wiesz, Roarke i Peabody zostali trafieni. Dzięki temu, że mieli kamizelki kuloodporne, nie leżą teraz w kostnicy.

– A ty?

– Ja też. Chodzi o to, że gdybyśmy nie odwrócili jej uwagi, mogłaby się przyczaić i odwrócić naszą uwagę, strzelając do niewinnych ludzi znajdujących się dwie przecznice dalej. Ale nie miała na to czasu, ponieważ weszliśmy niepostrzeżenie do domu. Skupiła całą uwagę na twoich informacjach, a potem musiała się skupić na nas. Dlatego szkody są minimalne – powtórzyła Eve.

– No dobrze. Zastanowię się nad tym. Ale teraz poproszę tutaj swojego operatora. Nadamy relację na żywo. Domyślam się, że tylko straciłabym czas, namawiając cię do zatuszowania tego podbitego oka makijażem. Chcesz pokazać swoje siniaki.

– Uczciwie na nie zasłużyłam. – Eve się uśmiechnęła.

357

*

Peabody wyszła z pokoju obserwacji, gdzie razem z Mirą przyglądały się znudzonej, nachmurzonej Willow, jednocześnie rozmawiając o jutrzejszym przyjęciu urodzinowym. Podeszła do drzwi do sali przesłuchań, otworzyła je.

Willow uniosła wzrok. Ścięła dredy, więc jej ciemne, krótkie włosy były zmierzwione. Podobnie jak Eve, ona też miała posiniaczoną twarz.

– Najwyższa pora.

– To potrwa jeszcze parę minut – powiedziała jej Peabody. – Chcesz się napić?

– Jezu. Jasne. – Willow wzruszyła ramionami. – Pomarańczowy napój gazowany.

Peabody skinęła głową, odwróciła się i aż podskoczyła, kiedy znalazła się twarzą w twarz z Eve.

– Przepraszam. Nie sądziłam, że jesteś już gotowa. Zaproponowałam, że przyniosę jej coś do picia.

– Świetnie. Tylko... O, jest zastępca prokuratora. Tylko niech ci to nie zajmie całego dnia.

– Skoczę na jednej nodze. – Peabody, spiesząc się, zostawiła lekko uchylone drzwi.

– Dallas.

– Reo. Powiedziałam ci, że nie potrzebuję żadnej ugody.

– Zawarliśmy z Mackiem ugodę, bo mieliśmy słuszne powody, które znasz. I bez informacji, jakie ci przekazał, nie wiedziałabyś, jakiej broni będziesz musiała stawić czoło.

– To najmniej ważne. Układać się z nim, żeby uzyskać informacje o niej? Podpisać ugodę, zgodnie z warunkami której musimy ją traktować jak nieletnią? I bez tego bym ją dopadła. Dopadłam ją, do jasnej cholery. Jak wyjaśnisz krewnym wszystkich zabitych, że osoba, która odebrała życie ich bliskim, posiedzi za to tylko trzy lata?

– Wolałabyś poinformować kolejnych krewnych, że ich bliscy trafili do kostnicy?

358

– Przez tę twoją ugodę to się tylko odwlecze. W wieku osiemnastu lat wyjdzie na wolność i znów zacznie zabijać.

– Resocjalizacja...

– Och, nawet nie próbuj ze mną rozmawiać o tych bzdurach. Tacy jak ja ryzykują wszystko, żeby wsadzać za kratki takich jak ona. A potem wy zawieracie ugodę i winni wychodzą na wolność, by znów popełniać przestępstwa. Spędzi w zamknięciu niespełna trzy lata, a ty uważasz to za sukces!

– Tu nie chodzi o sukces, tylko o wykonywanie obowiązków. Obie zrobiłyśmy to, co do nas należy, i taka jest prawda. Jeśli ją nakłonisz do przyznania się do winy, oszczędzimy pieniądze podatników, unikniemy procesu i będziemy mogły zająć się czymś innym. Czy teraz chcesz zamknąć sprawę, żebyśmy mogły wrócić do domu, czy też chcesz tu sterczeć i mi wymyślać dlatego, że takie mamy przepisy?

– Te przepisy są do niczego.

– Jesteśmy gotowe? – spytała Peabody, kiedy wróciła, trzymając w ręce napój gazowany.

– Tak. Reo, nie jesteś mi tam potrzebna.

– Nie ty o tym decydujesz. Stoimy po tej samej stronie, Dallas, więc przestań się żołądkować.

Peabody pchnęła drzwi.

Eve, z zaciętą miną i gniewnym spojrzeniem, weszła do środka.

– Włączyć nagrywanie. Porucznik Eve Dallas, detektyw Delia Peabody i Cher Reo, zastępca prokuratora, przystępują do przesłuchania Willow Mackie.

Odczytała pozostałe informacje, a Peabody postawiła na stole napój. Willow wzięła puszkę w rękę, skutą kajdankami, i wypiła trochę, uśmiechając się kpiąco.

– Pani Mackie, czy odczytano pani przysługujące jej prawa?

– Tak. I owszem, doskonale je rozumiem. Nieźle ode mnie oberwałaś. Szkoda, że tylko w rękę.

– Nie bądź niegrzeczna. – Peabody spojrzała na nią z dezaprobatą. – I tak masz dosyć kłopotów.

– Mogłam cię trafić – odparowała Willow. – I byłabyś martwa jak ta idiotka, która cię grała w filmie.

– Pyskowanie dorosłym ci nie pomoże – ostrzegła ją Peabody. – Masz poważne kłopoty, Willow.

– Wtargnęliście do mojego domu. Broniłam się.

– Wkroczyliśmy do domu twojej matki, mając ważny nakaz – poprawiła ją Eve. – I zastaliśmy tam ciebie. Stwierdziliśmy, że posiadasz najróżniejszą broń, zabronioną przepisami prawa. I posłużyłaś się tą bronią, by zaatakować funkcjonariuszy policji.

Willow się uśmiechnęła. Mogłaby być atrakcyjną, młodą dziewczyną mimo siniaków i zadrapań, które pozostały widoczne, chociaż przykładano jej zimne okłady. Ale było coś złowrogiego w tym uśmiechu.

Pokazała środkowy palec i podrapała się nim w policzek, patrząc na Eve.

– To nie moja broń. A posłużyłam się nią w obronie własnej.

– Strzelałaś do funkcjonariuszy policji – przypomniała jej Dallas.

– Skąd, do jasnej cholery, miałam wiedzieć, że jesteście gliniarzami?

– Ponieważ poinformowaliśmy, że jesteśmy z policji.

– Jakby to miało jakiekolwiek znaczenie.

– Widziałaś film? Widziałaś *Sprawę Icove'ów*?

– Jasne, że tak. Za każdym razem, kiedy go oglądałam, żałowałam, że nie zginęłaś, kiedy laboratorium Icove'ów wybuchło. – Willow utkwiła spojrzenie w suficie. – Ale może kiedyś…

– I mnie nie rozpoznałaś?

– Widziałam cię tylko przez sekundę.

– Zanim rzuciłaś granat hukowy, mając nadzieję, że uda ci się uciec.

– Działałam w obronie własnej. – Znów wzruszyła ramionami. – Nieważne, czy wiedziałam, czy nie. Broniłam siebie i swojego domu. Mam do tego prawo.

– Willow, wiedziałaś, kim jesteśmy. – Peabody pokręciła głową jak niezadowolona nauczycielka. – Ten brak szacunku ci nie pomaga. Może cię zaskoczyliśmy, może działałaś odruchowo, wiedziona instynktem, ale…

– Tak, może.

– Po co ci była ta cała broń? – spytała Eve.

– Przechowywałam ją w bezpiecznym miejscu.

– Skąd ją masz?

– Nie należy do mnie. Jestem za młoda, by móc kupować broń lub ją posiadać. Przypominam, że mam piętnaście lat. – Uśmiechnęła się szeroko. – Zapomniałyście?

Eve zacisnęła zęby i spojrzała twardo na Reo.

– Posiadałaś broń. Posłużyłaś się nią.

– Umiem się o siebie zatroszczyć.

– Jak się nauczyłaś posługiwać bronią, karabinami laserowymi, granatami hukowymi, bronią ręczną?

– Nauczył mnie mój ojciec. Jest dwa razy lepszym gliną od ciebie.

– I chyba dlatego go aresztowałam, by do końca życia siedział za kratkami.

– Ujęłaś go tylko dlatego, że ci na to pozwolił.

– Czyżby?

– Jasne, że tak, do jasnej cholery.

– Jeśli sądzisz, że nie potrafię aresztować ćpuna, nieuważnie obejrzałaś film.

– Film to i tak stek bzdur. Bajeczka z Hollywood.

– Twój ojciec jest ćpunem, nie zaprzeczysz temu.

– Nie potrafił się z tym uporać. – Willow skrzywiła się i wskazała ją palcem. – Ciekawe, jak ty byś sobie poradziła, gdyby jakiś porąbaniec zrobił na chodniku miazgę z twojego kochanego tatusia.

– Więc poradził sobie w taki sposób, że sam zaczął ćpać, jednocześnie zastanawiając się, jak zabić wszystkich, których o to winił. A raczej nakłaniając ciebie do zrobienia tego, ponieważ on nawet nie potrafi teraz utrzymać broni, tak mu się trzęsą ręce.

– To pani powiedziała.

– Owszem. Chcesz temu zaprzeczyć?

Dziewczyna ziewnęła i utkwiła wzrok w suficie.

– Co za nudy. Nudzisz mnie. Dallas – powiedziała, przenosząc spojrzenie na Eve. – Porucznik Eve Dallas. Nadejdzie taki dzień, kiedy nie będziesz miała na sobie kamizelki kuloodpornej. Może kiedyś będziesz szła sobie ulicą i nagle ni stąd, ni zowąd... Pif-paf! Padniesz martwa. Założę się, że nie nakręcą o tym filmu.

Eve, obserwując twarz Willow, zobaczyła wyraźnie, czego się obawiała Zoe Younger. Ujrzała bezlitosną zabójczynię.

– Pragniesz mojej śmierci, Will?

– Wolałabym, żebyś zginęła, niż siedzieć tu i śmiertelnie się nudzić.

– Nudzisz się? W takim razie zwiększmy tempo. Przestań marnować mój czas. Wróćmy do wydarzeń w Central Parku. Troje zabitych. Jak ich wybrałaś?

– Kto powiedział, że ja to zrobiłam?

– Twój ojciec. Przyznał się do wszystkiego. Powiedział, że jesteś jego oczami, jego rękami. Ty ich zabiłaś, Willow. Nie mógłby tego zrobić.

– Mam oczy i ręce dzięki niemu.

– Zniszczył sobie wzrok i pewność dłoni narkotykami.

Willow wzruszyła ramionami, a potem zaczęła się przyglądać swoim paznokciom.

– To jego sprawa, nie moja. Moim zdaniem narkotyki, alkohol, całe to gówno, to coś bardzo złego. Człowiek nie żyje naprawdę.

– A ty lubisz wszystko przeżywać świadomie.

– Jaki sens robić cokolwiek, jeśli się tego nie czuje? Jeśli się nie jest w pełni świadomym, to tak, jakby wcale się tego nie robiło.

Eve otworzyła teczkę, wyjęła zdjęcia trzech pierwszych ofiar.

– Co czułaś, kiedy to zrobiłaś?

Dziewczyna nachyliła się i przyjrzała uważnie fotografiom. Eve nie dostrzegła w jej oczach ciekawości ani zainteresowania. I z całą pewnością zabójczyni nie doznała szoku.

Na jej twarzy malowała się złośliwa satysfakcja.

Już nie jest znudzona, uświadomiła sobie Eve. Tylko zafascynowana, przejęta. I starała się, by to trwało jak najdłużej. Ponieważ w ten sposób znajdowała się w centrum uwagi.

– Pierwszorzędne strzały. – Willow umilkła, żeby się napić. – Każdy, kto potrafi tak strzelać, zalicza się do elity.

– Ty też należysz do elity?

– Nie ma czegoś takiego jak być drugim najlepszym. – Zadowolona z siebie, zaczęła przechylać puszkę z napojem to w jedną stronę, to w drugą. – To tylko głupie określenie na przegranego. Albo jest się najlepszym, albo nikim.

– Czyli takie strzały świadczą, że jesteś najlepsza, należysz do elity.

– Umiałaby pani tak strzelić?

– Trudno mi powiedzieć. – Eve wzruszyła ramionami. – Nigdy nie próbowałam. Ale z drugiej strony nie rajcuje mnie zabijanie ludzi z odległości dwóch kilometrów, kiedy jeżdżą sobie na łyżwach.

– Nie potrafiłaby pani i tyle. Przypuszczam, że ledwo trafia pani ze swojego pistoletu do celu odległego więcej niż dziesięć metrów, nie mówiąc już o tym, żeby tak celnie strzelać z broni dalekiego zasięgu. Chybiłaby pani o dwa kilometry, trafiając jakiegoś dupka, który by sobie szedł Pięćdziesiątą Drugą Ulicą.

– Cóż, nie mam za sobą dziesięciu lat nauki, praktyki. Były strzelec wyborowy armii amerykańskiej i członek jednostki specjalnej policji nie poświęcał mi czasu, żebym mogła się oddawać swojemu hobby.

– Hobby, akurat! – Willow nachyliła się, pokazując zęby w uśmiechu. – Potrzeba czegoś więcej niż nauki czy praktyki. Jasne, że to wszystko jest ważne, ale trzeba mieć talent, wrodzone zdolności.

– Czyli urodziłaś się, żeby zabijać.

Willow rozsiadła się wygodnie i znów się uśmiechnęła.

– Urodziłam się, żeby trafiać w to, w co celuję.

– Dlaczego celowałaś w nią? – Eve postukała w zdjęcie Ellissy Wyman.

– A czemu nie?

– Czyli to przypadkowa ofiara? – Eve pokręciła głową. – Nie wydaje mi się. Przyznaj się, Willow, jest taką dziewczyną, jakich nie znosisz. Codziennie się popisywała, jakby miało to jakieś znaczenie, że potrafi zrobić kilka piruetów i skoków na łyżwach. Jakby fakt, że jest ładna, czynił z niej kogoś ważnego.

– A teraz jest trupem.

– Co czułaś, kiedy ją zabiłaś? Jednym pociągnięciem za spust odebrałaś jej życie, kiedy tak się popisywała w tym czerwonym kombinezonie. Chyba sprawiło ci to satysfakcję. Sprawiło ci satysfakcję, że ją zabiłaś, więc nie trafiłaś tak celnie w tego, o kogo ci chodziło, czyli w Michaelsona.

– Bzdura! – Na twarzy Willow pojawiło się oburzenie, złość, niesmak. – Trafiłam go tak, jak chciałam. Prosto w brzuch, żeby się wykrwawił na lodzie. Żeby wszystko czuł, żeby wiedział.

– Chciałaś, żeby cierpiał?

– Bo cierpiał, prawda? Nie spudłowałam, jasne? Zrozumiałaś to? Dałam mu czas, żeby cierpiał, żeby wiedział, że już nigdy więcej nie wstanie. Gdyby ten stary łobuz przyjął Susann w pierwszej kolejności, mój ojciec nadal by miał dobry wzrok i pewną rękę.

– Wtedy nie musiałby wyręczać się tobą. Byłabyś zbędna.

– Jestem jego córką. Jego pierworodną córką. Jedynym dzieckiem.

– Nie byłabyś jego jedynym dzieckiem, gdyby Susann nie wbiegła prosto pod nadjeżdżający samochód.

– Była idiotką.

Eve zrobiła wielkie oczy.

– Zabiłaś tyle ludzi dla jakiejś idiotki?

Nie wiedząc, jak zareagować, Willow tylko wzruszyła ramionami i spojrzała w sufit.

– Wiem, że musiałaś ją kochać. – Peabody postarała się to powiedzieć ze współczuciem. – Skoro zrobiłaś to wszystko, musiałaś ją kochać, mieć o niej dobre mniemanie.

– Och, proszę. – Te słowa aż ociekały drwiną. – Ledwo pamiętała rano, że trzeba włożyć buty. Skończona idiotka. Wcześniej czy później mój staruszek by ją rzucił. Zwycięzcy zawsze odchodzą. Ale nie dano mu tej szansy.

– Ci ludzie nie żyją, ponieważ twój ojciec nie mógł odejść jako zwycięzca. – Eve zastanowiła się nad jej stwierdzeniem. – Może to wszystko tłumaczy. Wyman zabiłaś szybko, wycelowałaś do Michaelsona tak, żeby cierpiał, a potem… Jak było z Alanem Markumem?

– Nie znam go.

– To twoja trzecia ofiara. – Eve podsunęła bliżej zdjęcie.

– Racja. Nie spodobała mi się jego gęba. Śmiał się jak głupi, przewracał się na lodowisku z tą suką. Mogłam załatwić również ją, dwoje za jednym zamachem. Ale nie chciałam przeciągać struny. Uzgodniłam z ojcem, że zabiję trzy osoby.

– Wyjaśnij mi – poprosiła Eve – jak we dwójkę to wszystko sobie zaplanowaliście, wybraliście miejsce, śledziliście Michaelsona?

– Poważnie? Po co?

– Dla porządku. Nie masz nic lepszego do roboty.

– Wszystko jest lepsze od tego.

Ale westchnęła głęboko i zaczęła tłumaczyć.

Opowiedziała o tym, jak po śmierci Susann ojciec zaczął pić i brać narkotyki. O jego złości, depresji.

– Prawie wyłącznie siedział w domu, na wpół pijany, na wpół odurzony prochami. Szczególnie wtedy, gdy ten głupi adwokat powiedział mu, że nie ma szans w procesie sądowym. Wyciągnęłam go. – Willow z dumą stuknęła się w piersi. – To ja go wyciągnęłam z tej dziury.

– W jaki sposób?

– Tylko przegrani płaczą. Musiał poczuć złość. Musiał zacząć działać. Oni tak z nami postąpili? No to teraz im pokażemy, na co nas stać.

Eve rozsiadła się na krześle.

– Próbujesz mi powiedzieć, że to był twój pomysł? Cały ten plan? Zabicie Michaelsona, policjanta Russo, Jonaha Rothsteina i pozostałych osób z listy? Łącznie z niewinnymi ludźmi, którzy akurat znaleźli się w pobliżu, a których sama wybrałaś? To był twój pomysł?

– Masz coś nie tak ze słuchem? Czy mam mówić głośniej?

– Nie takim tonem.

Willow tylko uśmiechnęła się szydercz, słysząc ostrzeżenie Peabody.

– Och, pieprzę cię i twój ton. Chcecie, żebym wam wszystko wyjaśniła, bo jesteście za głupie, żeby same cokolwiek dostrzec. Więc wam mówię.

– Dlaczego nie zaczęłaś od Fine'a? – spytała Eve. – Ostatecznie to on zabił Susann. On prowadził samochód, który ją potrącił.

– Jesteś zupełnie pozbawiona mózgu? Gdybyśmy zlikwidowali Fine'a, nawet najdurniejszy gliniarz powiązałby jego śmierć z moim tatą. Zostawiliśmy go sobie na koniec.

– On chciał sobie zostawić Fine'a na koniec.

Willow znów się nachyliła, uśmiechając się szydercz.

– Czy dotarło do ciebie, jak mówiłam, że prawie cały czas był pijany i naćpany? A kiedy nie był pijany ani naćpany, to płakał. Ja sama ustaliłam, kogo, gdzie i kiedy zabić. Sądzicie, że wymyśliłby coś takiego? Był w czarnej dziurze, póki go z niej nie wyciągnęłam.

– Wyciągnęłaś go z depresji, proponując, że zabijesz tych, którzy według was byli winni śmierci Susann?

– Można powiedzieć, że przedstawiłam mu taki plan... Ale miałam pewne warunki. – Znów wzięła napój i zaczęła gestykulować. – Musiał ograniczyć picie i narkotyki, wziąć się w garść. Prawie przestał pić. Z narkotykami trudniej zerwać, ale trochę ograniczył ćpanie. A kiedy mój staruszek jest sobą, wie, jak zaplanować akcję. To on zaproponował, żebym opanowała sztukę celowania z większej odległości. Wyjechaliśmy kilka razy na zachód i starałam się tam udoskonalić swoje umiejętności. Cholernie dobry z niego nauczyciel, kiedy jest trzeźwy.

– Śledziliście osoby z waszej listy, poznaliście ich rozkład dnia, ustaliliście, gdzie będą o określonej porze. Na przykład Jonah Rothstein. Wiedzieliście, że wybiera się na koncert do Madison Square?

– Był prawdziwym fanem. Odliczał dni, a potem godziny do koncertu tego starego, zupełnie beznadziejnego rockmana. Większość informacji zebrał mój tata, ale pomagałam mu, jak tylko udało mi się uciec od Zoe, tej macicy, w której się rozwijałam. I to ja wybrałam miejsca, z których strzelałam. Początkowo chciał, żebyśmy byli bliżej, ale potem sam się przekonał, że trafiam z takiej odległości.

– Jak długo przygotowywaliście całą tę akcję?

– Ponad rok. Musiał chociaż trochę odzyskać formę. I trzeba było zgromadzić broń, załatwić fałszywe dokumenty tożsamości, sprawdzić strategię.

– Wyprowadziliście się z jego mieszkania.

– Potrzebna nam była bezpieczna kwatera główna, więc po trochu przenieśliśmy to, co nam było potrzebne, do nowego domu. Wiedzieliśmy, że kiedy przystąpimy do akcji, będziemy musieli działać szybko, codziennie zabijać kogoś z naszej listy, by spowodować chaos. Poszczęściło wam się, że zdołaliście nas zidentyfikować.

– Czy tak to określasz, kiedy ktoś okaże się lepszy, sprytniejszy od ciebie? Że mu się poszczęściło?

– Daj spokój. Gdybyś była taka dobra, taka sprytna, nie musiałabym tu siedzieć i opowiadać ci wszystkiego ze szczegółami. Sama byś się domyśliła.

– Dzięki tobie wszystko zrozumiałam – powiedziała Eve i była to prawda. Ujrzała teraz wszystko z najdrobniejszymi szczegółami. – Nie przerywaj sobie. Oświeć mnie do końca.

Rozdział 20

Willow Mackie zasypała ich szczegółami, nie szczędząc drwiących uśmieszków i obelg. Dallas pozwoliła zabójczyni błyszczeć, jak tego pragnęła, więc dziewczyna, czując, że znajduje się w centrum uwagi, mówiła i mówiła.

Przez trzy godziny Eve słuchała, dociekała i ją naprowadzała; Reo i Peabody tylko od czasu do czasu wtrącały jakąś uwagę lub zadawały pytanie.

Kiedy zabójczyni poczuła się ważna, nie trzeba już było jej naciskać.

W pewnej chwili zażądała drugiego napoju gazowanego, a po trzech godzinach – przerwy na toaletę.

– Peabody, niech dwie funkcjonariuszki zaprowadzą przesłuchiwaną do łazienki.

Willow roześmiała się głośno i drwiąco spojrzała na Eve.

– Wiesz, do czego jestem zdolna, i sądzisz, że nie dam rady dwóm policjantkom?

Nie poradziłaś sobie ze mną, pomyślała Dallas, ale skinęła głową.

– Peabody, cztery funkcjonariuszki.

– Teraz już lepiej.

– Przerwa w przesłuchaniu – ogłosiła Eve i wyszła.

Reo dogoniła ją tuż przed drzwiami do wydziału zabójstw.

– Jezu Chryste, Eve.

– Spodziewałaś się zbuntowanej nastolatki?

– Spodziewałam się zimnej zabójczyni. Chyba się nie spodziewałam chełpliwej nastoletniej psychopatki. Muszę porozmawiać z szefem. I z Mirą. Chcę mieć stuprocentową pewność, że ta dziewczyna jest poczytalna w świetle prawa.

– Jest równie poczytalna, jak ty i ja. To mały, złośliwy robak, którego należy rozgnieść.

– Zgadzam się z tobą w drugim punkcie. Pozwól, że ustalę ponad wszelką wątpliwość, że w pierwszym punkcie też się nie mylisz.

– Daję ci piętnaście minut. – Eve sama nie wiedziała, czy czuje zdegustowanie, czy też satysfakcję. Wreszcie uznała, że jedno i drugie. – Chcę, żeby znów tam posiedziała i poczekała na nas, sama się nakręcając. Niech ma czas pomyśleć, co nam jeszcze powiedzieć.

– Powiedziała już dość, żeby ją zamknąć na zawsze. Ale oczywiście, ja też chcę posłuchać reszty. Piętnaście minut – potwierdziła Reo i oddaliła się pospiesznie.

Wchodząc do sali wydziału, Eve zdziwiła się, jak wielu jej ludzi wciąż tu jest.

– Jeszcze nie skończyłam, ale zaręczam wam, że z nią już koniec. Przyznała się do wszystkiego. Na litość boską, każdy, kto nie ma dziś dyżuru, niech idzie do domu.

– Jak oko, pani porucznik? – zawołał Jenkinson.

– Piecze jak cholera, ale to od patrzenia na twój krawat. Idźcie odpocząć.

Weszła do gabinetu. Roarke siedział za biurkiem i coś robił na obu komputerach, jej i swoim.

– Skończyłaś?

Pokręciła głową.

– Co to takiego? – Wskazała ekran swojego komputera. Widać tam było budowlę w stylu zamku z zamierzchłych czasów, otoczonego jakby klatką.

– Och, to projekt hotelu we Włoszech. Nim wyjdę, usunę to z twojego komputera. Kawy?

– Nie. Muszę się napić czegoś zimnego. – Spojrzała na drzwi. – Powinnam iść i kupić pepsi w automacie.

– Masz ją teraz w swoim autokucharzu.

– Naprawdę?

– Żeby oszczędzić ci stresu wywołanego przez automaty do sprzedaży napojów.

Samą ją zaskoczyło, że poczuła się tak głupio wzruszona. Musiała usiąść. Padła na niewygodny fotel dla gości.

– Aż tak źle? – Roarke wstał i wziął puszkę napoju dla siebie.

– Opowiedziała nam wszystko, nawet o strzelaninie przed Madison Square. Nie spodziewałam się, że ogarną ją wyrzuty sumienia, że będzie współczuła ofiarom. Spodziewałam się natomiast dumy. Ale to raczej przypomina złośliwą satysfakcję, radość. Nie przypuszczałam, że ma o sobie aż tak wysokie mniemanie. To wszystko był jej pomysł. Domyślałam się tego, ale nie miałam pewności. Należy uwzględnić stan umysłu Mackiego. Ten ćpun nigdy nie byłby w stanie zaplanować i wykonać tego wszystkiego, zrobiła to ona. Za bardzo pogrążył się w rozpaczy, za mało uwagi poświęcał córce. Nie powiedziała tego, ale to jasno wynika z jej słów. Nie szanowała macochy, nazwała ją idiotką. Wykorzystała rozpacz ojca, jego słabość. To nie on wykorzystał ją, tylko ona jego, żeby urzeczywistnić swoje największe pragnienia. Zabijać ludzi.

– Proszę, usiądź w fotelu.

– Nie teraz. Zresztą i tak nie mogłabym usiedzieć. – Wstała, wzięła od niego puszkę, a potem zaczęła chodzić tam i z powrotem, nawet jej nie otworzywszy.

– Pamięta wszystko, nawet to, jak były ubrane niektóre ofiary. Czasami tylko strój wystarczył, żeby kogoś obrała sobie na cel. Jaki okropny ten kapelusz, zginiesz w nim.

Nic nie mówiąc, Roarke przysiadł na skraju biurka Eve, i pozwolił jej się wygadać.

– Uważa, że te zabójstwa, wprowadzenie w życie ich planu, postęp w realizacji ich zamierzeń uczyniły jej ojca silniejszym. Znów miał cel w życiu. I znów całą uwagę skupił na niej.

Urwała, otworzyła puszkę, napiła się pepsi. Odetchnęła głęboko.

– Domyślam się, iż Mira stwierdzi, że dziecko, które wciąż w niej tkwi, było spragnione uwagi ze strony ojca. Jego oczy i ręce, jego wspólniczka, równa mu, jego jedynaczka. Pragnęła jego pochwał.

– Uważałaś, jak my wszyscy, że jest jego uczennicą. I przez jakiś czas tak było. Ale z twoich słów wynika, że to on stał się jej uczniem. Wmówiła mu, że śmierć jego tak zwanych wrogów z jej ręki ich związała.

– Tak. Poza tym był jej widownią, świadkiem, jej cholernym kibicem. Nawet kiedy nie było go obok, jak podczas strzelaniny przed Madison Square, wiedziała, że o tym usłyszy, że będzie dumny. Wiedziała, że pozostanie w centrum jego uwagi.

– I udowodnił to, poświęcając się dla niej.

– Zgodnie z ich planem B. Rozmawiałyśmy o tym. Ona wyjedzie, zniknie z miasta, a on ściągnie naszą uwagę. I weźmie całą winę na siebie. Tylko że nic z tego nie wyszło. Roarke, aresztowaliśmy tę dziewczynę, a ona wprost pęka z dumy. „Spójrzcie na mnie, zobaczcie, jaka jestem dobra. Tak, to ja strzelałam, ja to wszystko zrobiłam. Bo jestem najlepsza. Jestem numer jeden". Jak na nią patrzę, bardziej zbiera mi się na mdłości, niż ogarnia mnie wściekłość.

– Zanim skończysz, jeszcze poczujesz wściekłość, nie mam co do tego najmniejszych wątpliwości.

Eve niemal się uśmiechnęła.

– Nie wybierasz się do domu?

Niemal odpowiedział jej uśmiechem.

– Wiesz, że twoja twarz jest szara od siniaków?

– Siniaki dobrze wyglądają na nagraniu. A ten wspomagacz, który dla mnie znalazłeś, bardzo mi pomógł. Jestem zmęczona, ale się trzymam.

– To też powinno ci pomóc. – Wyjął z kieszeni batonik czekoladowy.

– To mój? – Rzuciła gniewne spojrzenie na ścianę i na przedstawiający ją rysunek Nixie Swisher, zawieszony na ścianie. – Czy to z moich zapasów? Znalazłeś moją kryjówkę?

– Nie, skądże znowu. Chociaż mogłoby to być ciekawe. Automat w wydziale przestępstw elektronicznych sprzedaje słodycze.

– Naprawdę? Czym sobie na to zasłużyli? – Ale złapała baton i rozerwała opakowanie. – Dziękuję.

– Dopilnuję, żebyś przy pierwszej okazji zjadła coś pożywnego.

– Niech będzie. – Zamknęła oczy, by w pełni rozkoszować się pierwszym kawałkiem czekolady. – Sprawdzałeś, co u Summerseta?

– Tak często, że jest na mnie zły.

– Dobrze. – Zawinęła z powrotem połówkę batonika, która została, i włożyła ją do kieszeni. – To może potrwać jeszcze parę godzin.

– Jak skończę tutaj, chyba pójdę do pokoju obserwacji, żeby być świadkiem, jak się z nią ostatecznie rozprawiasz.

Eve podeszła do niego i na chwilę położyła głowę na jego ramieniu.

– Mackie mógł być kiedyś dobrym człowiekiem. Przynajmniej Lowenbaum tak uważa. Ale dokonał złych wyborów i nic nigdy tego nie zmieni. Między innymi postawił na córkę. Chociaż nawet bez niego pewnego dnia trafiłaby do aresztu. Tylko dzięki jego wyborom, tylko dlatego, że stało się to wtedy, kiedy się stało, właśnie ja ją aresztowałam.

Odsunęła się od Roarke'a.

– Dlatego pójdę teraz i dokończę to, co zaczęłam.

Kiedy wyszła, pomyślał, czy Eve kiedykolwiek się zastanawiała, ilu jeszcze zabójców aresztuje.

A ponieważ ją znał, wiedział, że jej też to przyszło do głowy.

*

Kiedy Eve pojawiła się pod drzwiami do sali przesłuchań A, Peabody i Reo już tam na nią czekały. Zauważyła, że obie były zupełnie wykończone. Delia trzymała dwa napoje gazowane, a Cher – puszkę dietetycznej pepsi.

– Jest tam – powiedziała Peabody. – Wzięłam dla niej kolejny napój, żeby nie zażądała go, pstrykając palcami. Ale mnie też przyda się zastrzyk energii.

– A ja wybrałam kofeinę w zimnej pepsi, bo mój żołądek nie toleruje kawy, sprzedawanej w automacie.

– A, do diabła. – Eve wyjęła połowę batonika, przełamała go, poczęstowała je.

– Czekolada? Prawdziwa? – W głosie Peabody słychać było błogość. – Do diabła z luźnymi spodniami. Dziękuję. Dziękuję, Dallas.

– Podziękuj Roarke'owi.

– Dziękuję, Roarke. – Zastępczyni prokuratora ugryzła mały kawałeczek.

– Zjedz wszystko od razu, a nie po kawałeczku. Czeka na nas praca.

– Lubię się rozkoszować tym, czego się nie spodziewałam, ale… – Reo włożyła do ust swoją część batonika.

– Zamierzam skłonić ją do opowiedzenia o wyjeździe na Alaskę, a później o tym, co sama zaplanowała. Chcę mieć nagrane jej zeznanie, że zamierzała dalej zabijać. Zaczniemy ją podpuszczać. Im bardziej będziemy ją podpuszczać, tym bardziej będzie się przechwalała.

Eve otworzyła drzwi.

– Włączyć nagrywanie, kontynuujemy przesłuchanie. Wszyscy są obecni.

Peabody postawiła przed Willow napój gazowany.

– Tym razem mam ochotę na wiśniowy.

– Ale dostałaś pomarańczowy, czy ci to odpowiada czy nie. – Delia popatrzyła na nią, mrużąc oczy. – I jeśli rzucisz nim we mnie, oskarżę cię o napaść na funkcjonariusza policji.

– Napaść z użyciem napoju gazowanego.

Peabody zachowała kamienną twarz, kiedy Willow zarechotała lekceważąco.

– Zapamiętam to sobie, ty niewdzięczna gówniaro.

Zdaje się, że zaczęły ją podpuszczać, stwierdziła Eve, ale się nie odezwała, dopóki Peabody nie usiadła.

– Opowiedz mi o Alasce.

– Zimno tam.

– Twój ojciec zeznał, że razem zamierzaliście tam się przeprowadzić. A jeśli coś pójdzie nie tak, jeśli coś mu się stanie, miałaś wyjechać sama.

– Alaska? Równie kiepska, jak Susann. Pewnie, że chciałam ją zobaczyć, zapolować tam. Ale wykluczone, żebyśmy zamieszkali tam na stałe.

– Nie wątpił, że tam wyjedziesz.

– Gdybyśmy potrzebowali miejsca, gdzie moglibyśmy się schronić na kilka miesięcy, to dobry wybór. Na ogół nie oponowałam, ponieważ pragnął słyszeć, że się z nim zgadzam. Dzięki temu był skupiony na naszej misji.

– Czyli po aresztowaniu ojca nie zamierzałaś wyjechać na Alaskę, jak było to zaplanowane?

– Lubię miasto. Można spędzić trochę czasu na zachodzie, nawet w hrabstwie Nanook, ale nie zamierzałam jechać aż tak daleko. Poza tym zawsze kończę to, co zaczęłam.

– Co udowodniłaś, zabijając Jonaha Rothsteina i siedemnaście przypadkowych osób przed Madison Square Garden. Potem jednak zaczęły się kłopoty. Czy zdawałaś sobie sprawę z tego, że zidentyfikowaliśmy pozostałe osoby z twojej listy i objęliśmy je ochroną policyjną?

– Oj tam. Wielka mi rzecz.

– Czy dlatego wróciłaś do domu swojej rodziny, a nie do mieszkania wybranego wspólnie z ojcem, jeśli zaszłaby potrzeba, żebyś została w Nowym Jorku?

– Wyjaśnijmy sobie jedno: oni nie są moją rodziną. – W jej zielonych oczach malowała się pogarda. – To tylko macica, facet, który ją posuwa, i bachor, którego spłodzili. I tyle. A dom to dom, w równym stopniu mój co ich. Były w nim moje rzeczy.

– Nie wszystkie.

– Zabraliście sprzęt elektroniczny. Wielka mi rzecz. Miałam zapasowy.

– Zgadza się. Teraz też jest u nas. Zastanawiam się, czy ludzie z wydziału przestępstw elektronicznych znajdą tam jakieś kopie dokumentów, które próbowałaś ukryć w komputerze swojego brata?

Zaskoczenie, które pojawiło się na jej twarzy, szybko zastąpił gniew. A potem rzuciła im drwiący uśmieszek mówiący: i co z tego?

– Nie jest moim bratem.

– Macie wspólną matkę... Albo macicę, jeśli wolisz. Zamierzałaś skręcić mu kark, tak samo jak skręciłaś kark jego szczeniaczkowi?

Chociaż akurat piła, Willow nie zdołała ukryć szerokiego uśmiechu.

– Po co miałabym tracić czas na jakiegoś głupiego psa?

– Dla zabawy. Bo twój brat go kochał. Bo mogłaś.

– Nie jest moim bratem. I co z tego, nawet jeśli to zrobiłam? Czy oskarżycie mnie o zabicie psa?

– Znęcanie się nad zwierzętami jest karalne – wyjaśniła Peabody.

Willow ziewnęła.

– Proszę bardzo, dorzućcie tę bzdurę. Obojętne mi. Jakby to miało jakiekolwiek znaczenie.

– Zabiłaś psa, a potem wyrzuciłaś go przez okno prosto pod nogi swojego brata...

– Powiedziałam wam... Nie umiecie słuchać? On nie jest moim bratem.

– Przyznajesz się do tych czynów?

– Skręciłam kark zapchlonemu kundlowi, wyrzuciłam go przez okno. Jeśli o tym chcecie rozmawiać, nie mam nic więcej do dodania.

– Och, nie tylko o tym. Porozmawiajmy o twoich własnych zamiarach czy misji. O twojej własnej liście osób do likwidacji, którą próbowałaś ukryć w komputerze... Będziemy go nazywać Zach... W komputerze Zacha.

– Tamci sprawdzają mój jak strażnicy więzienni. Zoe sądzi, że nie wiem, że wchodzi do mojego pokoju, szpera w moich rzeczach. Cały czas myślę o tej suce. Nic nie zrobiła, kiedy ten zboczeniec, którego poślubiła, zaczął mnie napastować.

– Nigdy cię nie napastował.

– Zależy, komu chcecie wierzyć – mnie czy jemu.

– Chciałabym poznać szczegóły – wtrąciła Reo i zaczęła coś notować. – Kiedy to miało miejsce. Co zrobił.

– Ona kłamie – powiedziała Eve.

– Ma prawo przedstawić własną wersję wydarzeń. Czy Lincoln Stuben użył wobec ciebie przemocy albo napadł na ciebie na tle seksualnym? Jeśli tak, proszę dokładnie opisać okoliczności, ile razy to się wydarzyło i kiedy.

– Co za nudy. Chciał się do mnie dobrać, ale umiem się obronić.

– Czy dochodziło między wami do sprzeczek?

– „Czy dochodziło między wami do sprzeczek?" – powtórzyła Willow, przedrzeźniając Reo. – Jasne, wiele razy. Zawsze próbuje mi mówić, co mam robić, jak to robić. Zawsze zrzędzi, że należy okazywać szacunek. Nie muszę okazywać szacunku jakiemuś przegranemu frajerowi.

– I dlatego trafił na twoją listę – stwierdziła Eve. – On, twoja matka, twój brat, twoja szkolna psycholog, dyrektorka szkoły. Och, i miałaś plany szkoły.

– Wcale nie było trudno je zdobyć. Posiadam nie tylko umiejętności strzeleckie.

– Zapamiętam to sobie. Zamierzałaś zabić uczniów, nauczycieli?

– Tylko sobie o tym myślałam. – Znów patrząc w sufit, Willow zakreśliła palcem kółko w powietrzu. – Nie możecie mnie oskarżyć o to, o czym myślałam.

– Wróciłaś do rodzinnego domu, ukryłaś się w pokoju na drugim piętrze, zainstalowałaś dodatkowy alarm, który by cię uprzedził, gdyby ktoś wszedł do środka.

– I co z tego?

– Przyczaiłaś się. W końcu kiedyś musieli wrócić do domu, prawda? A ty już tam na nich czekałaś. Jak zamierzałaś to zrobić? Zejść na dół, powiedzieć „Cześć" i zastrzelić ich tam, gdzie stali?

Kiedy dziewczyna tylko wzruszyła ramionami, Eve nachyliła się do niej.

– Nie wymaga to zbyt wielkich umiejętności. Pułapka, trzy nieuzbrojone osoby. I według mnie nie sprawiłoby to zbyt wielkiej frajdy. Raz-dwa i byłoby po wszystkim. Tylko na tyle cię stać?

– Mogę zrobić wszystko, co zechcę! – Willow odsunęła puszkę z napojem. – Może sobie rozmyślałam – bo każdemu wolno rozmyślać – jak to będzie, kiedy wrócą, położą się spać. Może się zastanawiałam, jak to jest zabić kogoś z bliska nożem. Tak, jak prawie załatwiłam ciebie.

Eve uniosła swoją zabandażowaną rękę.

– Daleko ci było do tego.

– Wystarczająco blisko.

– Najpierw załatwiłabyś brata? – On był na pierwszym miejscu.

– Nie masz pojęcia o taktyce. Najpierw trzeba załatwić tego, kto stwarza największe zagrożenie, ty idiotko. Poderżnęłabym gardło Stubenowi. Szybko i po cichu. Jest nikim. Zawsze był nikim.

– A potem?

– Potem taktyka wymaga, by unieszkodliwić Zoe. Skrępowałabym ją. Wtedy miałabym czas, żeby dorwać dzieciaka, zawlec go na dół.

Oczy jej błyszczały, gdy to mówiła. Eve była pewna, że dziewczyna wyraźnie to widzi.

– Coś bym mu zrobiła. Nic poważnego. Tylko tyle, że kiedy by się ocknęła, zobaczyłaby, że coś mu zrobiłam, zobaczyłaby, że leci mu krew. Pozwoliłabym, żeby mnie błagała, sypialnia jest dźwiękoszczelna, Zoe mogłaby sobie krzyczeć, gdyby chciała. Ale gdyby zaczęła krzyczeć, poderżnęłabym mu gardło. Lecz mogłaby mnie błagać, mogłaby mi tłumaczyć, dlaczego nie powinnam go zabijać. Dlaczego nie powinnam załatwić tego szczeniaka, chociaż to ona nigdy nie powinna była go urodzić. Tego maminsynka, który miał jej zastąpić mnie. Potem patrzyłaby, jak go patroszę niczym jelenia. Marzyłam o tym, odkąd się urodził. Zostawiłabym ją sobie na koniec, więc wszystko by widziała. A jej podcięłabym żyły w nadgarstkach, żeby wolno się wykrwawiła. Żebym widziała, jak wolno kona.

– Myliłam się. To jej nienawidzisz najbardziej.

– Rzuciła mojego ojca. Odebrała mi go. Próbowała zastąpić jego i mnie Stubenem i tym wstrętnym bachorem. Zasłużyła sobie, żeby widzieć ich martwych. I mieć świadomość, że to ona doprowadziła do ich śmierci. Że to wszystko przez nią.

Zrobiła w powietrzu gest ręką, w której trzymała napój.

– A następnego ranka poszłabym do szkoły, zanim ktokolwiek by się dowiedział, że nie żyją. Coś bym zmyśliła.

– Bo znasz swoją szkołę, rozkład lekcji, wiesz, o której godzinie zaczynają przychodzić uczniowie.

– Na pewno zlikwidowałabym trzydzieścioro kilkoro, może pięćdziesięcioro, zanim udałoby im się ocalić resztę. Potem zmieniłabym celownik i zabiłabym jeszcze kilkanaście osób dwie przecznice dalej, żeby wprowadzić większe zamieszanie. A później? Gliniarze, dziennikarze, rodzice, idioci, którzy lubią sobie popatrzeć... Mnóstwo celów w zasięgu mojej broni. Zastrzeliłabym ze sto osób, nimbym przestała. Nikt nigdy w pojedynkę nie zabił tylu ludzi z tak dużej odległości. Ale ja tak.

– Udowodniłabyś, że jesteś najlepsza.

– Bo jestem. Po prostu przeszłabym do historii.

– Twój ojciec nie zgodziłby się na to.

– Przekonałabym go, gdyby wszystko poszło zgodnie z założeniami, gdybyśmy zrealizowali jego plan. Skoro zrobiłam to, czego chciał, teraz mogłabym zrobić to, czego sama chcę. To sprawiedliwe. Był słaby, a dzięki naszej misji znów stał się silny. Może nawet zgodziłabym się wyjechać z nim na rok czy dwa na Alaskę. Ale zasłużyłam sobie na to, żeby zrealizować własne zamiary.

Eve odczekała dłuższą chwilę. Na policzkach Willow pojawiły się rumieńce jak u jej ojca podczas przesłuchania. Ale na jej twarzy malowała się wściekłość i duma. W jej oczach nie dostrzegało się szaleństwa, które nie pozwala nam odróżnić tego, co dobre, od tego, co złe. Było jej to najzupełniej obojętne.

– Twierdzisz, że w porozumieniu z ojcem zabiłaś dwadzieścia pięć osób, których nazwiska padły podczas tego przesłuchania. I zamierzałaś zabić więcej ludzi, których nazwiska również tutaj padły.

– Tak. I nie zamierzam tego powtarzać.

– To nie będzie potrzebne. Oświadczyłaś również, że samodzielnie zamierzałaś zamordować Zoe Younger, Lincolna Stubena i Zacha Stubena. I znęcać się nad Younger i nad Zachem Stubenem przed pozbawieniem ich życia.

– Tak, tak, tak. Czy nie wyraziłam się jasno? Mogę zaplanować wszystko, co tylko zechcę.

– Poza tym przyznałaś się, że zamierzałaś urządzić strzelaninę w szkole średniej imienia Hillary Rodham Clinton i w sąsiedztwie budynku, żeby zabić sto osób.

– Światowy rekord. Przez was nie osiągnęłam światowego rekordu. Ale bycie gliniarzem to niebezpieczne zajęcie. Może ci się przydarzyć coś złego na przykład za rok. Albo powiedzmy za trzy lata. – Willow roześmiała się, patrząc na swój napój. – Trzy to moja szczęśliwa liczba.

– Tak sądzisz? A co powiesz na to, że złożę ci wizytę, powiedzmy za trzy i pół roku, w zakładzie karnym na Omedze?

– Nie trafię tam. Jesteście wszyscy tacy głupi. Co za idiotki. Odrzuciła głowę do tyłu i wybuchnęła głośnym śmiechem.

– Zależało wam, żebym się przyznała do wszystkiego? Nie ma sprawy. Sama chciałam, żebyście wiedzieli, co zrobiłam. Spiszcie to, rozgłoście wszem wobec. Zasługuję na uznanie za to, co zrobiłam, do czego jestem zdolna. Ale nim upłyną trzy lata, kiedy skończę osiemnaście lat, wyjdę na wolność.

– Czyżby? – Eve przechyliła się z krzesłem do tyłu. – Jak to sobie wykombinowałaś?

– Słyszałam waszą rozmowę, kretynki. Mój ojciec poszedł na ugodę. Jestem dla niego najważniejsza, więc dlatego to zrobił. Zgodził się wszystko wam powiedzieć pod warunkiem, że będziecie mnie sądzić jak nieletnią. W wieku osiemnastu lat wyjdę na wolność, bo przecież jestem jeszcze dzieckiem.

– Czyli sądzisz, że możesz z zimną krwią i z premedytacją zastrzelić dwadzieścia pięć osób, ranić dziesiątki innych, planować zabicie… Ile to miało być? O, tak, jeszcze stu osób i za niespełna trzy lata wyjść na wolność?

– Trudno ci się z tym pogodzić, prawda? Poświęciłaś tyle czasu, żeby mnie zatrzymać, a przy okazji nieźle oberwałaś. Kazałaś tylu policjantom mnie ścigać, ale i tak im się wywinęłam. Potrzebowałaś mojego ojca, żeby mnie dopaść. A on troszczy się o mnie. Więc spędzę niecałe trzy lata w jakimś poprawczaku, a potem wyjdę na wolność. Trudno ci się z tym pogodzić.

– Trzeba ci wiedzieć, że zadaniem policji jest ujmowanie przestępców, zbieranie dowodów, a potem ktoś taki jak Reo przejmuje pałeczkę.

– Racja. A takim jak ona... – Willow wskazała palcem zastępczynię prokuratora – chodzi jedynie o to, żeby zawrzeć ugodę, szybko załatwić sprawę, idąc po linii najmniejszego oporu. Zresztą prokuratura wcale nie chce, żebym miała proces w sądzie. Przecież mam dopiero piętnaście lat. Źle mną pokierowano. – Willow wybuchnęła śmiechem, niemal tańcząc na krześle. – Gdybym to powiedziała na sali sądowej, wszyscy by mi współczuli. Niemal żałuję, że nie będę miała okazji rozczulić ławy przysięgłych swoimi dziewczęcymi łzami.

– Rzeczywiście, byłoby to ładne przedstawienie – zgodziła się z nią Eve. – I już nie mogę się tego doczekać, bo masz rację, Willow, masz całkowitą rację. Nie darowałabym sobie, że za to, co zrobiłaś, za to, jaka jesteś, w wieku osiemnastu lat wyszłabyś na wolność, żeby dalej to robić. Gdyby rzeczywiście tak się stało.

– Zawarłaś ugodę z moim ojcem. – Dziewczyna zwróciła się do Reo.

– Owszem.

– To jak zamierzasz mnie powstrzymać, suko?

– Wcale nie będę musiała. Sama się pogrążyłaś z niewielką pomocą swojego ojca. – Eve uniosła ranną rękę, przyjrzała jej się uważnie i powiedziała z uśmiechem: – Aj.

– Chcesz mnie oskarżyć o napaść na policjantkę? Proszę bardzo. Ugoda też to obejmuje.

– Owszem. Reo, może powinnaś jej wyjaśnić warunki ugody.

– Zrobię to z największą radością. – Zastępczyni prokuratora otworzyła teczkę, wyjęła dokument ugody. – Sama możesz się z tym zapoznać. Prokurator miasta Nowego Jorku zgodził się, żeby sądzić niejaką Willow Mackie jako nieletnią za wszystkie przestępstwa, popełnione przed podpisaniem rzeczonej ugody, o ile zostaną spełnione następujące warunki. Po pierwsze, informacje, przekazane przez Reginalda Mackiego, doprowadzą do aresztowania wyżej wymienionej Willow Mackie. Po drugie, ugoda traci swoją moc, jeśli Willow Mackie zabije albo rani kogokolwiek po zawarciu niniejszej ugody.

– To brednie. Ona mnie zaatakowała. Broniłam się.

– Porucznik Dallas odniosła obrażenia z twojej ręki podczas aresztowania ciebie. Stawiałaś opór, dopuściłaś się napaści na funkcjonariuszy policji – nawiasem mówiąc, napaści z bronią w ręku – i właściwie podczas tego przesłuchania przyznałaś się do zamiaru zabicia porucznik Dallas.

– Aj! – znów powiedziała Eve. – Poza tym informacje przekazane policji przez twojego ojca nigdzie nas nie zaprowadziły. Nie wspomniał ani słówkiem o domu, w którym się ukryłaś, więc żaden z warunków ugody nie został spełniony.

– Wrobiłyście mnie. To pułapka. Zresztą sąd oddali wszystkie te argumenty. Słyszałam, jak się kłóciłyście, że nie możecie mnie sądzić jak osoby dorosłej ze względu na ugodę.

– Naprawdę? – Reo przeniosła spojrzenie na Eve; w jej niebieskich oczach malowało się szczere zdumienie. – Nie wydaje mi się, byśmy wspomniały o ugodzie, która jeszcze przed rozpoczęciem tego przesłuchania stała się nieważna, ani o żadnych zawartych w niej warunkach.

– Nie. Z całą pewnością. Dlaczego miałybyśmy o tym mówić? Ugoda nie wchodziła w grę. Zostaniesz oskarżona, gówniaro, o zastrzelenie dwudziestu pięciu osób, o współudział w przygotowaniu morderstwa, o liczne napaści, które mogły zakończyć się śmiercią zaatakowanych. Poza tym jest jeszcze próba zamordowania funkcjonariusza policji i napaść z zamiarem zabicia policjantki. Oraz nielegalne posiadanie broni, posiadanie fałszywych dokumentów tożsamości i posługiwanie się nimi. A po odsłuchaniu nagrań z tego przesłuchania każdy się dowie, że nosiłaś się z zamiarem zamordowania swoich najbliższych oraz innych osób, do czego sama się przyznałaś.

– Przewiduję sto lat, może więcej, w zakładzie karnym na Omedze. Już nigdy nie zobaczysz słońca, Willow.

– Nieprawda. – Ale po raz pierwszy w oczach dziewczyny pojawił się strach. – Mam piętnaście lat. Nie zamkniecie mnie na zawsze, skoro mam zaledwie piętnaście lat.

– Możesz dalej się łudzić. I proponuję, żebyś zagadnęła Rayleen Straffo, jak ją spotkasz na Omedze. Miała dziesięć lat, kiedy zamknęła się za nią brama więzienia. Naprawdę powinnyście z miejsca znaleźć wspólny język.

– Znam swoje prawa! To przesłuchanie jest nieważne! Jestem nieletnia! Gdzie mój przedstawiciel, do którego mam prawo jako dziecko?

– Nie poprosiłaś o niego… I… – Reo wyjęła drugi dokument z teczki. – Otrzymaliśmy zgodę twojej matki na przesłuchanie cię.

– Nie może się wypowiadać w moim imieniu.

– Z punktu widzenia prawa może. Naturalnie gdybyś poprosiła o przedstawiciela praw dziecka albo o adwokata, twoja prośba zostałaby spełniona.

Cher położyła dłonie na stole.

– Willow Mackie, przyznałaś się, co zostało zarejestrowane, do przestępstw, które wymieniła porucznik Dallas. I jeszcze będą dalsze zarzuty. A z uwagi na brutalny charakter twoich czynów możesz za nie odpowiadać przed sądem jak osoba dorosła.

– Domagam się adwokata. Natychmiast. I przedstawiciela biura praw dziecka.

– Czy chcesz się skontaktować z jakimś konkretnym adwokatem?

– Nie znam żadnego adwokata. Sprowadźcie mi jakiegoś, i to natychmiast.

– Postaramy się o adwokata dla ciebie i chociaż została uznana za osobę pełnoletnią, skontaktujemy się również z biurem rzecznika praw dzieci. Czy masz jeszcze coś do dodania?

– Pieprzcie się! Pieprzcie się wszystkie razem. Wykończę was wszystkie!

– Cóż, w takim razie... – Reo wstała.

– Peabody, każ odprowadzić aresztowaną do celi. Koniec przesłuchania – ogłosiła Eve, podnosząc się z krzesła. – To najwygodniejsze lokum, jakie będziesz miała przez najbliższe stulecie.

– Znajdę sposób. – Chociaż w oczach zabójczyni, gdy wpatrywała się w nią, Eve widziała nienawiść, ręce jej się trzęsły.

– Sama zamknęłaś za sobą drzwi więzienia – powiedziała Eve i wyszła.

Ruszyła prosto do swojego gabinetu. Chciała się napić kawy. Właściwie to chciałaby się napić czegoś mocniejszego, jednak w ostateczności mogła być kawa.

Reo weszła za nią.

– Muszę się zająć formalnościami, ale zanim się do tego wezmę, chciałam ci powiedzieć, że idealnie wszystko rozegrałaś.

– To wcale nie było trudne. Chciała się przechwalać, pragnęła mi to wszystko powiedzieć prosto w oczy. Albo komuś, kto ma władzę. Tylko pozwoliłam jej mówić. Zamknij ją, Reo, solidnie i na długo.

– Możesz na mnie liczyć.

– Liczę.

Kiedy Eve została sama, zwróciła się w stronę tablicy ze zdjęciami zabitych.

– Ujęłaś się za nimi – powiedziała doktor Mira, stając na progu.

– Aresztowałam ją. Reszta jest w rękach Reo i sądu.

– Ujęłaś się za nimi – powtórzyła jej przyjaciółka. – I uratowałaś nie wiadomo ile osób, których zdjęcia nie trafią już na twoją tablicę. Zachęciłaś ją, żeby się odkryła. I uwierz mi, Eve, że nagranie z tego przesłuchania będzie przez dziesięciolecia uważnie analizowane przez psychiatrów, policjantów i prawników.

– Prawie nie musiałam jej zachęcać, tak bardzo chciała pokazać, jaka jest sprytna, o ile lepsza od wszystkich.

– Ani na chwilę nie straciłaś panowania i nie pozwoliłaś jej dostrzec, że cały czas masz kontrolę nad sytuacją. Jej narcyzm, jej kompletny brak jakichkolwiek zasad moralnych, potrzeba bycia najlepszą i radość, jaką jej sprawia zabijanie, były aż nadto widoczne. Chociaż znajdą się tacy, którzy będą twierdzili, że to młody wiek i wpływ ojca skłoniły ją do zrobienia tych wszystkich okropności nie do opisania. Ale to nie przejdzie – dodała Mira, kiedy Eve odwróciła się gwałtownie. – Jest wyrachowana, zorganizowana, inteligentna. To psychopatka, w dodatku psychopatka, która otrzymała od ojca zgodę na zabijanie, co było jej pragnieniem. Obiecuję ci, że nie dam szans żadnemu adwokatowi, jeśli spróbuje przedstawić tę morderczynię jako niemającą rozeznania nastolatkę, manipulowaną przez ojca, który do wszystkiego ją zmusił. Możesz mi zaufać.

Może liczyć na Reo. Zaufać Mirze.

– Cieszę się, że to słyszę. To mi pomoże zasnąć dziś w nocy.

– Powinnaś jechać do domu i odpocząć.

– Tak, postaram się jak najszybciej to zrobić.

Lecz nim zdążyła wyjść z gabinetu, pojawił się Whitney.

– Dobra robota, pani porucznik.

– Dziękuję, panie komendancie.

– Pogrążyła ją pani jej własnymi zeznaniami, co nie pomniejsza znaczenia całego trudu, potrzebnego do jej aresztowania. Przynajmniej dziś nasze miasto jest bezpieczniejsze. Za dziesięć minut ma się pani stawić w centrum prasowym.

Dosłownie poczuła, jak upada na duchu.

– Tak jest, panie komendancie.

– Gdybym mógł, zwolniłbym cię z tego obowiązku, Dallas. Ale mieszkańcy Nowego Jorku zasłużyli sobie na to, żeby posłuchać osoby kierującej śledztwem, które doprowadziło do zidentyfikowania i ujęcia dwóch osób, które przez blisko tydzień ich terroryzowały. Można to też ująć inaczej – dodał. – W ciągu niespełna tygodnia razem ze swoimi ludźmi zidentyfikowała pani i aresztowała dwoje ludzi, którzy – gdyby nadal przebywali na wolności – z całą pewnością mieliby na sumieniu jeszcze więcej ofiar śmiertelnych. I ja, i Tibble będziemy obecni, ale obaj się zgadzamy, że to pani powinna złożyć oświadczenie.

– Tak jest, panie komendancie.

– W takim razie zbieraj się, Dallas, i przyłóż sobie lód do oka.

Kiedy weszła do sali ogólnej wydziału, zobaczyła Roarke'a i Lowenbauma rozmawiających koło biurka Peabody. Lowenbaum urwał, podszedł do niej i wyciągnął rękę.

– Dziękuję.

– Ja również.

– Postawić ci drinka?

– Czeka mnie konferencja prasowa, a potem zamierzam pospać ze dwa lata. I wtedy czemu nie.

– Trzymam cię za słowo.

Odwróciła się w stronę Roarke'a, przesunęła dłonią po włosach.

– Jeszcze trochę to potrwa, nim będziemy mogli wrócić do domu. Zwołano konferencję prasową, a później muszę się uporać z pracą papierkową.

– Będę tutaj na ciebie czekał.

– Peabody, miejmy to już za sobą.

– Daruję sobie konferencję. Kończę pracę papierkową. Też chcę jak najszybciej wrócić do domu – odrzekła Delia, nim Eve zdołała zaprotestować. – Nie jestem potrzebna w centrum prasowym, a muszę tu wszystko dokończyć. Naprawdę muszę to wszystko skończyć i odłożyć na półkę.

Eve spojrzała na jej zmęczoną twarz i zapadnięte oczy.

– No dobrze. Doskonała robota, Peabody.

– Możesz to powiedzieć wszystkim wkoło.

Eve skinęła głową i wyszła, żeby z podbitym okiem pokazać się nowojorczykom.

Rozdział 21

Szopka z dziennikarzami mogła przebiec gorzej. Eve pamiętała trudniejsze konferencje prasowe. Kyung, rzecznik prasowy, który nie był dupkiem, zasugerował jej, żeby wszystko przedstawiła własnymi słowami i tak, jak uważa, że będzie najlepiej, więc wygłosiła oświadczenie, nie owijając niczego w bawełnę.

– Dzięki pracy policji nowojorskiej, jej funkcjonariuszy i specjalistów zidentyfikowano dwoje podejrzanych, których następnie aresztowano i postawiono im zarzut zamordowania dwudziestu pięciu osób i spowodowania obrażeń u znacznie większej liczby ofiar w wyniku strzelaniny na lodowisku Wollmann, Times Square i przed Madison Square Garden. Reginald Mackie i jego córka, Willow Mackie, przyznali się do popełnienia zarzucanych im czynów, a także do zamiaru zabicia kolejnych osób, co ustaliła policja w trakcie śledztwa.

Naturalnie to nie wystarczyło – nigdy nie wystarcza. Odpowiadała na pytania, niektóre z nich były istotne, niektóre beznadziejnie głupie. Odpowiedziała na te, które dotyczyły wieku Willow.

– Tak, Willow Mackie ma piętnaście lat. I ta piętnastolatka z zimną krwią zastrzeliła dwadzieścia pięć osób. W toku śledztwa ustalono, że zamierzała zabić więcej, między innymi rodzoną matkę i swojego siedmioletniego przyrodniego brata. Z uwagi na naturę popełnionych przestępstw będzie sądzona jak osoba pełnoletnia.

Ponieważ dziennikarze nalegali, przekazała suche podsumowanie przebiegu aresztowania Willow, a potem musiała zapanować nad nerwami, kiedy jeden z reporterów zawołał:

– Mam informację, że Willow Mackie doznała uszkodzeń ciała podczas aresztowania. Czy był to odwet za rzekome zabicie policjanta?

– Czy ktoś kiedyś rzucił granatem hukowym w pana stronę? Nie? Czy kiedykolwiek ktoś w kamizelce kuloodpornej mierzył do pana z broni laserowej, pistoletu i paralizatora? Też nie? Każdy członek zespołu, biorącego udział w ujęciu osoby oskarżonej o zastrzelenie dwudziestu pięciu osób, w tym policjanta Kevina Russo, ryzykował życie, by chronić mieszkańców miasta i im służyć. Każdy funkcjonariusz działał i reagował w sposób właściwy, uwzględniając okoliczności, i zgodny z prawem, o czym można się przekonać, oglądając zapis akcji. A teraz, jeśli…

– Mam dodatkowe pytanie dotyczące tej kwestii! – zawołała Nadine, przerywając Eve, która prawdopodobnie, nie patyczkując się zbytnio, określiłaby inteligencję poprzedniego reportera. – Porucznik Dallas, czy te bardzo widoczne obrażenia odniosła pani przy aresztowaniu Willow Mackie?

– Stawiła zdecydowany opór podczas zatrzymania.

– Czy efekt tego oporu to ten opatrunek na pani dłoni? To rana cięta? Czy aresztowana miała również nóż?

– Odpowiedź na te pytania brzmi: tak. Zdaje się, że zapomniałam zapytać, czy komuś z państwa próbowano podciąć gardło nożem bojowym? Nie udało jej się to. Jeśli ktokolwiek z państwa chce podkreślać wiek aresztowanej, uważa, że powinno się jej współczuć, proszę pamiętać o dwudziestu pięciu zastrzelonych przez nią ofiarach. Przytoczę ich imiona i nazwiska: Ellissa Wyman, Brent Michaelson… – zaczęła wyliczać i wymieniła resztę.

– To wszystko, co mam do powiedzenia.

– Jedną chwilkę, pani porucznik. – Nadkomisarz Tibble wystąpił do przodu i powiódł groźnym wzrokiem po całej sali, czekając, aż wszyscy znów zajmą swoje miejsca. – Osobiście zapoznałem się z nagraniami porucznik Dallas, detektyw Peabody, porucznika Lowenbauma i innych funkcjonariuszy, wykonanymi podczas zatrzymania i aresztowania Willow Mackie. Porucznik Dallas, detektyw Peabody i cywilny konsultant zostali postrzeleni przez Willow Mackie i tylko dzięki temu, że mieli kamizelki kuloodporne, uniknęli poważnych obrażeń.

Pozwolił sobie na okazanie lekkiego oburzenia i popatrzył surowo na reportera, który zapoczątkował ostatnią serię pytań.

– Według mnie wiek nie ma najmniejszego znaczenia, kiedy przestępca jest uzbrojony w broń laserową i granaty hukowe, a do tego wie, jak się nimi posługiwać. Co więcej, jeśli używa tej broni, żeby strzelać do cywilów i funkcjonariuszy policji, traktując ich śmierć jak myśliwskie trofeum. Porucznik Dallas razem ze swoimi ludźmi ryzykowała dziś życie, jak to robi codziennie, żeby ratować wam życie, żeby ratować życie waszych małżonków, synów i córek, przyjaciół i sąsiadów. Jeśli ktokolwiek chce kwestionować konieczne działania tych dzielnych kobiet i mężczyzn, którzy ryzykowali tak wiele, żeby liczba ofiar nie wzrosła, niech porozmawia ze mną. Porucznik Dallas, jest pani wolna. Dziękujemy pani.

– Tak jest.

Wyszła i była wdzięczna Roarke'owi, że na nią czekał.

W samochodzie położyła głowę na oparciu, zamknęła oczy.

– Inni też to wyciągną.

– Jeśli masz na myśli to, że powołają się na jej wiek, by ich relacje były bardziej sensacyjne, albo fakt, że podczas aresztowania trafiło jej się kilka sińców, to tak, też tak uważam. Ale jestem pewien, że zostaną zakrzyczani. Nie myśl o tym, najdroższa.

– Tibble był wściekły. Nie co dzień widzi się go tak wkurzonego.

– To, że był wkurzony i że to okazał, też ma swoje znaczenie. Znasz na pamięć imiona i nazwiska wszystkich dwudziestu pięciu ofiar.

– Są takie rzeczy, które zapisują się głęboko w pamięci.

Pozwolił jej odpocząć, miał nadzieję, że usnęła, jednak kiedy przejeżdżał przez bramę, podniosła się i usiadła prosto.

– Będziesz chciał, żebym coś zjadła, ale mam mdłości. Chyba nie dam rady nic przełknąć.

– Może chociaż trochę zupy. Łatwiej ci się zaśnie.

Może, pomyślała, ale…

– Nie dodawaj do niej nic na sen.

– Dobrze.

Oparła się na nim, kiedy szli do drzwi frontowych, bo czuła, że ogarnia ją coraz większe wyczerpanie. Bo jest już po wszystkim, powiedziała sobie. Bo to już koniec.

Summerset i Galahad stali w holu, jakby to był zwykły dzień. Ale to nie był zwykły dzień. Mogła rzucić jakąś kąśliwą uwagę, żeby potraktować ten dzień jak każdy inny, ale Summerset zmagał się ze swoją własną traumą.

Więc się nie odważyła.

I on też nie.

Spojrzał na jej twarz, na siniaki, ale nie uśmiechnął się drwiąco ani nie wygłosił żadnej złośliwości.

– Pozwoli pani, że opatrzę pani obrażenia, pani porucznik?

– Chce mi się tylko spać.

Skinął głową, spojrzał na Roarke'a.

– Coś ci się stało?

– Nie. Wyglądasz już lepiej.

– Nic mi nie jest. Razem z kotem mieliśmy trochę spokoju. A teraz wy będziecie mogli odpocząć. Jest rosół z kurczaka z makaronem. Pomyślałem sobie, że po takim dniu to najlepsze.

– Dziękuję. – Roarke objął Eve w pasie i odwrócił ją w stronę schodów.

– Pani porucznik?

Obejrzała się, tak zmęczona, że ledwo stała na nogach.

– Zło nie ma wieku.

– Nie. Z całą pewnością nie ma.

Pomyślała przelotnie o swoim gabinecie w domu, o skończeniu pracy papierkowej, ale nie była w stanie tego zrobić. Nie teraz, jeszcze nie teraz.

– Odpocznę godzinkę – powiedziała do Roarke'a, kiedy skierowali się do sypialni. – Potem pomyślę o jedzeniu i o całej reszcie. Ale najpierw prześpię się godzinkę.

– Ja też bardzo chętnie.

Kiedy się rozbierali, kot wskoczył na łóżko, trącił ją łebkiem w bok, gdy wsunęła się pod kołdrę. Pogłaskała go parę razy i poprawiło jej to nastrój. A poczuła się jeszcze lepiej, kiedy wtulił się swoim tłustym cielskiem w jej plecy.

A było idealnie, wprost idealnie, kiedy Roarke położył się obok niej i mocno ją przytulił.

Wszystko ją bolało, od obrażeń i ze zmęczenia, łupało w głowie.

Ale usnęła, mając z obu stron tych, którzy ją kochali.

I spała, aż brzask rozświetlił niebo.

Zdezorientowana, gapiła się na siedzącego w fotelu Roarke'a – nie był w garniturze, tylko w swobodnym, ale eleganckim stroju, i pracował na swoim palmtopie.

Kot zajął jego miejsce na łóżku, rozwalił się jak długi.

Eve zaczęła coś mówić, ale stwierdziła, że ma sucho w gardle.

– Która... – udało jej się wychrypieć. – Która godzina?

– Jeszcze wcześnie. – Roarke odłożył palmtop i wstał. – Światło na dziesięć procent. Oko wciąż masz sine, ale zajmiemy się tym. Obejrzyjmy resztę.

Ściągnął z niej kołdrę.

– Ejże!

– Tak jak się spodziewałem. Do wyboru, do koloru. Opatrzymy cię, a potem kąpiel.

– Kawy. Tylko kawy.

– Nie tylko, ale dodatkowo. Może na początek jajecznica z grzanką. Zobaczymy, jak na to zareaguje twój żołądek.

– Nie jestem chora. – Usiadła, skrzywiła się. – Może trochę obolała.

– Czyli opatrunek, kąpiel, śniadanie. W przeciwnym razie zmuszę cię do łyknięcia blokera, a oboje wolelibyśmy tego uniknąć.

Nie mogła nie przyznać mu racji. Poza tym opatrunek zmniejszył trochę ból, natomiast kąpiel w tym, co dodał do wody, jeszcze bardziej pomogła.

A kawa sprawiła, że Eve poczuła się świetnie.

Zjadła jajka i okazało się, że jej żołądek nie miał nic przeciwko temu. Prawdę mówiąc, jajecznica pobudziła jej apetyt.

– Umieram z głodu.

Odwrócił się do niej, ujął jej twarz w dłonie i pocałował. Długo, delikatnie, zmysłowo.

– Cóż, niezupełnie tego mi brakowało. Ale skoro już zacząłeś, chyba nabrałam ochoty.

– Damy twoim obrażeniom trochę więcej czasu, żeby się zagoiły. – Lecz nie przestał obejmować jej twarzy dłońmi i znów ją pocałował. – Cieszę się, że cię widzę.

– A gdzie byłam?

– Najdroższa Eve, w twoich oczach malował się smutek. Smutek i zmęczenie. Teraz zniknęły.

– Potrzebny mi był sen. Tobie też. I kotu. – Westchnęła głęboko. – I to.

Teraz przycisnął usta do jej czoła.

– Jest jeszcze coś, co być może przypadnie ci do gustu. Chodź ze mną.

– Myślałam, że mam ochotę na placuszki.

– Jeszcze do tego wrócimy. – Zaciągnął ją do windy. Ręcznie zaprogramował, dokąd ma ich zawieźć.

– Może dobrze byłoby popływać – myślała na głos Eve.
– Rozruszałabym zesztywniałe mięśnie.

Kiedy drzwi windy się rozsunęły, drugi raz tego ranka nie wiedziała, gdzie jest.

– Ile pomieszczeń…

Urwała, kiedy ujrzała szeroki blat w kształcie litery U, z licznymi kontrolkami, a obok niego elegancki, skórzany fotel.

– Centrum dowodzenia. A niech mnie! Niech mnie!

Jakby znalazła się w projekcie, który jej pokazał zaledwie kilka dni temu. Ściany pomalowane na ten spokojny kolor, ni to szary, ni to zielony. I wprost cudowne nowe miejsce pracy, cała ściana ekranów.

– Czyżbym spała przez cały tydzień?

– Przez kilka dni nie pracowałaś w swoim domowym gabinecie, więc ekipa skorzystała z okazji. Działali na dwie zmiany. Zostało jeszcze kilka drobiazgów do wykończenia, ale wszystko działa.

– To? – Wskazała duży blat w kształcie litery U w kolorze brązu z ciemnozielonymi cętkami i żyłkami, z kontrolkami na zielonoszarym tle. – To wszystko już działa?

– Uznałem, że to będzie dla ciebie najważniejsze. Wypróbuj.

Ruszyła prosto w tamtą stronę, czym wywołała jego zachwyt. Przesunęła dłonią po kamieniu, przyjrzała się kontrolkom.

– Jak to… – Położyła dłoń na ekranie dotykowym.

Zaszumiał, ale się nie włączył.

– Nie powiedziałaś, co ma zrobić, prawda? – Roarke podszedł do niej rozbawiony.

– Na przykład… Uruchomić się?

Centrum dowodzenia ożyło, kontrolki zamigotały, połyskując niczym klejnoty – takie, jakie najbardziej ceniła.

Centrum uruchomione, porucznik Eve Dallas.

– Kurczę blade – powiedziała. – Tak po prostu.

– Miałem dziś rano trochę czasu. Trzeba będzie jeszcze to dopracować, ale tak, tak po prostu.

– Dobrze, otwórz plik Willow Mackie.

Rozumiem. Gdzie wyświetlić dane?

– Na ekranie ściennym.

Ponieważ nie sprecyzowała, na którym, na wszystkich ekranach pojawiły się informacje.

– Rety. Aha, wyświetl raport końcowy detektyw Delii Peabody. Już go skończyła pisać – stwierdziła Eve, kiedy się ukazał. – Sporządziła raport, zapisała w pliku. Czyli załatwione.

Roarke pocałował ją w czubek głowy.

– Załatwione.

– Zaczekaj. – Usiadła w fotelu pokrytym zieloną skórą. – Ach – westchnęła, obracając się wokoło. – Och, to jest to. Naprawdę. Ta ruda z cyckami i w botkach do połowy ud zna się na swojej robocie. Mogłabym tu siedzieć cały dzień. Będę musiała tu spędzić cały dzień, żeby to wszystko opanować. Co jeszcze potrafi to…

– Wszystko, co tylko będzie ci potrzebne. Ale może przynajmniej rzucisz okiem na resztę.

Znów się okręciła w fotelu, spojrzała po pokoju.

Lekki niepokój wzbudził w niej kącik wypoczynkowy. Wyglądał na zbyt wygodny z tą długą, niską, zieloną kanapą. Ale mebel nie był wymyślny ani fikuśny mimo paru poduszek, które na nim leżały. Galahad już zaanektował nową amerykankę.

Eve wstała i przeszła się po pokoju. Znalazła tablicę – wystarczyło ją wysunąć ze specjalnej szpary w ścianie.

Kuchnia także została zmodernizowana – była cała błyszcząca, ale prosta.

I równie proste półki – prawdopodobnie z prawdziwego drewna, pomyślała – na których stały bezużyteczne, lecz drogie jej sercu przedmioty.

Pluszowy Galahad, prezent od Roarke'a, posążek bogini, podarowany przez matkę Peabody, odznaka szeryfa, wyszukana lupa, zdjęcie jej i Roarke'a, zrobione po tym, jak trochę oberwali, kiedy kogoś aresztowała. Patrzyli na siebie uśmiechnięci.

Dodał trochę dzieł sztuki – on albo projektantka – których nie widziała. Ale... Czy mogła mieć pretensje o oprawiony w ramki pejzaż miejski? Widok jej miasta?

Ich miasta.

Zmarszczyła czoło, patrząc na grube, zielone, plastikowe płyty, najwyraźniej zakrywające szeroki otwór w bocznej ścianie pokoju.

– Co tam jest?

– Raczej co tam będzie. Jak powiedziałem, zostały jeszcze drobiazgi do wykończenia. To coś dodatkowego. Kącik do jedzenia za szybą. Otworzysz przeszklone drzwi i będziesz mogła wyjść na mały taras. Pomyślałem sobie, że ci się to spodoba. Przy ładnej pogodzie będziemy mogli się tu rozkoszować posiłkami, mając otwarte okna.

Będziemy, pomyślała. Dawny gabinet zaprojektował dla niej.

Ten jest dla nich.

– Miałeś rację. Nie tylko dlatego, że naprawdę bardzo dobrze to wygląda. Miałeś rację, bo chociaż to moja przestrzeń, ale dla nas obojga. Miałeś rację, była najwyższa pora na zmianę.

– Pamiętaj, że to powiedziałaś, kiedy przystąpimy do modernizacji sypialni.

– Nawet nie zamierzam o tym myśleć. To zbyt trudne do ogarnięcia. Teraz muszę się zacząć oswajać z nowym centrum dowodzenia.

– Dam ci kilka rad, a potem zostawię cię na parę godzin samą. Mniej więcej tyle nam zostało czasu do wyjścia na przyjęcie urodzinowe Belli.

– Na co? – Była już w połowie pokoju, ale się zatrzymała i odwróciła na pięcie. – Och, no tak... Słuchaj, nie sądzisz, że moglibyśmy nie pójść? Jesteśmy poharatani, zmęczeni, uratowaliśmy Nowy Jork. Bella nawet nie zauważy naszej nieobecności. Ma zaledwie roczek.

– Wiem równie niewiele, co ty, o umyśle rocznego dziecka. Ale znam Mavis.

– Kurde, kurde, kurde. Musimy iść. – Eve złapała się za głowę i tęsknie popatrzyła na swoje nowe miejsce pracy. – No dobrze. Pójdziemy na godzinkę, maksimum półtorej, a potem wrócimy do domu. I popływamy. I może pofiglujemy w basenie.

– Brzmi to jak próba przekupstwa. – Zastanowił się, wyraźnie rozbawiony, i skinął głową. – Jestem wyjątkowo podatny na odpowiedni rodzaj łapówek. Chyba dobiliśmy targu.

– Świetnie. – Skierowała się prosto do biurka.

*

Spędziła dwie godziny w swoim nowym centrum dowodzenia, uznała, że jest cudowne i niesamowite. Komputer okazał się niezwykle szybki, niemal przewidywał jej polecenia, obrazy na ekranach były tak wyraźne, że miała wrażenie, iż mogłaby w nie wejść.

Zajmie jej trochę czasu opanowanie funkcji holograficznej, ale już wiedziała, że będzie mogła ją wykorzystać, żeby ponownie przenieść się na miejsce popełnienia przestępstwa albo ściągnąć świadka, konsultanta czy też potencjalnego podejrzanego tam, gdzie akurat przebywała.

W najśmielszych marzeniach nigdy sobie nie wyobrażała, że mogłaby mieć tyle najnowszych nowinek technicznych pod ręką. Mimo że oznaczało to konieczność korzystania z nowinek technicznych.

Ale najlepsze, zupełnie odjazdowe, jak powiedziałaby Mavis, było odkrycie miniurządzenia, które pozwalało jej zaprogramować kawę bez konieczności wstawania od biurka.

Ten mały dodatek sprawił, że w myślach wykonała taniec zwycięstwa, nim udali się na przyjęcie urodzinowe Belli.

– Zanosi się na naprawdę wyjątkowy seks w basenie.

Roarke usiadł za kierownicą.

– Naprawdę?

Przyciągnęła go do siebie i mocno pocałowała.

– Lepiej trzymaj się płytkiego końca, bo możemy utonąć.

– Życie obfituje w różne niebezpieczeństwa. Ale my jesteśmy odważni.

– Godzina, najwyżej półtorej, tak?

– Na seks w basenie?

Szturchnęła go ze śmiechem w ramię.

Doszła do wniosku, że jazda do centrum miasta w niedzielne popołudnie nie jest wcale taka zła. Zamknięta sprawa, długi sen, gorące jedzenie... I centrum dowodzenia. Życie bywa niekiedy znacznie gorsze.

Może to pierwsze przyjęcie urodzinowe dla rocznego dziecka, w jakim miała uczestniczyć, ale czy ono musi być okropne?

Lepiej o tym nie myśleć.

– Jesteś pewien, że dostali prezent? – spytała, kiedy Roarke skręcił na parking.

– Tak.

– Nie chcę być jedną z tych, którzy zapominają o prezencie urodzinowym dla dziecka.

– Dostarczono go wczoraj, Leonardo go schował.

– No dobrze. Założę się, że będą tam tłumy.

– Mam taką nadzieję.

– Chodzi mi o inne dzieci. Raczkujące albo zataczające się jak pijane, wymachujące rączkami albo biegające jak Bella.

– Ach, inne dzieci. Jestem pewien, że masz rację.

– Dlaczego tak się gapią? Zawsze się gapią. Jak lalki – powiedziała, kiedy weszli do budynku. – Albo rekiny.

– Nie mam pojęcia, ale teraz chyba zacznę się tym niepokoić.

– Witam w klubie.

Eve weszła po schodach, jak robiła to niezliczoną ilość razy, nim poznała Roarke'a, ruszyła do mieszkania, które kiedyś należało do niej. Do mieszkania, pomyślała, które, jak jej gabinet domowy, już nic a nic nie przypominało jej dawnego lokum.

Ale nic a nic jej to nie przeszkadzało.

– Zacznij odliczanie – powiedziała do Roarke'a i zapukała do drzwi.

Drzwi się otworzyły i zalała ich fala hałasu, barw, ruchu.

Balony, serpentyny, latające… jednorożce, wróżki i smok w kolorach tęczy.

Wszystko to widać było za czarnoskórym mężczyzną ponaddwumetrowego wzrostu w czarnej kamizelce na czerwonej, obcisłej koszuli. Uśmiechnął się szeroko.

– Witaj, chuda biała dziewczyno.

– Witaj, duży czarny mężczyzno.

Pozwoliła mu się uścisnąć, mając tuż przed oczami długie, czerwone piórko, zwisające z jego ucha.

Na ilu przyjęciach urodzinowych dla rocznych dzieci pojawiał się właściciel seksklubu, będący zarazem wykidajłą?

No ale to cała Mavis.

– Cześć, Roarke.

– Crack, miło mi cię widzieć.

– Cak, Cak, Cak – rozległo się za nim wołanie.

Odwrócił się, chwycił Bellę w ramiona. Jubilatka, ładna złotowłosa kruszynka w pełnej falbanek, błyszczącej, różowej sukieneczce i błyszczących bucikach, znalazła się na rękach umięśnionego i wytatuowanego mężczyzny.

Szepnęła mu coś na ucho. Odrzucił głowę do tyłu i się roześmiał.

Kiedy się odwrócił, oczy Belli zrobiły się wielkie z zachwytu.

– Das! Ork!

Wychyliła się w stronę Eve, która zdołała złapać ją w powietrzu.

– Tak, tak, wszystkiego najlepszego z okazji urodzin.

Chichocząc z uciechy, Bella zaczęła wygłaszać jeden z tych swoich niezrozumiałych monologów, lecz nagle urwała. W jej oczach pojawiła się troska, współczucie, smutek.

– Co? – Eve poczuła natychmiast, jak pot ścieka jej po plecach. – Co zrobiłam nie tak?

– Buu. – Płynęło to prosto z serca, bo Bella dotknęła paluszkiem siniaka pod okiem Eve.

– Tak, właśnie to powiedziałam.

Bella nachyliła się bardzo ostrożnie, żeby ją pocałować w podbite oko, a potem się uśmiechnęła i zaczęła coś paplać.

– Powiedziała, że szybciej się zagoi.

Eve spojrzała na Cracka.

– Skąd, u diabła, wiesz, co powiedziała?

– Jestem dwujęzyczny.

– Nie pie... przesadzaj. – Przypomniała sobie, żeby w obecności dziecka nie używać brzydkich słów.

A kiedy mała skupiła swoją uwagę na Roarke'u i przechyliła główkę, uśmiechając się zalotnie, Eve wyczuła okazję.

– Chce do ciebie. Potrzymaj ją.

– Cóż, chyba... – I w tym momencie Roarke zorientował się, że trzyma na rękach roczną kokietkę, która pocałowała go w oba policzki, a potem zatrzepotała rzęsami, patrząc na niego swoimi dużymi, niebieskimi oczami.

– Każdego potrafisz oczarować, prawda? – Eve usłyszała jego uwodzicielski głos, kiedy korzystając z okazji, czmychnęła do środka.

W pokoju było pełno raczkujących oraz trochę starszych dzieci o lepkich paluszkach i zaślinionych buziach.

Dojrzała Peabody i z ulgą skierowała się w tamtą stronę, chociaż jej partnerka miała na sobie różową sukienkę ze srebrnymi falbankami wzdłuż prawego boku.

Zatrzymała się, słysząc, jak ktoś ją woła po imieniu.

Mavis, w różowych (Jezu, tyle różowości!) legginsach w białe gwiazdki (a może tylko tak pomalowała nogi?) i sukience ledwo zakrywającej pupę (a może to był top?), niebieskiej jak letnie niebo, w różowe gwiazdki ruszyła w jej stronę w niebiesko-różowych botkach na niebotycznych obcasach. Jej włosy, zebrane do góry i opadające na plecy, były we wszystkich kolorach stroju i podrygiwały jak ich właścicielka.

Mocno objęła Eve.

– Przyszłaś!

– Jasne.

– Nie byłam pewna... Tyle się działo. Pozwól na dwie minutki – dodała, a potem pociągnęła Eve przez tłum gości.

Dobry Boże, Summerset! Prowadził rozmowę z jakimś dzieciakiem, który ledwo sięgał do jego kościstych kolan.

I państwo Mira. Naprawdę chciała dobrze się przyjrzeć Dennisowi Mirze, żeby się upewnić, że wszystko z nim w porządku. Ale przyjaciółka nie przestawała jej ciągnąć, póki nie znalazły się w tęczowym pomieszczeniu, które było sypialnią Mavis i Leonarda.

– Nie miałyśmy okazji się uścisnąć po koszmarze w Madison Square Garden. Wiedziałam, że tam przyjdziesz. Wiedziałam, że przyjdziesz i wszyscy się wydostaniemy. W końcu usnęłam, a kiedy się obudziłam... – Pokręciła głową tak mocno, że małe postacie wróżek, zwisające jej z uszu, zaczęły wirować. Znów mocno objęła Eve. – Bałam się, tak bardzo się bałam. Wiedziałam, że Bella jest bezpieczna w domu z opiekunką. Ale bałam się, że jeśli coś się stanie mnie i Leonardowi... Nie będzie miała nas.

– Ma ciebie. Zawsze będzie miała.

– Kiedy cię zobaczyłam, przestałam się bać. Dziś jest taki radosny dzień. Naprawdę radosny. Impreza z okazji pierwszych urodzin mojej córeczki.

– To niesamowite przyjęcie.

– Zaczekaj, aż zobaczysz tort. Zrobiła go Ariel. Jest w kształcie zamku. Z jednorożcami.

– Jakżeby inaczej. Czy zaprosiłaś wszystkich, których znasz?

– Tylko tych, którzy się liczą. Chodźmy się napić. Jest dużo picia.

Eve dostała coś do picia i udało jej się uniknąć spotkania z Triną, która wymownie spojrzała na jej włosy. Zobaczyła rozmarzony uśmiech na twarzy Dennisa Miry, siedzącego na podłodze i bawiącego się z grupką maluchów.

Przyglądała się McNabowi, biegającemu w butach powietrznych. Tuż za nim gnał jakiś malec, piszcząc tak przeraźliwie, jakby ktoś go dźgał nożem. Ale wszyscy sprawiali wrażenie, jakby uważali ten odgłos za przejaw radości. Garnet DeWinter uśmiechała się, patrząc na jakieś dziecko, z przejęciem rozmawiające z Mirą.

Leonardo, w błyszczącej czapce na długich, miedzianych włosach i szafirowej tunice, patrzył rozpromieniony na swoje dziewczyny, obsługując bar.

Louise i Charles spóźnili się na przyjęcie. Jak zwykle, lekarze i gliny, pomyślała Eve. Zobaczyła, że Roarke rozmawia z Feeneyem. Lekarze, gliny i przestępcy – dawni przestępcy. Wykidajło i byli pan do towarzystwa. Maniacy komputerowi i projektanci mody.

A do tego masa dzieciaków.

Nie znała wszystkich gości, ale znała sporo osób. Byli jej znajomymi w równym stopniu, co Mavis. Czy jej się to podobało czy nie.

Kiedy przyszła pora odpakowywania prezentów, nastąpił prawdziwy chaos.

– Gdzie, do diabła, ulokują te wszystkie rzeczy?

Roarke objął ją w pasie.

– Poradzą sobie.

Być może, pomyślała. Bella z zachwytem oglądała podarunki.

– Zdaje się, że pora na nasz – powiedział Roarke, kiedy Leonardo dał mu znak. Obaj wymknęli się do innej części mieszkania.

Po chwili wnieśli ogromne pudło, owinięte w błyszczący różowo-srebrny papier.

– Powiedziano mi, że to magiczne pudło – powiedział Roarke do Belli, która gapiła się wielkimi oczami na swój prezent. – I wystarczy, że pociągniesz tę wstążkę, a zobaczysz, co jest w środku.

Z pomocą Mavis Bella szarpnęła za długą, różową wstążkę. Pudło się otworzyło, ukazując zawartość.

Peabody wspomniała, że dziewczynka marzy o domku dla lalek, co Mavis potwierdziła. A ponieważ Roarke kupował prezent...

Jak ten, który zbudował dla siebie, bardziej przypominał zamek niż dom. Ale był zupełnie dziewczyński. Różowo-biały, z wieżyczkami i mostami zwodzonymi, łukowato zakończonymi oknami i wymyślnymi balkonami.

Eve nie rozumiała, zwyczajnie nie rozumiała, dlaczego lalki miałyby mieć swój dom, gdzie mogłyby się gromadzić, żeby spiskować. Ale widząc reakcję małej, nie mogła zaprzeczyć, że trochę jej się ścisnęło serce.

Bella aż zaniemówiła, położyła paluszki na buzi, ze zdumienia oczy miała jak dwa spodki. Mavis coś do niej szepnęła i oczy małej zrobiły się błyszczące. Spojrzała na Roarke'a, a potem na Eve.

Wtedy jakaś inna dziewczynka zapiszczała i podbiegła w stronę domku.

W błyszczących oczach Belli pojawił się gniew, mała wyszczerzyła ząbki. Eve była przygotowana na to, że ujrzy, jak wysuwa się spomiędzy nich długi, rozdwojony języczek.

Piszcząca dziewczynka najwyraźniej wyobraziła sobie to samo, bo znieruchomiała, a potem się cofnęła.

Oczy Belli znów stały się łagodne. Kiwając się jak kaczka, podeszła do Eve. Kiedy uniosła rączki, Eve wybrała bezpieczniejsze rozwiązanie i przykucnęła.

– Das – powiedziała Bella, zawierając w tej jednej sylabie bardzo wiele. Objęła Eve i aż się zachwiała, ściskając ją, jak to robiła jej mama. – Das – powtórzyła i wyciągnęła rączkę do Roarke'a. – Ork. Das. Ta. Ta. Ta.

Eve nawet nie próbowała się domyślić, co powiedziała Bella, ale widziała, co dziewczynka czuje: nieopisane szczęście i ogromną wdzięczność.

– Cieszę się, że ci się podoba.

– Ocham. Ocham cie.

Bella westchnęła głęboko, a potem zatańczyła w miejscu. Później podbiegła do domku dla lalek, zaklaskała w rączki, zaczęła go trącać, wyjęła krzesło przypominające tron i roześmiała się głośno.

– Zdaje się, że naprawdę jej się podoba – powiedziała Eve.

I ogromnie się zdumiała, kiedy Bella obejrzała się, uśmiechnęła i wyciągnęła rączkę do dziewczynki, która wcześniej tak piszczała z zachwytu. Zaproszenie do wspólnej zabawy.

Wiele się dzieje w tej główce, uświadomiła sobie Eve, i nie tylko w główce. Prezent, o którym tak marzyła – pozwól mi się nim trochę nacieszyć samej. Podziękowania dla tych, którzy spełnili jej marzenie, wyrażone czarująco i słodko. Jeszcze jedna chwila, żeby samej się nacieszyć domkiem. A potem chęć podzielenia się nim, zaproszenia kogoś innego, by się cieszył prezentem tak samo jak ona.

Natura, wychowanie, co za różnica. Liczenie na naturę było wielce ryzykowne, przypominało ruletkę, często decydował łut szczęścia. Wychowanie mogło być łagodne albo okrutne, mądre lub nieobliczalne – a jednak.

Lecz miała przed sobą dziecko, które liczyło sobie ledwie rok. Słodkie, niewinne – jednak nie głupie. Z żelazną wolą, lecz pełne współczucia. Już posiadające własne poczucie... stylu, przypuszczała Eve. Swoje małe zamiary.

Skąd się to wszystko bierze?

– Wcelowaliście w dziesiątkę. – Peabody, sącząc jakiś pienisty, różowy napój, podeszła do Eve, żeby przyglądać się Belli i jej przyjaciółkom, bawiącym się domkiem dla lalek. – Jest absolutnie niesamowity. Kiedy zrobi się wokół niego nieco luźniej, też się nim pobawię.

Znów pociągnęła łyk napoju.

– To dobry dzień.

– Niczego sobie... – zaczęła Eve. I właśnie wtedy rozległ się jej komunikator. – Kurde. Kurde.

Przełączyła na tryb tekstowy – wokoło było zbyt wiele osób – i przeczytała wiadomość.

– Kurde. Muszę wyjść.

– Jakaś nowa sprawa? Przecież nie mamy dyżuru.

– Nie, chodzi o Willow Mackie. Jakieś kłopoty z nią.

– Pozwól, że powiem McNabowi.

– Nie, zostań. To z pewnością drobiazg. Gdyby się okazało inaczej, zadzwonię do ciebie. Kurde. Powiedz Mavis, że bardzo mi przykro. – Zobaczyła, że Roarke już przyniósł ich płaszcze. – Powiedz jej... Powiedz jej, że zadzwonię później.

Wzięła swój płaszcz od Roarke'a i wyszła, nim mogły jej przeszkodzić jakieś pytania.

– Co takiego się stało?

– Funkcjonariusz policji w szpitalu, przedstawicielka rzecznika praw dziecka dostała histerii. Ktoś będzie się musiał gęsto tłumaczyć. Naprawdę mnie wkurzyli.

Epilog

Ponieważ wiadomość przysłała Shelby, Eve poleciła jej, żeby zjechała do garażu i na nią zaczekała. Kiedy tam dotarli, Shelby stała obok miejsca postojowego Eve, jakby strzegła go przed najeźdźcami.

– Pani porucznik, przepraszam, że niepokoję panią w wolny dzień.

– Daj spokój. Melduj.

– Aresztowana została zatrzymana. Odniosła drobne obrażenia, które opatrzono.

– Chcę, żeby jeszcze dziś przewieziono ją do zakładu karnego Rikers i umieszczono w najlepiej strzeżonej części więzienia. – A teraz Eve zamierzała udać się osobiście do aresztu w komendzie głównej. – Ranny funkcjonariusz?

– Już powinien dotrzeć do szpitala, pani porucznik. Ratownicy medyczni orzekli, że chociaż jego obrażenia są poważne, nie zagrażają życiu.

– W przeciwieństwie do tych, które trafią mu się ode mnie. Jak, u diabła, dorwała się do broni? I co, u diabła, ty tu robisz, Shelby? Nie masz munduru.

– Nie, pani porucznik, nie jestem na służbie. Przyszłam się spotkać z Mary Kate… Znaczy się, z Franco, pielęgniarką-stażystką. Miała dziś rano dyżur w izbie chorych. Jesteśmy przyjaciółkami, pani porucznik, zamierzałyśmy później obejrzeć film. Schodziłam na dół, kiedy usłyszałam awanturę.

W windzie Eve poleciła się zawieźć do aresztu, wpisała swój kod dostępu.

– Melduj, co się stało.

– Tak jest. Usłyszałam odgłosy awantury, wyciągnęłam więc służbową broń z torby i weszłam do izby chorych. Funkcjonariusz Minx leżał na ziemi, krew mu leciała z ran na twarzy i ciele. Kobieta, jak się później okazało, niejaka Jessica Gromer, przedstawicielka biura praw dziecka, przydzielona aresztowanej, też leżała na podłodze i krzyczała. Pielęgniarka-stażystka Franco próbowała się bronić przed aresztowaną, która zbliżała się do niej ze skalpelem. Złapała... Znaczy się, Franco złapała strzykawkę i... I basen, pani porucznik. Zawołałam do aresztowanej, żeby rzuciła broń. Ale ona próbowała pochwycić Franco, przypuszczam, żeby posłużyć się nią jako tarczą albo zakładniczką, jednak tamta ją powstrzymała. Wtedy aresztowana spróbowała zaatakować mnie, więc posłużyłam się bronią i obezwładniłam napastniczkę.

Shelby odchrząknęła.

– Franco natychmiast podeszła do funkcjonariusza Minxa, żeby ocenić jego obrażenia i udzielić mu pierwszej pomocy. Ja w ostrych słowach poleciłam przedstawicielce biura praw dziecka, żeby przestała krzyczeć. Kiedy udało nam się opanować sytuację, Gromer oświadczyła w sposób niebudzący wątpliwości, że złoży na mnie skargę za sposób, w jaki się do niej odezwałam.

– Jakie były te ostre słowa, Shelby?

– Cóż, pani porucznik, zdaje się, że pod wpływem zdenerwowania powiedziałam jej, żeby zamknęła jadaczkę, bo też oberwie paralizatorem.

– Bardzo dobrze. Jako twoja przełożona radzę, żebyś przestała sobie zaprzątać głowę bzdurną skargą wniesioną przez niewątpliwą idiotkę Gromer.

– Dziękuję, pani porucznik.

– Co Willow Mackie robiła w izbie chorych?

– Pani porucznik, zapytałam o to zarówno Gromer – która początkowo nie chciała odpowiedzieć – jak i Franco. Funkcjonariusz Minx nie mógł nic powiedzieć, ponieważ wymagał przewiezienia do szpitala. Jeszcze nie napisałam raportu.

– Teraz mi powiedzcie, potem wszystko napiszecie.

Eve wysiadła z windy i skinęła głową strażnikowi stojącemu przed stalowymi drzwiami do aresztu.

– Willow Mackie wykorzystała przedstawicielkę biura praw dziecka, która, najwyraźniej współczując jej z powodu młodego wieku i całej sytuacji, już złożyła sprzeciw przeciwko traktowaniu aresztowanej jak osoby pełnoletniej.

– Nic jej to nie da. Mów dalej.

– Podczas rozmowy aresztowana podobno oświadczyła, że cierpi w wyniku obrażeń doznanych podczas aresztowania, a będących efektem brutalności policji.

– A-ha. I?

– Aresztowana padła na podłogę, twierdząc, że nie może oddychać. Gromer wezwała pomoc i funkcjonariusz Minx zaprowadził aresztowaną i przedstawicielkę biura, bo tego zażądała, do izby chorych. Franco poleciła Minxowi, żeby pomógł aresztowanej położyć się na stole, i ją przywiązał. Wtedy Gromer zaprotestowała, mówiąc, że aresztowana cierpi, że to tylko dziecko, które należy traktować z większą troską i współczuciem. Mackie zatoczyła się do przodu, jakby miała zawroty głowy, i strąciła tacę z narzędziami. Potem jeszcze raz wychyliła się do przodu, jęcząc, jakby odczuwała silny ból, a funkcjonariusz Minx próbował ją przytrzymać. Z wyjaśnień wynika, że aresztowana chwyciła skalpel z szuflady w szafce, lecz ani Gromer, ani Franco tego nie zauważyły. Kiedy Minx znów próbował jej pomóc, zraniła go w twarz skalpelem i niemal uszkodziła oko, pani porucznik. Potem zaczęła mu zadawać ciosy w szyję i tors, kopniakami przewróciła go na podłogę, a później natarła na Franco. I mniej więcej wtedy weszłam do pomieszczenia.

– Rozumiem. Dobra robota, Shelby. Zaczekaj tutaj.

Podeszła do policjanta stojącego obok drzwi i – chociaż się znali – podała mu odznakę do zeskanowania.

– Zarejestruj nas. Dallas, Shelby i Roarke.

– Komu zamierzacie złożyć wizytę przy niedzieli?

– Willow Mackie i jej ojcu.

Zarejestrował ich, podał Eve numery cel.

Otworzył drzwi, posługując się czytnikiem dłoni, a także skanowaniem siatkówki, i wstukując kod zmieniany dwa razy dziennie.

Za drzwiami było więcej gliniarzy, kolejne sprawdzanie, kolejne drzwi.

Nie jest to więzienie Rikers, pomyślała Eve, ale nie jest to również różowo-biały domek dla lalek.

Przeszli przez kolejne drzwi i znaleźli się w korytarzu, po którego obu stronach były cele.

Przebywało w nich mnóstwo osób. Niektórzy zajmowali wspólne cele. Innych umieszczono w jedno- lub dwuosobowych, zanim zostaną przewiezieni gdzie indziej. Kilkoro więźniów czekało stawienie się przed sędzią w poniedziałek rano.

Żeby dostać się do najgroźniejszych przestępców, takich jak Willow Mackie, trzeba było przejść przez jeszcze jedne drzwi. Policjant, który ich pilnował, spojrzał na Eve, potem na Shelby.

– Jak się czuje Minx?

– Nic mu nie będzie – powiedziała Shelby.

Pokręcił głową.

– Ledwo skończył akademię. Powinien rok, dwa lata pracować jako krawężnik w wydziale ruchu, za biurkiem, zanim przydzielili go tutaj. Aresztowana jest w trzeciej celi po lewej stronie.

Eve podeszła do celi, w której Willow rozwaliła się na jednoosobowej pryczy. Była tam przykręcona do podłogi muszla klozetowa bez deski i mała umywalka, przytwierdzona do ściany.

– Nie muszę z wami rozmawiać.

– Nie interesuje mnie nic, co masz do powiedzenia – odparła Eve. – Chciałam cię tylko zobaczyć, bo jeszcze dziś przewiozą cię do zakładu karnego Rikers.

– Nie pojadę tam.

– Zdaje się, że nie dotarło do ciebie, że skończyły się czasy, kiedy mogłaś o czymkolwiek decydować. Shelby, chciałam, żebyś się przyjrzała tej, której pokazałaś, gdzie jej miejsce.

– Biuro praw dziecka wyciągnie mnie stąd. Wiem to od Gromer. A kiedy stąd wyjdę…

– Jessica Gromer otrzyma naganę i powinna się cieszyć, jeśli tylko na tym się skończy. Postaram się, żeby od jutra straciła swoją dotychczasową pracę. A ty zostaniesz dodatkowo oskarżona o próbę zabójstwa funkcjonariusza policji, napaść z zamiarem pozbawienia życia funkcjonariusza policji, próbę ucieczki i atak na pielęgniarkę z zamiarem pozbawienia jej życia. To tylko jeszcze bardziej cię pogrąży. Do procesu będziesz przebywać w najlepiej strzeżonej części zakładu karnego Rikers. Sama się o to prosiłaś. I naprawdę bardzo ci się tam spodoba. Świeże, naprawdę świeże mięso.

– Za trzy lata wyjdę na wolność! – Łzy napłynęły do oczu Willow. Zerwała się na równe nogi. – Wyjdę i wrócę po ciebie.

– Nudzisz mnie.

Zadowolona z siebie, Eve dała znak Shelby i Roarke'owi. Wyszli, ścigani przekleństwami wykrzykiwanymi przez morderczynię.

– Shelby, napisz raport. A potem odszukaj swoją przyjaciółkę i idźcie na film. Dobrze się dziś spisałaś.

– Dziękuję, pani porucznik. Dziękuję, że dała mi pani szansę.

– Przyjęłam cię do pracy w wydziale zabójstw. Nie kazałam ci iść do izby chorych. Tamta psychopatka dała ci szansę, a ty z niej skorzystałaś. Możesz odejść.

– Tak jest, pani porucznik.

– Dobrze wybrałaś – mruknął Roarke, kiedy Shelby wyszła.

Eve uśmiechnęła się do niego szeroko.

– Też tak sądzę. Wstąpimy w jeszcze jedno miejsce.

Było więcej stalowych drzwi, więcej sprawdzania, nim Eve znalazła się przed celą Reginalda Mackiego. Aresztowany nie leżał rozwalony na pryczy, jak jego córka, tylko chodził tam i z powrotem, od ściany do ściany.

Wyobraziła sobie, że będzie tak chodził po celi do końca swojego życia.

– Czy dotarła do pana wiadomość, że ujęliśmy pańską córkę żywą?

Przystanął, odwrócił się, wlepił w nią swoje zniszczone narkotykami oczy.

– Nie możecie jej sądzić jak osoby pełnoletniej. Mamy ugodę.

– Jej warunki nie zostały dotrzymane. Pierwsza informuję pana, że Willow właśnie próbowała uciec, wykorzystując izbę chorych, idiotkę przedstawicielkę biura praw dziecka i policjanta żółtodzioba. Policjant przebywa w szpitalu z ranami ciętymi twarzy i kłutymi tułowia. Pańska córka trafi do Rikers, Mackie, i pozostanie tam do procesu. A potem, na mniej więcej sto lat, czeka ją Omega.

– Pomogłem wam.

– Nie. Nie znaleźliśmy jej tam, gdzie według pana miała być, choć prawdopodobnie wierzył pan, że tam będzie. Ukryła się w domu pańskiej byłej żony, przyczajona do działania. I mamy nagranie, jak się przechwala, jak to zamierzała zabić ojczyma, a potem wypatroszyć swojego braciszka na oczach własnej matki. Później ją też zamierzała wykończyć. Chciała zabić sto osób w szkole. Uczniów, nauczycieli, rodziców, przypadkowych osób. Nieważne kogo, liczyła się liczba. Ty ją spłodziłeś, Mackie. Może od samego urodzenia coś z nią było nie tak. Może od samego urodzenia miała takie skłonności. Ale to ty je w niej rozwinąłeś. Pewnie, że mogła wybierać, jednak ty jej pomogłeś dokonać niewłaściwych wyborów. Przedstawiłeś je jako słuszne.

Nic nie czuła, kiedy zaczął płakać. Nic a nic.

– Chcę, żebyś nad tym rozmyślał do końca swego życia.

Kiedy go zostawiła, jego szloch ścigał ją, jak poprzednio przekleństwa Willow.

– Czy już wszystko tu załatwiliśmy? – spytał ją Roarke.

– Tak jest.

– Bardzo dobrze, bo to miejsce źle na mnie wpływa.

– Nie ma takiej celi, z której byś się nie wydostał, asie.

– Wolałbym tego nie sprawdzać.

– Muszę tylko wstąpić na górę, załatwić przeniesienie Willow Mackie do Rikers. Powinnam też skontaktować się z Whitneyem, żeby przyspieszył bieg sprawy. A potem jesteśmy wolni.

Kiedy opuścili areszt, Roarke przesunął ręką po plecach Eve.

– Czyli do domu?

Już miała skinąć głową – uważała, że to wspaniały pomysł – kiedy znów pomyślała o wyborach. Zabijać, nauczyć zabijać. Ściągnąć sobie kłopoty na głowę albo ich uniknąć. Podzielić się cennym, nowym prezentem. Podziękować.

Skądkolwiek się jest, bez względu na to, jak się dorastało, zawsze wszystko się sprowadza do wyborów, jakich trzeba dokonać. Nawet jeśli ma się zaledwie rok życia.

Eve też dokonała teraz wyboru. Wzięła Roarke'a za rękę.

– Wróćmy na przyjęcie.

– Z własnej woli? – spytał, czym ją rozśmieszył.

– Wracajmy tam, gdzie jest inaczej i radośnie. I zjedzmy kawałek tortu urodzinowego.

On też dokonał wyboru; ujął ją pod brodę i pocałował.

– Świetny pomysł.

Wjechali na górę, z dala od cel, przekleństw i łez, od tych, którzy wybrali rozlew krwi. A potem wrócili tam, gdzie jest inaczej, spokojnie i radośnie.